· 教育技术前沿探索丛书 ·

生态化虚拟环境的
设计与开发

张立新　张丽霞　著

国家社会科学基金教育学课题成果
全国教育科学"十一五"规划课题成果

科学出版社

北　京

内 容 简 介

　　进入 21 世纪,由信息技术构建起来的虚拟世界已经成为信息社会中的一种重要存在。在教育领域,随着教育信息化的深入开展,以信息技术构建起来的虚拟学习环境成为教育与教学活动的重要场所。但是,由于人们对虚拟学习环境开发和利用缺乏生态意识,导致了一系列的生态问题,影响到教与学的效果。本书从生态学的角度,系统阐述了如何构建(设计与开发、运行与管理)具有活力的、可持续发展的、和谐的、生态化的虚拟学习环境,其基本内容包括:①从生态学角度分析虚拟学习环境中存在的各种问题,提出解决问题的策略;②分析虚拟学习环境生态系统的构成要素,建构虚拟学习环境的生态模型;③依据虚拟学习环境的生态模型,提出设计、运行和管理虚拟学习环境的策略。

　　本书读者对象为教育学类专业的本科生、研究生,以及教师和研究者。

图书在版编目(CIP)数据

　　生态化虚拟环境的设计与开发/张立新,张丽霞著.—北京:科学出版社,
2011.4

　　(教育技术前沿探索丛书)

　　ISBN 978-7-03-030662-3

　　Ⅰ.生… Ⅱ.①张…②张… Ⅲ.教育环境学—研究
Ⅳ.G40-052.4

　　中国版本图书馆 CIP 数据核字(2011)第 052525 号

责任编辑:张颖兵　梅　莹/责任校对:闫　陶
责任印制:彭　超/封面设计:苏　波

科学出版社 出版
北京东黄城根北街 16 号
邮政编码:100717
http://www.sciencep.com

武汉市中科兴业印务有限公司印刷
科学出版社发行　各地新华书店经销

*

2011 年 4 月第 一 版　开本:B5(720×1000)
2011 年 4 月第一次印刷　印张:19 1/4
印数:1—2 000　　字数:374 000

定价:58.00 元
(如有印装质量问题,我社负责调换)

前　　言

一、概念的界定

生态学视野下的环境是指影响主休生存与发展的各种因素的综合体。根据生态学的观点,人类环境可以分为物理环境(因素)、社会环境(因素)与规范环境(因素)。物理环境是指影响人类生存和发展的各种天然的(大气、水、海洋、土地、矿藏等)和人工改造的(城市、乡村、公路、铁路等)自然因素。社会环境是指由人类个体相互作用与联系而形成的社会经济政治制度和意识形态。规范环境是指人与人相互作用和联系而形成的行为习惯、社会风气和道德。

学习环境是影响人类学习的各种因素的综合体。学习的环境同样由包括物理环境、社会环境与规范环境构成。物理学习环境包括学校校舍、教室、图书馆、运动场等场所以及各种信息资源、软件资源和硬件资源等。社会环境是指学习过程中师生之间、学生之间所形成的一种关系和以此为基础的各种活动,例如以教师为中心的教学结构、以学生为中心的教学结构、班集体、学习小组和学习共同体等。规范环境是教师与学生在环境中相互作用的行为规范,包括教师如何教和学生如何学的范式、行为规则等,例如,学习计划、教学策略、学习任务的设置等属于规范学习环境。

虚拟(virtual)与真实(real)相对应,虚拟学习环境是相对于现实(真实)学习环境而存在的一种特殊的新型环境,是利用信息技术构建起来的一种特殊学习环境。如果把现实的学习环境称为学习的"第一空间",那么,虚拟学习环境则是学习的"第二空间"。

1. 技术层面的虚拟学习环境

从技术角度看,虚拟学习环境是教育机构为了支持教和学而设计的软件系统,又可以称为学习管理系统,例如 Moodle 和 Black Board 都是虚拟学习环境;虚拟学习环境是教师和学生可以在线交流的教室,例如,网络音频会议系统、网络视频会议系统、电子论坛等都可以称为虚拟学习环境;虚拟学习环境是利用计算机和网络支持教师教和强化学生学习而设计的一系列教与学的工具,例如,校园网、多媒体网络教室、电子阅览室等都可以称为虚拟学习环境。

2. 学习层面的虚拟学习环境

从学习角度看,虚拟学习环境是应用信息技术构建的、能够支持和促进学生学习的条件,这些条件包括信息技术硬件、软件和信息资源,通常又可以称为信息化学习环境、数字化学习环境。它既可以是集硬件、软件和信息于一体的校园网络环境，也可以是依托学习管理系统建立的网络课程；既可以是为教育目的而创建的教育网站、专题学习网站、教育博客、学习社区等，也可以是基于网络通信技术的课堂直播系统、讨论答疑室等。

3. 生态层面的虚拟学习环境

从技术和学习层面看，虚拟学习环境是指由信息技术构建起来的多媒体学习系统、校园网络环境、教育网站、网络课程、虚拟学习社区等。根据生态学的观点，主体与其周围的环境相互作用、相互影响就构成了一个生态系统。因此，虚拟学习环境与参与其中的主体的相互作用、相互影响就构成了一个生态化的教学与学习系统。本研究以生态系统的视角，将虚拟学习环境和环境中的教师与学生进行综合考虑，在此基础上，提出对虚拟学习环境的设计思想和方法。

二、研究的背景

进入 21 世纪，随着世界各国信息基础设施的逐步完善，信息技术在生产生活中的应用越来越普遍，由信息技术构建起来的虚拟世界已经成为信息社会中的一种重要存在。截至 2008 年 12 月，中国网络普及率为 22.6%，中国的域名总量达 16 826 198 个，网站数量达 2 878 000 个，网民人数达 2.98 亿。其中 41.9% 网民认为，互联网是我发表意见的主要渠道；39% 的网民认为，离了互联网，我无法工作和学习（第 23 次中国互联网络发展状况统计报告）。每个网站可以被看成一个虚拟的空间，每个网民都可以被看成在虚拟空间活动的"居民"。可见，无论从虚拟空间的数量、网民的人数还是网民对网络的依赖程度，虚拟世界已经成为一个重要的存在，是人类活动的一种重要场所。同样，在教育领域，随着世界各国教育信息化的深入开展，以信息技术构建起来的虚拟学习环境成为教学与学习活动的重要场所。但是，近年来，由于人们对虚拟学习环境的开发和利用缺乏生态意识，导致了一系列的生态问题，影响到教与学的效果。

虚拟学习环境的生态问题具体表现为大量教育网站、网络课程无人问津，处于荒废状态；虚拟学习环境中的无用信息泛滥、良莠不齐，处于一种混乱状态；虚拟学习环境中的信息老化、无更新、无生长，处于一种停滞状态；虚拟学习环境中的主体（教师和学生）缺乏互动交流、存在大量的"潜水者"，使得虚拟学习环境缺乏生机与活力。这些问题的存在，不仅导致虚拟学习环境对促进学生的学习和成长的功能弱化，而且使得大量学习环境"荒废"。导致出现这些问题的一个重要原因是虚拟学习环境缺乏生态性。因此，从生态学的角度探讨如何构建（设计与开发、运行与管理）具有活力的、可持续发展的、和谐的、生态化的虚拟学习环境，是当前教育技术理论与实践中的新课题。

三、研究的目的与意义

1. 实践层面

从生态角度,系统分析当前虚拟学习环境中存在的问题,提出相应的生态治理方案,为虚拟学习环境生态化治理提供具体策略,可以优化虚拟学习环境,使之成为支持学生有效学习的条件;应用生态学的思想、理论和方法,设计虚拟学习环境,建立自我管理与运行的学习生态系统,可以保证环境的主体(教师与学生)和环境之间的相互适应、相互作用、共同发展,维持虚拟学习系统的平衡,在支持自主、合作和探究学习活动的同时,丰富和发展虚拟学习环境。

2. 理论层面

通过分析虚拟学习环境系统的构成要素及其相互关系,建构虚拟学习环境生态系统的模型,提出生态化的虚拟学习环境的理论,丰富与发展虚拟学习环境设计的理论。

四、研究的内容

(1) 虚拟学习环境中存在着各种各样的问题,一些学者从教育学、学习理论、社会学等角度对这些问题进行了分析并提出了解决问题的建议。本研究试图从生态学角度分析虚拟学习环境中存在的各种问题并提出解决问题的策略。

(2) 从生态学角度看,虚拟学习环境是一个生态系统,本研究通过分析虚拟学习环境生态系统的要素及其相互关系,构建虚拟学习环境的生态模型。

(3) 为了检验模型的有效性,本研究根据生态化虚拟学习环境的模型,依据相关的生态思想、理论与方法,试图从个体与群体的组织与管理、虚拟学习环境中的活动和支持与评价系统等方面,提出设计、运行和管理虚拟学习环境的具体策略。

五、研究过程的设计

本研究基本过程可以分为实证调研、理论分析与建构和实践检验三个基本环节,研究的具体思路与方法如下图所示。

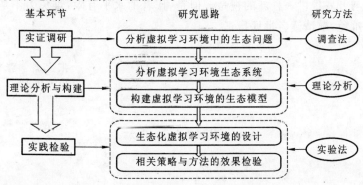

（1）实证调研。发现并整理虚拟学习环境中的问题，分析从生态学角度解决问题的策略。

（2）理论分析与构建。从生态学角度分析虚拟学习环境以及生态系统的构成要素和相互关系，构建生态化虚拟学习环境的模型。

（3）实践检验。依据生态化虚拟学习环境的模型，设计生态化虚拟学习环境，检验其运行效果；并依据检验结果，对生态化虚拟学习环境的模型和相关的设计策略与方法进行修改和完善。

六、本书情况说明

本书是全国教育科学"十一五"规划课题"生态化虚拟学习环境的设计与开发"（课题编号：BCA080040）研究的核心成果。全书共分为4部分，第一部分为"生态化虚拟学习环境设计的基本原理"，重点从生态学角度审视了虚拟学习环境，提出了应用生态学思想和原理研究虚拟学习环境的基本思想，建构了虚拟学习环境生态模型；第二部分为"生态化虚拟学习环境中个体与种群的组织与管理"，重点从生态学角度分析了虚拟学习班级的构成，依据生态学原理，提出了班级管理策略；第三部分为"生态化虚拟学习环境中教与学活动的设计"，重点依据生态学的思想和原理，提出了教与学活动设计策略；第四部分为"生态化虚拟学习环境中学习支持与评价系统的设计"，重点从生态学角度，提出了在线学习支持系统、在线学习评价的具体设计方案。

本书凝聚了所有课题参与者的智慧与辛劳，体现了众多学者先前研究的成果。在撰写过程中，吸收了我们指导的研究生钱玲、李研、周哲、王菊、李世改、纪二娟、刘婉君、曹刚、商蕾杰、李红梅等人硕士论文中的成果，得益于西南大学靳玉乐教授研究团队、南京师范大学杨启亮教授研究团队关于"课程与教学生态"研究的思想和华东师范大学祝智庭教授研究团队关于"教育信息化建设与发展生态"研究的思想，在此表示诚挚的谢意。

本书试图从生态学角度系统地审视、分析、设计虚拟学习环境，为虚拟学习环境的设计与开发提供一种新的视角。但是，作者的水平有限，难免力不从心，疏漏之处在所难免，敬请读者批评指正。

张立新　张丽霞

2010 年 12 月 10 日

目　　录

专题一　生态化虚拟学习环境设计的基本原理

专题三　生态化虚拟学习环境中教与学活动的设计

专题一
生态化虚拟学习环境设计的基本原理

　　进入 20 世纪以后,人类所面临的环境问题更为频繁,影响更为广泛和剧烈。在经历各种环境生态问题和饱受其危害后,人类经过反思与研究,创建了"生态学"学科,提出"人与环境和谐共处"的绿色理念,形成了"生态主义"的思想。虚拟学习环境是一种人工环境,人类可以按照生态思想与原理去设计和管理学习环境,使其保持生态化。在这样的环境中,作为环境主体的教师和学生可以实现与环境和谐共处、共同发展。

第1章 生态学基市原理及其在
教育领域中的应用研究

1869年，德国生物学家海克尔(E. Haechel)首次把生态学界定为"研究有机体与周围环境之间相互关系的科学"。此后，生态学在20世纪30～50年代，得到了快速发展，日趋成熟，已经具备了完整的理论体系，并且在植物学、动物学等自然领域得到迅速发展，随后在人类、社会、文化、心理、行为等社会科学领域为人们所运用，生态学的研究领域得到了极大的拓展。70年代以后，生态学在西方发展成为一个哲学流派——生态主义。从生态学的角度审视教育、规划教育的发展、设计教育系统与环境不仅为教育改革与发展提供了一个新视野，也为教育理论研究开辟了一片新天地。

1.1 生态学的基本原理

生态学是一门研究生物(个体、种群、群落)与环境相互关系的科学，其研究对象与内容包括个体生态、种群生态、群落生态和生态系统。个体是指生活在一定环境中的生物个体，个体生态是个体与群体、个体与环境相互作用的综合体；种群是指生活在特定环境中的同种个体组成的群体，种群生态是种群内部个体之间、种群与环境之间相互作用的综合体；群落是指生活在同一特定环境中各种不同的种群组成的复合体，群落生态是群落内部种群之间、群落与环境之间相互作用的综合体。生态系统是生物与环境之间相互作用的有机整体。

1.1.1 个体生态基本原理

1. 生态因子的整体性

生态因子是指影响生物生存与发展的各种环境要素，所有生态因子构成生态环境。任何一个生态环境、生态因子都不可能单独存在，每一个生态因子都在与其他生态因子的相互影响、相互制约中起作用，任何一个因子的变化都会在不同程度上引起其他因子的变化[1]。

2. 生态适应

生态因子影响着生物的生存与发展，生物也会根据环境的变化进行自我调节。当环境中的一些生态因子对某种生物不适合时，这种生物发展就会受到很大影响。但是，生物对环境的反应并不都是消极、被动的，生物也能对环境产生适应。适应是指生物为了能够在特定的环境中更好地生存发展,自身不断地从形态、生理、行为等各个方面进行调整,以满足特定环境中的生态因子及其变化的需要[2]。

1.1.2　种群生态基本原理

1. 集群效应

由于自然和社会两个方面的原因,在一个种群内部往往会形成多个集群(群聚)。同一种动物在一起生活,会增强个体适应环境和抵御环境侵害的能力,能够提高生活与生产的质量和效益。这种由于集聚而产生的对个体有益的作用,称为集群效应。集群效应只有在足够数量的个体参与聚群时才能产生。在一定的密度下,群体密度的增加有利于群体的生存和增长,也能够促进个体的发展[2]。

2. 竞争排斥与互利共生

在自然界,生活在同一环境中的不同物种之间不仅存在相互竞争、排斥的关系,也大量存在共同生存、互惠互利的关系。生态位相同的两个物种不能共存,只能竞争。竞争的结果是双方改变生态位,使得各自能够占有一些特定的食物和生活方式[3]。互利共生是两个物种长期生活在一起,彼此形成的相互依赖、相互共存、相互获利的关系。无论在自然界还是在社会领域,互利共生是世界普遍存在的一种关系,也是世界运行的一种法则。

3. 协同进化

不同物种之间经过相互作用和相互影响(竞争与合作共生),两种物种或者个体彼此都发生变化,这种关系称为协同进化。例如,捕食者与被捕食者之间的关系(竞争)就是协同进化的关系。在教育中,协同进化关系可以表现为教师与学生之间、学生与学生之间的关系。

1.1.3　群落生态的基本原理

1. 结构性

群落是由一定数量的不同物种通过相互影响而形成的具有一定结构的有机整体。群落的形成一般需要一定的时间,使得生物对环境适应和生物种群之间相互适应。其中,生物种群经过一段时间的竞争、合作,会形成一种协调、平衡和稳定的结构。

2. 群落的演替与进化

在自然界,一个群落的形成往往需要迁移、定居、群聚、竞争、反应、稳定6个阶段,最终达到顶级群落[1]。顶级群落与环境达到了协调与平衡、各个物种之间形成了一种相对稳定的关系和结构。群落的演替过程实质是生物与环境之间相互适应、生物与生物之间相互协调的过程。

1.1.4　生态系统的基本原理

1. 整体性

所谓生态系统就是由主体和环境相互联系、相互作用、相互制约而构成的一个系统,是由个体、群体、群落与其生存的环境共同组成的一个有机的整体。其整体性表现为生物主体之间、环境因子之间以及主体与环境之间都具有相互联系、相互作用的关系。

2. 自我维持与自我调控

生态系统具有自我维持和自我调控的能力,主要表现在三个方面[1]。

(1) 同种生物的种群密度的调控。在一定的空间内,一个种群都有可以允许的最大数量限制,如果超过此限制,种群内部就会调控进行干预。

(2) 异种生物种群之间的数量调控。在一地的空间内,都有允许容纳不同种群的数量限制,如果超过此数量限制,生态系统就会调控进行干预。

(3) 生物与环境之间的相互适应的调控。一方面,主体生物通过与环境的相互作用,逐渐适应环境的特征;另一方面环境也会因生物主体的干扰与干预,逐渐使用生物主体的特征,具有抵御和恢复能力。

3. 生态平衡

生态平衡是指在一定时间和相对稳定的条件下,生态系统内生物主体和环境因子等各个要素所形成的结构和所具有的功能处于一种相互适应与协调的状态。生态平衡是相对、动态的平衡,是无序—有序—新的无序—新的有序的发展过程。这一过程主要由生态系统反馈调控机制来实现。

1.2　教育生态的研究

教育界普遍认为,教育生态学(educational ecology)这一概念最早是由美国学者劳伦斯·克雷明(Lawrence Cremin)提出的,他在 1976 年所著的《公共教育》一书中开辟专章论述了教育生态的概念[4]。随着教育生态学的概念与思想的提出,有关教育生态的研究开始成为教育研究的热点问题。教育生态学的研究不仅为教育科学研究开拓了新的视野和新的研究方法,也扩展了生态学研究的领域。

教育生态学主要是应用生态学的思想和原理来解释教育现象、解决教育问题的科学。教育生态学认为,教育过程(系统)是由人(教育者与受教育者)和环境(学校环境、社会环境、物理环境、文化心理环境)构成的一个生态系统。可以按生态区域把当代教育生态学研究分为区域教育生态、学校教育生态和课堂教育生态[4]。

1.2.1　教育影响的多样性

教育是一个与社会其他领域有着密切联系的复杂系统,影响教育的因素包括校内和校外两个方面。教育机构不仅仅只有学校,还包括许多校外的机构,这些校外的机构和组织也具有教育的功能,也是一种教育现象。因此,不能把所有教育失败的责任都归咎于学校,必须看到学校以外的各种教育现象。例如,Steven Paskowitz 的研究认为,学校的教育表现与其所处的区域环境有着密切的关系。E. P. Smith 等人调查了学校、家庭和社区内部一些生态因子与家长参与之间的关系。他们都指出,研究家庭、学校和社区之间的合作对于促进三者之间的合作具有重要作用[4]。

1.2.2　学校的变革应该是系统的变革

学校的改进与变革是一项系统工程。为了提高学校的质量,应该从生态学的系统观和相互作用观综合改革学校的各个方面。例如,E. W. Eisner 认为,学校的变革应该从办学宗旨、学校结构、课程、教学方法和评价 5 个方面进行整体改革。J. I. Goodlad 提出,学校变革应该把学校看成是一个生态系统[4]。他认为,学校是一个以课堂生态系统为主体成分的生态系统,学校教育活动周围是一个可渗透膜,学校教育活动与学校生态因子之间会发生各种类型的互动。生态模型关注的是由学校共同体的使命引领的教育改革。这种改革被古德莱德称为"更新",是学校内部成员基于学校发展的自身需求主动要求变革外部生态环境。Victoria Boyd 认为,学校是一个由多种成分构成的复杂有机体[4]。为了改进学校教育,人们必须理解这些成分(生态因子)之间的相互关系,才能有效地进行学校系统的提升和改进。

有研究者应用教育生态分析"动态—联系"思想和方法,将学校变革视为学校生态过程的类型之一,从其与其他学校生态过程的比较中把握学校变革特征以及与其他学校生态过程之间的关系[5]。用学校生态格局、学校生态流量和学校生态周期三个标准划分出学校生态平衡、学校生态数量失衡和学校变革三类学校生态过程。

1.2.3　学校、课堂和课程是一个生态系统

从生态学的角度看,学校和课堂是一种由各种要素(生态因子)相互联系、相互作用而构成的生态系统。为此,一些学者对学校和课堂的构成因子及其相互关系进行了分析。例如,S. K. Waters 认为,学校是由组织结构、功能、物理环境和人与人之间的交互构成的一个生态系统。在这个生态系统中,每个生态因子都对学生的发展产生影响[6]。F. D. Becker 从生态学的观点解释了师生群体中的行为,构建了师生交互活动的模式,并且探讨了人类之间的交互活动与其所处的物理和社会环境之间有着密切的关系。他认为,课堂本质是社会环境,人类活动系统的结构

(activity structure)与其所处的环境保持一致[7]。

课程也是一种生态系统,是具有支持学生认知的功能网络(affordance network),是一种生命系统,学习活动就是生态系统的一个部分。为此,课程的设计应该指向学生的认知活动,应该是学生的活动系统。

国内有研究者应用生态学的原理与方法对教学与课程问题进行了较为系统的研究,初步形成了生态化课程与教学的基本理论框架[8-11]。

1.3　学习生态的研究

从生态学角度看,学习过程是一个生态系统,是教师和学生(主体)与环境共同构成的一个有机整体,它具有一般生态系统的发展性、开放性、联系性、多样性和自控性等属性。生态学习观以整体、适应和多元的视角透视学习,把学习视为一个由学习者、学习活动、工具中介系统、社会及物质环境构成的生态学习系统[12]。为此,众多学者从生态学角度来解释学习过程,分析与建构学习生态系统。

1.3.1　学习生态系统的属性

George Siemens 认为,学习生态是一个能够促进和支持共同体形成和发展的环境[13]。这个生态系统具有与自然生态系统同样的特征:①各种利益相互交叉的共同体;②每个成员相互受益;③不断进化发展;④自我组织与管理等特征。David Stamps 认为,学习生态是一个可以自我维持的系统[14];Brigid Barron 认为,学习的生态系统应该充分考虑正式学习和非正式学习、在校学习和校外学习的关系,学生的学习可以在很多场合(环境)中同时发生,并不限于学校环境[15]。从生态系统的角度提出,富有兴趣和自我维持的学习是个体发展的催化剂;Matthew Appleton 认为,学习生态系统中的活动应该遵循学生自然发展的规律,应该尊重学生的自然特性与天性(the nature of childhood)[16]。

Arthur Richardson 指出,一个学习环境就是一个由学习资源和学习活动组成的学习生态系统,资源和活动的多样性是学习环境生态系统的基本特征[17]。为了保证学习环境的生态性,应该为学生提供多样的学习内容和学习活动,以便给学生更多的选择权利。因此,建立一个生态系统的关键是设计多样化的学习资源和学习活动,使之适合学生的多种需要。

有研究者提出"生态化教学环境观",认为教学环境即为学生自然发展而营造的、整合多种不同要素的复杂的系统,有关教学活动所涉及的一切事物(物质的、社会的、有形和无形的)都是教学环境的基本因素[18]。这些不同的因素相互联系、相互作用,构成了生态化教学环境的系统结构。作为整体的教学环境主要由生理环境、物质环境和社会心理环境三个要素构成,它们以三维立体的形式展现教学环境的整体态势。

1.3.2　学习生态系统的结构

学习生态系统是由各种影响主体发展的因子构成的一个有机整体。Brigid Barron 通过对影响个体发展因素的综合分析,认为学校、家庭、社区、伙伴、资源、工作是学习生态系统的关键因子,如图 1.1 所示[15]。

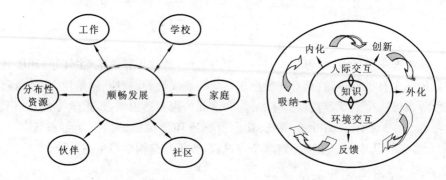

图 1.1　学习生态系统　　　　　　　图 1.2　学习生态系统

有研究者认为,学习生态主要研究人们怎样通过其他生物和他们周围的环境而获得有效的学习;而学习生态系统是指由学习共同体及其现实的和虚拟的学习环境构成的一个功能整体,学习者与学习环境、学习者与其他学习个体和学习群体之间密切联系、相互作用;通过知识吸纳、内化、创新、外化、反馈等过程实现有效学习的发生,如图 1.2 所示[18]。

1.3.3　学习生态的构建

如何创建具有活力、支持学生个性化发展、开放性等属性的学习生态系统是众多学者关注的主要问题。许多学者从不同的角度提出了建构学习生态系统的思想和策略。

Anne Taylor 认为,学校和教室不是用于"装"学生的"空盒子",而是具有教育功能的环境[19]。为此,他从生态学的角度对教室的整体布局、设施与设备、空间分割等方面提出了生态化教室环境的设计方案。M. G. Derrick 指出,自治(autonomy)在促进学习者持久学习中具有重要作用[20]。R. D. Crick 等人认为,学习生态系统应该是以学习者为中心的学习社区,情感、动机、责任、人际关系等变量在维持富有活力的学习过程中具有重要的作用[21]。

1.4　虚拟学习环境的生态研究

虚拟学习环境是指由信息技术构建起来的多媒体学习系统、校园网络环境、教育网站、网络课程、虚拟学习社区等。随着信息技术在教育中的应用与普及,由信息技术构建起来的虚拟学习环境,已经成为影响学生发展的一种重要学习环境。随着虚拟学习环境数量的不断增加和应用的不断普及,随之而来的生态失衡问题的日益凸显,研究者开始探寻能够使虚拟学习环境和谐健康可持续发展的途径,开始应用生态学的规律和原理指导虚拟学习环境的设计与开发。

1.4.1　网络学习生态系统结构的研究

此类研究的基本模式是应用生态学的基本思想和原理解释网络学习过程,分析网络生态系统构成要素,建构网络生态系统的结构。

按照生态学关于生态系统的定义,一些研究者对网络学习生态系统进行了界定,并构建了网络学习生态系统的模型。有的研究者认为,信息技术融合到学习生态系统之中,培植一种新型的学习生态系统,其中包含丰富、有力的物质性学习环境(包括学习资源、工具等),包含有效的社会和文化互动,使学习者可以在这种学习环境之中有效地学习、幸福地生活、和谐地发展[22]。基于这种认识,他们构建了一个网络学习生态系统的模型,如图 1.3 所示。

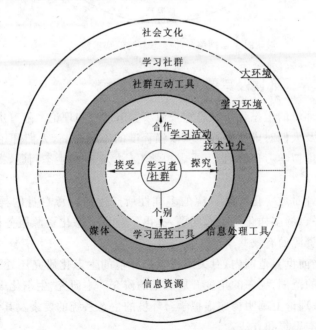

图 1.3　网络学习生态系统模型

有学者认为,网络学习生态系统就是指学习者及其助学者(教师、专家、辅导者)在网络学习环境中进行传递信息、互动交流、合作共享的过程中形成的相互依存的统一整体[23]。它是存在于教育生态系统下的一个子系统,其基本结构如

图 1.4 所示。

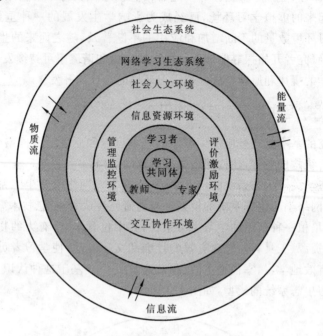

图 1.4 网络学习生态系统的基本构成

1.4.2 虚拟学习环境及其要素的生态化研究

　　虚拟学习环境的生态化研究思想来源于生态思想和理论。随着虚拟学习环境的不断发展以及人们对虚拟学习环境依赖程度的不断提高，人们开始用生态思想和理论来审视虚拟学习环境，指出了虚拟学习环境存在的生态问题，提出解决问题的对策。

　　有研究者针对数字化教学资源的多样性所产生的资源自身的异构、再生、无序、资源服务平台的多样化等生态问题，提出了建设生态化资源服务的解决方案，以便实现学习资源的有效共享[24]。

　　整体上，当前世界范围内，有关虚拟学习环境的生态化研究还处于初级阶段，还需要从更广的范围、更深的角度开展大量的研究。本研究"生态化虚拟学习环境的设计"试图从理论上阐明构成虚拟学习环境的生态系统的要素及其关系，提出生态化设计的基本思想和方法。

第2章 虚拟学习环境生态系统的模型

生态系统是指在一定时间和空间内，由生物群落与其环境组成的一个整体，各组成要素间借助物种流动、能量流动、物质循环、信息传递而相互联系、相互制约，并形成具有自我调节功能的复合体。生态系统模型是研究、分析和描述生态系统的基本方法，它是从系统的基本成分、结构、行为（功能）出发，简要描绘出生态系统最本质的特征和行为[3]。虚拟学习环境与参与其中的主体（教师与学生）的相互作用、相互影响就构成了一个生态化的学习系统。从生态学的角度，探讨如何构建（设计与开发、运行与管理）具有活力的、可持续发展的、和谐的、生态化的虚拟学习环境，是当前教育技术理论与实践中的新课题。本章试图依据生态系统的系统性、人文性、动态性、开放性和自组织性等基本特征，探讨虚拟学习环境的构建（设计与开发、运行与管理），提出建设生态化虚拟学习环境的基本思想。

2.1 虚拟学习环境生态系统的构成

Arthur Richardson 指出，一个学习环境就是一个由学习资源和学习活动组成的学习生态系统，资源和活动的多样性是学习环境生态系统的基本特征。为了保证学习环境的生态性，应该为学生提供多样的学习内容和学习活动，以便给学生更多的选择权利。因此，建立一个生态系统的关键是设计多样化的学习资源和学习活动，使之适合学生的多种需要[17]。George Siemens 指出，学习是个生态系统，是个连续变化的过程，是个终身的过程。为此，他提出学习生态系统应该是具有不同需求的各种学习社区的集合体、群体和个体间能够相互学习并相互受益、不断进化和能够自组织的学习环境[13]。综合上述关于学习环境以及学习生态系统的观点，我们认为，虚拟学习环境是以学习者为主体的，由物理环境、社会环境和规范环境三个子环境相互作用、相互影响而构成的综合系统[25]。在这个综合的系统中，任何一个因素的变化都会引起整个系统的变化。

2.1.1 虚拟学习环境生态系统构成因子与功能

1. 物理因子

物理因子统称为物理环境，主要由物化的硬件、软件和信息等构成，是构成虚拟环境的基础要素,是学习赖以发生的支撑环境,主要包括计算机与网络的设施、设备、相关的软件和各种各样的信息资源,承担着信息存储、传递和通信服务等职责。

2. 社会因子

社会因子统称为社会环境,是指生活在其中的个体间和群体间的关系总和,主要包括教与学过程中的师生关系、生生关系,是影响个体发展的一种关键要素,承担着建立环境主体间的相互关系、形成社会关系的职责。

3. 规范因子

规范因子统称为规范环境,主要指个体在相互作用和联系过程中所形成的观念、道德、行为准则、法律法规等,在学习环境中主要表现为学风、学习规范与习惯、学习模式等,它是影响学习效果的直接因素,承担着维护环境氛围和秩序的职责。

2.1.2　虚拟学习环境生态系统的结构

1. 基于三大因子的关系结构

物理、社会和规范三个子环境共同构成了生态化的虚拟学习环境,这三者既相互独立,具有各自独特的功能,又相互联系、不可分割。这三类因子协同作用于学生,形成一个学习的生态系统,其基本结构如图 2.1 所示。

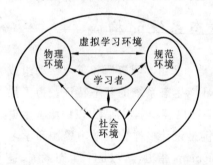

图 2.1　虚拟学习环境生态系统的结构

物理环境是社会环境和规范环境存在的前提,没有物理环境,就不会有社会环境和规范环境;同时物理环境也在一定程度上影响社会环境和规范环境,没有社会环境和规范环境,物理环境就失去了存在的价值;社会环境促进规范环境的发展,规范环境影响社会环境的形成。例如,虽然许多学校投入巨资建起了校园网,开发了网络课程,但是,由于忽视校园网和网络课程中的师生关系、学习共同体的建设、忽视学生在线学习行为方式与习惯的养成,就会导致大量的校园网资源和网络课程无人问津。

因此,在极力倡导数字化学习的今天,为了促进虚拟学习环境的健康发展,发挥其支持和促进学习的功能,不仅要加强物理环境的建设与投入,还要注重虚拟学习环境中社会环境和规范环境的建设;不仅要注重社会环境的构建,还要注重规范环境的建设。

(1) 建设物理环境的同时,兼顾社会环境和规范环境的需要。为了构建和谐的社会环境,满足规范环境的需要,在建设物理环境的时候,应该配置有效的能支持学生沟通、合作、协作的软件,配置能够支持学生自主、合作、探究的学习软件与资源。例如,在校园网系统中设置能够建立班级虚拟社区、及时通信、远程协作等功能;设置能够支持各种教与学活动的功能;设置能够激发学生积极参与的激励机制。

(2) 建设物质文化的同时,兼顾精神文化的需求。如果说物理环境是物质文化,那么社会环境和规范环境属于精神文化。在建设物质文化的同时,应该有意识地培育虚拟学习环境中的文化,不要忽视精神文化对学生发展的影响。在虚拟学习环境中,社会环境和规范环境是影响学生发展的关键要素,是虚拟学习环境的重要文化要素。因此,在物理环境的基础上,应该有意识地建设社会环境和规范环境,形成健康的虚拟学习环境中的文化。在社会环境建设方面,教师应该设置学习社区和组织各种学习活动使学生之间形成合作、互助、共享的关系。在规范环境建设方面,教师应该引导学生掌握数字化学习的规范与方法、养成数字化学习的习惯,使学生逐步成为合格的“数字化”学习者。

2. 基于“种群”关系的结构

虚拟学习系统生态主体包括教师和学生。在一个生态系统中,作为主体的可以是个体,也可以是群体。在生态学中,群体的概念被称为种群。种群是指一定空间中同种个体的组合,是生态学中的重要概念之一,又是生物群落的基本组成单位;群落是指在特定空间里,具有一定的生物种类组成及其与环境之间彼此影响、相互作用,具有一定的外貌及结构,包括形态结构与营养结构,并具备特定功能的生物集合体。多个教师个体可以组成教师种群,多个学生个体也可以组成学生群,教师种群和学生种群可以共同组成师生群落,不同的师生群落可以共同构成虚拟学习生态系统中的生态主体。

在生态系统中,对生物体生长有直接或间接影响的环境构成要素称为生态因子。生物体所处的环境是综合的、多方面的,生态因子由生物和非生物组成,生物之间(种内和种间)彼此也互为环境。虚拟学习环境中的每一种构成要素都可以视为生态系统中的生态因子,这些生态因子之间通过相互影响、相互联系、相互作用构成了一个生态系统。所以,在虚拟学习生态系统中虚拟学习生态环境和生态主体之间,虚拟学习生态主体内部各部分之间,即教师个体、教师种群、学生个体、学生种群、师生群落各部分之间相互影响和相互作用,彼此构成其生长所需的生态环境,它们彼此间保持着有机联系,实现着物质循环、能量流动与信息流通,共同构成了虚拟学习生态系统。在此生态系统中,学生以及学生群体之间,教师以及教师群体之间,以及他们同各自所处环境因子之间,以学习信息、知识内容为能量载体进行有机联系与流动循环,共同保证整个虚拟学习生态系统的良好发展,如图 2.2所示。

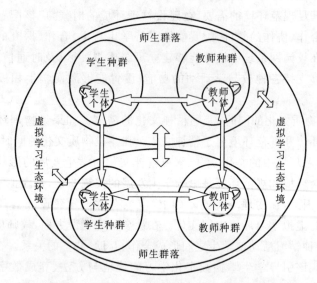

图 2.2　虚拟生态系统结构图

注:箭头为虚拟学习生态中的物质流、能量流和信息流

2.2　虚拟学习环境生态系统的特征

2.2.1　系统性

　　系统性强调构成系统的各要素之间的相互关系、相互作用以及功能上的统一。生态化虚拟学习环境是由学习者和各种支持性条件相互作用所形成的功能实体,是众多构成要素的统合,具有系统性。系统性良好的生态化虚拟学习环境,其各类生态因子相互依存,互为条件,能够实现功能和作用上的统一,有助于实现系统总体功能的最优化。例如,虚拟学习环境中,学习资源的安排应当与学习活动的设计具有一致性,学习策略的选择应当与学习内容、活动的设计相统一,这样学习者在学习时才能感到顺畅和连贯,从而在最大程度上吸收知识并建构对知识意义的理解。

2.2.2　功能性

　　自然生态系统中,生物体作为生命主体从自然环境中汲取生命成长所需的食物来满足自身成长与进化的营养的需要。自然生态系统的良好发展,体现在生物体生命的茁壮成长。在虚拟学习生态系统中,学生是此生态系统的中心主体,学生个体的健康发展与有效学习,是虚拟学习生态系统优化发展的重要目标。虚拟学习系统的生态化发展应考虑实际效果,学生个体有效进化是其目的,生态化的目的不是形式上的优化(如多样化的学习资源),而是培养高质量的学生人才,促进学生有效地在线学习,提高学生学习的效率。

从生态学的角度研究虚拟学习环境下学生如何把信息转化为知识进而内化成为学生的能力与素养,这是生态学对在线学习研究最为重要的启示。信息生态学指出,在不断发展和更新的信息技术改善学习环境的同时,要注意挖掘和利用有用的信息资源形成更有价值的知识,促进学生将获得的信息尽快转化成为自身认知和能力,使学生在虚拟学习生态环境下信息消费的同时实现个体成长和增值,这也是虚拟学习生态系统创建的主要目标,因此学生个体生存发展与良好的进化也是虚拟学习生态系统生态化的重要标志。

2.2.3　和谐性

"和谐一词原用于论乐,和者,协调也;谐者,调和也。"[26] 在生态系统中,和谐性就是各生态因子的和谐共生,是指各生态因子之间的"相得益彰"、"相融无碍"。和谐共生是生态型师生关系的特征。虚拟学习生态系统中的和谐体现在各生态因子的相互融洽,学习生态环境中各生态因子之间在各方面相互适应、协调统一。体现在学生与学生之间的交流与合作的默契,体现在学生与教师之间的相互适应与教学相长,体现在学生与学习资源之间、学生对学习资源环境的良好适应。对于教师来说,学习活动的设计符合学生的学习风格,学习资源的链接具有较好的导航等,从而促进学生知识的建构,提高学习效率。对于学生而言,和谐不仅仅是形式上的体现,高效率的在线学习,工具使用的方便,获取资源的便捷,学习认知需求上的满足,还表现在学生的身心感受与情感交流上的满足。学习生态环境的虚拟性虽使学生少了传统学习中面对面的交流,但在和谐的关系氛围中通过与同伴之间的交流与沟通,仍能够体会到一种不同于传统学习的优越感,真正地融于整个学习环境中,虽身处异地但学生能够在虚拟学习系统中找到一种集体归属感,在大家创造的和谐环境里,在每一步的学习中使其身心得到发展。

在虚拟学习生态系统中,各种生态因子之间是相互影响、相互联系、相互依存的,学生是其中一种生态因子。在学习过程中通过相互交流与合作,学生积极参与各种学习活动,积极分享所获取的信息资源,高质量地完成教师所分配的学习任务,学生群体之间形成一个良好的学习氛围。这种氛围的形成也有利于教师、指导者开展在线教学工作,他们的努力得到了预期的效果,甚至能够更高质量地完成工作,在学生中也得到了肯定,进一步带动着教师群体的积极性。这种和谐氛围的影响将会从微观的学生生态系统到教师与学生组成的生态系统,再到整个虚拟学习生态系统,甚至扩展到宏观的网络生态系统。

2.2.4　平衡性

　　生态平衡是生态学的一种核心理念。作为一种系统,整体稳定性是保持其良好发展的有力保障,其各部分的稳定发展被视为一种平衡。生态平衡是指生态系统通过发展和调节所达到的一种稳定状态。当生态系统处于这种相对稳定的状态时,生物之间、生物与环境之间出现高度的相互适应与协调,系统各部分结构与功能之间没有明显的分化,能量流动和物质循环总是在不间断进行着,生物个体也在不断地进行更新,生产与消费和分解之间,即能量和物质的输入与输出之间接近平衡。

　　虚拟学习环境的生态平衡是指一定时间内学习者与虚拟学习环境之间,学习环境中各生态因子之间在各方面都高度适应、协调统一的状态,此时虚拟学习环境的内部结构和外部功能都相对稳定。一个优良的生态化虚拟学习环境,应具有良好的平衡性,从而能够使网络学习环境中的资源优势最大化。虚拟学习环境的生态平衡是一种动态的平衡,各种内外因素的影响都可能打破这种平衡,引起虚拟学习环境的生态失衡,甚至爆发生态危机。例如,在虚拟学习环境中,学习者和助学者在人数上往往应保持一定比例,从而实现学习者的指导需要和助学者的指导能力之间的平衡。此时,学习者的学习效果和人力资源的利用都会达到最优化,一旦这种平衡关系被打破,就会引起虚拟学习环境的生态失衡,造成学习者学习效果下降或人力资源浪费。

　　虚拟学习生态系统中的这种生态平衡,体现在学习信息作为物质、能量将在学生个体身上、不同学生之间、学生与教师之间以及学生和教师与虚拟学习生态环境之间进行良好的交互与循环,通过这种学习信息到知识内容的转换与流通,学生能够便捷且有效地进行满足自身需求的在线学习,通过合理的学习方式,形成良好的认知结构,完成自身对学习信息到自身相关经验的认知结合。不同学生个体之间能够达到良好的互动沟通,通过交流分享信息来实现不同学习主体之间的能量转换。同样,学习信息也会在学生和教师之间进行流动与循环,实现教学的协调发展。知识信息的良好循环每时每刻都在虚拟学习生态系统的不同生态因子间进行,这种能量流动与循环是动态的,不同因子之间会通过相互协调来使生态系统达到一种动态平衡,如随着学生在环境中的有效成长,学生对知识营养的需求不断增加,教师会根据学生需求,及时提供学生所需的学习信息;学生主体成长过程中,自身认知能力与生存能力不断提高,对环境的适应能力增强,此时学生是从一种平衡向另一种能力更高平衡状态的发展。虚拟学习生态系统作为一个有机统一体,总是处于不断变化之中,无论是教师还是学生都无时无刻不受到环境或其他主体的正面或负面影响。不同生态因子之间相互影响、相互作用而引起生态系统的发展,这种发展是在一种平衡—不平衡—平衡之间通过自我调节、相互协调来维持着的生态系统的动态发展,并能在很大程度上克服和消除外来的干扰,保持自身的稳定性,促进整个虚拟学习生态系统平衡发展。

2.2.5　可持续性

可持续发展是当今社会生态的一个重要主题,其标志是资源的可持续利用以及良好的生态环境。环境开发之后不是仅供使用与消费的,一个学习环境平台的开发消耗了一定物力财力和人力资源,资源提供给学生使用的同时,要注意其循环利用。虚拟学习系统作为一种生态系统,同样具备可持续发展性。资源的维护和更新是基础,各个子环境的合理利用,相互协调是条件,师生的教学相长是目的。

在虚拟学习生态系统中,可持续发展性体现在诸多方面,如信息资源的不断更新,教师与学生之间的教学相长,学习气氛的更加融洽,学习兴趣与动机的每日剧增,学习成绩的日益优秀等。从微观的角度来看,如讨论区中的发帖人数的逐渐增加,发帖质量越来越高,帖子质量代表着学生对知识的意义建构程度,帖子不再是灌水帖,而是学生自己对所学知识的深刻理解的表达。学习过程中出现了一部分学习积极者,鲶鱼效应的产生,带动了学习气氛,学生开始自主组织合理的学习活动或者讨论话题,在新的活动与讨论中,教师从中得到了启发,学生之间的交流与合作更加频繁与默契,学生能够在与同伴的交流中产生共鸣,达到对学习知识的深刻认知等。

总之,虚拟学习环境是在不同层次上各生态因子在结构和功能上相互协调、相互作用的生态系统。其中,学生个体得以成长,系统中其他生态因子之间相互联系、相互依存、相互协调,使虚拟学习环境能够形成自我调节、自我完善、自我发展的生态系统。

2.2.6　开放性

生态化虚拟学习环境是人类社会生态环境的一个子集,同时又是极具开放性的网络虚拟世界的产物,所以它不是一个封闭的系统,而是具有开放性,需要和外界不断进行物质、能量和信息的交换。其开放性主要表现在两个方面:①资源的开放性,通过信息、资源的流动实现自身陈旧知识的更新;②系统的开放性,使学习者通过与外界的沟通,获得更为广阔的空间和资源。增强虚拟学习环境的开放性是保证其鲜活生命力的关键。例如,虚拟学习网站中的资源设计应灵活、多样,既要有站内资源,也要有站外链接,以保证资源的开放性;虚拟学习开展过程中,既应有内部助学人员的辅助,也应有外来专家的加盟,这样才能有更多的信息流通。

2.2.7　自组织性

自组织性即系统本身所具有的自我调控、自我完善、自我发展的能力。生态化虚拟学习环境中,自组织能力的形成应通过核心监控调节机制的设计来实现,可以人为进行监控,也可以利用人工智能。例如,当系统通过监控发现学习者遇到学习困难时,可以通过诊断系统来分析问题产生的原因,是学习资源不足,还是教学策略有问题,或是学习活动安排不当;进而根据分析结果采取措施,或调整学习内容,或改变教学策略,或为学习者提供个别化的指导和帮助,最终解决问题并完善虚拟学习环境。

2.3　虚拟学习环境生态模型

2.3.1　生态化虚拟学习环境的整体模型

主体与其周围的影响因子之间相互联系、相互影响、相互作用就构成了一个完整的生态系统。学生与其所处的虚拟环境因子之间相互作用就构成了虚拟学习环境的生态系统,如图 2.3 所示。

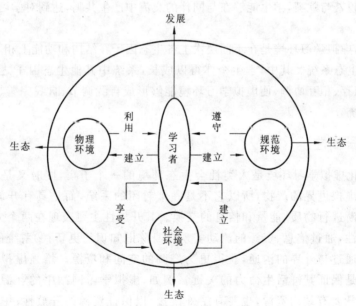

图 2.3　生态化虚拟学习环境的整体模型

虚拟学习环境中主体与环境的互动必然导致主体的发展和环境的变化。这种由主体与环境互动而导致的环境及其主体持续的变化,是虚拟学习环境生态化的一个基本特征。

　　虚拟学习环境中的人(教师与学生)与物总是处于不断的变化与发展过程中。一方面,环境中主体的需要总是处于不断的变化之中,为了满足主体需要的不断变化,环境必须跟随主体需要的变化而变化。例如,学生在虚拟学习环境中经过一段时间的学习之后,其学习的需要势必发生一定的变化,会对学习内容和学习活动产生新的需求。这样,为了满足学生新的需要,学习环境就必须随之发生变化,必须为学生提供新内容和新活动。另一方面,由于环境对主体的作用,主体也会随之发生变化,以便适应环境。"学习可以被看成是对一些环境变化的适应过程"[27],学习者应该主动变化去适应环境。例如,在虚拟学习环境中,学习活动的形式和学习方法明显不同于现实学习环境,为了适应这种环境中的学习,学生也必须改变原有的学习方式和方法。因此,环境和环境中的主体的变化与发展是生态化环境的基本特征。没有变化与发展,环境就会失去活力,环境中个体就会流失或者消亡。虚拟学习环境和环境中的教师和学生总是处于不断的变化与发展中,教师和学生为了能够在虚拟学习环境中有效地教与学,需要转变自己的观念,改变教与学的方法,逐步提高数字化教与学的水平;虚拟学习环境为了满足教师和学生的需要,需要不断地进行信息的更新、活动的创新。只有这样,才能保持虚拟学习环境的生机与活力,才能实现主体与环境的和谐发展。

　　虚拟学习环境中的主体与环境之间互动决定了学生与环境共生、共发展的关系。因此,在虚拟学习环境中,学习者不仅仅是环境索取者(单向的信息浏览、工具的使用、被动地参与活动),更应该是环境的积极建设者和维护者(提供信息、建立秩序、主动地参与活动、监控和调节环境)。为此,在设计虚拟学习环境的时候,应该从制度和技术两个方面建立激励学习者在利用环境的同时为环境的改善与发展做贡献的机制,以促进环境的不断优化,保持虚拟学习环境的动态发展,达到人与环境共生、共发展。

2.3.2　物理环境模型

　　物理环境包括基础设施、设备以及支持系统运行的软件和应用软件。作为整个生态系统中的一个子系统,它也有其生命周期。物理环境在设计与建设初期,所采用的技术方案和技术产品通用性和扩展性差,不能在原有基础上进行必要的扩展和演化,最终会随着新技术和新产品的出现而惨遭淘汰,导致整个物理环境的"生命周期"太短,造成资源的极大浪费。例如,一所学校两年前花费巨资建起了校园网,而在两年后的今天却因为技术无法升级、系统无法扩展、设备无法换代而不得不废弃重建。

　　理想的物理环境应该是在原有基础上,随着需求的变化(需求驱动)和技术的发展(技术驱动),逐渐扩展和升级,实现生态化的发展,如图 2.4 所示。

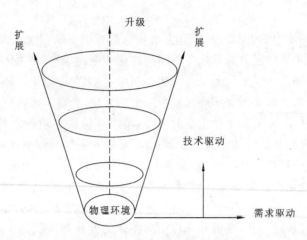

图 2.4　物理环境的生态化模型

　　为了达到这种生态化的发展,很多机构和组织针对校园网络系统、多媒体网络教室、多媒体教室、电子阅览室等各种形式的虚拟学习环境中物理环境的设计与建设提出了相应的要求和标准。例如,教育部针对校园网建设过程中存在的缺乏总体规划、可扩展性和升级性差、重复建设等一系列问题,为了规范全国中小学校园网建设,保证教育信息化的健康发展,于 2001 年颁发了"关于中小学校园网建设的指导意见",对校园网络系统的设计与建设提出了"先进性"、"实用性"、"灵活性"、"开放性"、"发展性"、"可靠性"、"安全性"和"经济性"基本要求,其核心目的是促进校园网络环境能够生态化地持续、健康发展。归根结底,为了维护物理环境的生态化发展,应该依照物理环境的生态化发展模型,在设计和建设期间,做到"平衡主体的眼前需求与未来需求的关系"和"平衡技术的成熟性与先进性的关系"。

　　1. 平衡主体的眼前需求与未来需求的关系

　　在技术方案的设计阶段,不仅要分析和确定眼前的需求,更要兼顾长远发展的需求,确保技术方案既能满足当前的教学和学习需要,又要能体现未来教育发展的需要。目前,在物理环境建设过程中,普遍重视当前的需要,而没有很好地充分论证未来发展的需要,从而导致花费巨大的人力和财力建设起来的虚拟学习环境,很快就不能满足学生学习的需要了。为了避免这种情况,环境的设计者应该在预估学习者未来需求的基础上,尽量增加学习环境的扩展性,为将来的升级和扩展留有余地。

　　2. 平衡技术的成熟性与先进性的关系

　　虚拟学习环境是以信息基础设施、设备和软件为基础支撑而构建的。为了保证虚拟学习环境的建设质量、保持其稳定性,建设者一般采用比较成熟的技术方案。但是,由于信息技术是当前发展比较快的领域之一,信息技术产品升级换代、技术更新的速度很快,导致几年前建设的环境很快就显得陈旧了,甚至不得不被淘汰,造成了资源的巨大浪费。为此,在信息环境基础建设阶段,要考虑设施、设备以及整体技术设计方案是否具备一定的灵活性,是否可以根据技术的发展情况,进行必要的扩展、升级和替代。

2.3.3　社会环境模型

社会环境是生活在其中的个体和群体通过活动而建立起来的各种关系的总和。虚拟学习环境中的社会环境主要由教与学的活动以及活动中建立起来的师生关系和生生关系构成。虚拟学习环境中的社会环境"人际关系"冷漠主要表现为以下两个方面。

(1) 教师与学生之间、学生与学生之间、学习小组与学习小组之间没有充分的互动,停留在学生通过教师提供的学习资源来独立地完成任务。例如,在网络课程中,虽然有论坛、互动评价等空间,但是学生从不到此"光顾"。

(2) 没有形成一个互助、活泼、具有凝聚力的学习团体,学习者在学习环境中普遍感到孤独,没有集体归属感。例如,学生进入网络课程开展学习普遍感到孤独,在网络课程空间不与同伴发生相互作用。

人际关系的冷漠导致整个社会环境缺乏生机和活力,显得沉寂。建构主义学习理论认为,学习活动的过程就是一种对话和交往的过程,具有社会性。从生态学角度看,学习是在多种场合中、多种水平上,通过多种形式相互作用、相互联系而发生的[28]。通过对话与交往,学习者不仅可以加深对知识的全面理解,而且还能够扩展和丰富知识。在学习过程中,如果没有教师与学生、学生与学生、团体与团体之间的充分交往,会影响学习的深度和广度。

按照社会环境中主体间的关系,可以把社会环境的结构概括为三种类型:①以教师为中心的结构;②以学生为中心的结构;③多中心的结构。其中,前两种类型都不能保证环境主体间的充分交往,都有其局限性;而第三种类型则可以保证教师与学生、学生与学生间的充分交往,使社会环境充满生机和活力。根据"多中心结构",可以建立社会环境的生态化模型,如图 2.5 所示。

为了创建和谐生态化的社会环境,在虚拟学习环境中应该建立民主和谐的师生关系、形成交流合作的生生关系和培育具有凝聚力的班集体[29]。

1. 建立民主和谐的师生关系

由于教师没有转变自身的角色,在虚拟学习环境中依然通过"在线通知"、"在线论坛"、"在线评价"等活动将自己的观点强加给学生,不能以学习伙伴和助学者的身份与学生平等协商,导致学生在虚拟环境中不愿意与教师沟通交流,影响了学习效果。研究表明,民主和谐的师生关系不仅没有降低教师在学生心目中的地位,反而强化了教师的地位和威信,更有利于教师组织教学活动。在同教师平等交流

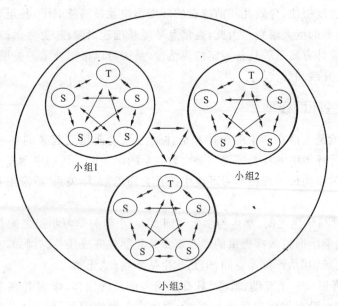

图 2.5　社会环境的生态化模型

S—学生；T—教师

与沟通的基础上，学生更容易掌握相关的学习内容，达到课堂学习目标。如果教师的意志通过与学生平等的沟通转化为全体学生的意志，就能够促进班级学习活动的开展。

2. 形成交流合作的生生关系

虽然虚拟学习环境为学生的合作学习提供了更为广阔的空间和便利的工具，但是，如果学生间缺乏合作的意识，学习团体内部没有形成良好的合作关系，那么学生在虚拟环境中的学习还会是"自我"和"无助"的。合作是现代社会的主流意识。在学习活动过程中，如果学生之间能够有效地合作，更能促进学习。通过合作，可以共享知识和经验，使学生对知识的理解更全面、更深刻。此外，通过合作学习，还可以加深学生之间的相互理解，增进友谊，形成积极的班风。在学习过程中，建立合作性的同伴关系，不仅是促进学习的重要方法，也是学生实现自身价值、满足归属感的有效途径。

3. 培育具有凝聚力的班集体

在虚拟学习环境中，学生的学习不同于现实环境，他们大都"隐蔽"在各自的角落里，通过网络开展学习活动。他们既可以作为一个"潜水者"不参与活动，不与虚拟环境中其他同伴相互帮助，也可以作为一个不受到任何约束的"灌水者"扰乱秩序。无论是"潜水者"还是"灌水者"都没有集体观念，这种现象不仅无益于自身的学习，而且会影响整个环境中其他人的学习。在一个特定虚拟学习环境中的教师和学生就构成了一个学习的班级(共同体)，这个集体中的成员只有树立共同的目标、产生集体归属感、明确各自的职责、形成互帮互助的氛围，才能具有凝聚力，才能促进每个成员积极主动地开展学习。为此，在虚拟学习环境中，教师和学生应该在民主的师生关系、合作性的伙伴关系的基础上，通过沟通交流，确定班级的目标、组织结构、管理方式，来增强班集体的凝聚力。只有这样，班集体中的每个成员才能明确自己的职责和权利，发挥各自独特的作用，才能产生归属感和成就感，最终形成一个富有凝聚力的班集体。

4. 开展富有个性的教学活动

由于网络自身的虚拟性、非中心化、开放性等特性，使得网络虚拟环境特别适合于个性的生存和发展，它可以把一个人的个性发挥到极致[30]。

虚拟学习环境是传统现实环境的补充和扩展，它可以为学生的学习提供更多个性化活动的自由空间。但是，如果虚拟学习环境还是照搬现实环境中的教学活动模式，而不是通过网络环境开展多样化的、富有个性的学习活动，那么学生在现实环境中无法满足的学习需要，在虚拟环境中同样得不到满足，无法发挥网络环境补充与扩展的功能。因此，为了满足学生多样化、个性化的学习需要，作为学习活动的帮助者、指导者、协商者的教师，应该在充分了解学生需求和与学生沟通的基础上，把活动的设计和组织的职责转交给学生，让学生自行设置灵活多样的学习活动，以满足学生个性化的学习需要，使学习活动能够适应每个学生的特点，促进每个学生的发展。

2.3.4　规范环境模型

规范环境主要指环境主体在相互作用和联系过程中所形成的观念、道德、行为准则、法律法规等，它属于一种文化环境的范畴。在学习环境中规范环境主要表现为学习模式与方法、学习习惯与学习规范等，是虚拟环境中的学习文化。它承担着维护环境氛围和秩序的功能。规范环境"发育不成熟"主要表现为以下 4个方面。

(1) 教与学的模式单一，方法呆板，不能适合每个学习者的学习特点。总体上看，目前，网络学习模式和学习的方法基本上是现实学习活动模拟，没有真正创新性的模式和方法。

(2) 教师和学生没有充分掌握虚拟学习环境中的教与学的方法，他们在虚拟学习环境中不知如何开展活动。教师和学生面对虚拟学习环境这种新的学习空间，势必产生一定程度的不适应，不知如何应用此环境开展相关的教学活动。

(3) 教师和学生没有形成数字化教与学的习惯，他们还不善于在虚拟环境中加工、处理、表达和应用知识。

(4) 在虚拟学习环境中，没有形成一套通用的教与学的行为法则。与现实学习环境一样,为了在虚拟学习环境中有效地开展学习活动,需要一套比较通用的教与学的行为准则,例如,如何发表自己的观点、如何同他人合作与竞争、如何对待他人等。

发育不成熟的规范环境,直接导致了环境秩序的混乱和功能的弱化,进而影响了学习的效率和效果。因此,培育健康、友好、和谐的规范环境,不仅可以维护环境的生态秩序,而且能够促进学生的在线学习。理想的生态化规范环境应该在相互理解和包容差异的文化环境中,通过民主与自治的管理体制,让学习者在基本的行为规范基础上,能够展现差异和个性,如图 2.6 所示。

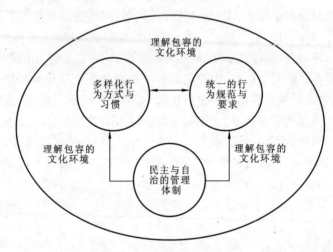

图 2.6　规范环境生态化模型

第3章　虚拟学习环境与现实学习环境的关系

随着信息技术的发展，人类对信息技术的需求已经超越了单一的信息需要，不再满足于通过信息技术发送和获取信息，而是要通过信息技术满足生产和生活各个方面的需要。因此，人类借助信息技术构建了一个全新的生存空间（赛伯空间、第二人生、虚拟世界）。这个空间不仅是由技术构成的数字化物理空间，而且是由人类活动构成的社会，是人类社会生产和生活场所，能够满足人类多元化、全方位的需要。虚拟学习环境与现实学习环境的互补互融、相互联系，构成了完整的学习空间。但是，探究两种学习环境的关系、有效处理两种学习环境的关系，使之保持各自相对独立、相互区别的功能，是实现虚拟学习环境生态化的基础。

3.1　虚拟世界与现实世界的关系

3.1.1　信息社会中的人类生存状态

虚拟世界是一种技术社会，它能给人类的生产和生活带来诸多便利，能改善人类的生产和生活质量。例如，电子商务、电子银行、电子办公、电子学习、电子游戏、网络交友等都在不同程度上为人们的生产和生活的各个方面提供便利。因此，现代人为了享受技术进步的成果，需要两种公民身份。第一种是传统意义上的社会公民，第二种则是在虚拟世界中的数字化公民（digital citizens）。所谓数字化公民就是指经常性地有效地应用网络的人[31]。在虚拟世界中，人类以数字化公民的身份，享受和体验着别样的精彩。例如，当人们感到对行走于繁杂商场中购物厌倦的时候，可以"进入"电子商城享受在线电子购物的便捷；当人们感到羞于开口与人交谈相关事项的时候，可以"加入"聊天室，享受隐身、开怀的在线聊天；当人们感到在时间和空间上难于参加面对面的学习的时候，可以"步入"网上学校，随时随地开展电子化学习。人类通过虚拟世界中的活动，不仅提高了生产和生活的质量，而且创造了一个全新的社会。因此，只有既能够立足于现实世界，又能驾驭虚拟世界的活动，能够游走于两种世界的人，才是合格的信息时代公民，才是全面发展的人。

3.1.2　现实世界与虚拟世界的关系

用信息技术构建起来的世界之所以被称为虚拟的世界，是因为其是对现实世界的虚构与模拟。但是，无论是虚构还是模拟，都是以现实世界为基本原型的。两

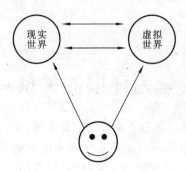

图 3.1　现实世界与虚拟
世界的关系

种世界中活动的主体都是人,通过人的活动,两种世界实现了互补互融,如图 3.1 所示。

1. 虚拟世界是现实世界的补充和扩展

人类之所以构建虚拟世界,主要是由于现实世界存在的某种局限与缺陷,不能满足生产和生活的需要。因此,虚拟世界是人类根据生产和生活的需要所创建的一个"人工世界",是对现实世界的局限与缺陷的弥补,是现实世界的扩展。例如,人们为了解决现实世界中交流的广度和开放度的局限,开发了虚拟的社区——电子论坛。在电子论坛中,来自世界各地、有着不同背景的人们可以围绕同一主题畅所欲言。人们为了克服传统学校学习时间和空间方面的限制,开办了网上学校,开发了在线课程。通过网上学校和在线课程,人们可以自主地安排自己的学习时间、选择学习的场所,而不必到学校参加课堂的学习。

2. 现实世界是虚拟世界的基础和原型

虚拟世界是人类根据现实世界中生产生活需要而创建的一个"人工世界",现实世界是虚拟世界的基础和原型。"虚拟世界本质上是对现实世界所具有的属性的转录和反映,虚拟世界中的事物所具备的属性本质上均来源于特定的现实世界中的物质的属性和关系并与之相对应"[32]。没有现实世界中人类活动的需要,没有现实社会中的经验,没有现实世界中的客观事物,没有现实世界中社会结构与规则,人类是构建不出虚拟世界的。例如,虚拟社区与现实社区类似,是相对固定的人群(社区成员)从事某些特定活动(发表话题、参与讨论、信息通信)的特定场所(网络空间)。在这个虚拟社区中,同样具备与现实社区类似的人与人之间的关系、社区文化和行为规范。网络学校与现实学校类似,是教师和学生(虚拟班级)开展教与学活动的特定场所(网络空间)。在网络学校中,教师充当着与现实课堂教学类似的角色,引导学生积极主动地学习,学生按照一定的要求,从事着与现实课堂类似的活动。因此,现实世界的结构、规则依然是构建和规范虚拟世界的框架,是维持虚拟社会健康发展的基础。

3. 现实世界与虚拟世界的融合

一方面,虚拟世界是人们根据现实的需要而构建的。因此,现实世界的结构与功能在虚拟世界中会有所体现,现实世界的文化也会不断融入虚拟世界。虚拟社区、虚拟城市、虚拟商城等场所的基本结构与功能整体上是现实世界的移植和模拟,同样,人们在虚拟世界的活动规范也同样适用于虚拟世界的活动。例如,中国传统文化中"己所不欲,勿施于人"的行为规范同样适用于虚拟世界人类的活动。

另一方面,虽然虚拟世界是依据现实世界而构建的"人工世界",但是随着人们在虚拟世界中各种活动的不断丰富和深入开展,虚拟世界已经形成了独具特色的社会和相应的社会文化,虚拟社会中的文化和各种经验也会对现实世界中人的行为、社会关系、社会结构、社会心理、社会组织等有很大的影响(正面和负面)。例如,网络的出现,一方面使得人与人的交流更为广泛和便捷,使得现实世界中的人与人之间的关系变得更为紧密与和谐,使得整个世界变为一个"地球村",另一方面也造就了一批感性、个体、游离的"后现代游牧部落"[33]。这类人群的思维方式、行为准则和价值观念与现实社会中的主流文化格格不入,造成了一定的社会问题。这样,虚拟世界在移植和模拟现实世界的基础上,又反过来影响和改变着现实世界,使得两种世界逐步趋于融合。因此,虽然虚拟世界与现实世界在物理特征方面属于两种不同的世界,但是在社会特征方面却是相互融合的,即你中有我,我中有你。

时至今日,随着世界各国信息化战略的实施,信息化基础设施的不断完善、信息化环境的不断改善,在人类日常的生产生活过程中,现实世界与虚拟世界已经趋于融合,共同构成了人类的全部实践活动的环境。例如,各级政府开始把电子政务作为日常工作,通过该平台公布政务信息、倾听民众意见、与民众沟通交流。这样,有形的现实政府与无形的虚拟政府融为一体,大大提高了政府的服务质量和效率。同样,各级各类学校都在建设数字化校园,整合现实课堂教学与网络教学,提高教育的效果。

3.1.3　信息社会中的教育环境——现实与虚拟课堂的融合

信息社会中的教育由现实课堂教学和虚拟课堂教学两种活动构成。所谓现实课堂教学是指教师和学生以教室为主要的活动场所,以班级为人员单位,以课时为教学的时间单位,以师生之间、生生之间面对面的活动为基本形式的教学活动。所谓虚拟课堂教学是指教师和学生以注册与登录网络课程平台为主要活动空间,以在线注册的班级为人员单位,以师生之间、生生之间的在线活动为基本形式的教学活动[34]。

在信息社会,教育作为人类实践活动的一个重要领域,也在通过建构虚拟教育空间来弥补传统教育的局限,优化教育过程,扩展教育活动的空间,满足多样化的教育需求,革新和改变传统的教育,创造新型教育。近年来,除了以信息技术为主要支撑的网校、网络学院等新型教育机构得到了快速的发展外,越来越多的传统学校也在传统的现实学校环境基础上,建立了校园网,开发了教育资源库,开设了在线课程,尝试应用信息技术弥补传统教学的局限,优化教学过程,革新教学模式与方法。

截至 2005 年,美国的高等学校几乎全部建立了校园网并开通了因特网,有 2/3 的高等学校为在校的学生开设了网络课程[35]。在美国,越来越多的中小学建起了校园网,并且把互联网引进了教室,实现了传统的课堂与互联网的连通。2005 年,94％的公立学校的教室连通了因特网[36]。我国的各级各类学校在国家教育信息化政策和措施的扶持与促进下,逐步建起了校园网,引进与开发了数字化的电子图书馆,开设了在线课程,形成了现实课堂与虚拟课堂并存的学校教育环境。截至2007 年底,我国普通高中学校连网率接近 100％;初中学校连网率达到 80％以上,其中,城市初中学校连网率达到 90％以上,农村初中学校连网率达到 70％以上;小学连网率达到 70％以上[37]。

虚拟课堂已经成为现代学校教育环境的重要组成部分,是教师教和学生学的重要场所,是学生成长的重要环境。"由于社会约束弱化,虚拟社会成为自由社会,这使得主体有可能以本能化的方式展开活动"[38],同样,虚拟课堂也会成为激发学生学习的内在动机和提升学生创造力的有效环境。因此,现代的学校教育应该正确处理虚拟课堂与现实课堂的关系,充分发挥两种课堂在育人方面的优势,综合利用两种课堂各自的功能,形成整体的教学解决方案,实施混合式学习(blended learning),实现两种课堂的融合。现实课堂与虚拟课堂融合的教育方式将是信息社会中教育的主要方式。

3.2　虚拟课堂与现实课堂的关系[39]

随着信息技术在教育领域的应用和发展,用信息技术构建起来的虚拟课堂已经成为一种与现实课堂共生共存的重要教学环境,虚拟课堂中的教学活动也已经成为一种重要的教学活动,在学校教育中发挥着独特的作用。虚拟课堂是一种在虚拟空间创建的学习环境,是以现实课堂为原型构建起来的有组织的人工学习环境,能够使教师和学生通过计算机网络远距离地开展各种教学活动[40]。它既具有现实课堂的一般特征,也具有其自身的特性,不仅是对现实课堂的模拟、延伸与扩展,也是对现实课堂的超越与创新。

3.2.1　虚拟课堂是对现实课堂的模拟

模拟现实课堂的教学活动是指在虚拟课堂中借助信息技术手段实现类似现实课堂中的教学活动(如不同地理位置的师生通过视频会议系统进行的实时知识传授、实验、讨论等活动),其活动结构、功能、内容、时间等与现实课堂基本一致,不同之处主要是空间结构的变化,使身处各地的学生能够如同在现实课堂中一样同时参与教学活动[41]。这种模拟现实课堂的虚拟课堂教学活动可以概括为同步直播教学与同步集体互动讨论两种具体形式。

虚拟世界是人类以现实世界的模型为基础而构建的第二生存空间,人类在虚拟世界中的许多活动都是对现实世界的模拟。同样,虚拟课堂中的许多活动也是对现实课堂活动的模拟。计算机网络技术能够以数字化方式把现实的教学存在转化为虚拟的存在,学生能够在这种虚拟存在的环境中进行阅读、聆听、讨论交流等活动。这种模拟形式能够打破空间的限制,使不在现场的远端的学生能够聆听教师传授知识,共享优质教学资源,使身处异地的师生进行实时交互,如同在同一间教室上课一样。

1. 同步直播教学

同步直播教学是指利用网络技术(如视频、音频会议系统)传送教学信息(教师通过实时音、视频交互通信工具将自己或者其他专家的实时讲课过程或录音录像传送给学生),学生同步收看、收听,并且进行实时交互的教学活动。这是一种通过图像、语言及数据交流使学生获得较为系统的知识的模拟现实课堂教学的形式。

这种类型的教学活动在时间上要求教师和学生同时在线、同步活动,空间上可以在不同的具备上网条件的地点(教室、宿舍、家里等)。通过实时音视频交互通信工具,教师将自己或者其他专家的实时讲课过程(或录音、录像)以及教学课件等传送给学生,其功能表现在以下三点。

1) 能够充分利用教师资源,实现面授教学的系统知识传递

现实课堂教学的一个最明显的优势是教师能够系统地讲授基本知识和原理,使学生高效率地理解和掌握系统的知识。同步直播教学与现实课堂教学一样,教师可以针对某一专题开设系列讲座,使不具备集中在同一教室的学生能够享受优质的教师资源,获得系统知识。

同步直播的另一个明显的优势在于通过集体教学能够充分利用教师资源,比如当选修课、公共课的教师资源不足或当异校选修某一课程时,利用诸如基于 P2P 技术的实时课堂直播系统开展教学活动,使不同教室的班级学生或者分散的个体学生能够同步进行类似面授的课堂教学活动,从而跨越空间限制,解决师资不足的问题,极大地扩大了教学规模。

此外,通过同步直播教学,可以方便地聘请异地的教师,为学生开设各种专题性的讲座,使得面对面聆听国内外专家学者的教诲不再是奢望。

2) 能够使学生获得真实的感受

教师或者专家能够如同现实课堂教学一样,针对某一议题进行深入研究、精心准备,将有关议题的内容系统地讲授给学生,使学生能够获得较为系统的知识体系。

3) 能够突破现实课堂的空间限制,使身在异地的学生获得集体辅导

与现实课堂的教师面授相比,能够打破传统现实课堂教学的地域局限,能够使不在同一间教室的教师和学生同步进行教学活动,身处异室的学生能够同时聆听同一教师的讲座,从而充分利用教师资源。

基于项目的学习、基于问题解决的学习、基于小组合作的学习等形式的自主学习活动往往在不同的地点开展。在学生自主学习过程中，如果缺乏教师的指导，往往会使自主学习处于放任自流状态。因此，教师需要针对自主学习过程中出现的共性问题集中说明，进行集体辅导。这种情况下就需要教师在不干扰学生自主学习活动进展、不要求集中在固定教室的前提下，与学生沟通确定合适的时间，通过同步直播教学的形式，进行集体辅导，学生可以在不同的地点获得教师的指导，从中获得学习方法、思维方式的启发，得到教师的激励，明确前进的方向。

这种模拟形式在成人远程教学中应用比较广泛，在基于传统高校中也有其存在的必要性，其适用的范围包括：当需要聘请国内外的专家进行讲座时，而专家不能到达现场的情况下可以采用这种形式，使得面对面聆听国内外专家学者的教诲不再是奢望；采取跨校区选修、辅修课程的学生，应用这种模拟形式可为他们解决空间距离的难题，不再为路途遥远而担忧；当公共课缺乏师资时，可以利用这种形式解决教师数量的不足问题；当网络自主学习过程中出现了共性问题需要教师辅导和进行集体交流的时候，均可以采用这种同步直播的形式。

2. 同步集体互动讨论

同步集体互动讨论是指在某一时间段内，教师和学生同时登录虚拟课堂，应用同步讨论工具（视频、音频会议系统，实时聊天室等），在教师的组织引导下，如同现实课堂一样，围绕某一主题，进行实时的观点阐释、辩论和评价等活动。与同步直播教学活动一样，在时间上要求教师和学生同时在线，而在空间上可以在不同的地点，其主要功能表现在以下几方面。

1) 保持现实课堂的即时性

学生能够如同现实课堂讨论一样及时发表观点，并获知他人观点，可以即时辩论与评价，较面对面的课堂讨论更具有深度和广度；每位学生都能发表自己的观点，能够产生更多的思维碰撞，对问题的认识会更加深入。

2) 突破现实课堂空间的限制，提高讨论的参与性

这种互动讨论与现实课堂的师生互动相比，在空间上是灵活的，师生可以在世界的各个角落，利用网络和相关的学习设备（计算机、笔记本电脑、手机、PDA）参与讨论，通过视频、音频系统或者论坛发帖等方式，实现虚拟空间的"面对面"交互，师生、生生之间针对某一问题能够即时发表看法，使每个学习者都能展示自己的聪明才智，实现相互质疑、相互激励、相互欣赏，获得启发，开阔思路。较现实课堂教学中面对面的讨论而言，参与性、其广度与深度都有所加强。

3) 减轻心理压力，提高讨论的适应性

一些学生由于性格、思维、语言等方面的原因不适应面对面的激烈辩论，现实课堂讨论往往会给他们造成较大的心理压力，有时甚至会失去交流思想的机会。在虚拟课堂中，没有了现实课堂讨论的强烈的心理氛围，能够提高讨论的适应性。

这种教学活动类型从学习内容与任务上看,适合于劣构问题的解决的学习;从组织形式上看,适合于班级教学,适合于需要所有成员参与的讨论活动;从学习环境与条件上看,适合于那些不具备面对面进行讨论条件的情况,如与国内外其他学校联合开设的课程学习,适合于聘请几位专家针对有争议的问题发表自己的看法,学生提问质疑,专家解答的情况。

3.2.2　虚拟课堂是在现实课堂基础上的扩展

虚拟课堂是时间和空间高度延伸的课堂,它能够克服现实课堂活动在教学时间和空间上的局限性。扩展现实课堂的活动主要是在现实课堂教学活动的基础上,借助虚拟课堂的开放性、自主性等优势,实现对现实课堂的时间和空间、内容与活动等方面的链接与扩展延续的活动形式,提高学生学习的灵活性和自主性,促进学习目标的完成,培养学生的自主学习能力。这种类型的虚拟课堂教学活动可以分为异步点播、异步集体互动、异步文本资料的课外自主阅读三种形式。

1. 异步点播教学

异步点播教学是指学生针对自己在现实课堂中那些理解不深入、没有弄懂弄通的问题,通过登录虚拟课堂教学空间,自主点播教师预制的讲座视频、音频等学习资源,解决课堂教学中的遗留问题,加深对知识的理解,主动构建自己的知识结构,实现对课堂教学活动的扩展延续。这里的教学资源可以是教师自制的视音频、课件等资源,也可以是选择与内容相关的其他优秀教师的讲座;可以是整堂课的视音频资源,也可以是小段的录像视频(或音频),经过编辑之后上传到网络平台上,供学生点播学习。

异步点播教学除了具备同步直播教学所具有的能够突破现实课堂教学空间限制的功能外,还具有下列功能。

1) 能够扩展延续现实课堂活动的时间,提高学习的灵活性

异步点播教学最大的特点是学习者不必受现实课堂和同步直播的固定时间的约束而自主地安排自己的学习时间表,可以根据自己的学习情况,控制播放的进程和重复次数,从而针对现实课堂学习中的内容进行复习、查漏补缺等活动,促进对知识的理解。在此,学生学习的灵活性、自主性、个性化学习能够得以充分体现。

2) 能够实现对现实课堂教学中学习内容的扩展,促进知识结构的构建

通过点播相关的音视频资料,能够实现对现实课堂教学中的学习内容的扩展。现实课堂教学的时间是有限的,而现代社会知识增长速度与更新速度是非常迅速的,课堂教学中仅仅是教师针对具体教学内容的重点、难点进行详细讲解,许多相关的知识还需要学生课外深入学习。虚拟课堂中,学生在现实课堂学习的基础上,根据个人的兴趣爱好点播教师提供的其他相关内容的音视频学习资源,及时获取所需信息,可以扩展学习内容,促进知识结构的构建[42]。

　　从学习内容与任务上看,这种类型的教学活动比较适合于良构问题的解决的学习;从教学条件上看,当现实课堂教学时间少,而学习内容相对较多,课堂中无法完成教学任务时,当现实课堂教学中某些知识需要进一步扩展时,当课堂教学中的学习存在某些遗漏或者理解不深入时,均可采用异步点播教学,以实现现实课堂教学得以延续与扩展。

2. 异步文本资料的课外自主阅读

　　文本资料的课外自主阅读是指在面对面的课堂教学之后,学生根据自己的需要选择合适的时间阅读教师提供的讲义、课件、补充资料等,延续和扩展课堂教学的时空与学习内容的活动,其功能表现在以下几个方面。

　　1) 提供课堂教学中的相关学习资料,促进学生对知识的进一步理解

　　现实课堂教学由于时间紧,学生对学习内容往往不能当堂吸收消化,利用虚拟课堂教学可以解决这些问题。教师将现实课堂教学中的授课课件、本节课的重点难点及相关的学习任务上传到网络平台,布置阅读任务,提出相应的思考题,学生根据自己的需求,灵活选择自己的时间、地点完成阅读任务,并思考相应问题,实现现实课堂教学时间、空间和学习内容的扩展与延续,并培养学生自主学习的能力。

　　2) 提供丰富的辅助性学习资源,能够弥补现实课堂教学信息量不足,扩展学生的知识面

　　现实课堂呈现给学生的信息是很有限的,而促进学习的信息又是极为丰富的。虚拟课堂中将相关的知识链接提供给学生,引导学生通过自主阅读来丰富知识,弥补现实课堂教学信息量不足的问题。

　　3) 提供拓展资料,能够延伸课堂教学

　　因为现实课堂的教学时间是固定有限的,课堂上教师呈现给学生的只能那些重点和难点,一些比较重要的知识点没时间展开讨论,或者有些重要的知识点被遗漏,相关的资料没时间呈现给学生,教师也常有没能完成教学任务的感觉,如果等到下一节课再解决这些问题就会打断师生的思路,也会失去热情。虚拟课堂中教师将本节课的重点难点及相关的知识链接提供给学生,学生通过自主阅读来丰富知识结构。

　　从教学内容与任务上看,这种类型的教学活动比较适合于良构问题的解决的学习;从组织形式上看,适合于个性化学习;从教学条件上看,当需要弥补课堂教学时间的不足和资源不足的时候,当需要扩展学生的知识面,需要辅助性的学习资料来加深学生对所学知识的理解的时候,均可采用异步文本资料的课外自主阅读。

3. 异步集体互动讨论

　　异步集体互动讨论是指为了延续或扩展现实课堂教学中的讨论活动,教师和学生在任何地点和时间登录网络课程,利用在线论坛、讨论组、电子邮件列表等工具,教师或学生发起话题讨论,经过认真思考,发表自己的看法,以文本的形式发布

自己的见解、评论他人观点,同伴之间进行讨论、相互启发、相互欣赏、相互学习的活动。

异步集体互动讨论的话题可以是基于现实课堂的讨论过程与结果,师生总结归纳需要继续讨论的问题,将现实课堂中的讨论加以延伸;也可以是现实课堂中讨论的衍生问题或一些没有来得及讨论交流的问题,将现实课堂中的讨论加以扩展。

与现实课堂讨论和同步在线谈论相比,其优势在于以下几个方面。

1) 能够实现讨论时间与空间的延伸和内容的深化

由于传统课堂的班级容量比较大,时间有限, 一些学生得不到发表自己见解的机会,不能充分阐释见解,致使讨论不能深入,师生常有意犹未尽的感觉。虚拟课堂因时间和空间比较灵活,可以在一周或者更长的时间内延续该主题的讨论,学生不必来到同一地点进行交流活动,能够随时登录讨论空间发表自己的观点,同时,学生较现实课堂中的讨论有了更多的思考时间,也有机会和时间查阅相关资料开阔思路,分析其他同学的观点并进行评价,经过分析、思考、构建等内部学习过程之后,得出自己对问题的认识,发布自己的见解与同学分享,并接受同学的质疑与肯定,使得讨论能够较为深入全面。

2) 能够充分体现学生的主体地位

这种异步讨论是面向全体学生的,能够使每个学生都有参与讨论的机会,能够促进相互学习并反思自己的观点,培养学生的反思能力、评价能力、语言表达能力、与人沟通的能力等,使学生的主人翁地位得以体现。

3) 能够充分发挥教师的主导作用

通过参与学生的讨论,教师能够及时了解学生的学习情况,及时引领学生讨论的方向,充分发挥教师的主导作用。

这种类型的教学活动应用的范围比较广泛,从学习内容与任务上看,比较适合于劣构问题的解决,比较适合于班级学习中共性问题的讨论,如一个学习单元综合性问题的讨论;从教学条件上看,适合于当现实课堂讨论需要进一步深入而时间不允许的情况,或者课堂讨论出现临时性的大家感兴趣并值得讨论的问题时;从学习过程上看,当对某一问题大家意见分歧较大,课堂中又没时间进行深入讨论时,可以采用这种异步讨论的形式来延续扩展现实课堂中的讨论活动。

4. 异步学习成果的评价

异步学习成果的评价是指学生将个人或者小组的学习成果上传到网络平台,师生利用自由的时间对其进行评价,学生能够及时获得教师以及同学的反馈信息的学习活动。

对学生作业的分析是教师检验教学效果的一个很好的途径,但是现实课堂教学中,每个教师所面对的学生数量比较多,对学生存在问题的归类分析的任务比较重,对作业的解答也难以做到个别化的指导。在虚拟课堂中,应用计算机技术和网络技术,为每个学生提供展示的机会,及时获得教师与同学的肯定与建议,从中获得成功的喜悦感,提高学习的兴趣,并能及时发现问题,提高学习的实效。

当每个学生或者每个小组的学生都希望展示自己的成果,但现实课堂教学时间有限时,这种异步学习成果评价不失为一种好的方式。

3.2.3 虚拟课堂是在现实课堂基础上的创新

虚拟课堂教学不仅仅是对现实课堂的模拟与扩展,它更为突出的优势在于实现对现实课堂教学的超越与创新。创新课堂教学活动是在教学时间、空间、内容、活动过程等方面全方位超越现实课堂的教学活动。它能够实现现实课堂教学中不能充分实现的活动,如个别化教学、合作探究学习、危险与不具备条件的实验、实习等;现实课堂中完全不能实现的存在也可以通过计算机网络,以数字化的形式构成虚拟的存在而展现出来。在虚拟课堂中,学生可以上天揽月,海底探宝,可以回到白垩纪时期置身恐龙世界,也可以到未来世界进行先期体验。与现实课堂教学活动相比,这类教学活动的开放程度更高、学生学习的自主性与个性更强、参与教学活动的主体之间交互性更深,是一种以学生为中心的教学活动类型。按照教学活动的个体——群体维度,可以把创新课堂教学活动分为以数字化资源利用为主的个性化学习、以在线合作为主的小组学习、以在线群体交互为主的社会性学习三种主要形式。

1. 以数字化资源利用为主的个性化学习

以数字化资源利用为主的个性化学习是指学生为了完成特定的学习任务,根据自己的特点(学习准备情况、学习风格、学习能力等)和学习的需要,自主选择与运用数字化资源,确定适合自己的学习内容、学习进度、学习方法的学习活动,其功能表现在以下三个方面。

1) 超越现实课堂教学资源单一、匮乏的局限

由于现实课堂时空的局限,使得学生所能够获得的学习资源量相对较少,获得资源的途径相对单一,虚拟课堂中的网络资源具有丰富性、趣味性、生动性、灵活性等特点,通过文本、声音、图像、视频、动画、网页等多种多样的形式或维度将知识呈现给学习者,学生能够在短时间内获得大量的学习资源。

2) 超越现实课堂中的以教师使用资源进行教学为主的倾向

现代社会信息资源极为丰富,需要培养现代社会的人具备在浩如烟海的信息世界中主动、有效地获取有用信息以及加工处理的能力。但是,现实课堂教学中由于时空的限制,是以教师应用资源进行教学的活动为主,学生往往是被动地接受教师所提供的学习资料,而且这些学习资源是有限的,学生习惯于接受教师的这些学习资源,无需去选择甄别,显然这种状况不能实现社会对人才的培养需求。基于网络资源的学习并不是简单的对资源的下载、复制,其前提条件是学生要对资源进行

筛选与评价,获得对问题解决具有意义的资源,更重要的是结合所需解决的问题,进行深入的思考与分析,形成自己的观点与认知方式,创造性地应用学习资源,发展独立思考能力、创造性思维能力,培养自主学习的能力、信息资源的应用能力。在这里,学生是信息资源的主动获取者、信息技术的有效使用者,是真正的学习的主人。当然并不否认教师的作用,而是更需要充分发挥教师的主导作用,需要教师根据学生的特点与需求,认真筛选、设计学习资源,以减少学生学习的盲目性,避免学生迷航现象的发生,成为学生学习过程中的资源提供者和共享者、学生获取资源的帮助者和指导者。

3) 彰显"学生是学习活动的主体"思想,实现个别化学习

个性化的学习与个性化的发展自古就是人们追求的教育理想,现代社会更迫切需求个性的张扬。而现实课堂教学中由于客观条件的限制,即使进行个别化教学,也只能是在有限的范围和程度上为个别学生提供帮助,尊重学生个性需求的思想难以实现。虚拟课堂为个性化学习创造了机会,为彰显个性提供了环境,它的以数字化资源利用为主的学习是一种"按需学习"的方式,学生能够根据自己的学习风格、兴趣、学习能力、学习空间和时间等,灵活自主地筛选学习资源,自主控制学习过程,调节学习进度,进行个性化的学习,学生的个人价值得到关注,从而使得人本主义学习理论的主旨"学习者是学习活动过程的主体"思想得以实现。

这种类型教学活动从教学内容与任务上看,比较适合于劣构问题的解决,比较适用于学生的学习基础、学习能力差异显著的内容或学科,比较适合于培养学生的个性目标的完成;从教学方式上看,比较适合于任务驱动式、探究式学习。

2. 以在线合作为主的小组学习

以在线合作为主的小组学习是指依托虚拟课堂中的合作与探究的工具(论坛、WIKI、BLOG、共享白板、聊天室等),以小组合作的形式共同完成探究性任务的学习活动。与现实课堂中的合作学习活动相比,在线合作为主的小组学习具有如下功能。

1) 使得沟通与交流活动更为便捷

沟通与交流是小组合作学习的关键活动,现实课堂中由于时间和空间的限制,小组成员之间很难实现随时随地的沟通与交流,致使合作学习活动不能顺利开展。而在线的沟通与交流使小组成员间的互动可以在任何时间、任何地点开展。

2) 使得合作性学习活动更为深入

现实课堂中的小组活动基本上是面对面的现场活动,小组成员之间口头语言的交流和现场的活动、同伴之间的评价大都是即时性的,没有经过系统的思考,导致同伴间交互共享的质量不高,合作学习的效果没有充分实现。虚拟课堂中的小组合作学习允许学生延时对问题和同伴的反应,允许学生利用一定的时间对问题进行深入而系统的思考后发表自己观点和意见,这样就大大提高了同伴之间交互

的价值;同时,由于在线合作学习中采用的论坛、WIKI、BLOG、在线共享平台等工具可以全面地展示和记录合作学习的过程与成果,使得小组成员可以随时随地加入合作学习活动和分享学习成果,这样就充分体现了合作学习的效果。

这种类型学习活动从教学内容和任务上看,比较适合于劣构问题的解决;从教学方式上看,比较适合于那些需要大量时间和学习资料的项目型、探究型的学习活动。

3. 以在线群体交互为主的社会性学习

以在线群体交互为主的社会性学习是指教师和学生在网络课程平台中,围绕某一主题所进行的对话、沟通、合作、评价等互动性的活动。其学习的类型属于社会性学习,即通过社会的互动来建构知识的意义;其学习的内容是群体的智慧,即群体中每个成员的思想和观点都是学习的内容;其学习的环境是在线环境,即网络课程平台。这种形式的学习已经超越了任何一种形式的现实课堂活动,是一种全新的教学活动,它具有如下功能。

1) 可以实现多向且深度的互动

学习是一个社会交往的过程,正如维果茨基所言,"个人的认知结构是在社会交互作用中形成的"。现实课堂中的交互主要是学生与学习内容的交互,这种交互能够促进学生对课程的理解,但是,作为社会中人的学生,其对知识的理解、建构知识结构均离不开交往,离不开与教师、同伴、资源的交往,离不开其中的思维碰撞、相互的启发、相互的学习。虚拟课堂能够突破现实课堂的时间、空间、人数与资源的局限,为师生之间、生生之间、师生与资源之间的及时沟通架起一座桥梁,实现多向且深度的互动。

2) 可以实现随机通达教学

随机通达教学(random access instruction)是一种适合于高级学习的教学活动。"随机通达教学"认为,对同一内容的学习要在不同时间多次进行,每次的情境都是经过改组的,而且目的不同,分别着眼于问题的不同侧面。每个学生对主题或者情境的理解、认识角度和表述都可以作为一个学习的路径,学生可以针对主题发表自己的观点,并作为自己和他人的学习路径,虚拟课堂为此提供了良好的环境。

3) 可以实现群体智慧的共享

学习活动既有个体智慧的开放,同时也呼唤群体智慧的共享(collective intelligence)。群体智慧能够集中集体成员的天赋、才能、技术与经验,共同完成集体目标。现实课堂教学中由于时间空间的限制,充分发挥集体智慧的条件有限。基于网络的虚拟课堂是人类智慧共享的平台,平台中的每个学习者成为人类智慧网络的一个组成部分,可以实现全球智慧共享[43]。虚拟课堂为学习中的智慧共享提供了良好的情境,扩大了成员之间交流的机会、范围、频率以及深度,每个人都可以为群体贡献出自己具有个性化的智慧,使得各种解决问题的方案得以展现,实现各种观点的交锋,形成相互理解包容的价值观,个人和集体智慧得以张扬。

这种类型教学活动从教学内容和任务上看,比较适合于劣构问题的解决、开放话题的讨论、作品的完成与评价活动;从学习方式上看,比较适合于探究性学习、综合项目的学习。

3.3　虚拟课堂与现实课堂互补互融的实现

两种环境下的教学各具优势与局限,虚拟课堂的优点是现实课堂学习所无法比拟的,而现实课堂的优势也是虚拟课堂所无法替代的,相互之间的优点又恰恰能够弥补对方的某些不足。因此,如何充分发挥各自的优势,使两种相对独立的课堂表现形式优势互补、相互支持、相互配合,是实现教学的生态化和最优化的关键。

3.3.1　虚拟课堂为先导,现实课堂为后继的模式

1. 模式的说明

该模式是指在现实课堂教学之前,教师在网络平台中为学生提供先行组织者、先导性学习材料与必要的个别辅导,学生选择自己的时间、地点与学习内容,进行先导性的自主学习活动,从而建立新旧知识之间的联系,完成学习新知识的初始能力、学习能力和心理等方面的准备,为之后的现实课堂教学提供必要先期准备的互补互融的教学模式。

本模式中两种课堂的基本关系是,虚拟课堂教学作为现实课堂教学的前奏,是现实课堂教学活动的前期准备,现实课堂教学以虚拟课堂教学为基础,在传统教室及固定上课时间进行系统知识技能的学习以及情感态度价值观的培养,如图 3.2所示。

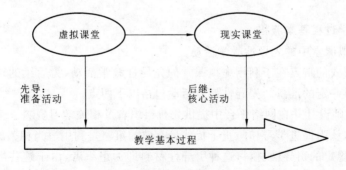

图 3.2　"虚拟课堂为先导,现实课堂为后继的模式"结构图

此模式的运用,首先需要教师针对教学内容、学生特点设计先行组织者、先导性材料,并上传到相应的平台模块中。学生在网络环境中通过对先行组织者资料

的学习，"为新的学习任务提供观念上的固定点，增加新旧知识之间的可辨别性，以促进类属性的学习"，即为新旧知识之间架起桥梁，促进对新知识的学习；同时，学生自主阅读教师提供的先导性资料，从而为新知识的学习提供资源导航，明确将要学习的内容，获得知识与心理上的准备。教师通过网络平台密切关注学生的反应，确定现实课堂教学的起点、重点与难点，选择恰当的教学组织形式与方法等，之后在固定上课时间内开展常规的现实课堂教学活动。

2. 模式的优势

（1）课前建立新旧知识之间的联系，提供必要的学习准备，能够节约课堂教学时间，提高教学效率。因为在学习新知识时，人们总是要激活自己原有的知识和经验，使其成为学习新知识前的必要准备，从而使学习者在学习新知识过程中缩减从长时记忆中搜寻相关知识的环节，减轻外在认知负荷；也总是需要一些必要的知识准备以及心理准备。但是，现实课堂的教学时间是有限的，如果这些需求全部经由课堂教学活动过程中实现，势必缩减学习新知、巩固新知、师生交互的时间。虚拟课堂为这些需求的实现提供了良好的环境，能够为学生呈现多样的先行组织者与相关的学习资料，学生根据自己的时间安排学习，并能够在线获得相应的个别辅导，从而缩短现实课堂教学中的从长时记忆中搜寻相关知识的环节，减轻学生的外在认知负荷，减轻学生的心理压力，为全面实现教学目标提供必要的准备。

（2）有利于发挥教师的主导作用，充分体现学生的主体地位，避免被动学习。通过虚拟课堂的先导性学习，教师能够充分了解学生，学生能够发现自己的优势与不足以及感兴趣的内容，于是在现实课堂教学中，师生均有备而来，学生避免了学习的盲目性与被动性，能够有针对性地、自信地参与到课堂教学活动中来，对自己不太明确、含混的地方听取老师和同学的见解，参与到问题讨论中；教师根据对学生的了解，确定学习起点、教学方法与组织形式，为学生排忧解难，发挥其主导作用。

3. 教学过程基本流程

1）虚拟课堂中的先导性教学活动

这一模式的特点在于利用虚拟课堂的先导性教学活动，为后续的现实课堂教学活动提供一定的准备。先导性教学活动包括以下两点。

（1）教师设计并在网络平台中提供先行组织者及相关学习资料。美国心理学家奥苏伯尔认为促进学习和防止干扰的最有效的策略是利用适当相关的包摄性较广的、清晰稳定的引导性材料，这种引导性材料即为组织者，由于这些组织通常是在呈现新教学内容之前介绍的，目的是"为新的学习任务提供观念上的固定点，增加新旧知识之间的可辨别性，以促进类属性的学习"，也就是说在新旧知识之间架起桥梁，促进对新知识的学习，因此又被称为先行组织者[44]。将虚拟课堂作为呈现先行组织者的环境，使学生在新旧知识之间建立联系，为现实课堂教学提供必要的学习准备,不失为一种有效的途径。

教师首先依据学生的需求与教学内容特点设计相应的先行组织者,作为先导性的学习活动。先导性学习资料是为新知识的学习提供的辅助性的资料,以便开阔学生的思路,扩大知识面,为新知识的学习提供资源导航,它可以是结构式的、问题式的、短片点播式的等多种形式。

先行组织者和先导性资料都需要教师针对教学内容、学生特点精心设计,并上传到相应的平台模块中,比如预习模块、拓展模块,方便学生的学习。

(2) 学生在线自主学习,教师做适当的个别辅导。学生在网络环境中根据教师的引导,通过对先行组织者资料的学习获得新旧知识之间的联系,明确将要学习的内容。同时,有目的地预习相应的内容,回答老师预置的问题。由于学生的差异,一些学生需要课前得到教师的先期辅导,以弥补知识与能力上的不足,为现实课堂的学习知识与心理方面的准备。

2) 现实课堂中的教学活动

教师通过网络平台与学生保持联系,发现普遍性的需要集中解答、重点突破的感兴趣的问题,从而确定现实课堂教学的起点,确定教学的重点与难点,选择恰当的教学组织形式与教学方法等,在现实课堂中开展相应的教学活动,其基本过程如下。

(1) 教师创设教学情境,引入新知识的学习,激发学习兴趣与动机。

(2) 教师对新知识技能进行讲解、演示等活动,突破重点与难点,组织学生开展各种学习活动,根据学生的反应调控教学的进程,利用自身人格魅力、语言艺术、肢体语言等感染学生。

(3) 学生在教师的引导组织下,学习基本概念、原理、基本技能等,进行讨论、观看与评价视频资料、分角色表演、制作作品等具体学习活动。师生之间生生之间实现面对面的交互,增进情感交流。

(4) 师生共同对学习过程与结果进行评价,使学生及时获得反馈信息。

3.3.2　现实课堂为引导,虚拟课堂实现个性化自主学习模式

1. 模式的说明

该模式是指现实课堂中教师对虚拟课堂中将要学习的内容进行概要说明,明确学习的目标与具体学习任务,提供学习的组织方式、学习方法、活动过程等方面的建议,虚拟课堂中师生围绕教学目标的实现进行以自主学习为主要方式的教学活动的互补互融教学模式。

本模式中两大课堂的基本关系是,现实课堂为学生虚拟课堂中的自主学习提供学习目标、学习内容、学习方法等方面的学习支架,对虚拟课堂的学习起到引导作用,主要的学习任务通过虚拟课堂中的自主学习实现,如图 3.3 所示。

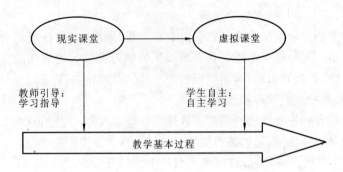

图 3.3　"现实课堂为引导,虚拟课堂个性化自主学习的模式"结构图

　　此模式的运行首先是现实课堂活动,主要任务是明确虚拟课堂将要进行的教学活动,要实现的学习目标,要完成的学习任务,明确学习的组织与方式、学习结果评价方法等,激发学习动机;通过案例的方式为学生提供将要进行的学习的参考,对虚拟课堂中的探究活动、项目学习、小组合作学习、讨论等具体学习活动进行预热。在此基础上,开展虚拟课堂教学活动,诸如教师在网络平台上提供相应的学习资源,重申学习目标与学习任务;学生进行个别化学习或者协作学习,教师提供学习引导和帮助;学生提交作业或作品,师生共同评价与反思。

2. 模式的优势

　　(1)能够充分发挥网络的优势,实现个性化自主性教学,充分体现学生的主体地位。学生在教师的激发引导下,通过现实课堂中的引导性教学活动,明确了学习的方向,对虚拟课堂的学习活动有了预期,产生了学习的欲望。在此基础上,充分利用课程资源,利用网络交互平台,根据自己的具体情况选择学习资源、学习方法、学习进程。

　　(2)充分体现教师的主导作用,发挥学生的主体地位。这种模式的教学活动首先需要教师根据教学目标、教学内容、学生特点等因素,科学设计教学活动,在两种课堂教学活动中需要教师适时引导学生的学习方向,激发学生的学习动机,给予及时的帮助,从而能够充分发挥教师的主导作用。

3. 教学过程基本流程

　　1)现实课堂点睛提供虚拟课堂学习支架

　　(1)教师引导学生明确虚拟课堂将要进行的学习活动。包括学习目标、学习任务、学习的组织与方式、学习结果评价方法等。

　　(2)激发虚拟课堂学习动机。并不是所有的学生都非常适应这种方式,需要教师的启发引导激励,通过课堂教学中教师的引导启发,促使学生产生在虚拟课堂学习的欲望。比如通过对优秀作品的展示与评价激发学生的学习欲望。

　　(3)培养学生有效利用网络平台信息的能力。网络能够为学生提供大量的信息,同时也会出现信息泛滥的局面,造成学生面对众多信息不知所措,甚至信息利用率低下。因此,需要教师在虚拟课堂学习之前培养学生对信息的甄别、加工利用的能力。

(4)提供学习活动范例、优秀作品展示。比如可以通过案例的方式为学生提供将要进行的学习的参考,是对探究活动、项目学习、小组合作学习、讨论等具体学习活动的预热。

2)虚拟课堂学习活动

(1)教师在网络平台上提供相应的学习资源,重申学习目标与学习任务。

(2)学生进行个别化学习或者协作学习,教师提供学习引导和帮助。

(3)学生提交作业或作品,师生共同评价与反思。

3.3.3　现实课堂为基础,虚拟课堂延续扩展的模式

1. 模式的说明

该模式是指以现实课堂为基本的学习环境,进行面对面的系统知识讲授、实验的操作、作品的完成、问题的交流等活动,在此基础上,利用虚拟课堂时空的开放性、资源的广泛性、交互的广延性、学习的自主性等功能,实现对现实课堂教学的延续与扩展的互融互补模式。

本模式中两大课堂的基本关系是,现实课堂是虚拟课堂继续学习的基础,虚拟课堂是对现实课堂的延续与扩展,如图 3.4 所示。

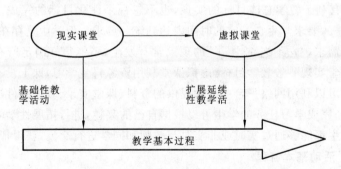

图 3.4　"现实课堂为基础,虚拟课堂为扩展延续的模式"结构图

此模式中,首先在现实课堂中利用教师的语言艺术、多媒体技术手段等,创设学习情境,明确学习目标与任务,激发学习动机,运用讲授、演示、讨论、表演、合作学习等方式方法进行知识的传授、技能的学习、思想的碰撞、情感的交融、知识的巩固练习、学习成果的交流、学习评价等活动。在此基础上,学生利用网络虚拟课堂中教师提供的各种资源(如相应的课堂教学录像、教学课件、相关资源、讨论话题等),选择自由的时间和空间,回顾与巩固课堂教学中的知识技能,延续或扩展课堂

教学中的话题讨论、作品制作、资料的阅读、项目学习等活动。

2. 模式的优势

本模式的优势在于传统的课堂教学依然发挥着其优势,虚拟课堂弥补着传统课堂的不足,既强调教学的统一性,也注重教学的灵活性,既充分发挥教师的主导作用,又充分体现数字化资源的优势,其具体优势表现在以下几点。

(1) 既重视系统知识的学习,也不忽视学生学习能力的培养。课堂教学中发挥教师主导作用,使学生明确学习目标,获得系统知识,掌握基本技能,获得情感交流。课后的虚拟课堂自主学习又给予学生充分的自由,为探究学习、创新学习提供了保障。

(2) 有利于对知识的消化吸收与巩固。现实课堂中对基本知识技能进行了系统学习,但是,现实课堂教学中由于时空的限制,是教师针对具体教学内容的重点、难点进行详细讲解,许多相关的知识还需要学生课外深入学习。虚拟课堂中,教师经过精心筛选与设计,为学生提供了极为丰富数字化资源,学生可以在课堂学习的基础上,在网络中自主选择所需的资源,补充现实课堂教学中资源的不足,对于不能当堂消化吸收的内容,通过自主点播、阅读虚拟课堂中教师提供的课堂实录、授课课件、本节课的重点难点、相关的学习任务等学习资源,通过集体或小组讨论等形式,解决现实课堂教学中的遗留问题,实现对课堂教学活动的扩展延续。也利于学生针对现实课堂学习中的内容进行复习、查漏补缺等活动,促进对知识的理解。

(3) 既有利于教学总体目标的实现,也不忽视个性化目标的完成。现实课堂教学追求统一,要求学生在一定的时间内达到统一要求。但学生是存在差异的,存在着不同的需求,"吃不饱、吃不了"的现象常有发生,不能很好满足所有学生的需求。现实课堂实现一般教学目标,虚拟课堂利用资源自主学习,课上没有完全消化吸收的学生可以利用网络平台中教师提供的资料、课堂实录、教学课件进行进一步的学习,已经完成学习任务的学生可以根据自己的兴趣,进行拓展性学习。这里不同类型的学生都能够通过实时或非实时与教师和同学进行交流,获得帮助。

3. 教学活动基本流程

1) 现实课堂中的面对面教学活动

现实课堂中的面对面教学活动即利用教师的语言艺术、多媒体技术手段等,创设学习情境,明确学习目标与任务,激发学习动机。其中,新知识技能(实验、问题探究等)的教与学活动是运用讲授、演示、讨论、表演、合作学习等方式方法进行知识的传授、技能的学习、思想的碰撞、情感的交融,同时巩固练习、交流学习成果、进行评价活动。

2) 虚拟课堂中的延续、扩展教学活动

根据具体情况,虚拟课堂教学活动可以选择同步也可以选择异步活动。

（1）教师提供学习资源。如相应的课堂教学录像、教学课件、相关资源、讨论问题等。

（2）学生在线学习。进行个性化的自主学习，回顾、巩固课堂教学中的知识技能，结合自己的需求和自身的学习能力，选择自由的时间和空间，利用平台上的资源对现实课堂的学习内容进行扩展性的学习；延续或扩展课堂教学中的话题讨论、作品制作、资料阅读、项目学习等活动，扩展学习资源、深入话题讨论。

（3）教师引导帮助。教师对学生自主学习、讨论、合作学习等活动进行监控与引导，解答学生的疑难问题，指导学生的学习方法，激发学生的学习兴趣。

3.3.4　虚拟课堂为基础，现实课堂为提升的模式

1. 模式的说明

这种模式是指针对某一学习内容，教师引导学生以虚拟课堂为主要学习环境，通过自主学习、协作学习进行基于项目、基于问题、基于任务等的学习活动，完成学习任务，再通过现实课堂教学活动，对在线学习中的关键问题与共性问题进行讲解、示范、演示等，对重点问题进行强化与提升，对在线学习进行总结评价的互补互融的教学模式。

本模式中的两大课堂的基本关系是，学习任务主要在虚拟课堂中完成，虚拟课堂是基础，现实课堂是对虚拟课堂学习活动的总结、强化与提升，如图 3.5 所示。

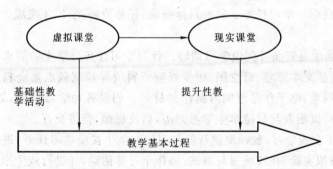

图 3.5　"虚拟课堂为基础，现实课堂为提升"的互补互融模式结构图

在此模式的虚拟课堂中，教师在对学生、教学内容进行分析的基础上，设计具体的教学目标，分析与组织教学内容，确定学习任务；提供相应的学习资源（包括文本资料、概念图、视频点播资料、教学课件、相关资源的网址、电子作品范例与制作素材等）；创设各种学习情境（如问题情境、场景、案例等），激发与保持学生学习兴趣，启发思维。学生在教师的引导帮助下进行自主学习。在现实课堂中，对共性问题进行讲解，对知识体系进行梳理。

2. 模式的优势

（1）能够充分发挥虚拟课堂的优势，突显学生的个性化学习。因为该模式的教学活动主要是在虚拟课堂中进行的，能够充分利用其时空的开放性以及资源的广阔性等优势，实现学习的自主性与个性化，促进学生探究能力、协作能力与创新能力的发展。

（2）现实课堂优势犹存，促进知识的系统化以及观念与情感的提升。因为单纯的虚拟课堂的学习，对学生创新能力、探究能力的培养比较有利，但不利于学生系统知识的学习，不利于学生对知识的准确把握以及情感目标的实现；同时，在虚拟课堂的学习中，学生会产生各种各样的问题，所学的知识技能价值观等可能存在片面性、零散性。通过现实课堂对重点内容的强调和知识的总结梳理，从而保障知识的系统性、观念的准确性，使在虚拟课堂中获得的知识与技能、正确的价值观得以强化与提升；利用教师自身人格魅力感染学生，缩小因虚拟课堂中师生分离造成的心理距离，弥补虚拟课堂中真实情感交流的缺失。

3. 教学过程基本流程

1）虚拟课堂中的基础性教学活动

根据教学需求以及教学条件，这里的虚拟课堂教学可以是同步的也可以是异步的。

（1）教师设计学习目标与任务。教师在对学生、教学内容进行分析的基础上，设计具体的教学目标，分析与组织教学内容，确定学习任务，上传到教学平台，使学生明确学习目标与学习任务。只有目标明确、任务清晰，学生才能成为真正的学习活动的主人。

（2）提供学习资源并创设学习情境。针对学习任务与学生的需求提供相应的学习资源，包括文本资料、概念图、同步视频资料或异步视频点播资料、教学课件、相关资源的网址、电子作品范例与制作素材等。创设各种学习情境，如问题情境、场景、案例等，以激发与保持学生学习兴趣，启发思维，促进交互。

（3）学生在线学习，教师提供帮助与引导。学生接受学习任务，进行资源的阅读与思考、虚拟实验、在线练习与测试、协作学习等活动，并进行或个别或小组在线交互活动，完成学习任务，提交作业、作品。

教师要为学生提供及时的帮助，因为在虚拟环境中的自主学习，师生之间是一种分离的状态，学生在探究性学习过程中可能会遇到挫折，如果不能及时得到帮助与引导，很可能失去学习信心，同时，虚拟课堂中的学习会使学生产生孤独感，失去兴趣，失去压力和动力，所以，教师要随时观察学生学习的进程、学习的方法、学习的态度、学习的效果等，了解学生学习的难点、存在的共性问题、产生的热点问题，以便适时予以帮助和引导。

（4）在线评价。包括形成性评价与总结性评价，尤其是利用网络环境在记录、分析、处理数据等方面的优势进行形成性评价。学生将个人或者小组完成的学习任务的结果提交到课程平台的相应模块，由教师评价或者师生共同评价，使学生及时获得反馈，获得成就感，反思自己的学习过程，学习他人长处，总结学习经验。

2）现实课堂中的总结、强化与提升教学活动

(1) 师生共同总结虚拟课堂学习活动情况。总结虚拟课堂学习中学生的表现，表扬学习主动、学习效果好的学生，批评那些潜水者甚至扰乱学习环境的学生，激励学生充分利用虚拟课堂学习环境的优势进行自主学习。

(2) 教师组织学生对所学知识进行梳理，使重点知识技能、情感态度等得以强化与提升。在虚拟课堂的学习中，学生会产生各种各样的问题，所学的知识技能价值观等可能存在片面性、零散性，教师在现实课堂中针对共性问题进行讲解，梳理知识体系，保障知识的系统性，加深对知识的理解与把握，促使在虚拟课堂中获得的科学知识与技能、正确的价值观得以强化。

(3) 师生、生生交互，讨论共性话题。尽管网络为交互创造了良好的环境，但是由于其缺乏情感的交互，无形中会拉大师生、生生之间的心理距离。通过面对面的交流，对学生进行学习方法、思辨方法的引导，利用教师自身人格魅力感染学生，来缩小因虚拟课堂中师生分离造成的心理距离，弥补虚拟课堂中真实情感交流的缺失。

3.3.5　虚拟课堂与现实课堂一体化的教学模式

1. 模式的说明

本模式是指以现实课堂为基本教学时间单位，以多媒体网络教室为活动场所，学生同时身处物理的教室和虚拟的网络教室之中，实现两种课堂随时交替的互补互融教学模式。

本模式中的两大课堂的基本关系是，二者不是线性的前后相继关系，是相互渗透、相互交叉运行的一体化的关系，如图 3.6 所示。

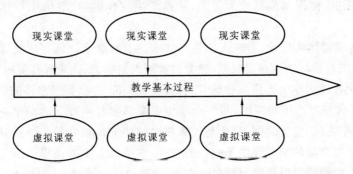

图 3.6　"虚拟课堂与现实课堂一体化"的互补互融模式结构图

这种模式是网络支持下的以课时为单位的课堂教学活动,它的教学资源、教学工具、教学活动都具有开放性,这就要求教师具备一定的驾驭能力,把握好放与收的尺度,避免教学过程混乱无序现象的发生。

该模式中,教师是学生学习的引导、组织、帮助、合作者,应首先帮助学生明确学习目标与学习任务,运用教师富有激励性的语言或者辅以多媒体手段创设学习情景、激发学习动机,对基本概念、原理进行讲解,组织学生对学习内容进行讨论、表演、练习等活动,在遇到需要运用更多的学习资源,需要运用计算机技术进行信息加工处理,需要运用网络论坛进行交互时,及时带领学生转换到虚拟课堂环境开展相应的学习活动,教师利用多媒体网络教室的系统功能(广播功能、监控功能、远程控制、远程命令功能),进行网上指导与监控,对学习活动进行督促、鼓励,对遇到困难的学生或小组给予及时的帮助,针对共性问题利用面对面或者网络环境进行讲解,最终通过面对面或者网络平台展示学生的学习结果并进行评价。

2. 模式的优势

(1) 有利于因材施教,满足学生的不同需求。学生之间存在差异是不争的事实,无论是知识基础、学习能力,还是人格特点、学习的心理准备等方面,都存在着一定的差异,因而完成某项学习任务时在学习时间、方法、进程等方面有着不同的需求。唯有因材施教才能培养出更多的人才,虚拟与现实课堂的一体化,能够使教学内容及其表现形式多样化,适应不同学生的需求。教学目标的设置上可以体现出差异性的特点,现实课堂中完成基本目标,虚拟课堂中进行拓展;教学内容可以是传统的教材形式,也可以是电子化的教材,不同需求的学生可以实现自如选择;学习方法与学习评价指标等也能够实现多种方式的融合,这种融合形式能够使师生方便灵活地选择面对面教学方式或者网上活动方式,既可避免传统教学中教师一言堂、满堂灌的以教师为中心现象的发生,又可避免虚拟课堂中情感交互的缺失,既能够解决共性问题,又不忽视个体差异,可以针对不同的学生提出不同评价标准,使因材施教成为可能,从而学生主体地位、教师主导作用得以充分发挥。

(2) 教学媒体多样化,实现人文性与技术性有机融合。既有传统课堂中的教师媒体、传统教具与学生建立联系,感受教师的人格魅力,体验到真实的人文关怀;又有数字化媒体为学生提供多种感官刺激,实现人机交互,提供多样的学习通道。

(3) 扩大交互范围与深度,每一个学生都能够参与到教学活动中。这种融合模式中,师生之间、生生之间、师生与计算机之间的交流贯穿始终。面对面教学为师生之间学生之间的交互提供了直接的方式,虚拟课堂中的在线学习又使得那些胆小的学生也能够及时地参与到讨论中来,展现自己的风采,从而扩大了交互的深度与广度。

3. 教学过程基本流程

这种模式是网络支持下的课堂教学活动,它的教学资源、教学工具、教学活动都具有开放性,这就要求教师具备一定的课堂驾驭能力,把握好放与收的尺度,避免教学过程的混乱无序现象的发生。

该模式中,教师是学生学习的引导者、组织者、帮助者、合作者,首先促使学生明确学习目标,提供学习任务,运用教师富有激励性的语言或者辅以多媒体手段(比如短片播放、优秀作品、问题等)激发学习动机,对基本概念、原理进行讲解,组织学生对学习内容进行讨论、表演、练习等活动,在遇到需要运用更多的学习资源,需要运用计算机技术进行信息加工处理,需要运用网络论坛进行交换时,引导学生转换到虚拟课堂环境,利用多媒体网络教室的系统功能(广播功能、监控功能、远程控制、远程命令功能),教师进行网上监控,对学习活动进行督促、鼓励,对遇到困难的学生或小组给予及时的帮助,针对共性问题利用面对面或者网络环境进行讲解。通过面对面或者网络平台展示学生的学习结果并进行评价。

本节所设计的现实课堂与虚拟课堂互补互融的 5 种基本教学模式,每一种模式都各具特点,有其适应的范围和条件。教学过程是一个复杂的过程,涉及的因素很多,应综合考虑,恰当选择。

(1)依据教学目标选择教学模式。在具体实践中,教学目标的设计与实现是有所侧重的,有的侧重基本知识技能的掌握,有的侧重某些能力的培养,有的侧重道德情感的养成,有的要综合考虑。不同目标的实现需要选择相应的教学活动形式,模式一、三、五比较适合于全面发展教学目标的实现,因为此模式中学习任务的完成主要是在现实课堂中实现的,能够充分体现现实课堂中兼顾各种目标的优势;模式二、四比较适合于学生探究能力、合作能力、自主学习能力、动手操作能力的培养目标的实现,这两种模式能够充分发挥教师的引导监督作用,能够为学生提供充足的时间和空间以及丰富的学习资源。

(2)依据学生的特征选择教学模式。教师要了解个体学生以及班集体的学习风格、知识基础、学习能力、信息素养、学习态度等,这样才能有针对性地进行教学设计与教学活动。模式一比较适合于学习风格、初始能力等差异比较大的学习群体,通过虚拟课堂中的先导学习,使得不同类型的学生获得相应的学习准备;对于信息素养比较高、学习能力比较强、学生之间差异比较明显的学习群体,模式二和模式四比较适合,能够充分发挥学生的聪明才智,展示其创造能力;模式一、三比较适合于场依存型学习风格的学生,因为他们比较开朗、参与意识较强,善于面对面的交互,而擅长独立解决问题、沉稳、对外界环境不敏感的场独立性学生比较适合模式二、四。

(3)依据教学内容特点选择教学模式。教学活动是以一定的教学内容为载体的,知识点是组成教学内容的基本信息单元,不同类型知识的授受需要不同的教学方式。认知灵活理论强调,教学必须以多种不同的方法组织和教授非良构知识,促使学习者对知识进行反复的交叉学习,实现多元表征,培养其认知灵活性,促进迁移,以达到非良构领域高级知识的获得目标[45]。模式五既可以通过面对面的方式,也可以通过虚拟课堂中的在线方式实现问题解决、操作实践、课题研讨等学习活动,比较适合于这种非良构知识的学习。模式一、三比较适合于入门知识、基本概念等良构领域知识的学习,模式二、四比较适合于复杂和非良构知识的学习,通过自主探究、合作学习,实现意义建构。

(4) 依据教学需求选择教学模式。模式二、四比较适合于需要大量时间进行自主学习、合作学习、探究学习等活动,模式一、三、五比较适合集中时间运用讲授法、讨论法,进行大容量的班级教学与小组教学活动,以满足大多数学生的需求。

专题二
生态化虚拟学习环境中
个体与种群的组织与管理

教师和学生是虚拟学习环境的主体。个体、种群与环境之间相互作用、种群内部个体之间的相互关系都影响着环境的生态化。通过制订个体行为规范和建立种群内部管理机制,可以协调个体之间的相互关系、维持群体的有效运行,促进虚拟学习环境的生态化。

第4章 虚拟学习环境中的教师行为规范

教师是虚拟学习环境中的一个重要主体,与学生一起构成了环境中的种群。与学生一样,教师面对虚拟学习环境也需要调整自己的行为,以便适应新环境。与此同时,教师在维持和促进环境生态化过程中起着重要的作用。因此,为了促进环境的生态化,教师在虚拟学习环境中所组织和开展的教学活动应该遵循一定的规则。这些规则不仅保证了教师在虚拟学习环境中的行为与环境相适应,而且具有促进环境的生态化功能。

4.1 由教师行为引发的生态问题

习惯于在传统环境中开展教学活动的教师,在面对一种新的环境时,常常表现为"不适应",倾向于用传统的行为形式处理新的教学任务和问题,结果导致各种各样生态问题的出现。依据第2章有关虚拟学习环境生态系统的结构的描述,可以从物理、社会和规范三个子环境的角度对教师的行为进行分析,总结出各个子环境下由教师行为所引发的生态失衡现象,为查找影响教师在线行为的"生态因子"和教师的应然行为的分析提供基础。

4.1.1 物理子环境下的生态失衡

在现实的网络教学中,物理环境中的生态失衡较为普遍。由于虚拟学习环境的物理子环境是整个环境的"基础建设",系统平台构建和多媒体学习资源开发是一个非常繁重的项目。在物理环境的创设和日常运行维护上,存在的问题也比较多,从生态学角度出发,这些问题都能引喻为生态失衡现象。物理环境下教师行为引发的生态失衡集中表现在信息能量流动失衡。

1. 生态化的信息能量流动

自然界生态系统各个物种繁衍生息依赖于各种能量的循环流动,从而构成自然界生生不息的和谐状态。在虚拟学习生态系统中,能量表现为知识信息在师生间、生生间的传递和流动。虚拟学习生态系统中信息能量的流向主要通过以下两条途径来完成:

(1)教师—媒体—学生。教师针对学生的特点与需求,对信息进行选择、加工处理,通过媒介传递给学生,在这里,教师是知识信息的主要提供者。

(2)学生—媒体—教师。学生通过网络摄取信息能量,经过内部信息加工活动,消化吸收信息,再经过媒体向教师反馈学习结果信息。在生态化虚拟学习物理子环境中,学习过程中的信息能量是在以上两个流向上同时交叉进行,并且随着学生认知的能力的提高及信息量的增长,整体的信息能量应成不断增加的趋势,最终形成循环递增的"信息场",如图 4.1 所示。

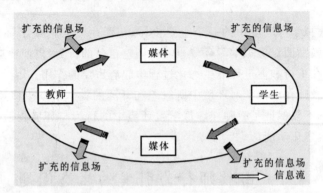

图 4.1　生态化虚拟学习环境信息流动图

2. 信息能量流动失衡

观察现有的虚拟学习环境,大多存在信息流动失衡的问题,如图 4.2 所示。其能量流动过程分为如下几个阶段。

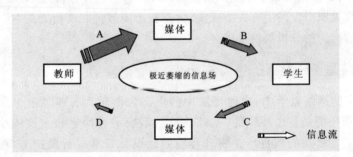

图 4.2　虚拟学习环境信息流动失衡图

(1) 信息能量在从教师到媒体的 A 传递阶段。这一阶段的信息流量很强大,为学生提供了大量的信息。

(2) 信息能量在媒体到学生的 B 阶段。这一阶段的信息流明显小于阶段 A,表明学生在网络学习过程中并不是完全摄取了教师提供的信息资源,而是有选择地浏览了少量信息。这表明,信息能量从教师的"批量生产"到学生"有选择"的浏览,产生大量的信息流失,在这些流失的信息中不可避免存在重要的教学信息。

(3) 信息在学生到媒体的 C 阶段。这一阶段的信息流明显小于 B 阶段,学生经过对及时提供的媒体进行吸收加工后,产出的信息流小于吸收的信息流量,与教师发出的信息量相比更是相距甚远。

（4）信息从媒体反馈到教师的 D 阶段。这个阶段的信息流量与教师提供给学生的信息流量相比可以称为锐减。

归结上述流程的表现，很明显，在从 A 到 B 到 C 再到 D 的信息流动过程中，信息量在逐渐减弱，产生了能量失衡的现象。

3. 基于教师行为的生态失衡原因分析

从教师的角度来分析失衡现象产生的原因，可归结为以下 4 点。

（1）教师在线资源设计的意识淡薄。由于在线教师多受传统教学思维惯性的影响，信奉为学生创造大量信息即能从各个方面帮助学生的认知建构，因而，在创设虚拟信息环境时，一味地向环境内注入信息，堆砌大量信息，轻视学生的主体地位，变"满堂灌"为"满网灌"，缺乏对信息资源的有效筛选、合理设计。

（2）教师对网络技术的肤浅认识和滥用。许多教师偏激地认为网络能够给学生带来海量的知识资源，有了网络，有了资源，学生自然就可以不断丰富自己的认知结构，因而出现了环境内信息资源的堆砌、重复甚至泛滥等现象。

（3）教师不注意对学生信息生成能力的培养。在教学活动中，如果只有索取，没有奉献，久而久之造成学生的懒惰，致使信息流失衡。教师一方面要为学生提供学习资源，同时更应该培养学生应用现有的信息进行创造，产生出新的信息，反馈给媒体，反哺信息资源环境。

（4）教师对学生缺乏有效指导与积极反应。多数教师没有明确规定或者没有调动学生参与的积极性是导致学生在 B 阶段不能很好利用相关资源和在 C 阶段向媒体回馈的信息非常少的主要原因。教师对学生反馈不能及时查看了解是 D 阶段的信息量明显下降的主要原因。

教师行为的不规范导致了本应向外扩张的"信息场"由于能量的不断减少而"极近萎缩"。由此可见，教师在线行为的不规范可能产生犹如自然界环境"沙漠化"的"有效信息流失"。

4.1.2　社会子环境下的生态失衡

社会子环境一方面涉及教师、学生的人际间交互，另一方面涉及教学文化氛围的营造，关系到人以及人的思维意识，生态失衡现象也尤为突出。

1. 教师"生态位"功能失衡

1）虚拟学习环境中的"生态位"

"生态位"是指自然界中不同生物群体处在不同的生命位置，对环境产生不同程度的影响。一般来说，生态位通过生命体的数量、密度和功能等体现，自然界中生态位有典型的金字塔型的生物链结构。在虚拟学习生态系统中，生命群体仅有教师和学生两类角色，如果以生态学的观点来看，可以从师生的数量和角色功能两个方面理解虚拟学习环境中的"生态位"。一方面,教师与学生在数量上应达到一种平衡;另一方面,教师和学生均应有多重角色,例如主导教师、辅导教师、学习伙伴、学习领袖。只有这样,生态位才能保持平衡,才能和谐稳定地生存发展。

2)虚拟学习环境中的"生态位"失衡

虚拟学习环境的"生态位"失衡集中表现在数量和功能两个方面:一方面,随着网络的普及,大量的学生不断注册参与到虚拟学习中,由于网络环境构建初期对学习人数估计的不足,而教师的配置和网络教学平台资源的容纳都是极为有限的,从而导致教师群体数量和学生群体数量严重的比例失衡,一位教师指导上百位甚至更多学生的情况不足为奇,而这种数量的失衡一定会使学生的在线学习效果大大降低;另一方面,虚拟学习系统中,师生的角色分配单一、固定,虽然教师数量小,但他们却是生态系统信息的主要供给者,而学生对系统贡献的信息量却少得可怜。这种"生态位"上的功能失调,也从一定程度上影响着系统内部学习信息的流动,并且阻碍着系统生命循环生息的健康发展。

分析产生"生态位"失衡的原因,集中在教师对设计的教学平台、数据库其容纳能力预计不充分;教师疏于对于虚拟学习环境中学生注册数量的控制;师生多元角色没有得到充分的调动和鼓励。

2. 网络交互情感失衡

从社会生态学角度出发,良好的人际交往能促进系统内部甚至各个系统之间的长久发展。反之,虚拟学习系统中的社会交往生态失衡,会极大影响生命体本身和生态系统的发展。

1)生态化的人际情感交互

著名的"霍桑实验"表明,人与人之间的"情感融洽、对自己工作的自豪感以及认识自己价值的满足感而产生的责任感和勤劳意识使产量提高"[46]。情感冷漠往往导致社会团体瓦解,而情感融洽和谐却能促进团体的整体发展。生态视角下的虚拟学习中,教师处于特殊的"生态位"上,是生态系统生命体网络中的关键核心节点,主持并组织着学习活动的开展,会与每位学习者进行交互,维系着整个学习群体的情感交互。

2)教师主导不力引起的情感失衡

教师行为引起的虚拟学习环境情感缺失可以归结为教师的"不作为"与"乱作为"。"不作为"指的是教师缺乏主动培养学习社群内部的情感。一些教师虽然接受了"学生主体"的教育思想,但行为上仍然奉行"严师出高徒"的陈规,在网络互动学习过程中"严肃到底",除了布置活动主题外并没有与学生积极交流,而是在旁观察学生的讨论,失去了调动学习互动的时机。"乱作为"指的是教师在网络互动过程中,语言表达非常强势,对于学生的评价存在武断,导致师生间情感僵化。许多网络学习案例表明,教师在线教学过程中,并没有发挥主导和维系群体情感的作用,导致虚拟学习群体缺乏人际间的沟通,缺乏集体归属感和凝聚力,导致虚拟学习中的学习个体间联系脆弱、整个环境缺乏生机。

3. "竞争"与协作失衡

"竞争"、"寄生"与"共生",是生态系统中种群生存的重要方式。在生态化虚拟学习环境下,"竞争"与"协作"相结合是群体共同进步的基础。

1) 缺乏"竞争机制"的虚拟学习

"物竞天择,适者生存"是自然界生态发展的规律之一。将自然界中的竞争淘汰引入虚拟学习系统中似乎有悖于教育公平的原则。因此,现实的虚拟学习环境中很少引入竞争。但是,竞争是系统向上发展的动力,当前虚拟学习系统中的疲乏消极的学习引发了环境氛围冷清,原因之一是没有适当地引入"竞争机制"。教师在对学生群体的管理和导学过程中,如果不使用生态竞争机制,那么就不能为环境带来具有"鲶鱼效应"的生机和活力。同样,没有了教师之间的竞争管理,也会影响到教师教学水平的发挥。

2) 缺乏人际间的相互协调

自然界中的各生态物种间需要相互依靠才能达到共生共存的和谐状态。植物需要阳光和水,动物需要植物作为食物来源,微生物在分解动物满足生存需要的同时也为自然环境提供着更多的养分和能量。在生态环境中除了竞争的社会关系外,协作也是联系各个物种生存的关键。生态学视角下的虚拟网络学习环境中,生命体为了满足自身学习的需求,必然与周围的生命体发生联系,而良好的协作关系正是发展自身,发展虚拟社会的首要保证。

西方国家的教育理念注重学生的协作能力,而中国传统教育理念恰恰相反,独立、闭门造车的学习方式使中国的学生严重缺乏与人合作的意识。教师缺乏有意识的引导,是学生间出现协作关系失衡的原因;同样教师之间缺乏相互协调也会导致教学效果的下降,甚至危及虚拟学习生态系统的安全。所以说,影响学习、教学效率的协作关系失衡,也是当前具有中国特色的网络虚拟学习问题。

4. 多元文化间的冲突

1) 虚拟学习社会环境下多元文化并存

生态化虚拟学习环境社会子环境下,并存着多种文化形式。教学策略文化,产生教师教学方法的理论依据;知识背景文化,造就网络学习内容的情景氛围;网络传播文化,生成海量、快餐式的信息传播等虚拟学习的重要媒介平台。多元文化和谐并存才是生态化虚拟学习社会深入发展的首要保证。

2) 不同文化间的冲突导致"社会"的不和谐

不同文化间势必存在差异,而差异扩大就会导致冲突,这也是社会和谐的潜在危机。目前,在线教师对于前两者的文化融合已经做得很好,但与网络传播文化间碰撞时往往收获到的是有悖初衷的结果。例如,教师只注重了网络传播的海量特性,在虚拟学习环境中为学生创造大量的信息知识,却忽略了习惯快餐文化的学生会吃不消海量信息的连篇累牍。

4.1.3　规范子环境下的生态失衡

人与自然的现实社会中,法律、规范是整个生存环境正常有序运转的重要保证。同样,在虚拟学习生存环境中,脱离现实束缚的虚拟性使环境得到了任意自由的发展,而此时,规范的约束和指导对于维持环境的良性发展更为重要。第1章中曾提到,规范子环境需要教师和学生两类行为规范共同作用,使环境达到和谐有序的状态。教师的特殊角色规定了其自觉遵守规范要求的重要性。教师的自律行为欠缺主要集中在两个方面:①缺乏自我约束的意识,在线教师只注重教学和师德方面的基本要求,而没有从网络教学的特殊性出发约束自身在线行为;②教师的一些自律行为缺乏系统性,不能促进整个环境的生态化发展。自律行为严重缺乏时,往往会引起生态环境的无序甚至混乱,影响环境的良性发展。

4.2　影响教师在线行为的"生态因子"分析

制订行为规范的前提是要了解影响行为的因素,用生态学观点分析影响教师行为的"生态因子"。在虚拟学习环境中,教师的在线行为受到来自环境内各个方面"生态因子"的影响。

4.2.1　物理子环境下的"生态因子"

自然界中,物质本身的功能以及人使用工具的能力水平,影响着人类改造自然的水平。生态环境中,人类通过自己的智慧使周围环境发挥其应有的功能,而人类所处的世界也随之发生变化。利用媒体传递信息,发挥媒体的教学功能,是物理环境中教师行为的主要内容。

1. 人的因素

教师的信息技术能力无疑是生态化虚拟学习物理环境最大的影响因子。计算机、网络、数据库等硬件设备的开发和日常的维护;网络课程的各种多媒体元件例如文本、图像、动画等的设计开发;媒体所承载的教学内容信息等,都需要教师"躬亲"。教师的多媒体软硬件开发能力,信息加工处理能力,以及信息技术素养等方面,都是影响教师进行在线活动的"生态因子"。

2. 媒体因子

媒体是人类感官的一种延伸。无论是教学平台所需的基础设备,还是虚拟环境中呈现的多媒体元件,都是传递学习信息的媒介载体。媒体的功能在很大程度上影响着信息呈现的形式以及学生群体接收信息的效果。选择恰当的媒体进行网络虚拟学习,是决定生态化虚拟学习环境成功与否的重要因素之一。

4.2.2　社会子环境下的"生态因子"

在讨论社会环境下的教师在线行为之前应首先了解影响社会关系的个体、群体、文化氛围等因素,因为这些要素是左右生态化虚拟学习社会和谐发展的重要因子。

1. 个体生态因子

1）个体动机与个体目标实现

"天使人有欲,人弗得不求。"（吕不韦）"动机是推动人去从事某种活动,指引活动去满足一定需要的意图、愿望和信念,它是行为的直接原因。"[46]个体目标的实现,从一定程度上给个体本身带来一种成就感。心理学研究表明,个体动机和目标的实现是推动人行为的内在动力。在社会环境下研究生命体的行为时,不得不重视个体行为的内在推动力。

2）个体特征

学生是生态化虚拟学习系统中的主体,其年龄、性别、种族、知识背景、认知风格等均是文化氛围提供时所需要考虑的重要方面。教师是学习内容传授的主体,其教学风格会直接影响教学策略和教学模式的选择和使用。教师对学习内容结构、学科体系的掌握也是影响教学的因素之一。另外,教师的管理能力以及情绪和情感也都是控制生态化虚拟学习环境中教学实施的影响因子。

2. 群体生态因子

1）群体内动力和凝聚力

共同的学习目标能够使个体存在差异的学生、教师联结到一起,完成某一阶段或者专题知识的学习,达到自我发展的目的,这构成了生态虚拟学习社会群体的内在动力。而只有群体的凝聚力才能使整个群体高效地收获网络学习果实。

2）领导角色

候鸟的集体迁徙,总是有经验丰富的"领头鸟"带领团队飞往正确的方向。生态化虚拟学习的社会群体中,同样需要"领袖"指导学习和网络行为。"领导"为整个群体提供达到目的地的准确方向和有效方法。教师或是"学生领袖"都能够在生态化虚拟学习系统中影响学生群体学习生存的积极性和主动性,因此,领导角色在生态社会环境中为管理过程提供了有益的指导。

3）竞争与协作

竞争与协作似乎是一对矛盾体。生态竞争,使物种得以进化、发展,而生态共生,是物种间相互依存的生存方式。生态化虚拟学习社会中,个体或群体间的竞争能使其不断成长、进化,而个体或群体间的协作又是一种共生依存的生存模式。二者缺一不可,相互协调,从而才能达到生态化社会学习的繁荣、持续发展。

3. 非人为文化因子

1) 学习内容的学科属性

目前的科学知识学科分类清晰地表明,文、理、工、医、农等不同学科的知识体系、学科特点完全不同,生态化虚拟学习文化情景的设置需要依据学习内容的不同特征展开。同样,不同的学科有着完全不同的学习方式。选择运用恰当的教学策略、创设知识背景依存的学科情景,是创造良好学习氛围的重要手段。

2) 网络文化传播特征

网络传播日益进入人们的生活和学习,虚拟学习也正是依赖着信息化网络技术的支撑。网络传播范围波及广泛、信息量大、信息更替节奏快、超越时空的虚拟现实、网络所载的信息言论自由、信息可信度差等,正向人类生活展现着一种新型的生存方式。从网络世界中摄取文化知识是未来人类必备的生存技能,也是终身学习的时代要求。掌握网络文化、网络传播的特征,有助于教师更好地借助网络向学习者传递知识信息。

4.3　教师在虚拟学习环境中的行为

环境不同,环境中的主体行为也会有所不同;为了适应新环境,达到主体与环境的和谐,主体需要形成新的行为方式和习惯。虚拟学习环境区别于传统学习环境,如果教师想在新环境中更好地教学,实现与环境的和谐共处,教师应该具备一整套新的行为方式。

4.3.1　物理子环境下的教师在线行为

1. 创设满足多样化学习需要的资源行为

物理环境为学生的虚拟学习提供了学习生存的全部资源,多样化的学习资源能够为学生创造丰富的知识"营养",能够满足学生多样化信息摄取的需求。教师创设多样化学习资源包括选择多样化的传输媒体和编辑不同形式的知识信息。

1) 选择多样化的传输媒体

虚拟学习物理环境下,媒体是承载信息的主要载体,是向学生传递知识信息的重要工具。多样化的媒体配置,能够为学生提供富有变化的媒体承载,能够从不同感官刺激学生的认知,避免单一媒体给网络学习带来枯燥和乏味。生态化虚拟学习系统中,教师创设多样化的物理环境,能够为学生创造广泛开放的信息摄取环境,增强学生学习知识的广度和深度。

2）编辑不同形式的知识信息

媒体所承载的信息，是学生从虚拟物理环境中吸取知识的最终形式，信息的多变性能够刺激学生不同感官的认知，有效加强学生的网络学习。教师通过编辑加工多样化的信息内容，也能满足学生对网络学习知识的渴求，满足学生对多样化信息知识的需要。

2. 维护"信息场"良性发展的信息加工行为

信息的输入输出平衡，是生态化虚拟学习物理环境的重要特征。通过教师对"信息场"内能量流动的监控和调节，能够有效促进"信息场"不断扩充，进入良性发展循环。不断开放信息环境，不断为物理环境引入新鲜信息能量；同时鼓励引导学生对物理环境信息的贡献，使学生能够积极主动地将反馈信息与虚拟学习伙伴共享。

1）开放信息环境

信息的开放，是生态化虚拟学习物理环境不断生机勃勃的重要途径。系统外部的信息能量流入，能为整个系统注入新鲜的养分。对于虚拟学习中的学生来说，一方面开阔了视野，另一方面也能够鼓励学生向外输送信息能量，使其学习兴趣不断提高。

2）鼓励学生的信息回馈

教师在虚拟学习系统中，不再承担信息创造的主要供给角色，这样可以避免传统教学"填鸭式"的弊病，使学生真正成为虚拟学习的主体。生态化虚拟学习环境信息能量流动的过程中，教师鼓励学生不断将精细加工后的信息反馈到环境中，与虚拟学习伙伴共同分享自己的认知成果，这既有利于整个信息场的良性循环，同时也为信息环境的循环发展提供了重要保证。

3. 保持环境净化的资源构建行为

物理环境的净化、有序是生态化虚拟学习环境的重要特征。教师将信息资源按照一定逻辑关系分类设置，能够为学生的自主学习提供明确的指导。物理环境的净化，一方面需要教师设计资源支架，另一方面也需要教师对反馈信息进行预先分类。

1）设计资源支架

虚拟学习环境中信息量丰富是虚拟学习的显著特征，然而没有框架性的逻辑结构支撑，信息资源将会变成"一盘散沙"，既不能为学生做出导航性的指导，也不能维持学生的学习兴趣。净化环境，首先要架设稳定、科学的支撑结构。教师为学生搭建资源支架，一方面能够将各类信息资源分类安置，另一方面也便于学生上传信息。

2）分类未知信息

学生在论坛中自由发言，是网络学习中最为普遍的信息共享现象，为使共享信息不致出现混乱、重复等现象，教师应对学生有可能上传的信息进行预先估计，对有可能出现的信息进行提前分类,这样一来,能够给学生上传信息做出引导,也避免了信息共享后的混乱,从而使物理环境获得一定程度的净化。

4.3.2　社会子环境下的教师在线行为

1. 控制学习群体"人口结构"良性发展行为

人类生态系统中,人口结构涉及人口数量、人口年龄分布等方面。人口的密度、数量等与环境的承载能力相互影响。人口结构的良性发展能够使自然资源得到有效利用,同时也能够对人类的发展起到积极的推动作用。在虚拟学习生态环境中,人口结构的良性发展表现在在线学生注册数量和学生学习生命周期两个方面。

1) 控制在线学生注册数量

教师通过控制在线学生注册的数量来实现虚拟学习人口比例的平衡。依据网络教学平台的承载能力和教师的数量,将学生注册数量限定在良性发展的规模范围内,从而使资源得到合理利用。

2) 监控在线学习生命周期

自然生态系统中,生命体的生长都遵循着一定的曲线规律,周而复始地实现着生命活动的循环。虚拟学习环境中,教师依据学生在线学习的"兴趣使然—情绪高涨—习惯平常—倦怠"等学习周期曲线,有针对性地对学生的在线学习进行控制和引导,从而实现辅助学生在线学习的圆满完成。

2. 组建富有活力的学习群体行为

富有活力的学习群体是生态化虚拟学习的重要表现。学习群体的活力体现在群体间生命体的共生协作、内动力、凝聚力等方面。作为虚拟学习环境中的教师,能够从以下 4 个方面组建富有活力的学习群体。

1) 培养学生的协作能力

互利共生关系,是自然界生态系统中种间关系之一,正如菌根中的真菌丝为高等植物吸收微量元素(主要是磷),而高等植物提供真菌必要的养分一样,共生互利是生态种间不同物种协同生存的重要方式[47]。在虚拟学习环境中,不同个体间的差异为相互学习提供了互利共生的可能。协作是弥补个体间不足、互利共生完成任务的最佳路径。

2) 激发学生竞争的意识

个体的竞争意识,能引发其潜在的内动力,能够有效促使学生出色地完成在线学习任务;群体间的竞争,能够增进每个群体的凝聚力,使群体整体进步。因此,教师应不断激发学生的竞争意识。

3) 发挥群体中领导角色的作用

群体活动的重要引导者,其领导角色作用对整体的行为有至关重要的作用。无论教师作为领导还是选择学生领袖,都能充分发挥领导的带头和指引作用。

4）增强学生对网络学习群体的归属感

归属感能够为学生带来回家一样的感觉,群体中学生的归属感能够促进群体的整体凝聚力,同时也能在促进学生整体积极学习的过程中,提高群体的学习能力。

3. 建立平等民主的师生关系行为

民主平等的师生关系是维持生态社会子环境秩序井然的关键所在。生态化虚拟学习社会子环境中的平等民主关系建立需要依靠教师对学生的公正评价和教师的信息语言表达两方面。

1）学生的评价

虚拟学习过程中,教师对学生的显性评价是对学生阶段学习的肯定。这个肯定需要统一、客观的标准,才能平等、公正地对待每个学生。

2）信息语言的表达

教师的身份在传统教学中往往给学生压制的氛围,而强势的语言势必会影响学生学习的态度和行为。因此,教师和善的信息语言,能够给学生创造平等的学习氛围,有益于学生潜能的发掘。

4. 打造多元文化和谐并存的学习氛围行为

人类社会中的文化生态表明,不同文化间存在不同程度的冲突,不同文化间的差异是多元文化存在的重要特征,而差异的最终统一就是和谐的生态文化状态。虚拟学习环境中,不同类型的文化并存是不争的事实,以知识背景文化作为主导文化,教学文化与网络文化相辅的文化存在方式,即为生态化的虚拟学习社会文化氛围的重要特征。

4.4　促进虚拟学习环境生态化的教师行为规范

在综合分析影响教师在线行为的生态因子和概括归纳教师在线主要行为的基础上,根据生态学的思想和原理,提出如下教师在线行为规范。这些规范可以促进传统教师尽快养成虚拟学习环境下的良好行为习惯和方式,适应新环境下的教学,使他们能够顺利从虚拟环境中的"新手教师"过渡到"熟练教师"[48],实现自我与环境的共同发展。

4.4.1　总则

1. 以生态需求为本,促进虚拟学习环境生态化发展

生态哲学经历了以人为本、以环境为本、以生态为本的学术理论争论,最终确定以生态为本的理念,其涵义是避免以人为本的无限制开发自然环境破坏了生态系统,避免以环境为本则无法满足人类的生存需求。以生态为本则兼顾了之前两种观点,以生态环境的持续发展为本,既能满足人类的需求也能保证生态系统持续发展。

在生态化虚拟学习环境中,教师的在线行为要以环境生态为本,既不一味地满足学生的需求而忽略环境的可持续发展,也不为发展学习环境而忽略学生的长久发展。总之,生态化虚拟学习环境中的教师在线行为要以虚拟学习的生态为本,统筹兼顾学生的学习生存和信息化环境的关系。

2. 发展自我,适应环境的变化

教师群体在虚拟学习生态系统中占据较高的统治和主导地位,能够掌控调节网络教学的各个环节和质量。因此教师操作信息设备的能力、水平以及对教学理论的运用都影响着整个虚拟学习的生态系统。不断发展自身素质,是对虚拟学习环境下教师在线行为的总体要求。

3. 协调师生关系,保证学习环境的稳定和谐

群落生态学中的"平衡说"认为,共同生活的种群通过竞争、捕食和互利共生等种间相互作用而形成牵制的整体,导致生物群落具有全局稳定性,在稳定状态下,群落的物种组成和各种群数量变化不定,变化常由环境干扰引起[47]。正如自然生态群落需要各个生态物种之间建立亲密关系一样,教师需要不断促进和调节系统内部包括共生、竞争、学习、认知、交流等各种关系在内的紧密联系。只有在各种关系相互作用牵制形成的整体中,虚拟学习"生物群落"才能得到平衡、稳定发展。

4.4.2　物理子环境下的教师行为规范

1. 满足多样化的学习需求

1) 选择多样化的媒体形式,创设给养丰富的物理环境

生态物种的多样性是保证生态系统繁衍生息的一个因素。硬件数字设备、教学媒体软件以及教学平台内的多媒体交互元件,每一种学习媒体都有其特殊教学功能,选择单一的媒体形式势必会导致学生摄取信息方式的枯燥乏味。广泛选择多样化的媒体,刺激着学习群体的各个感官,为系统中生命体的学习和生存带来动力。但是,这并不意味着不加考虑地随意滥用多媒体软件/元件,应做到物尽其用,使不同媒体之间形成互补、兼容才是满足多样化需求的媒体环境创设。

教师在应用媒体创设环境还需要明确,一个良好的生态化虚拟学习环境并不一定由最先进的数字化设备构成,应依据虚拟学习系统的信息容量、学习生命群体的规模等选择硬件设施。

2) 实时维护、升级设备,提高数字化基础环境的自适应能力

数字设备包括服务器、网络、数据库、网络教学系统等。虚拟学习环境中的物理设备就像自然界中为人类提供能量的阳光、水和植物,生命体在其中吸收养分,从而完成自身的发展。保证数字设备的正常运转是生态化虚拟学习系统中生命体

学习和生存的最基本保障。而更新、升级数字化虚拟学习系统设备则为生态环境不断注入新鲜养分,使虚拟学习环境包括学生和教师在内的生命体适应大环境——信息时代背景的进化,并且为其提供更高效率的学习、生存过程。

3) 科学选择、设计和开发学习软件,遵循多媒体软件生命周期

就像自然生态的物种一样,多媒体软件也有它一定的生命周期,从开发到应用,从促进工作效率到落后以至被淘汰,软件工程中的重要理论也表明多媒体软件有其生命曲线。教师在选择和开发多媒体教学软件时应注意到生命周期对软件的影响,而使之发挥可靠的功能和作用。同时媒体软件也是学生群体学习的工具,依据学生学习风格特征、学习需要以及学习内容本身的特质选择合适的媒体,也是众多教育专家所提倡的科学教学理念。软件周期、学生因素以及学习内容因素均是教师在网络学习准备期间所要综合考虑的。

2. 促进信息场不断扩充

1) 引入网际间的信息交流,创设开放的生态学习环境

系统的开放,有助于系统内部的新旧更替,也有助于系统间的能量循环。自然生态环境是这样,生态化虚拟学习物理环境亦是如此。通过站外链接、引进专家的在线讲座、校际间/国际间的学术在线交流等方式,利用了网络虚拟技术超时空的媒体扩展功能弥补面授课堂的局限性,开放虚拟学习环境,使虚拟学习生态环境下的生命群体获益更多知识和信息,同时也能促进信息能量交换和信息场的扩充。

2) 搜集广泛的学习信息,为学生的身心发展提供丰富的养料

丰富的生命给养是生态化自然系统的明显特征。与其类似,虚拟学习环境中的丰富给养也成为保证虚拟空间中生命生存的重要依靠。教师虚拟学习环境中,尽可能地为学生创设给养充分的物理环境,是学生在线学习生存的重要保证。当下,互联网信息资源的广泛性为人类提供了难以估量的信息,为满足学生的在线学习生存,教师应在搜索和选择信息时以促进学生身心发展为首要目标。一方面需要教师有较高的信息搜索能力,另一方面需要教师有良好的信息判别能力。选择好信息之后,要求教师用不同媒体形式呈现选定的信息,如文本、图片、声音、视频、动画等多媒体形式。信息内容和多媒体元件不能简单相加,而需要以学生——生命体的需求为本,科学地加工、编辑和完善多媒体信息。

3) 引导学生的反馈信息,促进信息的输入输出平衡

自然界的生态系统中各种能量是靠不同生态位之间的传递而达到动态的平衡。能量的流动平衡是生态化系统的重要特征。在生态化虚拟学习环境中,信息流动平衡是保证虚拟学习环境和谐发展的重要前提。信息的流动在虚拟学习过程中主要表现为教师对环境的信息加工和输入,学生的反馈信息表现为整个过程的输出。在现实的网络教学实践中,往往输入大于输出,换句话说学生的反馈信息非

常薄弱,一方面说明教师对学生反馈信息的忽略,另一方面说明教师对学生的反馈信息缺乏引导。生态化虚拟学习环境下的教师行为规范要求教师在课程实施与管理过程中,重视学生的反馈信息,并积极引导学生反馈信息,在完善多媒体信息的同时,促进整个生态系统的信息输入输出平衡。

4) 积极参与、回馈学生讨论,促进学习信息场不断扩充

生态学视角下,虚拟学习环境中的信息失衡现象除了学生回馈信息缺乏之外,教师自身行为失范也是重要原因之一。网络学习过程中,教师倾向于通过学生信息回馈观察学生的学习行为,而缺乏反馈的行为和意识。为促使虚拟学习环境生态化和谐发展,教师应在观察学生学习行为的同时,积极参与学生的学习活动,以学习伙伴、学习辅助者的角色加入学生网络学习活动,及时回馈学生的信息,使学生的在线学习达到一定深度和广度,从而使整个虚拟学习信息场不断扩充。

3. 维护环境的净化

1) 设计层级分明的知识结构框架,发挥多媒体软件功能

生态系统有层次理论,不同的生态因子在自然界中的进化过程中构成了相对有序的结构层次,在不同层级上的不同因子发挥着不同的功能和作用。在多媒体软件构成的虚拟学习物理环境下,有序的层级框架设计,是使各个多媒体软件及媒体信息发挥其功能的重要保证。

2) 固定课程框架和多媒体信息,保持环境的相对稳定

网络课程与面授课程最大的差别在于教师的教学行为发生在网络虚拟环境下,主要学习内容是在课程开放之前完成,而不像课堂面授课程那样可以随着每节课的进度和学生的反应对当堂课程内容做有限的调整。在生态化虚拟学习过程中,课程结构和多媒体软件的安排不能随着课程进行而有所变化,一旦调整,会引起系统内部的混乱或者学生群体的骚动,这都不是生态观要求的。因此,保证课程的固定,一方面要求教师将课程开放前的工作做完备,另一方面要求教师时时关注课程框架和多媒体软件的相对稳定。

3) 划分信息内容类别,净化虚拟学习环境

多样化的多媒体信息如果没有进行分类加工,就会导致虚拟学习物理环境混乱无序的失衡状态。自然界中各个生物呈现了多样的特征,但是多样的生态位都按照有序的位置排列,换句话说,多样而不混乱。因为无序的生存状态必定导致系统的混乱甚至系统的消亡。按照一定逻辑将多媒体信息进行分类,能够达到净化虚拟学习物理环境的效果,促进该虚拟学习系统向生态化方向发展。例如,在设置论坛话题时,一个主题之下往往能引发学生从不同角度发表论述,如果在课程开放之前,教师能够估计到学生话题内容的分类,而在一个主题下分类出几个子话题使学生有所对应地进行跟帖和回帖,不仅能使学习信息有效地净化环境,还能够进一

步引导学生发表有益于课程环境的信息。当教师的主题分类行为进行规范后,教师对于可以预料学生发帖的几个方向进行有效的分类,使讨论相近的内容有效地汇总到一起,同时也不忘开辟"其他"讨论话题让学生自由发言。这样一来,既可以防止物理环境信息冗杂、重复的情况,另一方面也使学生针对具体的话题内容进行有针对性深入的讨论。生态化论坛主题分类效果如图 4.3 所示。

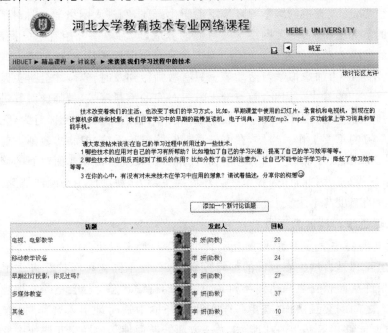

图 4.3 主题分类生态化论坛

4.4.3 社会子环境下的教师行为规范

1. 保持人口结构良性发展

1)控制学生注册人数,防止"种群密度"的不均衡

生态学中动态种群理论指出,种群大小与密度的平衡,是生命群体高级组织层次——生物群落稳定发展的重要指标。生态种群有出生率、死亡率、迁入和迁出的现象,而虚拟学习生态种群中有学生申请、注册和注销等现象存在。如何保证虚拟学习生态系统中的种群密度平衡,使环境资源得到充分利用呢?无限制地增加或者减少资源以适应生源的变化,不能从根本上保证种群密度的平衡,而控制学生注册人数才是解决问题的关键。虚拟学习系统虽然依靠互联网能够为学生提供更多的学习机会,但并不表明网络学习平台上能够承载无限量的学生人口。虚拟学习系统中学生的注册人数应综合数据库、服务器承载能力以及辅导教师人数等多方面相关因素制定。如注册学生人数超过虚拟学习环境人口承载力时,可考虑分批

次安排学习阶段；如注册学生人数过少时，可考虑合并相近的主题学习社群。硬件设施、教师与学生人数的黄金比例能够保证生态群体和谐生存发展。从时间和空间两方面控制学生注册人数，是维护"种群密度"良性发展的要求。

2）对学生的网络自主学习周期进行有效监控，实时跟踪指导

自然界生命年龄变化表明，生命体在最初和生命结束之前的生存状态要比壮年时弱很多，反观虚拟网络学习环境下的学生群体，刚进入网络学习时对于网络学习方式的掌握也很弱，随着网络学习习惯的养成，学习效率开始有明显提高，但由于学习的疲惫和惰性等原因，学生的虚拟学习会出现低迷状态，如消极完成网络学习任务、不及时参加虚拟学习活动等。只有教师做到及时督导，才会避免网络自主学习的"死亡"的发生。因此，随着学生学习时间的不断深入，教师应对其进行有效的监督和引导，坚持并做出科学有效的教师引导、辅助、监督和反馈行为，无疑是辅助学生学习的重要工作。当然，在引导、辅助、监督和反馈过程中，教师主要以网络语言如文字留言、音视频交流等与学生进行沟通和交流，由于非面对面的交流必定会产生一些障碍，因此，作为虚拟社会环境的主持人，教师应主动倾注情感，保证以积极和善的态度与学生交互沟通。

2. 促进学习群体的活力

1）开展协作学习活动，发展互利共生的学习型虚拟社会

共生互利是自然生态领域的种间关系之一，在不同物种间彼此提供生存必要的物质条件从而相互之间达到互利共同生存的持续状态。社会不断发展越来越需要人与人之间的交互协作，在虚拟学习生态环境中适时地引入合作、协作学习活动，一方面能够培养学生协作能力，另一方面能够促使学生在交互协作中获得共享知识信息资源。协作学习活动的具体方式包括小组讨论学习、WIKI 知识共享活动、师生合作完成既定任务等。

2）引入竞争机制，促进学生生态位的动态发展

竞争能够促进物种的发展和进化，将竞争机制引入虚拟学习生态社会环境中，能够有效提高虚拟学习的潜动力，为虚拟学习社会环境注入生生活力，如"赏罚分明"的奖赏机制能够激发学生潜在的积极性和主动性等。如果学生处于静止的"生态位"上，即在学习社会中处于相对稳定的地位和身份，那么学生的在线学习将犹如一潭静水，没有波澜也没有流动，最终将会成为没有生物存活的一潭死水。"鲶鱼效应"是解决死水问题的最佳方法。引入竞争机制，充分调动起学生内在学习的欲望和激情，通过动态发展学生群体的生态位，使其在积极的"运动"中，与周围的人、事、物进行交互、学习，提高学生网络自主学习和生存的意识，从而促进学生生态位的动态发展。

3）不同角色教师分工协作，完成集体在线教学

面对数量庞大的学生群体，网络教学不是哪一位教师所能够独自胜任的，需要

集各种角色教师的智慧。媒体设计开发教师、课程主讲教师、学生辅导教师等,各个教师角色分工明确,共同协调维护学习系统的建设。协调共生的网络集体教学是教师群体内部主要的生存方式,但不代表不可以引入竞争。只有每个教师积极参与网络课程的准备,充分发挥各自的理论和实践优势,才能为学生创造良好的虚拟学习氛围。教师群体是在生态化虚拟学习环境中的一个统一的整体,共同目标是促进学生的学习,即便采用竞争也要自发控制个体间的协调和交互,使工作交流和情感交流为共同的目标服务。

4)运用种内"领域性"功能,提升学生虚拟学习的归属感

生态学理论指出,种内"领域性"作用使动物群体本身对所生存的领域范围有占领和归属的意识。将种内"领域性"功能引入虚拟学习生态社会环境,则是使每个学生对所在的网络学习环境生成一种归属感和领域拥有意识。这样一来,学生视所在的生态化虚拟学习环境为自己的家,通过归属感和依赖性促使其主动进入虚拟学习环境进行学习,并对虽然看不见但始终相伴的学习伙伴产生亲切感和依赖感,这可以从很大程度上改善非面对面交流学习方式的尴尬。将网络化虚拟学习方式视作"回家",从情感上对虚拟社会环境中的伙伴、老师产生依赖,能够有效提升学生虚拟学习的归属感,从而有效提高虚拟学习的质量。具体的教师行为如通过网络向学生宣传虚拟学习社区是学生的"虚拟家园"等信息,经常组织虚拟学习空间的联谊活动加深学习伙伴之间的了解、增进友谊等。

5)运用"领导"角色,引导虚拟学习的深入进行

虚拟学习环境下的群体活动需要"领队鸟"的带领和引导,而这一角色既可由教师担当也可由学生扮演。教师领导者角色的有效引导往往能消除学生在人机交互环境中自主学习时产生的厌烦和迷航,充当学生群体学习的"领队鸟",为其指引学习的方向。需要注意的是,"领导"只等于引导,而不等于强权。生态化虚拟学习社会中,教师角色与学生角色是平等民主的关系,因此,教师没有现实课堂上的威严,而是以平等的引导者身份辅助学生的在线学习。另外,"领导"角色也不等于只有教师有权享有,在某些时候,教师同样可以选择学生中的学习领袖,引导其在学习群体中发挥领头鸟的作用。学生"领队鸟"往往会给整个学习群体带来很大的积极性和活力。总之,除去领导者的"政治身份",教师应保持自身或者选择学生发挥"领导"的引导学习作用。

3. 维护平等民主的群体关系

1)公正、民主地评价学生,激发学生的潜动力

民主平等是每个生命体在社会生存中最渴望的待遇。在生态社会中,平等民主的环境能够使人产生积极向上的欲望。同样,在虚拟的学习社会中,学生在一个平等民主的氛围中也会不断产生学习的积极性和求知欲,而这正有益于环境的生态化发展。教师应把握社会生态这一重要理念,在评价学生的在线学习行为、学习

成果、学习成绩等方面给予学生最大的公正民主,使学生在一个平等的环境中学习、生存。

2) 教师间建立统一的学生评价标准,创造公正环境

个体差异也存在于不同教师对学生评价的标准上,由于在线评价对学生的指导意义高于面授学习的评价,因此,在对在线学生行为或学生作品进行评价的时候,教师之间应建立统一的评价标准和评价量规。大量的学生在线行为需要不止一个教师进行有效的科学评价,虽然每项评价都有其既定的评价量规,但是不同的人其内部感知、认知的评价标准有所差异,经多个教师评价之后的评价结果之间必定存在差别。因此,全面协调每个评价教师的评价标准,综合多个教师的评价结果得出平均成绩,才能把评价差异降低到最低限度,才是对学生在线学习行为的一种公正评价体现。

3) 尊师爱生,维护群体情感和谐

强势的语言往往会引发社会环境的霸权,不利于民主平等的社会环境形成。传统课堂教学中的教师拥有不可侵犯的地位,严肃的面孔往往使学生心生畏惧,容易引发学生服从性地学习,缺乏学习的主动性,甚至可能产生逆反心理。在网络虚拟环境下,虚拟的身份能够为学生创造一种平等的学习氛围,此时,教师的信息表达应改掉以往强势的口吻,以谦和、亲切的语言消除学生学习心理的畏惧,使其能在一个情感平等、和谐的环境中开始虚拟学习。

4. 促进多元文化的生态和谐

1) 以知识背景文化为主导,化解不同"文化"间的冲突

以知识背景文化为主导文化、辅以教学策略和网络传播技术,化解不同"文化"间的冲突。生态文化研究表明,任何群落构成的生态系统中,人类抽象思维意识的存在为人类生存质量提供着重要支撑。不仅不同群落之间存在不同形式的思想意识,同一种群之内也存在着不同的意识形态。为化解不同"文化"间的差异和冲突,分清主导文化和非主导文化是解决问题的关键。虚拟学习环境下,主题知识信息及其背景文化是学习者学习的主要内容,因此知识背景文化应被视为虚拟生态学习环境的主导文化,而教学教法和网络传播文化等作为传递信息的"技术"、"策略"文化,可视为辅助文化。分清主要矛盾和次要矛盾才能从根本上解决虚拟学习环境中多种文化间的冲突,才能为学生提供和谐稳定的学习氛围。

2) 兼容并包,科学选择教学策略

目前教学领域得到认可并广泛应用的网络环境教学策略和教学方法有很多种,如小组在线合作学习、任务驱动的学习、探究式学习、混合式学习等。如何在各有千秋的教学方式中选择适合某一学习内容的网络教学方法也是非常关键的。首先要求虚拟学习系统中的教师广泛了解各种教学策略和方法的特点和应用,能够灵活应用这些教学策略。同时要求教师不断学习、研究并有所创新地及时了解新

的教学策略文化,以达到与时俱进。另外,教师应当了解,没有任何一种教学策略能够全面完善地促进学生的学习,几种网络教学策略综合使用往往能够达到最优的效果。

不同的教学策略之间势必会发生文化冲突,这时要求教师作为虚拟学习环境的主导者有所权衡地变化各种策略的影响作用和功能,兼顾各种教学策略在整个虚拟学习过程中所起的作用,使之成为一种相互促进、和谐的关系。

3) 使用小模块教学,适应网络传播文化的要求

小模块教学即将教学内容分成若干小的知识点来学习,这样一来,将学习内容细化为小模块,有利于学习者不受限制地自由分配学习时间。网络学习为人们提供不限时间、不限空间的自由学习方式。小模块化的学习正是适应这种网络学习方式的教学模式。不同于面授课程在规定的时间内完成既定的教学内容,网络学习能够使学生自主控制学习的节奏,不限定时间是网络学习的首要要求。

4) 动态地实施教学策略,完善在线教学的自我调节

自然生态系统中,没有一种生态因子是静止不变的,那样整个生态系统将失去生机。同样,教学生态系统中,教学策略作为网络学习文化环境的一个组成部分,为了不失去活力,也应不断地运动,使整个系统充满生机。动态地实施教学策略要求教师在监控学生在线学习的过程中,不断发现教学策略上的不足,及时改进策略,以适应学生虚拟学习生存。

5) 逐步扩展知识背景的范围和深度,扩展学生对知识营养的摄取

学生学习的目标不仅仅限于知识点本身,在网络课程进行的过程中,要求教师有意识地逐步扩展知识背景的广度和深度。这样一来,不仅能够促进学生对知识点的记忆、理解和应用,同时能够不同程度地发展学生对于相关知识的了解,这对于学生的网络学习生存有很大的积极效应。

6) 运用知识管理理论,促进学生知识认知体系的形成

知识管理,是信息爆炸时代下人类为了更好适应知识发展而对自身知识进行系统管理的行为。在虚拟学习生态文化环境中,教师引导学生管理自身的文化知识,即引导学生学会使用知识管理内化自身的认知过程和认知结果,知识管理促进学生认知体系的形成,指导教师的作用在于,不仅"授业以渔",同时"授业"以网络环境下的学习生存能力。

7) 客观评价知识背景,引导学生形成正确的世界观

教师的人生观、世界观往往会成为学生发展的方向标。教师对知识背景的客观评价能够引导学生正确了解学科知识的内容。生态化虚拟学习要求学生掌握的不仅是知识本身,更重要的是在人生观、价值观中形成正确的文化取向,这也正是作为网络教学环境下的教师所应追求的更高教学目标。

4.5　基于生态学思想的教师在线行为标准

通过对教师的各种在线行为进行系统分析,在归纳整理教师行为规范的基础上,依据生态学的思想,形成表 4.1 的教师在线行为标准。

表 4.1　教师在线行为标准

一级指标	二级指标	指标描述
A 系统多样性	资源的多样性	虚拟学习资源在内容、媒介表征方式等方面表现多样化
	生态角色的多样性	虚拟学习过程中有主讲教师、辅导员、学生、学习领袖等角色
B 动态平衡性	信息流动平衡	信息数量在学生、媒体、教师之间的流动平均分布,信息总量不断扩充
	人口比例、密度平衡	教师总人数与学生总人数比例适中,没有哪一方数量过大情况
	生态位动态发展	教师、学生角色动态变化,充分发挥各种角色的功能
C 交互和谐性	竞争与协作的和谐	实施竞争机制和协作学习,但两者能够互相牵制、互相促进
	人际关系民主、和谐	师生、生生之间关系平等,且能够民主进行一切网络学习活动
	复合型人际交互	发展拥有多种人际关系的人脉网络,
D 系统自组织性	生态层级分明	网络学习课程、内容框架清晰、稳定
	生态位功能完善	教师、学生各尽职责
	具有免疫、预防、自我修复功能	环境能够不为外来的干扰所动,且能够积极做好应对突发事件的学习准备
E 开放性	信息资源的开放	有站外相关学习资源的网络链接
	生命体的迁入迁出	经常引入环境外的专家或学生参加虚拟学习活动,同时提供环境内师生到其他虚拟学习空间走访、学习
F 可持续发展性	信息场的发展与循环利用	虚拟学习环境中的信息内容,能够在积累的基础上,让后继的学习者循环使用
	认知过程和结果的可持续发展	师生的虚拟学习认知策略、学习成果等能够被继承和发扬

第5章 虚拟学习环境中的学生行为规范

在虚拟学习生态系统中,学生作为生命主体为了适应新环境,需要改变自身的行为,形成新的行为方式与习惯。只有这样,才能与环境和谐作用,共同构建生态化的学习系统,实现人与环境的和谐共处、共同发展的生态目标。然而,在实践中,由于学生面对这种新环境难免会产生暂时的不适应,所表现的行为与环境不和谐,造成虚拟学习生态系统中出现一些关于"人"或"环境"的生态问题,这些问题影响着虚拟学习生态系统的健康发展。虚拟学习环境中的学生行为规范正是为了使学生适应新环境,与环境友好相处而提出的行为要求。

5.1 学生行为引发的虚拟学习环境生态问题

5.1.1 在线学习行为

在线学习行为是指学习者通过网络媒介,利用计算机技术与现代信息传播技术设施构成的全方位、多信道、交互式的教学环境而进行的自主学习行为。它是在一种积极状态下,利用现代教育技术创设的网络环境,积极与他人交流沟通,获取网络学习资源,取得网络学习评价,自主能动学习的行为[49]。在线学习行为可以分为个体行为和群体行为。

在线学习行为包括对信息的获取、信息的应用与生成、信息的发布、信息的评价等活动,这些学习行为是构成虚拟学习环境生态化运行的基本因素。在线学习行为的发生受学习者自身因素的控制,是相对独立的、自我控制的行为,同时也受外部环境的制约,如学习环境的优劣、学习时间的保障等。在目前的虚拟学习环境下的学习中,不难发现一些不和谐的现象,如学习者不会合理利用学习资源,不能实现资源的共享;在线学习盲目无序,学习效率低下;在讨论区中,大量"潜水者"存在,导致环境沉寂,缺乏活力;学生言辞表达过激而引起负面影响;学生信息表达不切题,导致讨论偏离主题等。这些问题直接关系着虚拟学习环境的发展,因此,为了保证虚拟学习环境的良好发展,针对学生在虚拟学习环境中行为自由度相对较大,有必要对学生在线学习行为中存在的问题进行梳理与分析,从而为基于生态学视角下制订在线学习行为规范提供依据。

5.1.2 学生行为引发的虚拟学习环境生态问题

在虚拟学习生态系统中,学生作为生命主体,其生存价值有两个方面:①较好地适应环境进行有效在线学习,满足自身生命需要;②作为生态环境主体维护环境生态发展。然而,实际上,由于学生行为的不规范,导致虚拟学习生态系统中出现了一些关于"人"或"环境"的生态问题,这些问题影响着虚拟学习生态系统的良好发展。针对问题找原因,来规范学生行为,才能促进虚拟学习系统的生态发展。

1. 虚拟学习环境的混乱与沉寂

虚拟学习环境需要教师与学生的共同维护与创建,学生的在线学习行为直接影响虚拟学习环境的秩序、运行与发展。

1) 在线学习的自主性向自由性的泛化,引发学习环境中的秩序混乱

由于虚拟学习环境具有时空的开放性,使得学生的在线学习具有很大的自主性,为他们自主地选择学习内容、安排学习时间、计划学习进度等学习活动提供了充分的自由。这种环境下的学习活动中,要求学生具有一定的自我调控、自我导向的能力,需要能够自主确定与调整学习目标,制订学习计划。

但是,在实际的在线学习过程中,通过观察发现,很多学生经常是一边观看网络课程,一边闲聊或者浏览与学习无关的网站,在线的时间中娱乐成了主题,学习成了"副业"。有的学生自叹"我一坐在电脑前面就什么也学不进去了",有的学生初衷是想查找某些资料,但是在查询过程中,遇到有趣的新闻或自己认为有用的信息,就会沿着链接一步步点击下去,浏览的结果和学习目标早已相差甚远,真正用在学习上的时间很少,收获甚微。以上现象表明,学生在学习过程中主要存在两种情况:①完全自由状态,如果没有学习任务,学生不主动进行在线学习;②自控能力差,学生对在线学习的认识观念完全偏离虚拟学习生态系统的生存目标——有效在线学习。由于学生缺乏自我调控与导向的能力,往往会导致学习的盲目,学习的注意力不够集中,导致学生的在线学习出现时间分配失衡、计划混乱、方法失当、学习方向迷航等一系列问题,这不仅影响了学生在线学习质量,而且也会影响虚拟学习生态系统的良性发展,出现环境秩序混乱的问题。

2) 潜水行为频发,交互缺失,致使学习环境的沉寂

通常将那些只浏览他人的帖子不发言或者偶尔发帖回帖的人称为在线学习中的"潜水者",也有人称其为潜水员、讷客,国外被人称为 Lurker,或者 Non-PubulicParticipant(NPP)[50]。

潜水的原因很多,可能是硬件条件限制、上网时间的局限,也可能是研究问题过难或者过于容易,可能是学习者感到自己的观点还不成熟,或者是不知道如何去表达,或者是根本就不去思考。当然,"潜水"并不等于没有学习发生,可能很多人习惯于阅读资料,习惯于学习他人的观点。但是,"潜水员"太多势必造成网络空间的沉寂,虚拟学习环境就显得缺乏生机。

师生、生生之间的交互是在线学习中必不可少的学习行为,它为学习提供了交流、探究的空间,为随时随地获得相互的启发、相互的学习行为提供了可能。但是,

考察众多网络课程,发现在线交互上仍然存在着很多问题,从学生参与的角度来看,交流不积极、不及时,参与人数少,或者交流停留在表面、流于形式,从而致使交流活动乏味,交流空间沉寂。

2. 学习资源的浪费

在虚拟学习环境中,学生既是学习资源的消费者,同时也是创建者,他们对学习资源利用和创建的行为是维护虚拟环境的重要因素。

1) 低级在线学习行为多于中高级学习行为,造成资源浪费

在网络课程的学习中,教师会针对学习课程目标为学生提供相关的学习资源,以及一些有益于扩展知识面的网络资源链接,如其他网络学院的精品课程、专业知识方面的权威网站、知名教授的博客链接等。教师对学习资源的精心设计,目的是让学生通过学习了解和掌握知识,形成自己对所学知识的理解,建构自己的认知结构。但是,通过观察发现,很多学习资源并没有真正被学生所利用,甚至无人问津。

有学者对网络学习行为的模型进行了研究,提出对于网络学习资源的应用可以分为低级、中级和高级三个等级[51],见表 5.1。低级行为更多是反映一种单纯的操作活动,而中高级行为则是对低级行为的复合和序列化,反映的是更高级的认知活动。

表 5.1　层次化的网络学习行为模型

网络学习行为层次	每个层次对应的网络学习行为
高级	协作、探究、信息待精加工、高级查询、请教(接受教师指导)、总结反省(查看个人学习记录)、设计、制作等
中级	查询信息、选择(辨别)、精读、文档管理、评价(评论)、质疑(提问)、信息发布、问题解答、查看答案、异步讨论、同步讨论等
低级	浏览(网站、网页)、点击、阅读(逗留)、标记、注释、保存(下载讲义)、选择(辨别)、键入等

在线学习中,学生对资源的浏览、阅读、下载的行为比较多,而对资源的辨别评价、质疑讨论、协作探究等对资源的加工、信息的创造性的再利用和传播的学习行为发生的比较少。从有些学者的调查研究中可以发现这一现象,如图 5.1 所示[49]。

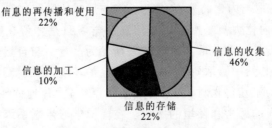

信息的再传播和使用
22%

信息的收集
46%

信息的加工
10%

信息的存储
22%

图 5.1　网络学习资源的操作

　　在学习中对网络学习资源的操作有近一半(46%)的同学是对信息的收集，22%的同学是对信息的存储，10%的同学是对信息的加工，22%的同学是对信息的再传播和使用。说明学生的网络学习行为大部分只是对信息资源简单的收集和存储的操作行为的低级学习行为，较少复合和序列化所接收的信息，学习行为程度不高，对信息资源进行深入分析、加工、再传播和使用的不够，致使教师精心设计与提供的资源没有实现其更大的价值，造成教师资源与网络资源的浪费[49]。这种现象在在线学习中比比皆是，比如，学生在完成作业时，对所学习的内容没有认真分析和仔细消化，有些学生作业完成质量不高，仅仅是资料的粘贴拼接。作业本来是教师检验学生学习效果的一种方式，学生作业可以体现学生对所学知识的理解与转化的程度，然而，学生以这样的态度对待在线学习，不仅打击了教师的积极性，对自己学习也产生负面影响。另外，有些学生对于讨论区的设置无所顾忌，对于教师设置的讨论话题，或者学习活动不主动参加，这些现象均造成资源的浪费。

　　2) 学生数字化生存技能不足，造成环境资源的浪费

　　在虚拟学习生态系统中，虚拟学习生态环境的科技性，使得学生需要具备一定的生存技能，如使用技术来支持学习是一个重要的方面。人与人之间的交流是通过环境所提供的交流工具来完成的，学生对于某些学习活动的完成也要通某些软件来完成，如文本编辑工具、搜索引擎、电子邮件、公告板、ftp 文件传输等。对于这些学习工具的使用，学生的信息技术能力不足，不能充分发挥学习工具的作用，这对于环境资源来说是一种浪费的表现，同时也成为学生对环境适应过程中的限制因素。

　　3) 消费行为多于生产行为，造成信息消费与生产失衡、信息获取与内化失衡

　　在虚拟学习生态系统中学生有双重身份，即学习信息的生产者和消费者。作为消费者，学生在虚拟学习生态环境中浏览、搜索、阅读文本信息，观看收听视频、音频信息，将其中的有用信息进行吸收、整合、加工，内化到自身的认知结构中，这是学生向环境的获取。作为生产者，学生通过参与讨论、测试、提交作业、上传资源、书写博客作为知识管理等活动，向环境分享信息。学习信息作为能量流动的单位在学生与环境之间进行转换，然而，在虚拟学习生态系统中出现了学生信息流动的失衡，即信息获取与内化的失衡、信息获取与反哺的失衡。

　　信息获取与内化失衡是指学生对信息的学习只是停留在表层，缺少对信息加工的力度、深度。信息获取与反哺的失衡尤为严重。与自然生态系统一样，如果人们只是从大自然中猎取资源，而不注意保护环境，必然会对环境造成负面影响。比如，人类为了获得木材，满足自己生活所需，大片地砍伐森林致使绿地成为沙漠，造成气候的恶劣和环境的恶化。在虚拟学习生态系统中，学生作为生态系统中的学习主体，不能无节制地获取资源，忽视对系统的保护作用，忽视对环

境的贡献,而造成学习环境的生态失衡。如讨论区"沙漠化"现象的形成原因就是,学生仅仅是获取,很少拿出来分享,论坛中话题的设置,很少同学去参加,教师设置的讨论区没有人去回答,或者是灌水帖,时间长了变成无人问津的"沙漠地区"。

基于上述问题,作为一种群体学习环境,有必要建立一种统一的行为规范,以便维护环境秩序,保持环境有效地运行。

3. 协作关系失衡,社会属性缺失

虚拟学习生态系统中,学生之间的交流与合作还体现在小组学习中。小组学习是在线学习中的一种主要形式,学生通过与同伴之间的合作互助来共同完成某一学习任务。学生与学生之间通过分工,获得自己应该完成的任务,然后小组成员通过协商,共同讨论得出最终成果。但是,现实的在线学习中,有时候缺少这种协作关系,主要表现在两个方面:①某学习任务通常会落到小组中的某些成员身上,并不是全部成员共同参加;②成员之间缺少协商与沟通,小组作品不是大家共同努力的结晶而是成员之间的拼凑。这样使得小组学习也就失去了其原有的意义,也就失去了学生在虚拟学习生态系统中"社会属性"的价值意义。

5.2　制订学生在线行为规范的原则

学生的在线行为包括学生的个体行为和群体行为。个体行为是指为了适应环境而做出的行为调整(自适应行为)和为了发展而做出与环境互动的行为(学习行为)。群体行为是指学生在所处的群体中个体与个体之间的互动行为。依据生态学理论,制订科学、有效的在线行为规范,对学生的在线行为予以引导、约束,可以促进虚拟学习生态系统的和谐。

5.2.1　生态系统中生态主体的适应与发展性原则

在生态系统中"制约是系统中环境对系统主体的约束,应变是主体对环境制约做出的反应。生态系统中所有生物生活在一定环境中,都必须接受各种各样的环境条件,并受到这些环境条件的约束。生物环境本身根据生物体对环境变化的反应来选择生物体,只有适应生存环境的生物体能够继续生存下去"。"生物的应变是指通过调节自己的生理结构、形态特征或行为方式,以达到生存和发展的目的"[52]。学生作为虚拟学习生态系统的系统主体,同样会受到虚拟学习生态系统中环境的制约,学生对制约的反应有两种情况,一种是产生有利于自身生存的应变行为;一种是无法克服环境制约,逐渐被环境淘汰。生态学中"适应与发展,是生态过程中相互联系的两个方面"[53],学生作为虚拟学习生态系统主体,其生存目的就是要克服环境的制约与影响,在自身应变行为产生过程中,适应环境并达到个体与环境的生态化发展。制订关于学生个体行为规范时应该以此为基础,有了系统主体的适应与发展,才能更好地促进系统的生态发展。

5.2.2　生态系统中生态主体协调共生原则

在自然生态系统中存在多种不同生命个体相互共生的现象,例如,非洲犀牛鸟与犀牛之间的共生,犀牛鸟可以清除犀牛身上的寄生虫,在这种共生关系中,鸟儿充当了犀牛的清洁员,而自己也得到了美味的食物;组成巨大的珊瑚礁的珊瑚纲动物和特殊的动物性绿藻、黄藻共生,珊瑚虫提供营养素,藻类则提供各种复杂的光合作用产物。可见,不同生态主体之间存在着一种共生关系,在生态学中这种共生是一种互利关系。互利共生是生态系统中最重要的种间关系,“生态系统中无法离开互利共生关系存在”[52]。生态系统中的共生需要符合一定条件才能发生。生态学上共生是不同种属按照某种物质联系生活在一起。共生需要两个基本条件:①差异性是共生的首要条件,也是必要条件;②共生单元之间要存在某种内在关联才可能形成共生关系。

虚拟学习生态系统中也存在这种共生关系。师生群体中教师与学生之间存在一种互利共生关系,教师提供学生成长所用的学习资源,学生为教师完成了教师职位所在的价值;学生群体中,不同学生个体之间,每位学生都有其不同的个性特征,学生与学生之间存在一定的差异性,作为虚拟学习生态系统中生存主体就要形成不同学生个体之间的“互利共生”关系。

虚拟学习生态系统中生生之间、师生之间相互交往,形成了虚拟学习生态系统中的社会关系。在这个社会关系形成的社会环境里,人不是单独孤立的个体,是人与人相互联系、相互交互的统一体。学生作为其生态主体,其每一个行为的发生都应要考虑与整个系统发展协调统一,学生要兼顾其他学生与教师以及所在的环境而保持系统的整体统一性,从而有助于虚拟学习生态系统和谐发展。

5.2.3　生态系统中信息输入与输出平衡性原则

生态系统的生态平衡是指结构和功能上的协调平衡,物质能量流动的良好循环。非生物环境、生产者、消费者、分解者是生态学中 4 个重要的组成要素[54]。生态系统中,能量流动和物质循环每时每刻都在生产者、消费者、分解者之间进行。虚拟学习生态系统,同样也存在这 4 个组成要素,来完成虚拟学习生态系统中各系统之间的物质与能量的流通与循环,来保证整个系统的平衡与稳定,促进整个生态系统健康、稳定地生态化发展。知识信息是虚拟学习生态系统中能量流动的基本单位,生态系统中的能量物质信息流动是生态系统平衡稳定的前提。

根据此理论,作为虚拟学习生态系统中的学习主体,作为联系虚拟学习生态环境与其他生命主体的学生,在以知识信息为营养的生态链条上担当着重要的作用,需要充当多重角色,在完成自身营养所需的同时也可能为其他生态主体提供生长所需"食物"和"能量",因此,学生不仅仅是生态系统之中的消费者,也是虚拟学习生态系统中的生产者。作为消费者汲取生存所需的营养,获得学习所需的知识信息,从环境中向自身输入信息;同时也应该充当生产者的身份,为虚拟学习生态环境注入新的血液,输出有价值的信息,把自己所学所得的营养信息经过加工组合,生产出可供他人分享的新产品;甚至,学生主体也需要充当分解者的身份,积极消除不良因素,维持生态系统良好发展。作为虚拟学习生态系统中的主体,始终应该注意信息输入与输出的平衡,既要以保持虚拟学习生态系统内部各个结构与功能的平衡,也要保持虚拟学习环境与社会生态系统的平衡,这样生态系统才能良好发展。学生在虚拟学习生态系统中的多重角色的扮演是以维持生态系统中信息能量平衡为目标的,因此,在制订学生行为规范时应该在注意规范学生行为的同时注意信息能量输入与输出的平衡。

5.2.4　达到系统的生态平衡原则

生态平衡是生态学的一种核心理念。作为一种系统,整体稳定性是保持系统良好发展的有力保障。系统中各部分的稳定发展可以视为一种平衡。生态系统中存在这种平衡,称之为生态平衡,是指生态系统通过发展和调节所达到的一种稳定状态。当生态系统处于这种相对稳定状态时,生物之间、生物与环境之间出现高度的相互适应与协调,系统各部分结构与功能之间没有明显的分化,能量流动和物质循环总是在不间断进行着,生物个体也在不断地进行更新,生产与消费和分解之间,即能量和物质的输入与输出之间接近平衡。

虚拟学习生态系统中的这种生态平衡,体现在学习信息作为物质、能量,将在学生个体身上、不同学生之间、学生与教师之间,以及学生和教师与虚拟学习生态环境之间进行良好的交互与循环,通过这种学习信息到知识内容的转换与流通,学生能够便捷且有效地进行满足自身需求的在线学习,通过合理的学习方式,形成良好的认知结构,完成自身对学习信息到自身相关经验的认知结合。不同学生个体之间能够达到良好的互动沟通,通过交流分享信息来实现不同学习主体之间的能量转换。同样,学习信息也会在学生和教师之间进行流动与循环,实现教学的协调发展。知识信息的良好循环时刻在虚拟学习生态系统的不同生态因子间进行,而且这种能量流动与循环是一种动态的,不同因子之间会通过相互协调来使生态系统达到一种动态平衡,如随着学生在环境中的有效成长,学生对知识营养的需求不断增加,教师会根据学生需求,及时提供学生所需学习信息;学生主体成长过程中,通过自身认知能力与生存能力的不断提高,对环境的适应能力的增强,此时学生是从一种平衡向另一种能力更高平衡状态的发展。虚拟学习生态系统作为一个有机统一体,总是处于不断变化之中,无论是教师还是学生都无时无刻不受到环境或其他主体的正面或负面影响,不同生态因子之间相互影响、相互作用而引起生态系统的发展,这种发展是在一种平衡—不平衡—平衡之间通过自我调节、相互协调来维持着生态系统的动态发展,并能在很大程度上克服和消除外来的干扰,保持自身的稳定性,促进整个虚拟学习生态系统平衡发展。

5.2.5　实现系统的可持续发展原则

可持续发展是当今社会生态的一个重要主题,其标志是资源的可持续利用以及良好的生态环境。环境开发之后不是仅仅供使用的,虚拟学习系统作为一种生态系统,同样具备可持续发展性。一个学习环境平台的开发消耗了一定的物力、财力、人力资源,资源提供给学生使用的同时,要注意其循环利用。资源的维护和更新是基础,各个子环境的合理利用、相互协调是条件,师生的教学相长是目的。

在虚拟学习生态系统中可持续发展性体现在诸多方面,如信息资源的不断更新,教学过程中的教学相长,学习气氛的更加融洽,学习兴趣动机的每日剧增,学习成绩的日益优秀等。从微观的角度来看,如讨论区中发帖人数的逐渐增加,发帖质量越来越高,帖子质量代表着学生对知识的意义建构程度,帖子不再是灌水帖,而是学生自己对所学知识的深刻理解的表达。学习过程中出现了一部分学习积极者,"鲶鱼效应"的产生,带动了学习气氛,学生开始自主组织合理的学习活动或者讨论话题,在新的活动与讨论中,教师从中得到了启发,学生之间的交流与合作更加频繁与默契,学生能够在与同伴者的交流中产生共鸣,达到对学习知识的深刻认知等。

总之,虚拟学习环境作为生态系统是不同层次上各生态因子在结构和功能上相互协调、相互作用的生态系统。其中,学生个体得以成长,系统中其他生态因子之间相互联系、相互依存、相互协调,使虚拟学习环境能够形成自我调节、自我完善、自我发展的生态系统。在设计学生在线行为规范时综合考虑生态环境中的主体需求、系统的生态平衡和可持续发展等问题。

5.3　学生在线行为规范

在线行为从学习主体的角度来看可以有个体行为和群体行为,从学生个体行为与群体行为的角度来设计学生在线行为规范,可以概括为学生个体自适应行为规范、学生个体行为规范、学生群体行为规范三大类。

5.3.1　学生个体自适应行为规范

应变是生物主体在环境中生存的基本技能,否则,将会被环境所淘汰,这也是对学生进行良好在线学习提出的基本要求,行为规范的功能就是告知学生如何更好地适应环境,做到良好的应变。虚拟学习生态系统中对新环境的应变能力也是学生在虚拟学习生态系统中生存的基本前提,学生只有具备应变、适应新环境的能力才能有效地进行在线学习。根据虚拟学习环境的特点以及在线学习的基本要求，可以制订学生个体自适应的行为规范，这些规范可以使学生尽快适应新的学习环境，逐渐养成适应新环境的能力，从而促进虚拟学习环境的生态化发展。学生个体自适应行为可以分为意识、自我管理和学习方法三种类型，具体规范见表 5.2。

表 5.2 学生个体自适应行为规范

个体自适应行为类型	规 范
意识	转变学习观念，形成自我管理的意识
自我管理	重视时间管理，确保充足的在线学习时间
	进行任务管理，制订合理的学习计划
学习方法	掌握常用的信息技术工具的使用，熟悉常见信息媒体的操作运用
	及时发现问题，寻求解决问题的办法

1. 转变学习观念，提高自我管理的能力

行为的产生由意识支配，所以要求学生在观念意识上要有所转变。"物竞天择，适者生存"是自然生态系统中的一种生存方式。在虚拟学习生态系统中，学生从传统学习到虚拟在线学习，学习环境存在一种转变，对学生心理适应能力提出了新的挑战。生命个体应适应环境为主，适者才能生存，学生个体要适应虚拟学习生态系统环境中各种制约因子，如环境的虚拟性、科技性等，就要转变学习观念。学习观念的改变是指从传统学习观念到网络学习观念的转变，在线学习对于传统学习已经有了很大的变化，这种变化的存在就要求学生在学习观念上有所转变，要树立一种生态主义价值观，即在虚拟性的生存环境中进行自我实现的价值观，这种价值观的实现前提，就是要学会管理自己，从个体自身来排除自身限制因子。传统教学中，学生学习是在教师的指导和监督下进行的，学生是按照教师的要求被动学习，教师是学习的主导，学生只需要按照教师安排进行即可。在线学习是以学生为主体，教师只是作为辅导者的身份。在学习过程中，学习活动大多数是由学生自己调节进行学习的，这就要求学生有一种自己管理自己的意识，具备自觉、自制、自治、自控、自励意识。这将有助于自身素质能力的提高，避免传统教学过程中"花盆效应"带来的依赖性，增强学生个体自身生存和发展的能力，减少在线学习的混乱无序现象的发生。这是进行有效在线学习的第一步，只有这样学生才能很好地适应在线学习，产生良好的学习效果。

2. 重视时间管理，确保充足的在线学习时间

自古至今，人们已经认识到了时间的重要性，前辈们总结了许多描述时间珍贵与重要的至理名言。鲁迅先生说"时间就是生命"，对于学生来说，时间就是知识。钟志贤在"论在线学习"一文中指出"学生必须保证必要的学习时间，以保持学习的进程"[55]。在保证充足在线时间的基础上,还要有效地管理与分配时间,合理地安排各种在线学习活动。"时间是过去、现在、未来的一条连续线,构成时间的要素是事件,时间管理的目的是对事件的控制"[56]。对于学生来说,"事件"就是指学生的学习活动,保证"事件"完成的就是时间。

在线学习过程中,时空的开放性给予了学习者充分的自由,可以自己确定学习时间、学习时长,学生经常因为觉得时间是自己的,比如对学习资料的学习,由于资料是在一定时间内或者永久性地保存在网络空间的,所以,学生就会觉得"不着急,等我有时间了再看",很可能时间长了就忘记阅读了,比如对某些话题的讨论,也是在一定时段内进行的,学生可以根据自己的自由时间来发帖、回帖,同样也会觉得不用急,往往等到最后的期限再参与,匆忙之中不会有好的建议、好的方法,这就造成了讨论的质量不高、论坛沉寂的现象等。对时间的合理安排是保障学生在线学习效果的必要条件,也是保障虚拟环境生态化发展的一个影响因素。所以,对学习者的学习时间的管理能力进行规范是非常必要的。在线学习中要主动规划学习时间,制定学习时间表,保障在线学习的时间,从而避免网络沉寂萧条现象的出现,避免学习资源的浪费,避免自由化的泛滥。

3. 进行任务管理,制订合理的学习计划

分配了时间,那么学生如何使时间有效,如何才能克服"盲目无序"为"井然有序"呢?学生应为自己进行在线学习制订一个合理、周密的计划,制订的计划要切实可行,避免空泛不切合实际,有了计划,学生个体活动才能处于一种有序的状态,个体学习活动的有序可使自身生态位处于一个相对稳定状态,避免无所适从导致生态位资源利用紊乱。

据了解,学生在进行在线学习时,会消耗很多时间但收获却寥寥无几。学生学习注意力总是会被一些无关的信息所打扰,上网的初衷是为了查找与学习相关的资料,但是过程中会不由自主地点击一些与预期学习目标无关的网站,一步一步地偏移了最初的航线,致使学习毫无效率可言。还有,在登录在线学习课程时,面对不止一个的学习活动,学生觉得无从下手,每一种活动都想参加,但是往往无所适从。这些是因为学生没有很好地确立自己所应处的位置没有把握自己所在的"生态位",从而对学习活动的利用存在盲目感。

4. 掌握常用的信息技术工具的使用,熟悉常见信息媒体的操作运用

学生作为虚拟学习生态系统的生存主体,如同人在自然生态系统中生存一般必须具备生存技能,以多媒体技术与网络技术为基础支撑的虚拟学习生态环境,要求学生具备一定的信息技术能力,学会使用基本的信息加工工具软件如传统文字处理软件 Word、WPS、表格及画图软件等;常用的实时和非实时互动交流工具如 E-mail、聊天室、bbs、msn、qq、blog 等。学生在虚拟学习生态环境中通过与各种信息媒介构成的微观环境进行交互完成学习,比如对课程资源的学习,对学习活动的参与,完成课程布置的各种学习任务或作业,与其他学生的合作交流,遇到问题时向教师或助学者使用交流工具进行询问等。

可见,学生进行任何一个步骤的学习都离不开"技能"的使用,信息技能作为学生的一种对学习生态环境认知的工具帮助学生达到"生存目标"。学生要学会使用相关的媒体信息软件满足自身学习,也需要学会利用电子邮件、在线讨论、bbs、文件传输及语音电话等方式来进行多向交流。因此,基本的操作技能和通信技能是学生所必须具备的,这种技能的具备有助于学生个体的自我发展,为各种活动提供技术支持,减少"潜水者",提高在线学习的参与度。

5. 及时发现问题,寻求解决问题的办法

虚拟学习生态系统中,其环境的虚拟性,使人与人之间不再是面对面的沟通。学生应该明确一点,有问题一定要向教师或学习同伴提出来,及时帮助自己解决问题,消除学习上的困惑与盲点。生态学中存在着一种限制因子法则,是指"当生态因素处于缺乏时,或低于临界线,或超过最大忍受度的情况下,就会起限制因子作用"[57]。学生遇到的某些"盲点"或者"困惑"就很可能成为学生有效在线学习的限制因子。学生应该及时排除这些限制因子,遇到一些自身难以解决的问题时,一定要寻求解决方式。在实践过程中对某些学生进行访谈时,发现一些学生在学习上存在一些自己不能解决的问题,但是出于一些主观上的原因,比如,有的学生觉得没有必要,与学习成绩不会相关;有的学生认为一些问题在教师眼里可能过于简单而不好意思去问等。学生存在的问题随着时间的推移越来越多,随着理解上的不深刻对某些知识的掌握存在一知半解的现象,时间久了,沉积的问题越来越多,困惑越来越大,从而对在线学习产生负面影响,不利于自身知识的掌握,甚至导致学生不再参与在线学习。所以,学生在学习过程中,应学会及时排除限制因子,有问题一定要问,清楚表达自己的问题所在,与教师或他人保持良好的沟通与交流,使自身能够在虚拟学习生态系统中游刃有余地健康发展。

5.3.2　学生个体学习行为规范

虚拟学习生态系统中,学生个体的成长过程即学生个体进行有效学习的过程,就是生命个体满足自身营养需要的过程。本研究将从个体信息营养获取,到信息转换内化,到自身认知,再到自我反馈这个过程中的典型行为来对生命个体提出要求。在虚拟学习生态系统中,学生以个体形式进行学习,犹如生物个体从与环境之间的交互,从环境中汲取营养,满足自身知识建构所需要,即学生与虚拟学习生态系统环境之间进行信息能量流动而完成在线学习过程所产生的行为。在虚拟学习生态系统中,学生的生存目标是进行在线学习,此时的学生行为规范是告知学生如何做才是有效的在线学习,为学生在线学习提供一个参考标准,使其不断提高信息素养,适应环境变化,具体规范见表 5.3。

表 5.3　学生个体学习行为规范

学生个体学习行为类型	规　　范
信息获取	适时恰当地获取多样化的学习资源
信息加工	注重信息营养内化,完成由信息到知识的转换; 信息检索,取其精华,去其糟粕; 对学习信息进行梳理加工,变"无序"为"有序"
信息管理	认真对待反馈信息,及时自我反思

1. 适时恰当多样化地获取学习资源

虚拟学习生态系统具有开放性,学生个体生存于开放的学习环境中,多元化的文化气息和丰富多样的学习信息给学生成长带来了丰富的养料。信息的不断发展与更新要求学生不能对信息的选择太过单一。知识生态学认为"多样性越高,生命力和应变力就越强;知识之间节点越多,其生长、交换和使用活力就越强"[58]。对于信息汲取者学生来说,汲取多样化信息有助于学生个体良好成长。信息的多样化,扩大学生认知视野,有助于学生信息素养的发展,以便更好地适应环境变化,提高学生个体自组织能力和应变能力,为学生个体自我进化打下良好的基础。生态学中的拓适原理指出,"成功的发展必须善于拓展资源生态位和需求生态位,以改造和适应环境"[59]。学生自身发展应该力求拓宽自身学习资源生态位,适时恰当地选择学习资源,充分利用现有资源进行学习,扩大自己的知识面,避免资源的闲置与浪费。

2. 注重信息营养内化,完成由信息到知识的转换

自然生态系统中,阳光、水分为植物生长所必需的物质,但是不经过植物内部的光合作用转化为自身营养所需,对于植物本身来说是没有使用价值的。同样,学生对信息的获取是满足个体成长的第一步,但是对信息资源的获取,要结合自身原有经验,在自己头脑中建构一种认知结构,完成由信息到知识的转变,生态学中的拓适原理不仅强调了"拓"也强调了"适","只开拓不适应,缺乏发展的稳度和柔度"[59]。因此,学生应该注意选择多样化的同时,更要利用多样化信息发展自己。

学生在线学习过程中,对知识的掌握不应该仅仅停留在浏览的阶段,而应该转化成自己对知识的理解与建构,形成自己的认知。在虚拟学习生态系统中,教师为学生提供了丰富的课程信息,学生应该学会如何去消化和理解这些信息,注重知识掌握多样化的同时,也要注意信息对自身的应用价值的实现,避免对知识掌握过于肤浅,降低信息营养价值。在在线课程实践过程中,由于学生对知识的掌握缺少深度,从而在讨论区中发表的观点缺少深刻的力度,不利于学生之间交流产生共鸣,有的学习活动完成质量不高,对信息的理解缺少深入的加工,这样是不利于学生个

体稳定发展的,容易出现讨论流于形式,参与度不高,论坛缺少积极向上、相互学习交流的氛围,不利于虚拟环境的生态化发展。

3. 信息检索,取其精华,去其糟粕

信息检索是虚拟学习生态系统中学生个体进行在线学习必不可少的一种学习方式。面对网络环境下众多纷杂的网络信息,学生在对信息进行检索时,一定要对信息进行甄别、比较、分析并提炼出其中有利用价值的信息资源,这样有助于过滤掉一些垃圾信息,避免对环境带来的污染。学生个体对外界信息资源的取"精"去"糟"能保证虚拟学习环境的生态化发展,避免大量无用信息的充斥,减少信息垃圾的产生。

4. 对信息进行梳理加工,变"无序"为"有序"

虚拟学习生态系统的开放性与多样性,为学生提供了多种多样的学习信息,加之信息的不断更新,使得学生获得大量信息。网络信息的海量化,要求学生对丰富多样的信息进行梳理、加工,将错综复杂的信息进一步条理化。一方面,单一学生个体在学习过程中,将会学到不同方面的知识,这样就会积累下多种学习信息,若不注意对信息的整理,则容易存在重复的信息,或者信息冗余,不利于学生自身对信息的选择。另一方面,学生也要对自身认知进行阶段性的梳理加工,有助于形成个体认识系统结构,有助于明确自身掌握程度,使个体认知条理化、结构化,这样为学生个体知识成长打下良好基础,必要时要进行文字的记录。与一些研究者提出"知识管理"这一概念类似,学生应该对自己掌握的信息或者已经掌握的知识进行梳理,比如通过学习日志,blog 等工具来完成对信息的管理。学生个体对信息的有序化,到学生群体知识信息的有序化,也有助于环境的净化发展。

5. 认真对待反馈信息,及时自我反思

学习中要注意环境中的反馈信息,如教师评语和学生之间的评价,针对这些信息进行自我反思,扬长避短。生态学中反馈原理指出,生态系统的发展受正负两种反馈机制的控制,"负反馈可以使系统保持稳定"[54]。学生作为虚拟学习生态系统的组成部分,自身的自我反馈是系统自我调控、自我组织的一种体现。学生个体本身也可以看成一个生态系统,个体自我反思就是一种自我调控机制,这种自我调控就是负反馈。学生通过从教师、学习伙伴或参与学习活动获得的各个方面的反馈信息,及时地进行自我反思,可以帮助学生发现自己的不足,及时采取措施进行调整,从而抑制或减轻个体将要出现的具有失衡倾向的变化,增强个体适应能力,更好地适应生态系统的学习环境。

5.3.3　学生群体行为规范

学生群体行为规范的制订主要是从由师生、生生互动形成的社会环境这个角度来约束学生行为的。社会环境是虚拟学习生态系统中一个重要的组成部分,它是人与人之间形成的互动关系,是师生、生生之间互利共生所营造的学习氛围。良好的社会关系是生态系统和谐发展的动力之源,积极融洽的学习气氛,不仅能增加学生参与的动机,还能消除因环境虚拟性所带来的隔离感和孤独感,减少在线学习过程中的失落感和焦虑感,促进虚拟学习生态系统中人与人之间的情感平衡,具体规范见表 5.4。

表 5.4　学生群体行为规范

学生群体行为类型	规　　范
总则	学会尊重,始终注意"人"的存在; 注重与他人合作,相互协调,共同进步
交流	积极主动参与讨论,分享并共建信息资源; 紧扣讨论主题,不"灌水"; 信息言语表达明确,语气谦和; 发表话题语言健康,不低俗; 思想观点存在冲突时,选择合理解决方式,不偏激; 积极响应他人,不漠视
共享	发挥个性特长,锐意创新; 分享个人学习资源,做环境"生产者"; 资源发布,确保准确、科学

1. 学会尊重,始终注意"人"的存在

尊重他人是中华民族的一种传统美德,是社会环境下人与人之间的交流基础,也是人作为生态系统主体,维护良好互利共生关系的前提。在虚拟学习生态系统中,学生同样需要这种美德和这种意识。网络的虚拟性以及人机的交互性使得学生在线时很难感受到人的存在,但是,虚拟生态系统的社会环境也是有"人"存在的。它是来自五湖四海的人形成的社会环境。学会尊重,是指要尊重他人。尊重能建立人与人之间的相互信任和相互理解,它是人们之间合作的基础,是共同进步的力量,也是人与人之间和睦相处的保障。学生与学生之间的坦诚与尊重,相互之间的勉励与支持,将会塑造一种充满和谐、富有热情的氛围,削弱虚拟在线学习带来的孤独与失落,体会到学习团体的温暖,增强归属感。所以,学会尊重是学生在虚拟学习生态系统中首先应该具备的一点,是保障虚拟环境和谐发展的前提条件。

2. 注重与他人合作,相互协调、共同进步

作为虚拟学习生态系统的学习主体,学生应该注重与他人的每一次合作,相互协调、共同进步,这是生态系统中最有利的共生关系的体现。自然生态系统中那些处于弱势群体的物种得以繁衍生存,就得益于它们坚毅的团结精神,与动物"无意识"的群体协助精神相比,人类作为高级生物,更应当提高合作意识,互助互利。虚拟学习生态系统中学生应该加强相互合作、协同进步的意识。小组学习是虚拟学习生态系统中最常见的一种互动方式,有自发组织的小组群体,有由教师按照学习活动安排的学习小组,无论是何种形式的学习群体,学生都应该树立与他人协同进步的意识。

学生在与同伴进行合作学习时,在明确自身职责,独立完成的同时,也要注意与成员之间的相互协调,在相互沟通与交流中,彼此鉴赏,相互协商。学生个体应该注意将发挥自身优势与吸取他人长处相结合,集思广益,取长补短,齐心协力来达到团队目标。自然生态系统中种群间或种群内存在的互利共生,师生、生生之间形成的学习小组是一种协作共生,学生与教师间的密切配合,学生与学生直接的相互合作,共同协商,有利于学生个性之间的社会化,学习知识的社会构建和意义共享。不同学生之间的相互影响、相互配合,可增加群体凝聚力,也给学生个体带来了集体归属感。

3. 积极主动参与讨论,分享并共建信息资源

人与人之间的交流是双方都参与的对话交流,这是虚拟学习生态系统中建立互利共生关系的前提,也是学生作为生产者的表现之一。因为在讨论时,学生不能只通过观看,学习他人的观点,将别人的观点作为自己的"消费品",而不发表自己的观点与想法,这样很难达成共鸣。如果学生总是愿意充当"潜水者"、"消费者",那么,可以共享的资源将不会更新,就没有思想交流迸发的火花;可以分享的信息越来越少,对方参与者的积极性被削弱,久而久之,就会导致知识资源环境的枯竭。交流是与他人合作、共同分享信息的桥梁,网络环境为大家的学习提供了便利的环境,所以要求学生积极主动地表达自己的观点,迈出有效对话与沟通的第一步,不做"潜水者"与"沉默者",充当"生产者"。

4. 紧扣讨论主题,不"灌水"

紧扣讨论主题,不"灌水"是为了减少虚拟学习生态系统生态环境信息冗余,加强学生之间讨论质量从而有助于引起共鸣对学生提出学习行为要求。在讨论区中,按照讨论区规定的具体说明,发表自己的观点与看法,观点要求格式按照讨论区规定,观点内容应该围绕主题展开,不能脱离主题和另立主题。

大量的重复言论、与主题无关的信息、无价值的符号往往会导致虚拟学习环境产生大量冗余信息,不利于学生及时获得可以利用的信息资源,而且延长了学生对帖子的浏览时间,同时也消耗学生的学习精力,分散了学生的注意力。针对信息垃圾对学生的干扰,对学生学习过程产生了负面影响,此条行为规范的制定有利于避免这种现象的发生,优化学生生存空间。

5. 信息言语表达明确,语气谦和

人与人的对话交流是通过语言表达来完成的,在虚拟生态系统中这种言语表达是书面文字的形式。交流中要注意书写文字的表达内容,由于少了面对面的交流与沟通,缺少面部表情和肢体语言带给他人的感受,这些都需要用合适的语言、谦和的语气来表达与他人交流的内容;①语意表达必须明确,这样他人才能明白你所说的含义,避免模棱两可的表达,容易产生理解上的误会,影响对方情绪,不利于学习的有效沟通;②注意表达的语气,在与他人进行交流时,避免使用生硬、轻蔑、狂傲的语气,时刻要学会站在对方立场上来思考,以一种谦和的态度来进行交流,这样才能给对方带来一种愉悦感,为有效学习交流创造和谐气氛。

6. 发表话题语言健康,不低俗

在虚拟学习生态系统中,教师或教学工作者对虚拟学习环境的设计都会为学生提供一个可以供学生自主交流的休闲场所,这是为学生提供自由讨论的地方。由于这种自由性的存在,一些学生往往会过度放松自己,在一些讨论区中谈论话题内容有不文明现象,语言表达不健康,甚至恶意贬低和攻击他人,试想在这样的环境中怎么能够产生愉悦感和集体归属感呢? 自然生态系统中存在一种他感作用,某种植物分泌的某种气味或某种物质,将会阻碍其周围环境中的其他植物的生长和发育,如果后者植物是有益的,那么采取的办法就是直接将前种植物连根拔起。在虚拟学习生态系统中的这种他感现象,即某些学生的行为对其他学生产生了不利影响,对待这种现象的办法就是坚决杜绝此类行为的发生。

7. 思想观点存在冲突时,选择合理解决方式,不偏激

当思想观点存在冲突时,应该注意选择合理的解决方式。在线学习中,不同学生的价值观、理解角度不同,就会在思想观点上存在争议,这是不可避免的。论坛是提供给大家学习交流的地方,应该有相互尊重的理念,站在对方立场的基础上,换位思考,这样才能在讨论中获得知识、升华思想。要注意这是知识观点的辩论,不是谁对谁错的争执,所以要主动选择尽可能解决的方式,或者向教师询问,或者向其他同学寻求帮助,避免因冲突和辩论可能带来的不良情绪。例如,一般小组讨论中,本小组成员不能解决的问题,要通过向其他小组成员进行相互交流,来获得帮助、解决问题;也可以直接向教师询问,得到问题解决方案。

8. 积极响应他人,不漠视

当发布讨论主题后,关注并及时响应他人的回复。由于虚拟学习生态系统的时空开放性,生生之间的交流与互动具有非实时性。所以要求学生应时常关注讨论的进程,对其他同学给自己的回复做出及时的响应,尽力做到有帖必复,这也是人与人之间交流的一种礼貌。对他人的回复应答,能够给予他人情感上的支持,让人在面对冷冰冰机器的同时产生一种温暖的感觉,情感支持的动力是最具潜力的,能够激发他人参与的热情与兴趣。学生回帖的内容可以是对他人观点的肯定或扩展,也可以是否定或反驳。对他人的肯定可能是短短的几个字,如"我觉得你的观点挺有意义的",这也是对其他学生情感上的支持,可能对其产生重要的影响。他们会觉得自己的观点得到了他人的认可,学习动力就会增强。对他人观点的反驳,可以促进学生之间形成热闹的讨论场面,这种方式有时候更能够促进学生的认知。但要注意的是,反驳或是辩论的时候要有理有据,在否认他人观点的时候,要详细说明自己的理由。总之,无论是上述何种形式的回复,都要做到与"主题帖"紧密相关,以免讨论中出现混乱,浪费时间与精力。对别人的回应,能够让他人感受到群体力量的存在,消除自主学习带来的孤独感。

9. 发挥个性特长,锐意创新

鼓励学生个体发表创新观点,但是要切合实际,不能夸大或者虚构观点。虚拟学习生态系统的开放性,不仅体现在时间、空间、资源以及与外界的信息流动上,更体现在学生思维的开放和个性特长的发挥上。学生个性发展,同时也是互利共生关系中差异性的表现。在讨论过程中,由于多个学生参与讨论,易形成"头脑风暴"。围绕主题展开丰富的讨论,有助于创新观点的产生,例如,有时某位学生的想法会给另一位学生带来新的灵感,这是生态化虚拟学习环境中所需要的,因为这样有利于学生的创新,有利于学生扩大视野,另外,鼓励多种观点的存在,有利于学生汲取营养的丰富多样性,有利于形成一种较好的创新氛围,从而对虚拟学习环境带来生机与活力。

生态系统中的自组织性是由于系统中存在某种调节机制,学生引领者身份等同于生态系统中分解者的角色。学生需要充当"分解者"的身份,可以为环境起到调节作用。例如,当讨论区中出现大量"灌水帖"现象的时候,学生可以进行正确引导,发表创新观点为其他学生提供新的视角,或者发表学生讨论过程中较感兴趣的话题进行讨论,激励学生积极参与讨论,变"沙漠"为"绿洲"。

10. 分享个人学习资源,做环境"生产者"

分享资源是虚拟学习生态系统中互利共生这种群体关系和谐发展的前提,也是一种必要条件;学生作为环境资源的生产者,同时也是学生与教师之间一种共生的体现,由于环境的虚拟性,学生与教师角色被模糊和淡化了,学生适时充当教师角色,既可以提高自身适应环境的能力,也为促进虚拟学习环境生态化发展贡献了一份力量。分享个人学习资源,如主动与他人交流自身学习经验,分享网络搜集信息,为其他学生提供学习帮助等。

不同的学生对同一问题会有不同的看法与不同的理解视角。通过分享自己的观点和学习经验,有利于学生之间取长补短,有利于学生群体共同进步。共生存在于物种之间的差异性上,不同学生之间通过分享资源弥补相互之间的不足与缺失,在分享中去其糟粕,取其精华,优化自身认知结构,从而满足自身发展的多种营养所需,增加自身适应能力。学生之间通过学习资源的共享,有助于资源的优化利用,提高资源利用率,这种相互分享、互利共生实现学生个体资源优势互补和高效利用,有助于增加群体凝聚力。生态系统中生命体是不断进化的,学生之间的多种知识信息共享促进了虚拟学习生态系统的多样化发展。

11. 资源发布,确保准确、科学

　　学生之间发布具有价值的参考资料、文献资源或优秀网站链接等资源,是学生之间在虚拟学习生态系统中互利共生的一种体现,是与他人进行信息共享的一种基本方式。每一位学生发布的资源很可能是其他学生学习所需,相互之间的互帮互助有利于这种良好共生关系的形成。为了保证互利共生的完成,学生一定要注意所发布资源的准确性与科学性。对于直接转载的有效信息,一定要注明出处,方便其他学生引用与借鉴,同时有利于其他学生从资源原出处获取更多知识,以促进有效信息在学生之间的流动。

第6章　虚拟学习班级的组织与管理

班级是学校教学的基本组织形式,是学校教学活动的基本单位,也是学校行政管理的最基层组织。班级具有社会化功能,它能够使个体接受班级文化和规范,成为班级一员;班级具有学习功能,班级中的个体通过沟通交流,可以彼此相互学习。进入21世纪,由于信息技术在教育中的广泛应用,依托网络平台开展的在线学习成为学校教学的一种重要形式。在同一个网络平台中,参与网络教与学的群体可以被看成是一种特殊的班级,即虚拟学习班级。从生态学角度看,虚拟学习班级是一个生态系统,班级中的个体与个体之间、个体与环境之间的相互协调作用,不仅能够维持整个系统的稳定与发展,而且能够满足个体的需要,促进个体的发展。因此,建构一个和谐、健康、高度自治、富有凝聚力的虚拟学习班级生态系统是促进个体发展的重要因素。

6.1　虚拟学习班级

6.1.1　班级的界定

1. 不同视角下的班级

(1) 班级是一种教学的组织与管理方式。从教育学角度看,班级是一种教学的组织方式,教师以一个班级为单位进行集体授课,即班级授课制。班级又是一种教学的管理方式,它是将学生按照一定规则(通常为年龄和学习的程度)组成一个集体,进行统一管理,即按照一定的时间顺序和内容安排顺序开展教与学的活动。一般情况下,班级是由教师和学生组成的一个教与学的集体,又称班集体。

(2) 班级是一种共同体与社会组织。从社会学角度看,班级是一种由社会群体构成的社会组织,由班级目标,机构和规范组成,班级目标一般为教与学的目标,机构为教师指导下的班委会,规范为一系列的规章制度(行为约束)。班级的一个学习共同体(learning community),是由具有共同的价值和信念,能够积极主动地相互学习的人构成的一个团体。学校班级学习共同体是由学习者(学生)和助学者(教师)共同组成的,以完成共同的学习任务为载体,以促进每个成员全面成长为目的的群体,强调在学习过程中以相互作用式的学习观作为指导,通过人际沟通、交流和分享各种学习资源而相互影响、相互促进的基层学习集体[60]。

（3）班级是种群与生态系统。从生态学角度看，班级是种群（population），是由诸多个体（教师和学生）组成的群体；班级中个体间不是简单的集合，而是个体间相互联系、相互作用的集体。班级中个体之间（学生与学生、学生与教师）的相互联系和相互作用就构成了班级生态系统。

2. 虚拟学习班级的界定

虚拟学习班级是现实中的教师和学生为了开展教与学的活动，通过注册，登录一个特定的虚拟空间（站点），以共同的主题（在线课程、在线论题等）为纽带而组成的网络群体。这个群体一般是在现实班级基础上，以网络课程为载体，经过角色的重新定位和组合，并在原有班级基础上适当扩展而形成的群体。

虚拟学习班级作为一种教学的组织形式，可以对现实班级进行扩展和重组。在班级成员构成上，虚拟班级在原有班级的基础上进行了适当的扩展，允许现实班级以外的成员加入；在班级角色上，虚拟班级可以实现教师与学生身份、学习者与助学者身份的灵活转换，进而实现班级的重组。

6.1.2　虚拟学习班级的构成

生态系统是指一定时间和空间范围内生物成分和非生物成分通过彼此间不断的物质循环、能量流动及信息传递而相互联系、相互影响、相互制约的生态学功能单位。虚拟学习班级是现实中的教师和学生为了开展教与学的活动，通过注册，登录一个特定的虚拟空间（虚拟学习环境），以共同的主题（在线课程、在线论题等）活动为纽带、经过协商和相互作用而形成的学习群体（共同体）。从生态学角度看，班级是一个特殊的种群（population），是由诸多个体（教师和学生）组成的群体。班级不是个体的简单集合，而是个体间相互联系、相互作用的集体。班级中的个体之间（学生与学生、学生与教师）、班级群体与虚拟学习环境之间的相互联系和相互作用就构成了班级生态系统。其基本结构如图 6.1 所示。

1. 班级角色

班级生态系统中的角色是指在班级活动过程中，各个主体所处的地位和所承担的功能，即所扮演的角色。传统意义上的班级角色主要包括教师和学生，教师是知识的传递者，是班级中的权威；学生是知识的接受者，处于从属地位。现代意义上的班级角色已经突破了教师与学生的角色划分界限，教师已经不是单一的知识传递者，学生也不是单一的知识接受者，教师和学生在教与学的过程中常常表现为民主平等、协商对话的伙伴关系。在虚拟班级生态系统中，教师与学生的关系常常表现为互为教与学的关系、学生与学生的关系常常表现为互帮互惠的伙伴关系。这样，虚拟学习班级中的角色是建立在民主平等、互惠互利和相互依赖、相互作用基础上而形成的合作者、支持者、促进者、组织者等多种角色。在虚拟学习班级中，

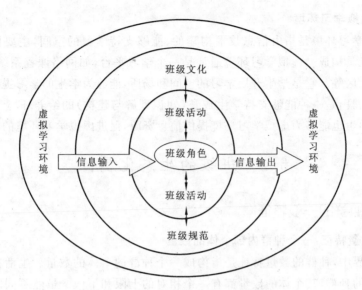

图 6.1　虚拟学习班级生态系统的结构

班级角色是动态变化的,它随着各个主体在活动中作用的变化而变化。因此,无论是教师还是学生,其在教学过程中所扮演的角色都是多元的。

2. 班级活动

班级活动是班级生态系统物质、能量和信息交换的途径,是班级成员个体生存与发展的手段,是保持班级生态系统稳定与发展的动力。班级活动是班级角色之间的相互联系和相互作用的基本形式,通过班级活动,体现与形成各种班级角色,建立班级规范和班级文化。

3. 班级规范

班级规范是班级活动的约束条件,是班级个体之间相互作用的行为准则,是维护班级生态系统稳定、有序运行的重要保证。班级规范既是班级生态系统"他组织"(外部力量)的外在手段,也是班级生态系统"自组织"(内在力量)的内在反馈机制。这种反馈机制可以激励有利于班级成员发展的行为,也可以抑制不利于班级成员发展的行为。

4. 班级文化

班级文化是在活动过程中逐步形成的班风、学风、舆论和人际关系等共同的观念。班级作为一种社会生态系统,其社会性主要体现为个体之间经过一段时间的相互交流与合作、相互作用与影响、相互学习与借鉴,逐渐形成被大多数个体所接受的行为模式和价值观念,这些因素共同构成了班级文化。班级文化也是班级活动的约束条件,是一种存在于班级生态系统中的反馈机制。

5. 虚拟学习环境

虚拟学习环境是指由信息技术构建的、能够支持学习的空间,主要由学习资源、学习工具构成。虚拟学习环境通常是一个学习平台,如网络课程系统、学习网站、学习社区等。它是学生开展学习的空间和场所,能够为学生的学习提供学习内容、学习工具,是一种能够支持学生成长(知识理解与建构)的给养环境[61]。在另一方面,学生也能够为虚拟学习环境提供信息资源,促进虚拟学习环境的发展。

6.2　班级的生态化属性

6.2.1　种群的一般特征

1. 数量特征:一个种群内部个体的数量

自然界中,种群的数量特征是指构成一个种群的个体的数量。生活在一定空间范围内的种群,其个体的数量都有一个相对的上限和下限。虽然不同的种群具有不同的数量特征,但是如果组成种群的个体数量太少(下限)或者太多(上限),都会给种群带来灾难。同样,由人构成的种群也具有这个特征。如果一个群体构成人数太少或者太多,都不利于群体目标的实现和个体的发展。学校教育中的班级作为一个种群,如果班级人数太少(10人以下),则不利于班级个体的发展;如果人数太多(50人以上),也会影响个体的发展。

2. 空间特征:一个种群赖以生存与发展的空间

在自然界中,任何一个种群都占据一个物理空间,这个空间是群体的生活地,能够为个体提供生命和生长所必需的物质和能量。人类社会的群体包括两类:①与自然界中的群体一样,具有空间属性,需要一定的活动场所和空间,如一个村落、一个社区、学校中的班级等;②不依赖空间和场所,而是按照一个共同的功能而形成的群体,如具备不同功能的政府组织与非政府组织,包括党政团体、民间社团、学会与协会等,这些种群一般情况下都没有特定的分布空间。

3. 系统特征:一个种群是具有自组织和自调节功能的系统

种群是由个体组成的,但不是个体的简单相加,而是一个有机整体,个体之间存在相互依存、相互作用的内在关系。这种内在关系不仅保证了个体的生存与发展,而且使得种群成为一个具有自组织和自调节功能的系统。人类社会的种群与自然界的种群一样,也具有系统的特征。这种特征首先表现在个体与种群之间是部分与整体的关系,只有个体之间相互协调才能保证整体的功能,同时个体的发展都需要依托群体;其次,人类社会的种群都有特定的组织和运行机制以及一定的组织规范,这种机制具有自组织和自调节的功能。例如,一个班级作为一个种群,是由教师和学生相互作用而构成的一个群体,个体之间充分的作用以及和谐的关系,可以构成一个积极、富有活力的班集体,同时,这个班集体又为个体的发展提供了良好的环境。如果没有个体之间的相互作用以及和谐的关系,就不是一个生态意义上的班级,同样,学生处在这样一个班集体中,个体的发展也会受到消极的影响。

4. 多样化特征:一个种群是由具有不同特点的同类个体构成的生态系统

生物多样性是指所有来源的形形色色的生物体,这些来源包括陆地、海洋和其他水生生态系统及其所构成的生态综合体;还包括物种内部、物种之间和生态系统的多样性[62]。多样性是维持生态系统平衡与稳定的重要条件,如果一个生态系统缺乏多样性,就很容易引发系统性灾难。多样性不仅体现在整个自然界、社会界,而且还体现在一个种群内部。例如,一个班级是由多个具有个性特点的学生构成的种群,每个学生都有各自的特点,由这些具有鲜明个性学生组成的班级最为稳定、健康和具有活力。

6.2.2　虚拟学习班级的生态属性

虚拟学习班级是一个特殊的生态系统,它具有一般生态系统的基本属性,也具有其独特的个性。虚拟学习班级是由人构成的一个种群,其基本功能是教与学。在教与学的过程中,每个成员之间生态位不是互为竞争的关系,而是互惠互利的关系。作为由人构成的生态系统,虚拟学习班级的自我管理程度和自我运行能力比生物界其他生态系统更高。

1. 虚拟学习班级是种群

种群是指生活在一定空间内,同属一个物种的个体集合。任何种群都是由一定数量的生物个体相互作用、相互依赖而构成的群体。虚拟学习班级是一个种群,它是由一定数量的学生依托特定的虚拟学习环境而构成的群体。

在自然界,生物个体难以单独存在,必须依赖群体才能生存和发展。种群是由个体组成的,但不是个体的简单相加,而是一个有机整体,个体之间存在相互依存、相互作用的内在关系。这种内在关系不仅保证了个体的生存与发展,而且使得种群成为一个具有自组织和自调节功能的系统。

一个理想的班级应该是由个体组成的有机整体,班级中每个角色之间具有相互作用和相互依存的关系。每个学生的发展都依赖于班级其他同学的影响和支持,都是与同伴相互作用过程(对话、合作)中获得的。

2. 互助互惠的生态位

生态位是指每个物种在群落中的空间和时间位置及其机能关系。生态位是个相对的概念,对于一个种群来说,其生态位是指所占有的空间与资源等,对于种群内的个体来说,其生态位是指其所承担的角色、功能和作用等。

作为人类社会中的个体,每个人都归属于一个或几个特定的种群,每个人在其中都有自己的生态位,都具有其特定的角色、功能和作用。人类的种群不同于自然界的其他生物种群,个体在保持独特的生态位的基础上,更多的是生态位相互交叉、相互重叠,这种特征具体表现为个体间的互惠互利和互助的关系。如果个体的生态位完全相同,则不利于个体间的互动;如果完全不同,则不会形成一个种群;只有在拥有一定的共同生态位基础上,维持每个成员之间生态位的差别,才能使个体之间形成相互依赖、相互作用的关系。

学校中的班级是教育者根据教学的需要而把具有某些共同特征(年龄、知识等)的学生组织在一起而构成的一个群体。班级成员共同的生态位表现为某些共同的生理和心理特征、共同的目标追求、共同的行为规范和文化。班级成员在保持共同生态位的同时,每个成员在班级中还具有其独特的功能和作用,即生态位。这些个性化的生态位形成了班级内学生之间互助互利的稳定、和谐的关系。

3. 自我管理与运行

任何一个生态系统都具有自我维持和自我调控的功能,生态系统通过自我维持和自我调控可以实现生态平衡。当环境中的个体与环境发生作用的时候,环境会对个体的行为给予回应,即反馈。生物个体根据反馈的结果调节或者固化自己的行为,即个体适应。反馈是生态系统自我维持和自我调控的机制。

虚拟班级生态系统中的反馈是建立在班级共同的行为规范和文化基础上的个体间、个体与虚拟学习环境间的互动。例如,一个学生的在线行为是否符合规范,需要其他人给予回应或者环境的反应来进行评判。因为班级的行为规范和文化是个体之间充分协商的结果,是个体间进行相互作用的行为模式,所以它是班级有效运行的约束和自治的机制。班级的行为规范和文化作为一种班级环境会对班级中的每个成员的行为做出反应(反馈),班级成员以此为依据,调整自己的行为,使自己的行为符合班级规范和文化的要求。一个生态化的班级应该是能够实现自我管理与运行、具有高度自治的群体。在这个群体中,每个成员都能够进行自我管理,通过自我管理可以实现自身的行为与群体其他成员的协调,进而实现整个系统的协调。

6.3　促进虚拟班级生态化的组织与管理策略

6.3.1　建立内部反馈调节机制,实现虚拟学习班级的民主与自治管理

民主与自治不仅是现代管理的基本理念,也是生态系统的一个根本属性。虚拟学习班级作为一个生态系统,自治不仅是其基本属性,也是维持学习者有效学习的重要因素。R. A. Steven 指出,自治(autonomy)在促进学习者持久学习中具有重要作用[20]。因此,为了实现虚拟班级自我维持和自我调控的平衡状态,应该设

计内部反馈调节机制。

1. 制订在线学习规范,为虚拟学习班级自我调控提供标准

在线学习规范是学生开展在线学习活动的基本要求,是按照在线学习的特点和学生学习的需要而制订的行为标准,它规定了学生在线学习活动的目标、内容、方式和标准。在线学习规范不仅包括在线学习活动的整体要求,如在线学习行为准则、礼仪等,也包括每项学习活动的具体要求,如一项在线活动的日常安排、评价标准等。有了这些规范,学习者个人就能够依据规范,反思自己的行为,对自己的行为做出评判,进而调节自己的行为;同时,群体的每个人就可以依据规范进行互相监督和评判,并根据他人的评判调整自己的行为。因此,在线学习规范是虚拟学习班级实现民主与自治管理的基本前提。

2. 培育虚拟班级文化,为虚拟学习班级自我调控提供动力

班级文化是班级成员之间经过一段时间的交互而形成的一套班级成员共同的价值体系,是班级活动的约束条件,表现为班级凝聚力、学习氛围、舆论、行为习惯等。它是一种隐形的班级成员行为的评价标准,是班级系统进行自我调控的内部力量。一方面,班级中的个体在班级文化的驱动下,开展各种在线学习活动;另一方面,如果某些个体的行为,存在违背班级文化的现象,就会受到班级其他成员的干预纠正。因此,培育班级文化是实现班级民主自治管理的一条重要途径。

6.3.2　制订共性与个性统一的行为规范,培育求同存异的集体文化

无论是班级行为规范还是班级文化,除了具有约束个体行为的功能外,还有促进个体发展的功能。班级中的每个成员都是具有个性特征的生命体,作为群体中的一员,他们为了更好地发展,在拥有群体共性的基础上还必须保持个性,按照个性特点生存和发展。

1. 共性与个性统一的行为规范

共性的班级行为规范是面向班级每个成员所提出的要求,是为了维护班级有效运行,班级成员在充分讨论协商的基础上,制订的在线学习行为的共同标准,如在线学习礼仪、在线合作学习章程等。考虑到个性特点和个体发展的个别需求,班级成员应该在共同的行为规范基础上,制订激励和支持个体发展的富有个性的行为标准,例如创新活动与作品的评价标准、在线学习活动参与性的标准等个性化的条款。

2. 求同存异的班级文化

在班级运行之初,班级成员可能对班级目标没有充分的共识,还没有形成班级整体文化和行为规范。这个时候,作为班级的管理者就需要引导班级成员理解班级的目标,并使班级目标成为每个成员行动的指南,成为每个成员共同的追求。在

追求共同目标的过程中,要使每个班级成员形成相互理解、相互包容的思想,进而形成具有高度包容性和理解性的班级氛围。这样,整个班级就能在共同目标基础上,理解并包容具有个性特点的个体和个性化行为,鼓励和支持每个学生的个性发展。生态化的虚拟班级在保持、尊重和鼓励个性化发展的同时,必须形成群体的共同行为规范和文化。

6.3.3　设计具有多样性的虚拟班级生态系统,保持班级活力

多样性是生态系统稳定与平衡的基础,也是生态系统可持续发展的基础。生物多样性包括物种的多样性、资源与环境的多样性、相互关系(系统)的多样性等。虚拟学习班级作为一个生态系统其多样性主要表现为角色、活动和资源三个方面的多样性。因此,为了保持虚拟学习班级生态系统的稳定与平衡、保持其活力,应该设计多样性的班级角色、活动和资源。

1. 设计多样性的班级角色

虚拟学习班级是一个人工设计的生态系统,可以根据需要,设计各种各样的角色。为了体现现代教育理念中关于教师和学生的角色定位,可以突破现实世界中的教师和学生的角色,把教师和学生看成是虚拟班级生态系统的成员,依据两者在班级生态系统中的具体功能来设计班级角色。这种设计可以改变传统班级中以教师和班干部为权威的组织结构,实现多权威、多中心的自由组织结构。这种组织结构,可以满足学生交往和表现自我的需要,可以促进班级组织内的意见沟通[63]。如果把虚拟学习班级看成是一个信息生态系统,那么按照班级成员所承担的功能,可以把班级角色划分为信息生产者、消费者和分解者。无论是教师还是学生,都可以按照其在信息生态系统中所承担的功能充当信息生产者、消费者和分解者。如果把虚拟学习班级看成是学习生态系统,那么按照班级成员所承担的功能,可以把班级角色划分为组织者、协商者、合作者或促进者。无论是教师还是学生,都可以按照其在学习生态系统中所承担的功能充当组织者、协商者、合作者和促进者。这种多样化的角色一方面可以充分发挥个体的特长,另一方面可以促进虚拟班级生态系统中"物种"的多样性,保持班级活力。

2. 组织多样性的班级活动

班级角色只有在班级活动中才得以确定。多样性的班级角色需要多样性的班级活动。不同的班级活动,会体现不同的班级角色。一个班级成员在不同的班级活动中也会表现出不同的班级角色。因此,为了体现每个班级成员的功能,应该设计多样的学习活动,使每个班级成员都有机会自我实现,体现自身的价值,形成集体归属感。例如,在"以知识共享为主的学习资源共享共建活动"中,教师和学生可以承担信息的生产者、消费者和分解者多重角色;在"合作学习活动"中,一些具有组织协调能力的学生可以充当活动的组织者;在"协作对话学习活动"中,一些学生

可以充当活动的促进者。总之,多样化的活动不仅可以为学生展示自己、体现自我价值提供更多的机会,而且可以保持班级的活力。

3. 设计多样性的学习资源

学习资源是虚拟学习班级形成的基础,是吸引班级成员聚集在一起成为一个种群的重要因素。如果一个虚拟空间没有学习资源,那么虚拟学习班级就失去了存在的基础;如果一个虚拟空间学习资源匮乏、单一,那么虚拟学习班级就会失去其活力和生机。班级中的每个成员都具有独特的个性,都有独特的学习需要和学习风格。因此,为了满足每个成员的多样化需求,为每个学生的个性发展提供支持,应该为其提供多样化的学习资源。

第7章 虚拟学习环境中学习领袖的生成及管理

任何一个群体都有起核心与关键作用的个体,这种个体称为关键主体因子。虚拟学习班级中的关键主体因子就是学习领袖,即在学习中起领导、组织、示范、帮助作用的学生。他们在保持班级学习活力、形成群体凝聚力、协调班级关系等方面起着重要的作用。发挥学习领袖的功能,可以维系和促进虚拟学习生态系统稳定、健康地运行。

7.1 学习领袖的界定

7.1.1 学习领袖

"2001 年 Taylor 依据学习者在学习社区中的参与程度和活动特点,将学习社区中的学习者分为积极参与者(worker)、观望者(lurker,或称边缘参与者)、逃避者(shirker)三种"[64]。目前,对于这三类学习者的研究主要集中在论坛讨论之中,那些经常进入论坛发表个人观点,并能够及时对他人帖子进行回复的学习者被称为积极参与者。赵君香在其硕士学位论文《现代远程教育中网络教师指导活动研究》中提出"学生领袖"一词,并将其定义为"学习起点较好,学习能力较强,并有热情带领同伴一起学习的学习者"[65]。她对学生领袖的解释也局限于论坛范围内。综合分析,在整个虚拟学习环境和学习过程中,各个角落、各个环节都有学习领袖的"踪迹",他们的活动不仅仅局限于论坛讨论之中,因此,可以将虚拟环境中的"学习领袖"定义为在虚拟学习环境中积极参与学习活动,并对其他学习者的学习产生积极影响,引领全体学习者不断进步、不断提高的人,他们本身就是学习者中的一部分,是环境主体的重要一分子。他们在维系环境的稳定、繁荣、生态方面具有突出的作用。

7.1.2 虚拟学习环境中学习领袖的生态特征

1. 具有主动的参与意识

从学习领袖的定义中可以看出作为学习领袖,他首先也必须是各种学习活动的积极参与者,具有主动的参与意识。这里所说的参与,不仅仅局限在论坛讨论之内,是对包括论坛讨论在内的各种学习活动的参与,如学习资源的应用与建设、完成学习任务的过程的参与、评价的参与等。主体参与是建设和谐生态环境的重要方面,具有主动参与意识的学习领袖势必为虚拟学习环境的生态化建设增添美妙的一笔。一方面,在参与过程中,学习领袖表现出积极活跃的状态,为虚拟学习环境注入活力,增强了环境的生机;另一方面,学习领袖的这种积极状态还能影响、带动其他学习者,从而形成大家积极参与、共建学习家园的良好氛围,实现虚拟学习环境的繁荣昌盛,同时使全体学习者拥有较为强烈的集体归属感,增强学习者的学习动机,提高学习效果。

2. 具有优秀的个人品质

仅仅具备积极的参与意识远远不足以成为学习领袖,他应该是具有优秀的个人品质的参与者,其优秀品质是影响其他学习者积极参与的润滑剂。在学习过程中这种优秀品质主要表现在,兴趣广泛、知识渊博;视野开阔、见解独到;待人热情、乐于助人;言语亲切、乐观向上等。兴趣广泛、知识渊博,使得学习领袖无论在探讨哪方面问题的时候都有话可说,有问题有思想跟大家交流和分享,其他学习者愿意在自己感兴趣的方面和他一起探索;视野开阔、见解独到,使得学习领袖在与他人交流过程中能够开阔他人思路、启发他人思维,尤其是学习领袖发表独到见解的时候,更能够引起大家的共鸣与拥护;而待人热情、乐于助人、言语亲切、乐观向上等这些与他人之间的正面互动同样能够增进学习领袖与其他学习者之间的人际关系,实现人际吸引。具备这些优秀品质的人,能够博得共生于虚拟学习环境中其他学习者的好感,赢得尊重与支持,情感上的尊重与支持势必会有助于学习领袖对其他学习者产生带动作用。这种通过外化个人品质而对其他学习者产生影响的过程类似于生态学中提出的"他感作用"。

3. 具有较强的感召力

学习领袖除了具备参与意识和优秀的个人品质外,还需要具有较强的感召力,这是集体凝聚力产生于维持的一个重要保障因素。虚拟学习环境下,群体成员之间的交流主要以语言符号的形式来进行,那么,学习领袖对其他学习者的感召作用也主要通过语言符号的形式得以实现。在学习过程中,有时会出现沉寂、懈怠、消极等现象,需要有人站出来,激励大家的学习热情,当然教师应该承担这一角色。同时,学习领袖会起到某些教师所不能起到的作用,因为他与同学关系更为密切、学习情况更为接近,相似的学习目的、相同的学习环境与学习者身份这些因素在一定程度上也能够增强学习领袖的感召力量。学习领袖说出诸如激发大家热情、呼吁大家共同努力、踊跃参与之类的话语,有时所起的作用会优于教师的作用。对于共生于虚拟学习环境中的其他学习者而言,在看到学习领袖的这些富有感召力的言论之后,能够获得更大的信心与动力,从而响应学习领袖的号召,追随学习领袖的脚步,在学习领袖的带领下做出自己更好的表现,从而实现共同进步与提高。

4. 具有高度的责任感

除了上面的参与意识、个人品质和感召力之外,虚拟学习环境中,学习领袖的突出表现是建立在高度责任感的基础之上的。这种责任感促使学习领袖无论是在自己的学习活动中,还是在与其他学习者的互动过程中都努力做出自己最好的表现,既对自己和他人的学习负责,又对整个学习环境负责。主要表现为学习领袖自身积极参与各项学习活动,并且保证质量;适时对其他学习者的言行做出回应,面对不和谐的言论、行为勇于站出来加以制止,为学习环境的优化做出自己的贡献等方面。对于每个个体而言,责任感都是相当重要的,一个人只有在感受到责任的时候才能够尽自己最大的努力来完成使命。高度的责任感使学习领袖表现突出,得到教师以及其他学习者的认可与尊重。

7.2　虚拟学习环境中学习领袖的生态功能与作用

作为在线学习者的一部分,学习领袖的存在能够解决目前虚拟学习环境中的一些生态问题,促进虚拟学习环境的生态化发展。

7.2.1　促进虚拟学习环境的优化

1. 丰富虚拟学习环境中学习者的种类,有利于系统稳定性的维持

目前大多数研究都将虚拟学习环境中的学习者划分为积极参与者、观望者和逃避者三类,将学习领袖这一角色融入学习者行列中,是虚拟学习环境中学习者种类的进一步细化。生态学理论之所以强调物种的多样性,是因为多样性是影响系统稳定性的重要因素,生态系统中的成分越是复杂多样,系统的稳定性就越容易维持。学习领袖的引入,能够丰富在线学习者的种类,从生态学的视角来看,利于提高虚拟学习环境系统的稳定性。

2001 年 Taylor 指出,在虚拟学习社区中,积极参与者、观望者、逃避者三类人群所占比例约为 1∶1∶1[64]。当然,作为教育工作者,总是希望积极参与者的数量越来越多,观望者和逃避者的数量越来越少,由原来三足鼎立的局面向稳定的金字塔形态转变,如图 7.1 所示。

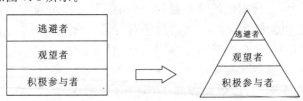

图 7.1　三类学习者数量转变图

学习领袖存在于积极参与者之中,在丰富虚拟学习环境中学习者种类的同时,能够起到"领头羊"的作用。在该角色的带领下,观望者和逃避者很有可能向着积极参与者甚至是学习领袖转化,而积极参与者也有可能转变为学习领袖,如图 7.2 所示。

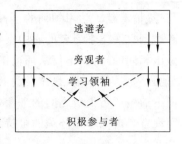

图 7.2　三类学习者转变过程图

经过这一过程的流动与转变,积极参与者的数量逐步增加,学习者内部形成较为稳定的结构,系统的稳定性得以增强。

2. 增添虚拟学习系统的活力,有利于积极向上学习气氛的形成

在学习活动中学习领袖首先是主动的参与者与组织者,他能够踊跃发言,善于表达自己的观点与看法,乐于帮助他人或提出合理建议,贡献自己存储的有用资源,激励同伴积极参与,对不和谐的现象给予制止等。可见,学习领袖的存在能够为整个学习系统增添活力,形成积极向上的学习氛围。生态系统中的各种生物都会不断调整自身以适应变化着的外界环境[66]。虚拟学习环境中也是如此,身处其中的学习者面对充满生机与活力的学习环境时,也会改变自身,变得积极活跃起来,力求与身边环境相适应。这样,在学习领袖的影响和带动下,其他学习者的参与热情受到激发,积极投身于各种学习活动之中。这种全员参与的局面使整个学习环境洋溢着激情与热情,呈现你追我赶、共生共长的生态景象[59]。另一方面,这种繁荣景象也会形成强大的感染力量,使进入其中的学习者受到熏陶,促进学习者全身心投入,积极做出自己的一份贡献。周而复始,学习者与学习环境之间的这种相互影响与作用就会形成良性循环,系统活力不断增强的同时,每位学习者都能够积极参与,有所收获。

3. 稳定信息消费与生产的平衡,有利于环境的可持续发展

虚拟学习环境始终处于动态的变化之中,在持续的变化中力求达到平衡。但是虚拟学习环境毕竟是一个人工化的环境,学习者位居环境的中心,他们的言行关系到整个环境系统的平衡与否。目前虚拟学习环境中普遍存在的现象是学习者从周围环境中获取的多,而向周围环境奉献的少,生态平衡遭到破坏,伴随的结果就是学习活动无法持续进行,一些活动区域甚至走向荒废。要解决这一问题,就要促进每位学习者在做消费者的同时,也积极地成为生产者。如讨论区中,在提出问题获得其他学习者帮助的同时,也要积极回复其他学习者的帖子,帮助他人;共建资源区中,在浏览其他学习者上传的资源之后,也要积极地将自己的资源贡献给大家。

学习领袖在稳定生产与消费之间平衡的过程中能够起到带头与促进作用。在参与过程中,他们会积极地把自己的想法、观点、资源贡献出来,将自己总结的一些网络学习经验、操作技巧、学习心得等奉献给大家,并倡导、鼓励大家也要积极参与,热情奉献。学习领袖的这种"我为人人、人人为我"的情感能够形成一股力量,渗透到每一位学习者的心中。在学习领袖的感染与带领下,其他学习者很有可能做出相同的行为,不仅从环境中摄取营养,还将自己的营养反哺于环境,既享受到"他人为我"的幸福,也体会到"我为他人"的快乐。通过这种方式,促进虚拟学习环境中的生产与消费之间的平衡,促进学习资源的动态更新,活动区域的持续使用,实现整个虚拟学习环境的可持续发展。

7.2.2　促进学习活动的有效运行

根据学习活动的规模与范围,可以将虚拟学习环境中的学习活动分为个别化学习活动、小组学习活动和群体学习活动三大类。下面将就学习领袖在这三类学习活动中的作用分别予以阐述。

1. 学习领袖在个别化学习活动中的作用

1) 能够增强学习同伴的归属感,激发学习动机

虚拟学习环境中师生、生生之间的相对分离状态,决定了在线学习者不可能像传统课堂学习那样真实地感受到学习集体的存在,身体的不到位使得学习者很难在这个虚拟的学习群体中找到归属感。然而,对于在线学习者而言,归属感尤为重要,没有归属感会逐渐丧失学习的兴趣。马斯洛将人的需要分为生理需要、安全需要、社交需要、情感需要和自我实现的需要 5 个层次。在这个需要层次塔中,归属和爱的需要位于第三个层次社交的需要之中,后面依次为尊重需要、自我实现需要,从这个层次中可以看出归属的需要是尊重和自我实现两类需要的基础和前提[67]。学习过程中,在线学习者只有找到了归属感,进而能够消除孤独和恐惧,更好地与其他学习者交往,并在交往过程中满足自己的各种需要,获得他人的尊重与认可、支持与帮助,实现自己的追求。而一旦归属感缺乏,将会造成学习热情降低,学习动机减弱,最终影响学习效果。学习伙伴的出现可以在一定程度上增强在线学习者的归属感。

生态学中的群体动力理论认为无论群体内部成员是否相识,他们之间都会产生群体动力。那么如果为缺乏归属感的在线学习者安排合适的学习伙伴,使之明确感知同伴的存在,并得到同伴的认可,孤独感就会大大降低,学习动机得以增强,学习效果逐渐提高。

目前关于学习伙伴的研究主要集中在虚拟伙伴的建立方面。虚拟伙伴是虚拟学习环境中已经设置好的物理角色,在线学习者与学习环境进行交互时,虚拟伙伴能够智能地根据学习者的状态做出恰当的反应。但是虚拟伙伴毕竟是存在于机器中的角色,比起虚拟伙伴,学习领袖来扮演伙伴角色更加人性化一些。学习领袖是存在于虚拟学习环境中的真实个体,对于在线学习者学习过程中的心理和感受更加了解,更有共同语言。缺乏归属感的学习者进行学习时,学习领袖同时进入,对

该学习者的学习情况进行观察,并给予及时的督促、鼓励或是帮助。当该学习者情绪低落时,学习领袖与其友好地打招呼、聊天,消除其孤独感,调动其积极性;进度较慢时,学习领袖明确告知学习目标与任务,并给予鼓励性话语,督促其适当加快进度,提高学习效率;遇到困难时,学习领袖尽量予以帮助,如果自己也无法解决,则及时将问题反映给教师,向教师求助。

总之,学习领袖能够扮演伙伴角色,发挥伙伴作用,与缺乏归属感的学习者之间形成学习小环境,时而鼓励,时而提醒,时而关怀,时而帮助,使其感受到有人和自己并肩作战,从心理上得到支撑,找到归属感,同时也使虚拟学习环境更为人性化。

2) 能够减轻同伴学习的压力,维持与强化学习动机

生态学中讲求适度原则,凡事都有一个度,低于或是超出这个度都不能够达到最佳状态[57]。生存于虚拟学习环境中的学习者,在学习过程中承受着多方面的压力,来自于教师的、学习活动与任务的、其他学习者的以及自身的,如教师的评语、测验的结果、任务的难度、竞争等。对于在线学习者而言,适度的压力能够增强其学习动机,但是学习者对压力的承受也是有一定限度的,如果压力过大,感觉透不过气来,学习就成为一种负担,久而久之,就会产生厌学情绪。这时需要有人提供帮助,予以分解与消除。

除了教师作为引领者、导学者来承担这一责任外,学习领袖在其中也能够起到不可忽视的作用。学习领袖在帮助其他同学排忧解难、消减压力方面比起教师来可能会起到更好的效果,因为他是作为同一环境下的学习者一员,与其他学习者之间的交流是建立在共同的学习体验之上的,这种来自同等身份人的鼓励和帮助更容易为学习者所接受。学习领袖通过自己的切身体会,能够“现身说法”,学习者会感到亲切、可信,比如在发现某位学习者存在压力太大、感到厌烦的情况后,及时予以安慰,如对这位学习者说“我以前也曾有过和你现在一样的情况,但是试着放轻松之后,就没有想象中的那么困难了,相信自己,你也可以的”、“你一直做得很好啊,为什么还要给自己这么多的压力呢? 继续努力就好了啊”等,需要时还可以尽自己所能提供一些帮助。

2. 学习领袖在小组学习活动中的作用

任何一个群体都有首领的存在,首领在整个群体中发挥着重要作用。在小组学习活动中,学习领袖扮演的就是“首领”这个角色,只是这个首领是在学习这一特定环境中人性化了的首领,是在组内成员民主、平等的基础上形成的带头人。从这一角度来看,在小组学习中,学习领袖和小组长指向的是同一角色,负责小组活动的组织工作,带领成员共同进步。但是相对于小组长,学习领袖更加强调目标导向职能和情感维系职能,这也是目前虚拟学习环境中小组长所欠缺的两个方面,而共同的目标与方向、组内成员的团结一致对于小组学习活动的顺利开展又是至关重

要的。

1) 能够引导活动方向,确保小组目标的定位与实现

学习目标是保障学习活动顺利进行的基本条件,无论是个体学习、小组学习还是群体学习都不例外。对于学习小组这个小群体而言,小组目标是学习小组的属性之一,能够指导组内成员的各种活动[68]。小组在领取学习任务之后,围绕着总体学习目标,组内成员经过协商制定出本次活动的小组目标,并且整个活动都围绕该目标进行。在确立小组学习目标的过程和实现的过程中,由于组内成员之间不同的学习背景、学习经历和原有知识水平,很有可能造成意见或是行动上的不一致,活动的方向就有可能在不知不觉中发生偏移,导致学习活动暂时出现小小的混乱。这些情况下,如果不予以及时的调整,就会出现偏离方向,影响学习的实效,不利于小组目标的实现。

此时,优秀的学习领袖应该是一个小的"领航员",随时关注前行的方向,起到把握活动方向的作用,及时提醒大家本次活动的目标是什么,将大家的精力始终定位在既定目标的实现上,使整个学习活动朝着小组目标的方向进行。

2) 团结组内成员,提高小组集体的凝聚力

小组中的学习领袖应该具备团结个体的能力,使每个成员都能积极地发挥自己的聪明才智,将个体力量汇集在一起,提高小组的凝聚力,从而发挥小组集体的力量,促进组内成员的共同进步与提高。在小组学习活动过程中,经常会呈现一些矛盾和问题,比如有的成员不积极、不出力,觉得分工不合理,对某些问题的解决出现一些分歧等,同时也会出现学习上的困难,一时解决不了。有矛盾时,学习领袖积极采取措施调动成员的积极性,化解矛盾;当有成员不愿参与时,学习领袖及时予以鼓励,并促进他们始终保持较高的热情,强化其参与意识;当活动遇到困难时,学习领袖能够安抚成员情绪,为大家加油打气,调节组内气氛,尽量使小组学习活动免受困难所带来的影响。

在学习领袖的带领与调节之下,将成员的聪明才智与情感凝聚在一起,实现真正的团结与互助,为小组学习活动的顺利进行奠定稳固的基础,使小组成员在和谐的空间里共同学习、共同进步。

3. 学习领袖在群体学习活动中的作用

群体学习活动是指全体学习者都参与的活动。群体的人数可能有几个、几十个或者几百个,这里所讲的群体是基于网络课程中的相对固定的学习者群体。在群体学习活动过程中,学习领袖可以是一个,也可以是几个,可以是从始至终的,也可以是不断变更的。

1) 居于生态链中的核心位置,形成知识与能力的富集

虚拟学习环境中,能量伴随信息持续流动,所经路线形成一条条生态链。这里的能量指的是知识与能力,是学习者在接收到信息之后,通过对信息的加工与处理

而掌握到的知识,获得的能力。

美国宾州大学成人教育学院教授、美国远程教育杂志主编、远程教育学者穆尔,在 1989 年提出了远程教与学的三种基本相互作用的理论,即学习者与教育资源(课程学习材料)之间的相互作用、学习者与教师之间的相互作用以及学习者之间的相互作用。第一种基本相互作用是学习者与教师(或教育院校机构) 设计、开发、发送的教育资源(其主体是多种媒体的课程材料) 所呈现的教学内容的相互作用,后两种基本相互作用则是人际交互作用,可以是面对面的人际交流,也可以通过其他建立在技术基础上的双向通信机制来实现,可以是个别化的一对 的人际交流,也可以是基于集体的交互作用[69]。

根据穆尔的这种远程教与学的三种基本相互作用理论,可以将虚拟学习环境中的信息划分为学习者与学习材料之间的信息、学习者与教师之间的信息以及学习者之间的信息三类。由此可以发现,对于单个学习者而言,信息、能量的源头分别为学习材料、教师和其他学习者,从而形成三种形式的信息流、能量流。作为学习者中的一员,学习领袖的作用主要表现在第三种形式,即在学习者之间信息、能量的流动过程中得以体现。

在虚拟学习环境中,信息和能量的流动可能会发生在任意两个学习者之间。因此,便形成了多链条、错综复杂的信息交流网络,并且一条生态链可能经过若干学习者,但是与生态学中食物链所不同的是,信息、能量的流动并不遵循林德曼的"十分之一定律",而是存在富集和衰降两种可能。学习领袖的作用就在于促进信息流、能量流的流动,增强学习者之间的交互程度,促使他们在彼此沟通、相互学习的基础上共同进步,从而实现知识与能力的富集。

由于能量流伴随着信息流而流动,因此这里仅以信息流的流动加以说明。以两位学习者之间的信息流动为例,具体过程如图 7.3 所示。

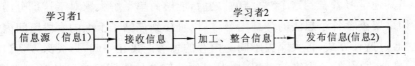

图 7.3　两位学习者之间的信息流动

图 7.3 中信息 2 的内容将决定信息流的取向。如果信息 2 的内容与信息 1 的内容紧密相关,那么两个信息是同一取向的。如果其他学习者在接收到信息 1、信息 2 之后也发布相似内容的信息,那么整个信息流将具有相同取向,形成收敛型信息流,如图 7.4 所示。收敛型信息流的最终效果是通过信息交互,促进学习者针对同一内容形成更为深入的看法[70];如果学习者 2 在接收到信息 1 之后,经过加工与处理,发布了一条具有新思路、新想法的信息,那么这两条信息是具有不同取向的。如果其他学习者在接收到信息 1、信息 2 之后也做出相似的行为,那么整个信

息流将具有不同取向,形成发散型信息流,如图 7.5 所示。发散型信息流的最终效果是通过集合更多学习者的力量,多方面、多角度探讨,开拓视野,扩展思维。学习领袖正是通过促进这两类信息流的形成来促进信息流动、知识与能力富集的。下面将以虚拟学习环境中比较常见的信息交互区域——讨论区为例,说明学习领袖在收敛型和发散型信息流形成过程中的功能与作用。

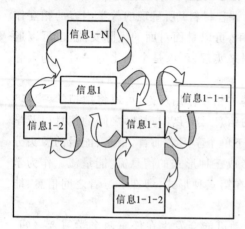

图 7.4　收敛型信息流

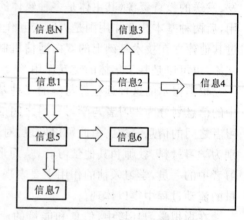

图 7.5　发散型信息流

在收敛型信息流的形成过程中,学习领袖起到话题集中的作用。在讨论区中,多个学习者可能会对同一帖子回帖,或表明态度,或发表见解,或指出问题,或提出疑问。虽然各个回帖之间可能存在或多或少的联系,但是由于大量帖子堆积在一起,帖子之间的联系程度根本无法体现,并且在大家的各抒己见之下,话题也极易分散。这种情况下,学习领袖能够发挥其能动作用,促进信息流的汇聚和收敛。讨论进行一段时间后,学习领袖定期浏览该段时间内的帖子,对同一取向的信息进行归纳,当其他学习者看到这个"总结帖"之后,能够简单了解大家对于这部分内容的看法,如果要查看各个想法的详细内容,可以直接到该帖子上面的一段区间内进行查找。通过这种方式,将大家关于同一内容的思考汇集在一起,形成深入认识。要注意的是,在总结帖子内容的过程中,学习领袖应该始终明确自己的学习者身份,保持中立态度,客观对待每一位学习者的帖子,只有这样,才能够保证"总结帖"表达的是原发帖人的看法。

在发散型信息流的形成过程中,学习领袖起到扩展思维、开阔视野的作用。在讨论区中,由于立足点不同,学习者可能会对同一帖子形成不同的看法,为该话题指明新的方向,并以此为基点继续探讨下去。但是经过一段时间的讨论之后,场面渐渐冷清下来,没有了新视角、新想法的出现,讨论陷入困境。此时,学习领袖可以通过对话题的阐释或拓展,引导学习者找到新的视角、发现新的问题。这样,学习者就能够从多角度探索,更加全面地看待同一问题,从整体上进行把握。虽然形式上信息流向了不同方向,但是实际上是汇聚了多个学习者的能量,使针对同一问题多角度的思考全部呈现在学习者面前,实现了知识与能力的富集效应。在发散型信息流的形成过程中,学习领袖如何发现新的问题和视角是非常关键的。这就需要学习领袖通过深入挖掘与话题相关的问题,如话题产生的原因、解决的对策等,来引发大家更多的思考。

总之,无论是在收敛型还是在发散型信息流的形成过程中,学习领袖都发挥着重要作用。通过这两种类型信息流的形成,促进了学习者之间信息、能量的流动,实现了知识与能力的富集。

2) 分解环境中的无用信息,排除其干扰

目前的虚拟学习环境中散布着大量无用信息,重复性的、应付性的等。如学习者上传的资源中有一部分在内容上大同小异,一些资源是直接复制粘贴过来没有经过任何加工的,甚至有些学习者会提供与学习毫无关联的网址或是无效网址;讨论区中经常出现诸如"是这样啊"、"呵呵"、"是的"、"嗯"的帖子,并且也存在一部分帖子内容十分相似的情况。这些无用信息的存在造成严重的信息冗余,干扰了学习者的学习。一方面,在学习过程中学习者要不断对信息进行选择性吸收,大量重复性和应付性的信息会造成学习者时间和精力上的浪费;②如果学习者的信息选择能力不强,那么和无用信息共存的有用信息就会得不到应有的注意,从而造成信息资源的浪费[71]。可见,无用信息破坏了学习环境,影响了学习者的学习进程。

学习领袖可以在一定程度上分解上述无用信息,降低或是排除其干扰,促进学习者走出无用信息的泥潭。学习领袖的这种作用可以通过以下两种方式得以实现。

(1)教师在确定某个学习者为学习领袖之后,使其享受可以删除无用信息的特权。但是要注意的是,教师在授权时,要明确告知学习领袖什么样的信息属于无用信息。学习领袖在执行这一权利时也要立足于学习者身份,保持客观、中立的态度,并且教师要对学习领袖的这一行为进行有效监督。

(2)学习领袖没有被授权的情况。虽然学习领袖不能享受删除无用信息的权利,但是他们依然可以发挥导向作用,引领其他学习者忽视无用信息的存在。如在讨论区中,两个帖子的内容十分接近,学习领袖可以发出"××和××都认为××××××××,能不能请两位同学具体说明一下呢?"之类的帖子,其他学习者在看到这个帖子之后就不用再去分别浏览两位发帖人的帖子了;又如发现无效网址或是与学习无关的网址后,明确指出"××网址是没有用的,大家可以不用打开"。通过这种方式,发挥分解者作用,使其他学习者避开无用信息。

7.3　虚拟学习环境中学习领袖的生成

学习领袖的生成一方面是学生自身的条件促成的,即自身具备学习领袖的生态特征,另一方面还需要教师的引导、发现、助推与管理。

7.3.1　促进虚拟学习环境中学习领袖生成的原则

1. 显性化原则

所谓显性化,就是将学习领袖的地位和职责外显出来,在保证学习领袖得到其他学习者普遍认可的同时,使其不再是在无意识状态下发挥作用,而是在明确自身定位的基础上扮演领袖角色。这是因为,虽然学习领袖以其某方面或某些方面的优秀表现深受追随者的尊重与支持,并且能够带领他们进行学习,但是学习领袖的这种带动作用完全是在无意识状态下发挥出来的。为了更好地发挥学习领袖的生态功能与作用,应该将他们的存在显性化,并运用一定策略对其进行有效管理与引导。通过显性化,一方面,学习领袖可以明确自身职责,促进他们更好地发挥作用;另一方面,也为其他学习者提供参考,以促进他们向学习领袖转变。

需要注意的是,显性化的目的是让其他学习者知道自己所处的环境中有学习领袖的存在,并且了解什么样的人能够成为学习领袖,而不是学习领袖的真实姓名或是身份的暴露。虚拟学习环境中谁是学习领袖只要其自身知晓就可以了。

2. 动态化原则

动态化是指学习领袖并不是"终身制",随着条件的变化会产生学习领袖的更替。虚拟学习环境始终处于动态发展之中,比如学习资源的不断更新,学习内容的更替,学习活动的变化,这种动态性体现就决定了学习领袖的"不稳定性"。

目前的虚拟学习环境中,学习活动的组织大多数都是依据学习内容的顺序分专题或是模块来进行。各个专题或模块之间学习内容的不同,学习活动的多样,加之学习者兴趣、特长等方面的差异,使得适合他们发挥自身才能的空间不尽相同。这种丰富性、多样性以及差异性使得学习领袖始终处于动态变化之中,主要体现在两个方面:①学习领袖中的成员不断发生替代变化,某位学习者在某个(些)专题或是模块中是学习领袖,在另一个(些)专题或是模块中就不是学习领袖了,而由其他学习者代替;另一方面,学习领袖的队伍不断发展壮大,学习领袖在活动过程中始终保持领袖风采,同时又不断有新的学习领袖生成。无论何种变化形式,都能够为学习领袖这个小群体注入新的能量,只是第一种形式是以一部分原有能量的消失为代价的。

作为教师,要积极采取合理措施,尽量做到在维持学习领袖群体原始力量的同时,促进新的学习领袖生成,以保持学习领袖的动态性,为这个小群体不断注入新鲜血液,集合更多学习者的智慧与力量,促进学习领袖群体的自身发展以及全体学习者的共同进步。

3. 多样化原则

学习内容、学习活动的多样性，以及学习者自身因素在使学习领袖群体动态变化的同时，也造成学习领袖的多样性。

学习领袖在积极参与活动的过程中，通过努力，在虚拟学习环境这个大环境中找到适合自身生存与发展的小环境，于其中发挥自身作用。学习内容、活动的多样加上学习领袖擅长方面的不同，造成他们所找到的适合自己的小环境就会有所不同。例如，以其发挥作用的范围为依据，学习领袖之间就形成了一定的层次性，有存在于个别化学习活动中的、存在于小组学习活动中的，还有存在于群体学习活动中的。他们根据自身情况在最适合的小环境中成长，为环境做出自己的一份贡献。另外，即使在同一小环境中，学习领袖自身因素也有可能使其分布在不同的具体活动之中。

由此可见，在这个学习内容、活动、学习者个体多样的虚拟学习环境中，学习领袖也同样存在着多样性的特征。作为教师，要确保这一特征的维持，促进学习领袖群体中的成员形成互补关系，稳定内部结构，为其充分、有效发挥作用奠定基础，提供保障。

7.3.2　虚拟学习环境中学习领袖的生成形式

虚拟学习环境中学习领袖的生成形式有自然生成、自我推荐、民主选举和教师指定 4 种，每一种形式有其自己的生成过程，从学习者以及学习领袖的自主性发挥方面和学习领袖形成的时间方面来分析，每种形式各自有着一定的优势与局限，见表 7.1。

表 7.1　4 种生成形式的生成过程及优缺点比较

生成形式	生成过程	优　点	缺　点
自然生成形式	学习领袖在学习活动过程中自然而然生成，具备学习领袖的特征，发挥引领、带动作用，能够对其他学习者产生积极影响	能够充分体现学习者的自主性，因为是在学习过程中逐渐体现出其领袖的地位，是大家公认的约定俗成的，这样的领袖能够得到大家的维护与支持。影响学习领袖生成的因素最少	需要较为漫长的过程，在初始阶段可能无法得以显现
自我推荐形式	学习者如果感觉自身具备学习领袖的条件，可以向教师推荐自己并说明理由	充分体现学习者的自主性，给予学习者主动权，在一定程度上能够缩短学习领袖的生成时间	并不是所有具备学习领袖条件的学习者都能够做出自我推荐，这在一定程度上可能会影响学习领袖的发现

生成形式	生成过程	优　点	缺　点
民主选举形式	经过一段时间的学习之后，全体教师和学习者进行投票或是打分，推荐出自己心目中的学习领袖	充分体现学习者的自主性，体现全体学习者的意愿，具有相对的公平性，并且在一定程度上能够缩短学习领袖的生成时间	必须在一段时间的学习之后才能够进行，选举或打分的结果可能会受到学习者主观因素的影响
教师指定形式	教师在观察每位学习者学习情况的基础上进行权衡，确定学习领袖	一定程度上能够缩短学习领袖的生成时间，在教师充分掌握学习者情况的前提下具有相对公平性	无法体现学习者的意愿，对所有学习者的学习情况进行全面把握对教师提出了较高的要求

这4种生成形式各有利弊，在同一虚拟学习环境中常常采用的是混合形式，一般为在自然生成形式或者自我推荐形式的基础上，教师和全体学生进行投票或打分，最后由教师确定谁为学习领袖。这种方式既体现了学习者的愿望，又体现了教师观察与评价的结果，具有较强的客观性和公平性。当然，具体采用何种形式，教师可以根据实际情况进行选择。

7.3.3　虚拟学习环境中促进学习领袖生成的策略

1. 培养"以他人为师，勇做他人师"的意识，激励学习者向学习领袖转化

共生于虚拟学习环境中的学习者，通过资源、活动等纽带联系在一起，形成交换资源、分享资源的网络[26]，凝聚成该环境的主要参与群体。在这个群体中，每个学习者都应该具有"以他人为师，勇做他人师"的意识，一方面要勇于向群体其他成员学习，这是每个群体成员都应具备的优良品质，同时也要善于将自己的观点展示出来，影响他人。但是，并不是每个人都能够做到"为人师"的，也并不是每个学习者都愿意"为人师"，尤其是缺乏群体意识的学习者，很可能不愿意贡献自己的智慧、时间与精力，教师应善于培养，并挖掘那些具备能够为人师的学习者的潜能，培养他们的群体意识，促使其逐渐崭露头角，为群体的生态化发展做出贡献。

例如，通过温馨的或是富有哲理的话语使进入该环境的学习者感受到群体力量的伟大和自身的责任，并提出对学习者的希望与期待。如"无数个水滴汇聚在一起将形成一条小溪，一条河流，甚至是一片大海，每位同学都是其中的一个水滴，让我们把自身的知识汇集在一起，在知识的海洋中畅快地遨游吧！希望每位同学在做环境消费者、从中汲取营养的同时积极担任起生产者的角色，将自己的能量反哺于环境，这样，才能够形成一个知识养料的良性循环，每位同学才能够吸收到更多的营养。[72]""同学们都应该熟悉'三人行必有我师焉'这句古语，作为群体中的一员，每位同学都有可能在某个方面成为其他同学的老师。希望大家都能够谦虚地以他人为师,并勇做他人师。这样,就会形成互帮互助、共同进步的温暖大家庭,相信身为其中一分子的每位同学都将会有很大的收获"等。要注意的是,为了确保每位学习者都能够看到这些话语,教师可以在公告栏或是通知栏中明确指出其存在位置,以便学习者查阅。

通过教师的引导,培养学习者的群体意识以及责任感,促使每个成员积极参与各项学习活动,将自己的所获所得拿出来与其他学习者分享,加入学习环境的建设队伍。在这样的学习过程中,具备领袖潜质的学习者就会逐渐崭露头角,这部分学习者很有可能发展为学习领袖,并且在他们的带动之下,可能会有越来越多的学习者积极主动起来,从而形成"我是群体中一员,愿为大家服务"的和谐氛围,这种氛围又在一定程度上能够激发学习者向学习领袖转化。

2. 创设有利于发挥自身优势的空间,促使学习领袖脱颖而出

从学习领袖的生态特征中可以看到,他们应该是知识渊博、兴趣广泛、善于交流、乐于奉献、有高度责任感的学习者。那么,在虚拟学习环境中,要想使学习领袖尽快产生,就要为他们提供展示自身优势的舞台。

1) 共建共享资源区

在虚拟学习环境中开辟资源共建共享区,并将其划分为若干兼备不同功能类型的子区域,其中一些是围绕课程内容的学习资源上传下载区域,一些可以与本课程的内容无关,但是必须与学习相关,如在线学习方法、计算机基础知识与操作技巧、网络学习心得与体会、问题集等。多样的类别有利于每位学习者都能够在其中找到适合自己的位置,将知识养料奉献给大家。同时,那些知识面宽、兴趣广泛、善于言谈、乐于奉献的学习者也能够从中脱颖而出,并且逐渐发展为某个区域的带头人,成为学习领袖,带领其他学习者参与其中,共建资源,分享资源。

2) 谏言区

"以人为本"是生态学强调的一种理念,是环境生态化建设的出发点和落脚点[73]。在虚拟学习环境中同样要做到以学习者为中心,这是实现促进生态化学习过程目标的必要条件。因此,教师要多听听学习者的心声,并采纳合理建议应用于学习环境的建设之中。

在虚拟学习环境中可以创设收集学习者建议的区域,比如可以设置班级意见簿、给教师和同学的建议等栏目,供学习者发表对本课程学习内容、学习方法、学习进程等方面的建议和看法,对教师提出一些建议等。当所提出的建议被采纳时,对于学习者来说,能够体验到"我是集体中的一员并且能够为集体贡献一份力量"的喜悦感,这是一种莫大的鼓励,会在一定程度上强化其参与动机,积极性被调动起来。另外,并不是所有的学习者都能够大胆地说出心里话,并不是所有的学习者都敢于向教师提出自己对学习活动的意见,那些善于交流、敢于直言的学习者所提建议如果符合大家的意愿并且合情合理,最终被采纳而使全体学习者受益。由于具有共同语言和共同利益,其他学习者会对其产生亲切感信任感,会支持他们的观点,追随他们的脚步。这样的学习者得到其他学习者的拥护,自然就会成为代表,这样就会逐渐确立某个或某些学习者的领导地位。

3) 休闲娱乐区

学习之余需要休闲需要娱乐,为继续学习提供充足的精力。休闲娱乐区的创设,如"班级咖啡屋"、"茶歇"等区域,为缓解学习的压力、维系学习者情感提供了场所。在这里,学习者可以畅所欲言,交谈内容可能涉及多个方面。那些兴趣广泛、善于言谈、乐于助人的学习者自然会吸引其他学习者的眼球,令其他学习者产生钦佩的感觉。这种感觉很有可能带到学习过程中去,在遇到困难、问题时还会向那些曾经帮助过自己的学习者求助;举棋不定时还会去征求他们的意见。另外,学习者在聊天过程中有可能会说出自己"最近很忧郁"、"心情不好"、"不想学习"之类的话语,那些态度乐观、积极向上的学习者会对其进行开导与鼓励,帮助他们走出困境。这种情感上的鼓励使得受帮助者对帮助者的亲切感倍增。这种亲切感也是有可能带到学习过程中去的,受帮助者在学习过程中也愿意从帮助者那里获得情感上的支持。

4) 才华展示区

才华展示区为学习者提供了展示自身才华的空间,在促进学习者之间相互学习的同时,也能够使那些具有才华的学习者显现出来。这部分学习者很有可能因其出众的表现获得其他学习者的青睐,具有强大的吸引力与影响力,自然会成为学习的领袖。

3. 提供多样化的交互工具,为领袖生成提供机会

虚拟学习环境中学习者之间存在着大量的交互活动,学习领袖也正是在这种互动过程中产生的。只有通过交互,学习领袖才能够对其他学习者产生影响,发挥自身作用,带领学习者共同进步。因此,为了促进学习领袖的生成,就应该为学习者提供多样化的交互工具。目前虚拟学习环境中常用的交互工具有 BBS、E-mail、聊天室、Blog、Wiki 等,很多环境中还增添了站内消息的功能。这些多样化的同步或是异步交互工具,一方面能够大大提高在线学习者的积极性,另一方面也能够为学习领袖展示风采提供更多的机会与空间。

4. 实施有效引导,指出明确方向[74]

1) 布置合理、有弹性的学习任务,为学习领袖的产生提供空间

由于来自不同的背景,有着不同的学习经历,加上其他方面的因素,在线学习者的学习能力、学习步调往往存在一定差异。如果布置同样的学习任务,可能会造成一部分学习者的能力无法得以充分施展,这将在一定程度上阻碍学习领袖的生成。因此,作为教师,要为学习者提供弹性的学习任务。

这种弹性可以体现在两个方面:①每个学习专题或是模块的学习任务中既包括要求所有学习者必须完成的任务,也包括可做可不做的任务,学习者可以根据自

身情况进行选择,有余力的学习者可以完成规定数目外的学习任务;②在进行一个专题或模块的学习时,适量开放下个专题或模块中的部分学习材料或学习活动,当进度快的学习者完成本专题或模块的学习之后,可以提前进入下一阶段的学习,具体采用何种方式,教师可以根据具体情况而定,这种弹性的学习任务,为学习领袖的生成提供了广阔的空间。

需要注意的是,教师所布置的学习任务要尽量做到在结合学习内容的同时与学习者的实际生活相联系。每个生物个体在遇到与自身密切相关的问题时都会变得格外积极。在虚拟学习环境中,如果学习任务来自学习者的身边或是对于学习者的将来有真正的用途,那么就会在一定程度上增强学习者完成任务的兴趣和动机,这种兴趣和动机将会促使学习者以饱满的状态参与其中,并且有话可说。例如在教学媒体选择这一专题中,学习任务可以是让学习者任选一部分内容,根据对教师以往运用媒体情况的观察以及对本专题学习内容的理解进行教学媒体的选择。学习者都有听课、观看教师所选媒体的经验,并且对于教师以往选择媒体的方式也会有自己的看法和感受,那么对于教学媒体的选择这一学习任务就不会感到陌生。在这项任务的完成过程中,学习者就会有较大的积极性。

有时,教师可以在设置学习任务之前对学习者进行问卷调查,一方面能够掌握学习者的现有水平,另一方面也能够了解针对本次学习内容学习者的兴趣点和关注点。结合问卷结果和具体内容,设置与学习者实际生活相联系的学习任务。

2) 给予及时的鼓励

除了明确的学习目标、具体的学习任务之外,作为教师,在学习活动的开展过程中还应该及时地给予学习者鼓励,有助于促进那些具备学习领袖特征的学习者逐渐向学习领袖的转化。如对某位学习者说如何做将会更好,如何做将会对群体做出更大的贡献;又如某位学习者在讨论区中表现得很活跃,他的一些想法和观点确实能够引发其他学习者的思考,拓展大家的思维,很多学习者都会选择对他的帖子进行回复。那么,教师可以告知这位学习者"××同学表现得不错哦,大家对你的帖子回复得很多啊,你可以将这些回帖的内容稍作整理,这样,大家的思路就更为清晰啦"。通过合理给予建议的方式,促进学习者做出更好的表现,向学习领袖转化。

5. 运行合理奖励与评判机制,为学习领袖的生成提供充足动力

1) 建立合理的奖励机制

奖励作为一种调动人们积极性的正向反馈,有着促进和引导人们向着奖励发出者的旨意趋近的作用。目前虚拟学习环境中奖励的形式有很多,但是设置的目的都是为了促进在线学习者的学习,使之达到预置学习目标的要求,而这里提出的奖励是为了促进学习领袖的生成,具体作用如下:

(1) 学习者获知奖励的存在之后。奖励刚刚设置并向学习者说明后,每位学习者的内心都会产生得到奖励的愿望,这种愿望和需要将促进他们积极参与各项学习活动,做出自己最好的表现。此时,奖励无疑成为促进学习者向学习领袖角色靠拢的外在力量。

(2)学习者本人受到奖励之后。斯金纳的强化理论认为对一种行为肯定或否定的后果至少在一定程度上会决定这种行为是否重复。经过一番努力,学习者具备了学习领袖的一些特征,发挥了学习领袖的一些作用。此时予以奖励,将会成为其继续努力的强大动力。

(3)看到其他学习者获得奖励之后。学习者存在于群体中,因此奖励就具备了一定的群体效应。其他学习者受到奖励会对学习者本人产生一定的外在压力,适度的压力将转化为动力,促使学习者向受到奖励的学习者学习。

可见,合理的奖励机制能够激发在线学习者的积极性,强化其学习动机,使他们在整个学习过程中都保持积极的状态和较高的热情,为其成为学习领袖提供可能。与传统课堂学习不同,虚拟学习环境中来自教师的奖励是符号化了的,学习者无法直接看到教师的微笑、夸奖的动作,这就需要以另外一些形式加以补偿。目前,虚拟学习环境中较为常见的奖励形式就是分数和评语,这里增加两种,以实现奖励形式的多样化。

(1)张贴贡献榜。学习领袖所发挥的种种作用其实都是他们对环境做出的贡献,可以将贡献大的学习者名字及其表现写入贡献榜并张贴出来。这种形式的奖励一方面能够激励那些表现好的学习者再接再厉;另一方面也会成为其他学习者前进的动力。另外,在贡献榜中也可以评出几位明星,如技术明星、博学明星等,这些都能在一定程度上促进学习者积极参与,做出贡献。这样,能够提高这些学习者在群体中的地位,为其成为学习领袖做好铺垫。

(2)身份升级。QQ已经成为普遍使用的交流工具之一,QQ身份升级机制为三颗星星升级为一个月亮,三个月亮三颗星星升级为一个太阳,依此类推。现在QQ的使用者们依然为拥有更多的太阳而奋斗着。将这种机制引入虚拟学习环境也是一种不错的奖励方式。每表现突出一次,如对同一内容的相关帖子进行总结、将自己的有用资源贡献给大家等,就给予一颗星星,逐渐累积,实现升级。这种身份上的升级给予学习者更多的是情感上的奖励。这种情感上的激励能够促进学习者做出更好的表现,向学习领袖方向发展。

无论是何种形式的奖励,在实施过程中都要注意尽量做到公平公正,切实以学习者的表现为依据。另外,奖励要及时。如果过了一段时间之后才给予奖励,学习者的积极性会被打消,甚至可能会想不起来得到奖励的原因是什么,这种情况下,奖励就几乎起不到什么作用了。

2)建立公平的评判机制

虚拟学习环境中,学习者的表现各有不同,具有多样化的特点。那么,如何评判某位学习者能否担任学习领袖角色尤为重要。

一方面,学习领袖的评判要尽量做到公平、民主。这就需要教师在对学习者学习情况密切关注、全面掌握的基础上,结合全体学习者的意愿最终确定学习领袖。通过这种方式确保那些表现突出的学习者得到充分的肯定,从而使得教师与学习者之间、学习者与学习者之间形成信任感。学习者会感觉到只要自己付出了努力,就能够得到他人的认可,而这种认可又会进一步增强学习者的学习动力,促进他们继续努力,做出更好的表现。这样,就形成了一种良性循环,这种良性循环在促进学习者取得更大进步的同时,也有利于促进学习领袖的生成。

另一方面,学习领袖的评判要有据可依。可以制定虚拟学习环境中学习领袖的评定表并使之透明化,这种做法除了能够为学习领袖角色的确定提供参考和依据之外,也能够使学习者明确知道做出什么样的表现就能够成为学习领袖,在一定程度上有助于促进学习者依据评定表改良自身行为,向学习领袖转化。一般情况下,评定表是根据学习领袖的定义、特征以及功能、作用而制定的,学习领袖具有主动的参与意识,是各项学习活动的积极参与者,具有优秀的个人品质,富有感召力和责任感,并且在学习过程中对其他学习者的学习产生了一定的积极影响。

教师和全体学习者作为评判员,学习领袖评定表作为评判依据,这种评判方式具有相对的公平性和民主性,评判结果既能够确保表现优秀者成为学习领袖,又能够得到学习者群体的认可,有利于学习者向学习领袖的转变。

7.4　虚拟学习环境中促进学习领袖充分发挥作用的策略

学习领袖生成之后,需要教师运用一定策略促进其充分发挥作用,促使学习领袖为虚拟学习环境的生态化发展做出应有的贡献。

7.4.1　确立学习领袖的职权责,促使其合理定位

一个群体的内部应该是有序的、和谐的。这种有序与和谐建立在群体内部分工明确的基础之上,群体成员各司其职,才能够确保整个群体的健康发展[73]。对于学习领袖这个小群体而言也是如此,只有各个学习领袖合理把握自身定位,充分认识自身权限,不夸大权利也不缩小义务,才能够更好地发挥作用,促进学习环境的优化,推动学习者群体的共同进步。

为了促进学习领袖明确职责、各司其职,师生应共同商讨,对学习领袖在虚拟学习环境中能够发挥的各种作用、应担负的责任与享有的权利等做出较为详细的说明。如果设置的学习领袖可以享受某些权限,也一定要对该权限如何实行做出解释,以避免学习领袖滥用职权,造成不良后果。具体如何说明与解释教师可以根据具体情况而定。

要注意的是,教师要对各个学习领袖的执行情况进行有效监督,以保证每位学习领袖在自己的"岗位"上完成使命,各司其职,从而发挥学习领袖这一群体的整体效应。

7.4.2　关注学习领袖的实践活动,促进学习领袖的成长

在学习领袖的成长过程中,教师的持续关注是十分必要的,这种关注能够保证有效监控,帮助学习领袖不断完善自身,更好地发挥作用。教师可以从以下几个方面着手:

1. 适时给予建议或帮助

一方面,虽然对学习领袖应该如何发挥作用做出了详细的说明与解释,但是每位学习领袖对其形成的认识、理解可能会有所不同;另一方面,学习领袖在发挥自身作用过程中会遇到一些问题与困难,如果这些问题与困难得不到及时解决,也会影响其作用的发挥。这就需要教师关注学习领袖的成长历程,在适当的时候给予建议或帮助。当学习领袖做得不够好时,提供合理建议,使他们做到更好;当学习领袖情绪不高时,给予及时鼓励,为其加油打气;当学习领袖遇到困难时,提供帮助;当学习领袖的行为出现偏差时,予以指正。另外,教师还可以给出一些小提示,如注意说话的语气与方式、拓展话题的小技巧等,以促进学习领袖更好地发挥自身作用。通过适时的建议与帮助,引导学习领袖做出应有行为,不断完善自身职能。

2. 及时加以强化

学习领袖做了一定工作之后,教师要及时予以强化,以促进他们将这一行为保持下去。

影响一个人活动结果的因素有两个,即能力与动机,人的活动结果是二者的函数。美国哈佛大学詹姆斯教授通过调查发现,在一般情况下,一个人的主观能动性只能发挥自身能力的 $20\%\sim30\%$,如果受到充分激励,就能发挥 $80\%\sim90\%$[74]。共生于虚拟学习环境的全体学习者中,学习领袖是综合能力较强的学习者,如果采取恰当、合理的措施来强化他们发挥领袖作用的动机,那么他们的作用程度将会得到很大程度的提高。

在对学习领袖的行为予以强化时首先要对其加以赞赏与肯定,然后代表全体学习者表示感谢,并对其今后的表现提出进一步的希望与期待,以促进该学习领袖更好地展示风采,发挥作用。如"在前一段时间的学习中,某某同学的表现非常好,相信大家在学习过程中也深有感受,并从中受益。非常感谢某某同学,希望你继续努力,把更多更好的想法带给大家,做出更好的表现,同时也呼吁更多的同学加入队伍,只有大家都积极地做出贡献,才能够汇集成巨大的学习资源,我们的学习才能够取得更好的效果,期待大家今后的表现哦。"通过这种方式,强化学习领袖的动机,增强其自信心,以促进其更好地发挥作用。

3. 适当缓解压力

由于赋予了更多的权利与义务,加之学习活动及作用发挥过程中可能出现各种各样的情况,学习领袖也会有压力过大的时候。过度压力会使学习领袖产生不良情绪,影响其作用发挥的程度与效果。此时,教师或是其他学习者的分解作用十分重要。作为教师,一方面,自身采取恰当措施,缓解学习领袖压力。如对其以往的行为表现予以肯定;通过激励性话语鼓励其继续努力;与其聊天给予心灵上的抚慰;帮助其分析目前情况;共同探讨问题解决的方式方法等。具体采用何种措施,教师需要根据学习领袖自身性格以及具体情况进行选择。另一方面,要倡导学习者之间的相互肯定与鼓励。在线学习者不仅需要来自教师的表扬,还需要来自同等身份学习者的认可。学习领袖也是一样。在共同的学习过程中,其他学习者能够感受到学习领袖的存在价值。当学习领袖出现压力过大的情况时,来自其他学习者的鼓励可能更具激励作用,帮助学习领袖从过度压力中解脱出来。无论是何种形式,都有助于增强学习领袖的内部动机,分解其不良情绪,使之继续保持领袖风范,发挥自身的功能与作用。

7.4.3　协调学习领袖之间的关系,促进群体的良性发展

与虚拟学习环境中学习者之间发生生态位重叠现象一样,生存于同一环境中的学习领袖之间也会存在生态位重叠的情况,生态位重叠必然导致竞争。对于学习领袖小群体来说,他们之间如果出现恶性竞争的局面,势必会对这一群体功能的正常发挥造成影响。因此,教师要在促进各个学习领袖明确自身职责、各司其职的基础上协调好学习领袖之间的关系。

首先要明确告知既定的学习领袖,他们的存在对于整个学习环境的重要性,如果他们内部出现混乱,那么存在于这个环境中的每位学习者都会受到影响。通过这种方式,使学习领袖意识到自己所属小群体的重要性,增强他们自身的责任感,培养他们形成良性竞争的意识。其次,要使学习领袖明确哪些行为是不允许对其他学习领袖做的,如"通过自己的一些言论,对其他学习领袖的形象造成不良影响"、"对其他学习领袖进行直接的言语攻击"等。最后,在出现不良苗头时,教师要及时予以协调和处理,使学习领袖之间的关系尽快步入正轨。一旦学习领袖之间形成良性的竞争局面,那么每位学习领袖都将为做出更好的表现而努力,在提高自身的同时,也促进了功能、作用的更好发挥,增强了学习领袖群体的整体力量。

此外,学习领袖评判的公平性与民主性也会在一定程度上影响其作用的发挥。人与人之间的相互影响与作用是建立在彼此认可的基础之上的。学习领袖只有得到了大家的普遍认可,才能够对其他学习者产生积极影响。因此,作为教师,要尽量使学习领袖的评判结果得到大家的认可。这样,才能够给予大家公平感与信任感,在此基础上生成的学习领袖才能够充分、有效地发挥作用。

生态化虚拟学习环境中
教与学活动的设计

　　活动是主体与环境相互作用的纽带,如果没有活动,就没有主体与环境的相互作用。为了促进虚拟学习环境的生态化,实现主体(教师和学生)与环境间的和谐相互作用,就必须依据生态学的思想和理论,对教与学的活动进行精心设计。

第8章 虚拟学习环境中在线导学系统的设计

在线导学是在虚拟学习环境中,教师引导下的学生自主学习教学方式,是体现"教师主导,学生主体"教学思想的具体策略,也是师生互动的主要形式。从生态学角度看,在线导学活动是虚拟学习环境中教师和学生主体角色定位、功能地位、生态位关系的具体表现。有效的在线导学系统可以协调师生关系、充分发挥师生各自功能、促进学生发展、维持虚拟学习环境的生态化。本章以教师教育技术培训课程为例进行阐述。

8.1 在线导学概述

8.1.1 在线导学的内涵

在线导学又称为网络导学,是指在线教师根据学生的实际需要及学习水平与学习能力,利用网络所具有的优势,发挥各种媒体及资源的教学特性,有目的、有计划、有组织地引导学生积极主动、热情高效地投入学习的一切活动和过程。从本质上来说,在线导学是由在线教师的"导"和在线学生的"学"所组成的双边活动,这种活动渗透于学生学习的整个过程。在线导学活动有利于增强学习效果,实现学习目标,提高学生的自主学习能力,从根本上促进学生的发展。在线导学是师生互动的主要形式,是保持学习生态系统稳定与发展的基本活动。

8.1.2 在线导学的目的与功能

1. 在线导学的目的

在线导学的根本目的是为了提高在线学习的效率与效果,促进学生的学习与发展。具体可以归纳为两个方面:①引导学生适应虚拟学习环境,掌握在线学习的基本方法,引导学生有效地获取和利用资源,增强在线学生的网络学习适应性,提高其在线学习效率与学习效果;②有目的地提高学生的在线学习能力,逐渐由教师引导转向自我引导,形成自主学习能力,实现学生自治。

2. 在线导学的必要性与功能

在线学习中,学生拥有充分的自由与充足的学习资源,但是在学习过程中不能很好地适应网络学习环境,产生迷航和无所适从现象,不能尽快进入学习状态。其中一个主要原因是教师导学环节的缺失或者质量不高。一方面,缺乏教师的参与引导会导致学生过分自由与交互不足,而过分自由和交互不足又会引起情感缺失,使得学生在网络学习环境中缺乏归属感;此外,面对网络环境下的海量信息,没有教师的指点与引导,学生往往容易迷失学习方向与无所适从,或产生信息超载,从而增加认知负荷、降低学习效率。这一切都不利于学生学习动机的保持,并易引发学习困难和挫败情绪。另一方面,有些教师已经意识到了导学的重要性,但鉴于各种原因,产生导学质量不高的现象。主要是因为在线教师缺乏导学设计与导学的技巧,在在线学习过程中,如果没有导学的设计,任由学习进程自由进行,如导学教师缺乏交流的设计与交流的引导,最终将使师生交流无法达到预期效果,学生的问题无法得到及时解决,不良情绪无法得到有效疏导等;再如,导学教师缺乏监控环节的设计与实施,将导致学生自我约束力差,无法按时完成学习任务,容易产生畏难情绪等;而如果激励机制欠缺,则将使学生逐渐丧失学习兴趣,引发学习动机弱化等问题。因此,在线导学设计是保证在线学习活动顺利开展以及达到最优效果的重要环节。

在线导学的功能主要体现在导学教师对学生的"引领、指导、帮助、督导、疏导"5个方面。

(1)引领的功能。引领是指引导学生熟悉、适应在线学习环境,引领学生的学习活动过程,使学生明确学习目标和努力方向,从而快速融入在线学习之中,提高在线学习的适应性和学习效率。

(2)指导的功能。指导是指针对具体学习内容与学生的特点,为学生提供学习目标、学习策略、学习方法、学习评价等方面的支持,促使学生掌握在线学习的方法和技能。

(3)帮助的功能。帮助是指针对学生的具体情况,对相关的专业知识与技能进行有针对性的讲解,对学生可能出现和已经出现的问题提供及时有效的在线帮助,帮助学生解决疑难,清除障碍,保证学习效果。

(4)督导的功能。督导是指对学生在线学习进程进行监控、督促和激励。通过导学教师的持续关注和及时督促来增强学生的学习动机,提高其自信心和学习兴趣,使其能够按时完成学习任务,顺利达到学习目标。

(5)疏导的功能。疏导是指对学生不良情绪的疏导,即通过各种途径和方法化解、排除学生在线学习过程中可能会出现的不良情绪,如焦躁、沮丧、缺乏耐心、畏难情绪等。

为了达到这样的目的与体现这些功能,需要导学教师一方面应精心设计、构建导学环境,包括导学活动的设计和导学的资源开发;另一方面注意交互方式和引导方法,使学生能够迅速适应网络学习环境,明确学习方向、有效利用各种学习资源;同时,加强学生学习策略的培养,使之拥有积极的学习态度、持续的学习热情和较高的自治能力[75]。最终使学生在学习过程中学有动力、学有能力、学有活力,促进整个学习系统的生态化发展。

8.1.3 在线导学的基本环节

根据学生学习的需要,依照导学活动的目的与功能,导学活动可以概括为"学习活动的引导"、"知识建构的促进"、"交互活动的促进"、"学习情感的支持"、"学习策略的指导和学习过程的督导"6 类活动。相应地,导学活动的设计与实施主要指这 6 个方面。由此,可以得出进行在线导学的基本环节,如图 8.1 所示。

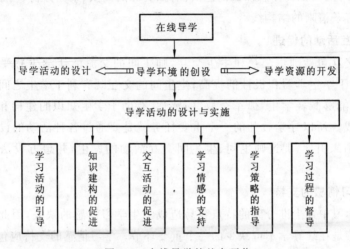

图 8.1　在线导学的基本环节

1. 导学环境的创设

在线学习环境是开展在线学习的必要基础条件,包括硬件基础设施和软件条件。导学环境是在线学习环境的重要组成部分,也是导学教师实施在线导学的基础,因此开展导学活动前创设一个有效的导学环境显得尤为重要。导学环境的创设包括导学活动的设计和导学资源的开发两部分。导学活动是指引导学生参与学习的具体活动和相应的情境;导学资源是指顺利开展导学活动所必需的资源、条件和学习说明材料等。导学资源的设计为导学活动的开展提供支持和服务。

2. 学习活动的引导

由于在线学习不同于传统课堂面授,师生之间处于准分离状态,学生在线学习过程中容易出现迷航、无所适从等情况,所以每一个学习活动的展开都需要导学教师经过精心的设计,并进行特别的关注和引导,这是导学教师的一个重要职责。对学生学习活动的引导有多种方式,如对学习活动的文字说明、语音提示、活动案例等,引导方式的选择取决于学习活动的具体内容和组织形式。

3. 知识建构的促进

在线学习的最终目的之一是使学生建构对知识意义的理解,因此促进学生的知识建构是在线导学的一个重要环节。为了促进学生的知识建构,应组织多样的学习活动,引发学生积极主动地思考;及时为学生提供专业知识的指导和相关技能的辅导,可以以"在线答疑,常见问题解析,教师信箱"或"定期面授"等形式出现。在进行专业知识指导时可将专业知识和技能分成单元,以此为主线配合问题、案例等进行指导,同时也要注意知识的连贯性,如资源的提供、案例分析、问题的讨论等都要尽量有条清晰的结构线[76]。

4. 交互活动的促进

在线交互包括师生交互和生生交互,师生间的交流能让学生感受到教师的关注,有助于学生学习积极性的提高;生生间的交互既有利于学生之间思维火花的碰撞,又能够减轻学生"孤军奋战"的感觉,有助于学生知识的建构和良好学习氛围的形成。所以导学教师的一个重要任务就是要通过各种活动的设计和技术手段的运用来引导、促进师生间、生生间交互活动的发生,并想方设法提升交互质量。

5. 学习情感的支持

在线学习中师生准分离的特点容易造成学生学习情感的缺失,因此为学生提供情感支持是在线导学不可缺少的一个重要环节。学习情感的支持应包括对学生正面学习情感的激励和负面学习情感的疏导两个方面。正面学习情感,如较高的学习兴趣和成功动机、自信、兴奋、愉悦等;负面学习情感,如沮丧感、挫败感、烦躁、焦虑等。为学生提供学习情感支持就是要积极有序地培养学生的正面学习情感,及时有效地疏导学生的负面学习情感。

6. 学习策略的引导

学习策略的引导是增强学习效果,提高学生自主学习能力的关键。学习策略包括:①认知和元认知策略,认知策略包括复述、精加工、组织和批判性思维,也包括学习方法、学习策略等;元认知策略是学生进行自我监控、调节,以及学习计划安排的能力和技巧;②资源管理策略,主要用来帮助学生充分利用各种资源,包括时间资源、人力资源和学习环境等。认知策略与元认知策略是促进学生学习的核心策略,而资源管理策略是促进学生学习的条件保证。

7. 学习过程的督导

学习过程的督导,包括对在线学生学习过程的监控、督促和引导。虽然与传统学习方式相比,在线学生在学习时间和学习任务的安排上具有较大自由,但实践证明许多在线学生并非像人们所期待的那样具有较强的自我监控能力,不少成人在线学生经常为生活中的琐事而忘记学习任务或错过学习时间,从而影响后继学习。

因此,导学教师的"督导"仍发挥着重要作用。

8.1.4　导学教师的角色与职责

导学教师既可以是集在线课程的设计、开发,并组织在线学习活动,进行在线答疑和学习评价等学习辅导任务于一身的网络课程的主持者、主讲者,也可以是专门辅助主持教师和主讲教师为学生提供课程学习方面的支持和服务,建立学生和教师间的联系,及时解决学生学习过程中遇到的问题,促进学生的"学"和教师的"教"的人员。

导学教师是实施在线导学的主体,导学策略的有效性和实施效果与导学教师的态度认识和个人素质密切相关。导学教师在实施导学活动前首先应清楚其所扮演的角色,这样导学教师才能更好地肩负起自己的职责[77]。

1. 导学教师的角色

在线导学教师需要承担多种角色,导学教师是在线导学活动的设计者、组织者;在线学习的参与者、管理者;学生学习过程的引导者、支持者。穆罕默德·艾利(Mohanmed Ally)博士指出,"在从传统的课堂授课模式到开放远程教育模式的转变过程中,教师需要变换其角色以便有效地发挥作用。教学人员将成为学习管理、学生训练、学生支持、学生咨询的引导者"[78]。Z. L. Berge 将导学教师的角色分为4 个主要的方面[79]。

(1) 技术方面。技术方面包括提供技术支持,在线导学教师还应当能够随时快捷有效地解决学生在技术方面遇到的问题。

(2) 管理方面。在线导学教师应当能够激起在线学生的参与及自主学习的积极性,提供清晰的学习任务及学习活动的确切日期,不需要重写在线学生的作业但是需要对其进行修正,以改进他们的学习方法和提高其写作技巧;指导学生列提纲并构思写作。

(3) 教学方法方面。导学教师要根据教育活动经验,让学生积极地进行合作交流,将他们的思考导向深入,与学生建立良好的关系。

(4) 社会关系方面。导学教师可以通过多种方式来鼓励学生间的相互交流,鼓励所有学生都参与到讨论中来并做出自己的贡献。学习社区是大家分享共同兴趣的地方。

同样,Bonk 也认为,"在线教师必须关注教学、社会交互、管理和技术。教师的角色,是教学的(承担促进者和管理者的角色)、社会的(创造友好的环境)、管理的(协调作业、管理在线讨论)和技术的(对学生的技术和系统问题分析)综合。"[65] 所以,导学教师的作用并不只是提供教学材料或做些简单的课程说明,还要精心组织教学活动的每一个关键步骤,如学习情境的创设、学习策略的指导、与学生交流和提供反馈等。

2. 导学教师的职责

为了达到在线导学的目的,导学教师要肩负起两方面的职责:①创设有效的导学环境,包括导学活动的设计和导学资源的开发;②实现在线导学的五大功能,即对在线学生进行引导、指导、辅导、督导和疏导。

在远程学生的指导活动中,导学教师应重视导学环境的创设,营造良好的学习氛围;对学生专业知识指导的同时应注意提高学生的学习策略、元认知水平和协作技能,从而形成学生自我发展的能力和学习社区良好的自组织氛围;最终实现导学教师"设计者、组织者、参与者、管理者、引导者和支持者"的角色要求[65]。此外,导学教师在履行导学职责时,还应注意"引导活动的实时性"和"对学生关注的持续性",将导学内容融入具体活动中,让学生在"做"中"学";对学生学习过程的引导虽然不同的阶段侧重点也会有所不同,但对学生的情感支持要始终融合其中。

8.2　在线导学系统的生态化设计模型

8.2.1　模型建构的基本思想

1. 生态系统化思想

导学系统的设计不仅需要协调导学系统自身与整个虚拟学习生态系统的关系,还要考虑其内部各种要素之间的关系。在线导学系统是由教师和学生、技术和资源、在线导学活动、在线导学策略等要素相互联系、相互作用而构成的一个生态化系统。生态化的在线导学系统是整个虚拟学习生态系统中的一个子系统,它与其他子系统协调作用,共同维系整个系统的生态发展。

2. 概括性与可操作性

作为一种设计模型,不仅要清晰地描述出设计过程的各个环节与程序,还要具体说明每个环节的工作内容。只有这样,才能在遵循基本设计过程的基础上,保证做好每个环节的具体工作。

8.2.2　导学系统的生态化设计模型建构

依据生态学的基本原理,在对在线导学系统进行分析的基础上,可以构建在线导学系统的生态化设计模型,如图 8.2 所示。该模型以"在线导学过程设计"、"导学策略设计"和"学习支持条件"为设计的线索和主要任务,其中"导学策略设计"是设计的基本框架,"在线导学过程设计"是具体任务和内容的设计,"学习支持条件设计"是设计在线导学活动过程中必需的工作内容,这项工作可以融入"在线导学过程设计"之中。

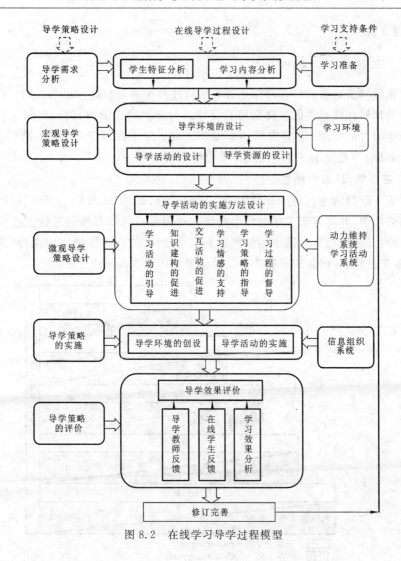

图 8.2　在线学习导学过程模型

8.3　生态化在线学习导学策略设计

　　策略是针对具体问题和特定情境而提出的程序、步骤与方法、技巧。从宏观角度来看,策略是分析、认识问题的总体观念和大的步骤;从微观角度来看,策略是解决问题的具体方法、技能和技巧。"导学策略"是指在线学习中导学教师对在线学生的学习进行引导、调节和控制的一系列可执行过程的程序与方法技巧。可以将在线导学策略的设计分为宏观与微观两种,宏观导学策略的设计为建设有效的学习环境提供支持;微观导学策略的设计为建立有效的"动力维持系统和学习活动系统"提供支持。

8.3.1　宏观导学策略设计

　　宏观导学策略设计即对导学活动开展程序和步骤的总体构思和规划。它体现了导学教师对在线导学的整体构思和设计。为顺利完成学习目标,根据学习内容特点与学习者的需求,借鉴吉丽·萨曼 S. Gilly 博士在线学习"五步模型(the 5 stage model)",建立了一个"宏观导学模型"。

　　1. 在线学习"五步模型"

　　吉丽·萨曼博士在英国开放大学商学院任教,她从 20 世纪 90 年代初期开始实验网络教学,并将累积多年的师生在线互动内容在总结分析的基础上建构成在线学习的"五步模型",实践中她按照这个模型设计了"在线讲师培训课程"并付诸实施,效果良好,在国际间颇富声誉。该模型如图 8.3 所示[80]。

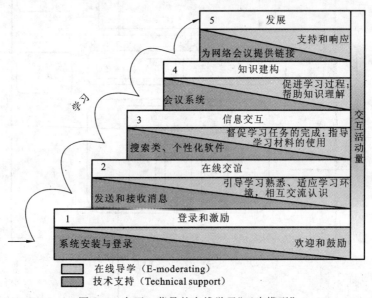

图 8.3　吉丽·萨曼的在线学习"五步模型"

　　该模型将整个在线学习过程分成 5 个连续的发展阶段,由低到高层层累进,每一个阶段又包含"在线导学"和"技术支持"两个相辅相成的环节。这 5 个学习阶段分别为登录和激励、在线交谊、信息交换、知识建构、发展[81]。每个阶段的顺利展开都需要一定的技术支持并要求参与者具备相应的技术操作能力(图中每一步的左下三角),同时每个阶段的学习都需要导学教师给予学生不同程度不同方面的支持和引导(图中每一步的右上三角)。模型最右侧的交互活动工具条显示了不同阶段师生及生生交互活动量的大小(颜色越深表明交互活动量越大),可以看出整个在线学习过程中交互活动量呈现逐渐递增而后又突然递减的变化规律,即第一阶段学生间互动较少,以后逐渐递增,到第五阶段又锐减。这 5 个阶段是一个连续的"学习"过程(如图中曲线部分所示),并且在这个"学习"过程中导学教师的支持作用逐渐减弱,学生的自主学习能力逐渐增强,最终实现自我发展[82]。

2. 宏观导学模型的构建

参照吉丽·萨曼的"五步导学模型",并结合中国学生的实际特点和与英美文化上的差异,在设计过程中添加了对学生学前技能的分析,并忽略了跨文化学生的存在,由此抽象出对在线学生进行引导的基本步骤,建立了宏观的导学模型[83],如图 8.4 所示。

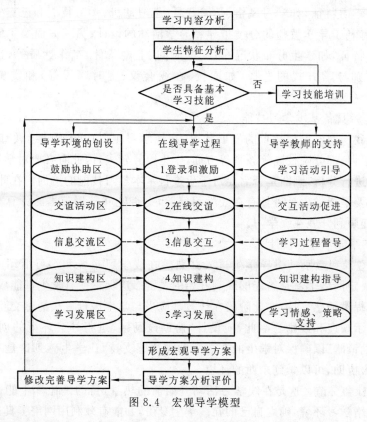

图 8.4　宏观导学模型

该模型的建立以建构主义学习理论为指导,注重"导学情境"的创设和在导学教师引导下的"交流与协作",最终使学生建构对知识意义的理解并形成持久的学习能力。在导学活动的每一个阶段,都需要创设相应的导学情境,并进行学习活动的引导和支持。

1) 学习内容分析

学习内容主要是对学习领域的定义,即在线学习内容及学科特点分析。这是导学教师进行导学设计的基础。首先应明确学习内容和教学目标。知道要在网络环境中建构一个怎样的学科体系,该学科具有怎样的学习特点和知识结构,区分领域内不同知识的类型,是良构知识还是劣构知识,不同类型的知识往往对应着不同的导学手段和方法。其次,要了解课程学习计划,包括学习时间安排、教学任务分配、了解课程内容的性质,如哪些是理论探索类知识、哪些是技能操作类知识,这决定导学活动的设计和导学资源的开发;此外还应了解课程的教学目标、现有条件、可利用资源等诸多影响在线学习的因素。

2) 学生特征分析

深入了解学生的基本特征对于制订有效的导学策略非常重要。一方面要了解学生的学习特征,如学习风格、学习背景、学习动机、学习技能和已有知识经验等,这将有利于导学教师的分类指导和导学活动的设计;另一方面要了解学生的社会学习特征,如学生分布状况、可支配时间、上网条件、工作性质等,这将有利于导学教师导学方式的选择(如面授、在线会议、实时聊天等)和实施个别化导学。

3) 是否具备基本学习技能

根据我国网络远程教育的发展状况,在线学习主要应用于继续教育、企业培训、教师培训、部分院校高等教育等方面,学生差异较大,因此有必要对学习内容和学生特征进行分析,判断是否需要对学生进行基本学习技能的培训。在此,基本学习技能主要是指学生是否具有在线学习经验,是否能够掌握基本的计算机操作技能,是否能顺利开展在线学习。

4) 在线导学过程设计[81]

(1) 登录和激励。引导学生进入并熟悉在线学习系统和学习活动的开展方式,这是决定网络学习是否能够顺利开始的关键。应保证所有学生都能成功登录,并对学生提供情感支持,在此阶段在线教师应当与学生进行首次情感交互,对学生的到来表示欢迎和鼓励。因此,应设计"协助鼓励区"进行社会环境的创设,设计"协助鼓励策略"以确保对学生的有效帮助和情感支持,让学生感到这是一个温暖和谐、有人协助、可以学到东西的环境。

(2) 社会交谊。这是在线学习活动开始前的热身,目的是让学生能迅速融入并适应网络学习环境,确立自己的在线学生身份,并能有效利用网络工具进行交流与合作。在此阶段应当让学生与学生、学生与教师、学生与专家等进行寒暄认识,交流联谊,给学生制造一种归属感,营造一种轻松、融洽、民主、和谐的社会氛围。因此应设计"交谊活动区",创造交际的社会环境,并进行相应的策略设计,促进交谊活动的有效开展与进行。

(3) 信息交互。这是进行在线学习的一个重要环节,网络学习中师生、生生之间需要进行大量的信息、资源的交换。在线学习环境中需要有这样一个区域的存在,其主要功能就是促进师生、生生之间的信息交流,教师可以及时对学生的学习进行引导,促进、帮助学生的任务完成,解决学生在使用学习材料中出现的问题;学生和学生之间可以畅通地进行信息的传递与交流。因此,应设计"信息交流区"及相应策略的支持。

(4)知识建构。这是进行在线学习的主要目的,师生的讨论与互动也应最为热烈,导学策略的选择与导学环境的创设成为这个阶段的重点。导学教师应分析知识结构,进行"导学活动"的设计,如话题讨论,小组合作,在线报告等,通过导学活动的设计创设相应的"学习情境",使学生深化对知识意义的理解。

(5)发展评价。此时已接近在线学习的尾声,学生独立学习的能力已经形成,可以布置一些综合的任务对学生的学习情况进行考察,对学生的学习过程进行评价。此外这个阶段的另一个重要任务就是对整个学习系统进行发展和评价,学生、专家、教师应当共同反思学习历程,评议在线学习系统功能及导学活动策略的优劣,提供改善建议以便后期完善发展。

需要说明的是,这5个阶段虽然遵循一定的逻辑顺序,但并非线性关系,这种非线性关系主要体现在信息交互、知识建构和学习发展这三个阶段,如学生进行信息交互的过程也是一个知识建构和学习发展的过程。本模型仅从导学教师对学生引导的侧重点出发,虽然将整个在线导学过程分为5个阶段,但这5个阶段并不是完全独立的,而是存在着紧密的联系,并在某种层面上交叉融合。另外,"导学环境的创设"和"导学教师的支持"(如图8.4左、右两侧所示)框图中的5个方面与在线导学过程的5个阶段也并非完全意义上的一一对应关系,虚箭头仅表明了在每个阶段导学教师应重点把握和努力的方向。

5)形成宏观导学方案

整个在线学习过程及支持策略设计完成之后,要由学生、学科专家和教学设计专家等进行评价,提出修改意见,进行进一步的修改,使设计不断完善。当设计完成的导学策略方案评价通过后,就可以进入系统开发阶段,将导学策略整合到在线课程的开发中来,生成在线导学活动和资源,并进行学习活动的引导和支持。

利用宏观导学策略的5个步骤就可以为学生创建一个导学环境,并进行相应的资源建设,而与在线学习具体活动的指导相对应的策略则由"微观导学策略的设计"来实现。

8.3.2　微观导学策略的设计

微观导学策略设计,指在宏观导学模型构建的基础上,具体实施导学活动的方法、技巧的设计。包括对成功实施学习活动的引导、学习过程的督导、学习策略的指导、学习情感的支持、交互活动的促进、知识建构的促进等各个导学环节的方法和技能的设计。

根据支持导学活动技术手段可以将在线导学分为面授导学和远程导学,相应的微观导学策略的设计可以分为面授导学策略和远程导学策略的设计。

1. 面授导学策略

"2000 年,马什中心报告:88%的学生希望在复杂的数字化学习课程中得到辅导教师的帮助,并有相当于两天的面授学习机会。"[82]国内相关研究也表明在线学习中适度的面授指导,特别是对于初次接触在线学习的学生,可以增强其网络学习适应性,有利于提高学生的满意度。

1) 面授导学条件分析

对于在线学习特别是面向成人学生的在线学习而言,面授导学虽有利于增强在线学习效果,但是并非所有的在线学习中心都具备组织面授的便利条件,也并非所有的学生都有参加面授学习的时间和需求,所以有必要进行面授导学的条件分析和必要性分析。

是否具备面授导学的条件,一方面取决于在线学生的地理位置、分布情况和可自由支配时间,另一方面取决于在线学习中心的基本情况,如师资、成本、学习环境是否允许等。是否有必要组织面授导学,要根据学习内容、学生需求和导学目的等综合分析。

2) 分时面授导学法

如果学生学习地点分布集中,学习中心具有相应的面授条件,可以有选择性地实施面授导学。按照面授在一个远程学习项目中出现时间的不同,可将其分为开班面授、阶段性面授和总结性面授三类。在不同阶段,面授导学的侧重点和操作方法也会有所不同。

(1) 开班面授引导。开班面授往往对于缺乏在线学习经验的学生有着特殊重要的意义,是对初学者进行入门指导的绝佳时机。开班面授引导的重点在于为学生搭建从传统学习转向在线学习的桥梁,帮助学生从整体上了解在线课程的内容和安排,熟悉在线学习的方法和形式;从方法上引导学生如何学习本门课程,并从内容上激发学生的学习积极性;对缺乏在线学习经验的学生进行简单的技能培训,使学生能够快速适应在线学习的方式,为后期开展成功的在线学习打下基础。

导学建议　　开班面授不宜只停留在导学教师的"说"上,应引导学生去"做",学生有"亲身体验"更容易适应并投入后继的在线学习。例如,在开班面授课上,可以使学生置身于网络教室,引导学生登录并熟悉在线学习系统,使学生熟悉网络学习环境的结构和功能,并亲身体验在线学习的便捷和乐趣。

(2) 阶段性面授辅导。阶段性面授辅导,即在学习过程中按照课程的结构体系,或按照特定时间阶段,或根据在线学习过程中的具体问题,所组织的面对面的阶段性辅导。受我国传统教育思想的影响,学生往往对教师的依赖性较大,这使得在线学生在网络学习环境中往往感觉缺乏教师的督促和关怀,容易迷失学习方向,导致学习兴趣下降,中途辍学或无法按时完成学习任务等现象的产生。阶段性面授辅导可以有效防止这一现象的产生,使学生在从"传统学习"转向"在线学习"的过程中得到学习习惯上的缓冲。

导学建议　①在阶段性面授辅导中应有意识地帮助学生转变学习观念,把握学习的进度和节奏,培养学生的自主学习能力;②阶段性面授的组织频度与学生的学习状况和在线学习内容的性质密切相关;③有些面授内容也可以通过视频会议、在线讨论等形式来实现,根据条件而定。

(3) 总结性面授督导。总结性面授往往与任务驱动在线学习活动相配合,有些面授活动的设计本身就可以对学生的学习起到良好的督促作用,给予学生以责任感和使命感。例如,在小组合作学习任务结束时进行面授总结,由小组成员汇报学习成果,共同完成总结工作[29],往往能够取得较好的学习效果。

导学建议　发挥总结性面授对学生学习督促作用的关键在于学习任务的设计和学习活动的有效组织。

2. 远程导学策略

远程导学又可以分为静态导学和动态导学,这两种导学方式往往紧密结合共同支持导学活动的开展。

1) 学习活动的引导策略

对在线学生的学习活动进行引导是导学教师的主要职责之一。对在线学习活动的引导可以通过导学资源的设计实施静态导学,也可以通过师生间的实时交互进行动态导学。静态导学策略主要体现在对课程结构的设计和相应说明材料的开发上,动态导学策略主要体现教师与学生互动交流,逐步将学习引向深入的技能技巧上。

根据英国沃里克大学的一份有关在线学习导学研究的报告[84],基于资源的导学和基于师生交互的导学对学生学习活动的深入开展都很重要。在静态导学方面,该报告的作者杰伊·邓普斯特(Jay Dempster)教授很注重导学资源的提供,认为在课程开始前应确保为学生提供清晰明白的以下信息:①课程设计——明确的目标、要求和支持,同伴学习设计安排;②会议结构——价值、数量以及与不同的学习小组和成员所对应的在线交互时间框架;③学习指南——课程目标、教学介绍、导学教师的在线时间、定期总结、作业任务;④预备性学习材料——样例材料和信息、好的示例;⑤评价量规——对学习要求清晰明确地表述可以减少导学教师的不少问题。粘贴或罗列,展示得分指南和标准。在动态导学方面,杰伊·邓普斯特注重组织并引导学生的合作学习与深入交流,认为在学习活动中导学教师的主要功能是"促进有效合作和小组学习"[85]。在以上研究的基础上结合国内相关研究的实践经验,对学生在线学习活动的引导可以从以下几个方面着手。

(1) 课程"导语"的设计。网络课程中的"导语"即相当于传统教学中的"导入",目的都在于让学生做好学习准备,明确学习目标,激发学习兴趣,不同的是在线学习中"导语"应当更为清晰和明确,使学生一看便知自己该怎样去"做"。

在网络课程的开端以及每一个学习模块的开始都有必要设计这种"导语",它是学生起航的"指南"。成功的开篇导语往往包含三个要素:①话题引入,营造学习氛围、激发学习兴趣的话,特别是在课程的开始,一句"欢迎词",几句鼓励的话,一个轻松友好、和谐愉快的学习氛围跃然屏上;②学习安排,这是设计"导语"的主要目的,即阐明学习时间、学习目标或活动任务,应使学生清晰地知道在某段时间内,应通过怎样的过程完成怎样的任务;③注意事项,即对此阶段学习中应注意的问题给予提示。

(2)导航栏目的设计。①系统导航,即学习系统一般自带的导航栏,在线学习中课程页面的"非线性"结构的来回跳转有时候会产生迷乱,设计清晰的导学栏目,可以避免学生偏离学习目标。②平台导航,即网络课程平台使用说明、课程结构及定位信息等[76]。如,平台操作、安装指南、课程使用、教师简介(包括联系方式)等。特别是对于没有面授的在线学习,平台导航往往承担着学习辞典的角色,因为可以随时通过平台导航资源来"查找"解决问题的方法。③内置导航,指在学习材料中内置一组与内容相关的补充、扩展学习材料的学习支持导引设计,如学习导读、提问、所学内容总结、摘要等[76]。

注意　单纯的课程说明往往无法起到良好的引导作用,要将课程说明的阅读设计为一项项有步骤的具体活动;学生面对大量的"文字材料"也容易产生疲劳,因此应增加导航材料的多样性。

(3)教师引导区的设计。为了提高对在线学习活动的引导效率,还可以设计一些学习社区。如以论坛的方式建立"教师信息发布区",用来发布公告,或者解决学生问题。

(4)学习活动阐释法。对于某一项具体的学习活动,作为内置导航的"学习活动说明"固然必不可少,但有几种方法也非常有效:①提供活动流程,即对某项学习活动的具体过程或学习方法步骤进行提示和说明,使学生的学习过程清晰明确;②提供学习案例,即就某一项学习任务为学生提供一个学习范例,使学生可以更好地理解学习任务的要求和应达到的标准,特别是在学习之初有利于学生迅速进入学习角色;③提供作业框架(或学习模板),即围绕学习任务的具体要求对学生"作业"制定一个框架标准,通过这种方式规范并深化学生的学习。

(5)评价量规引导法。"量规是一种为一项工作列出标准的评分工具",评价量规可以展示给学生具体的评价内容和得分标准。一个好的评价量规本身就是一项具体活动的学习指南,可以对学生的学习起到很好的引导作用。评价量规应在学习活动开始前告知学生,使其承担学习责任,并及时规范和调整自己的学习行为。

2)学习过程的督导策略

相关调查显示,"46.2%的学生认为遇到的学习困难是学习缺少约束力,难以有效地调控网络学习过程,79.2％学生需要得到监控、调节学习过程的学习工具的支持。"[86]由此可见,对学生进行督促和引导也是学生的需要。督导包括学习动机的激励和学习过程的监控与督促。实践表明下列做法可以有效督促学生的学习。

(1)学习时间提示。明确的学习任务截止日期本身就可以起到学习督促的作用。因此,在课程内容的设计上可以用时间提示法来提醒学生注意学习时间,按时完成学习任务,以便跟上后继学习进程。例如:①在学习任务安排上明确学习时间;②在每项学习活动后标注完成日期;③在课程显著位置设计"小闹钟"。

(2)教师持续关注。教师的个别化持续性关注可以激发学生的学习热情和责任感,导学教师应根据在线学习系统的活动记录功能,持续关注学生的学习进程和具体状况,分类指导定期给予每个学生信息反馈。在此过程中,导学教师应尽可能做到以下几点:①记住学生的姓名、学习背景等基本信息,使学生感受到教师的关注;②回复时宜采用正面与协助性的语气;③对学习进展缓慢的学生,应通过 E-mail、平台消息、电话等方式主动与学生取得联系,询问学习困难并鼓励其积极参与。

(3)小组成员督促。学生领袖在学习过程中有时可以发挥导学教师的作用,对于适合小组合作的学习任务可以通过学生领袖以及小组成员的互评互促来增强学生学习的责任感和积极性。此时,应注意导学教师对小组组长领导力的支持和引导,明确组长职责。

(4)学习评价激励。对于大多中国学生而言,长久以来分数的高低成为衡量学习效果的标尺,因此可以通过评价和打分来督促、引导学生的学习。获得高分的同学往往会有一种成就感和喜悦感,而分数较低的同学也往往会反省自己的学习状况和态度,加上导学教师的适时点拨往往能取得较好的效果。例如,可以在每个学习模块结束时给学生打分和提供相应的评语。

3)学习情感支持策略

2001 年 10 月,英国进行的一项调查发现,只有 3％的人愿意独自进行在线学习。言外之意,有 97％的学生愿意在合作和交流互动中进行学习,这其中一个重要的原因是学生在生生、师生交流中往往可以得到情感上的支持和慰藉[82]。相关研究也表明,为学生提供情感支持能有效降低辍学率,所以情感支持策略也是导学教师应当掌握的一个重要方面。这需要导学教师培养学生的积极情感并疏导学生的不良情绪。导学教师对学生的情感支持可以从以下两个方面着手:

(1)情感支持环境的营造策略。

① 营造班级氛围,使学生产生归属感,尤其是在课程的开始,这一步非常关键。可以通过学生在线身份的确立、上传照片等,创设一种充满人情味的班级学习氛围。

② 设计情感交流活动,如"在线交谊"、"打破坚冰"等,引导学生进行相互问候,导学教师对每个学生的到来表示欢迎和鼓励,以示亲切和友好。

③ 设置 FAQ(frequently asked questions),即常见的问题及解答。在线学生

的一些情感问题,如无助感、沮丧感有时常来自一些小问题的积累,提供常见问题解决方法,可以防止一些不良情绪的产生。可以设计一个常见问题清单,例如,为了成功有效地进行在线学习,学生提前需要接收哪些培训,具备哪些技能? 为了支持学生有效地进行在线学习,学生需要采取哪些交流策略? 根据所使用的具体交流工具,又可以将上个问题进一步细化为以下小问题,即学生将使用哪些交流工具? 在学生完成学习任务的过程中,他们将如何使用在线交流工具? 可以采用哪些引导策略来促进以学生为中心的学习? 什么时候该用电子邮件,什么时候该用电子公告板? 学生们使用聊天室吗? 如果使用,如何使用的? 教师的角色是什么呢?

④ 定期给予信息反馈,在每个模块任务结束时都给学生一个综合的学习反馈,主要包括优点、不足和改进方向,通过"优点"的肯定给学生以鼓舞和支持,使之产生自信;在支持学习"不足"的同时,应中肯地提出具体改进方向,使学生明白自己下一步该如何"做"。

⑤ 明确求助途径,对学生情感的支持除了导学教师持续的关注和主动的引导外,另一个重要方面就是给学生建立一个畅通、明确的求助途径。让学生知道在什么时间、以何种方式能够"找到"导学教师或学生群体,如建立 QQ 聊天群或论坛、发布教师值班时间等。

(2) 情感支持语言表达策略。建立了有效的情感支持环境还需要具有一定的语言表达技巧,在此着重介绍如何给予学生鼓励和激励性反馈[87]。

一个好的导学教师应多鼓励少批评。为了更好地理解鼓励策略,首先应弄清"鼓励"与"表扬"的区别,二者有着本质的不同,见表8.1。

表 8.1　"表扬"与"鼓励"的区别

表　　扬	鼓　　励
注重别人的感受	注重学生的努力和进步的领域
经常用"我"这个词,如"我为你自豪"	经常用"你"这个词,如"你做得很好"
形成功利心	形成自信心
滋长对失败的恐惧感	能够正确对待失败
增进依赖感	增进自我满足感
容易犹豫不决	遇事比较果断
笼统的	具体的
使人高兴的	催人奋进、行动的
对人的	对事的
注重结果	注重过程

导学教师应多用"鼓励"这个"武器",并且,对学生进行鼓励时,在语言表达上应注意以下几个方面:①对学生给予肯定,如"看得出你在这个问题的解决上花了很

多时间和精力,你提出的几点策略对于我们解决实际问题很有价值";②关注问题的实质,如"你对信息技术与课程整合方式的理解很独到";③鼓励学生追求进步,如"既然你不满意,你想在哪些方面进行改进";④详细描述行为特征,"你的耐心真让我感动"! ⑤肯定学生的努力,"你在模块二的学习中取得了很大进步,表现非常好"。

同时,学习活动中导学教师需要参与讨论并给予适当反馈,并且这些反馈应当具有一定的激励性。一般来说激励性反馈应当包括肯定学生的优点,指出学生的不足,提出中肯的建议三部分内容。

激励性反馈将有助于学生明确他的行为对小组及自身成长的影响,发现问题与总结经验,理解原理,提供双向交流,发展志同道合的关系。

一个好的导学教师总是能够以一种欣赏的眼光来看待每一个学生,对学生的进步和发光点给予及时的赞扬和肯定,对学生的不足给予支持和鼓励。一个好的导学教师总能及时对学生的天赋表示欣赏,对学生的努力表示赞扬,对学生的成就表示肯定,真诚地指出学生的不足并给予中肯的建议,及时发现学生的学习困难和障碍,消除其畏难情绪,抚平其焦躁感。

4) 促进学习交互策略

美国新墨西哥大学的研究人员专门研究了影响网络环境中学生与学生交互的因素,发现有 4 个重要因素,即教师的参与、学生对待他人意见的态度、课程内容和评价要求、网络环境的文化氛围[88]。其中"教师的参与"列在 4 个影响因素之首,可见教师的参与和引导是使学生交互活动走向深入的关键。在以往的教学实践中,在线教师常采用的一些能提高互动性的导学策略,如鼓励参与、给予个别化反馈、强化人际关系等都较受学生欢迎。根据国外学者 D. Dolan,B. Holmes 等人的研究,为了确保交互的有效性可以按照以下步骤展开交互活动[89]。

(1) 介绍交流工具。技术支持对促进学生的交流非常重要,可以将学习中要用到的交流工具集成单元进行提前讲解(可以是文本资源,也可以是视频或音频导学),并且要注意启发学生对学习规则的思考。

(2) 建立交流规范。为了保证学生交互的有效性,应建立一些促进交流的规范制度,如呈现"网络礼仪",使学生知道在线交互的一些常规,学会对他人的尊重与倾听、欣赏与鼓励,提高学生的交互技能。

(3) 提供交流支架。要促进学生的在线交流与合作就要提供一些活动支架,否则往往会导致学生活动的不积极和沉默。可以通过"问题与解答"、"自我介绍或在线交谊"、"话题讨论"以及合作交流等活动来打破沉默,使学生习惯通过文字来交流思想。

(4) 教师参与引导,教师的有效参与往往是交互得以深入展开的关键。其中应注意教师的引导技能,如在话题讨论中要提出有启发性、有争议性的话题,保持讨论的集中性,使讨论话题不偏离学习方向等。导学教师在参与交互过程中,还应注意对学生交互技能的引导,一定要让学生在课程中学会交流与合作,为每一个学生提供机会让其发展在线交流的技能[90]。

5) 促进知识建构策略

乔纳森(Johnassen)说,只单纯依靠呈现知识的方法将会丧失发展学生思考能力的机会,而思考恰恰是学生建构对知识意义理解的前提。依据建构主义学习理论,"情境"、"协作"、"会话"和"意义建构"是学习环境的四大要素,导学环境的构建和学习活动的设计成为促进学生知识建构的关键。在美林(Merrill)的一篇文章《教学策略的层级》中提出 5 条促进策略:"激活、建构、反思、扩展和公开发表。"[91]

(1) 通过任务的设计激活学生大脑,要设计有意义的学习任务,此时传统的教学策略如"抛锚策略、学徒策略、十字交叉策略"等依然奏效,主要目的在于为学生创设一个问题解决的真实情境。

(2) 通过执行学习任务建构知识意义,此时应注意为学生完成学习任务提供相应的支持,如提示执行学习任务的方法和技巧,为学生搭建脚手架,为学生提供便利的交流讨论空间等。

(3) 通过学习任务评价促进学生反思,学生完成学习任务后,应尽可能组织相应的评价活动,从教师以及学生的角度给予学生反馈信息,促使学生进行自我反思。

(4) 学习任务完成后的知识扩展,当学生对某个问题获得理解和认识后,为了拓展学生的视野,使之获得不同角度的理解,可以通过一些问题框架组织"学生回复",使师生、生生之间互提看法。

(5) 公开发表,最终将学生的问题解决方案作为学习资源,公开发表。

此外,在学习过程中为学生提供网络学习工具,如效能工具、信息工具、认知工具、情境工具、交流工具和评价工具等也有利于学生的知识建构。

6) 学生学习策略的指导

实践研究表明很多学生在在线学习过程中缺乏学习策略,如自我监控能力差、无法进行有效的资源管理、在线学习方法不足等,因此应加强对学生学习策略的指导。

"学习策略是指学生在学习活动中有效学习的程序、规则、方法及调控方式。"[92]目前面向成人的在线学习主要以解决问题为目标,以研究性学习为主,通过相关调研和访谈,可以将在线学习策略划分为元认知策略、资源管理策略和认知策略,主要涉及网络学习的目标设定、行为监控、资源管理、人际交往以及信息加工等内容。对学生学习策略的指导可以采取以下两种方法。

(1) 融入活动指导法。融入活动指导法即将学习策略的指导融入具体活动之中,如通过建立"学习契约"来增强学生的自我监控意识;在学习过程中有意识地对学生远程学习方法给予指导;通过"自评,反思"的学习活动提高学生的自我监控能力等。应注意对学生学习策略的指导是一个贯穿学习始终的过程,单凭一次面授的学习方法讲解,或单纯"学习策略指导"资源的呈现,无法从根本上形成学生的学习策略并提高学习能力。总之,对学生学习策略的指导应当贯穿在整个在线学习过程中并尽可能与具体活动相结合。

(2) 自主学习框架法。提高学生在线学习策略的最终目的是形成学生自主学习的能力,根据我国有关学者的调查研究,学生自主学习动机不强、策略贫乏、自我监控能力弱、时间管理不当、创设选择环境与寻求合作意识弱等问题的解决,可以通过建立自主学习教学模式来实现。这种模式的建立主要依据"自主学习研究框架"[93],见表 8.2。

表 8.2 自主学习研究框架

科学的问题	心理维度	任务条件	自主的实质	自主过程
为什么学	动机	选择参与	内在的或自我激发的	自我目标,自我效能价值观,归因等
如何学	方法	选择方法	有计划的或自动化的	策略使用,放松等
何时学	时间	控制时限	定时而有效的	时间计划和管理
学什么	学习结果	控制学习结果	对学习结果的自我意识	自我监控,自我判断,行为控制,意志等
在哪里学	环境	控制物质环境	对物质环境的敏感和随机应变	选择,组织学习环境
与谁一起学	社会性	控制社会环境	对社会环境的敏感和随机应变	选择榜样,寻求帮助

所以,为了提高学生的学习策略也可以从学生学习的"动机、方法、时间、学习结果、环境、社会性"6 个维度出发来进行相应的引导和干预。应当注意的是,以上所提出的 6 个方面的导学策略并不是孤立的个体,而是相互联系紧密配合的整体,在进行导学策略的选择和使用时应注意各种策略相互间的默契配合,这是取得良好导学效果的基本条件。

8.4 "教师教育技术能力"培训在线导学策略的设计与实施案例

8.4.1 基本情况

"教育技术"课程是面向在职教师教育而开设的一门必修课程。学生大都来自中小学一线的学科教师和教学管理人员,该课程采用面授与在线学习相结合的混合型学习模式。为了检验本研究所提出的在线导学策略的效果,促进学生的在线学习,应用 Moodle 平台开发了网络课程,并进行了为期三个月的混合型培训。

8.4.2　导学方案的生成

1. 课程内容分析

课程内容以多媒体及网络环境下的教学设计为主,以教学设计过程中所需要的理论支持和技术支持为辅,形成了学习准备、理论基础、技术学习、多媒体教室环境下的教学设计和多媒体网络教室环境下的教学设计 5 个模块的学习内容。从内容性质上来看既包括理论性的知识学习,也包括技术性的操作技能;从知识结构上来看既有良构知识,也有劣构知识,并以劣构知识为主。

2. 学生特征分析

从前期问卷调查的结果来看,参加这次培训的学生有以下特点:①年龄集中分布在 26~30 岁,最大不超过 40 岁,属于中青年教师团体;②学习动机比较强,90% 以上的学生参加这次学习是出于对教育技术专业的兴趣,并想提高个人能力;③地域分布比较集中,学生全部来自本省境内的各市区,其中 2/5 的学生来自本市区,大多走读;其余住校;④职业特点上,绝大多数为各科中小学教师,也有个别大专院校教师和行政管理工作者;⑤综合调查结果为,95% 的教育背景为本科教育,约 80% 的学生从未参加过在线学习,这是首次接触;60% 的学生参加过教育技术相关培训,36% 的学生喜欢混合式学习,64% 学生选择喜欢面授培训。

对参加过教师培训的学生的满意度调查显示,对于以往的教师培训没有"非常满意"的,"比较满意"的占 32%、"基本满意"的占 60%,"非常不满意"的占 8%,这为后期实践检验提供了对比数据。

3. 整体导学方案设计

根据以上两项内容的分析,再依据图 8.2 可生成一份整体的导学方案,方案如下。

1)是否需要技能培训

学生具备了进行在线学习的基本素质,不需要提前对学生进行技能培训。

2)导学形式的确定

根据学生分布状况和对学习形式的期望,并结合学习中心的实际条件,决定实施"混合式导学",即远程导学为主,面授导学为辅。

3)面授导学设计

(1)开班面授导学。由于大多数学生缺乏在线学习经验,不了解在线学习的形式、过程和方法,所以应给予"开班面授"的支持。

(2)阶段性面授辅导。由于中期学习内容涉及一些具体操作技能的学习,如怎样利用 Photoshop 软件处理图片等,所以应根据学生接受情况给予"阶段性面授"辅导的支持。

（3）总结性面授辅导。由于后期学习内容——多媒体和网络环境下的教学设计为本课程的学习重点，且属于劣构类知识，因此应以合作、探究类活动的设计为主，又考虑到大多数教师都有丰富的实际教学经验，表达能力强，因此设计了"总结性面授"的环节，以有效促进学生知识的建构。

4）远程导学设计

（1）基于网络课程的远程导学设计。以在线学习活动的设计和开展为主线，进行网络课程的搭建和相应的导学资源支持，其中远程导学活动的设计可以分为登录和激励、在线交谊、信息交互、知识建构和学习发展 5 个主要的阶段。围绕着每一个阶段的实施进行相应学习活动的设计和导学资源的开发。

（2）基于其他手段的远程导学设计。在网络课程外，其他一些网络手段的有效利用往往也能对在线学生起到很好的引导作用。例如，QQ 在线实时聊天工具，可以用该工具创建一个班级群，以便教师信息的发布和学生问题的解决；可以建立一个班级邮箱，以便于学生资源的共享和积累。

8.4.3　网络课程的开发

1. 课程导学模块设计

在总体导学方案设计的基础上，结合具体学习内容，设计了课程导学的内容导学模块和功能导学模块，如图 8.5 所示。

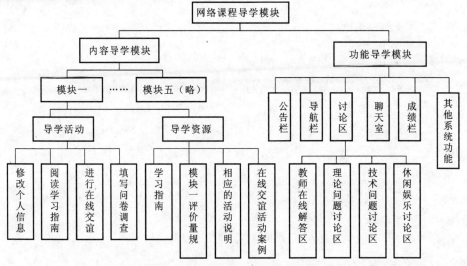

图 8.5　网络课程导学模块设计图

可见，根据网络课程导学模块的设计，在选择好学习管理系统软件后，即可进行相应的开发和实现。其中，"内容导学模块"的实现支持导学环境的创设，"功能导学模块"的实现支持导学活动的实施。

2. 网络课程的界面

根据以上设计思想,以 Moodle 系统为开发平台开发了具体的网络课程,其界面基本结构如下。

(1) 网络课程的整体界面如图 8.6 所示。

图 8.6　网络课程整体界面

(2) 网络课程中模块一的学习界面如图 8.7 所示。

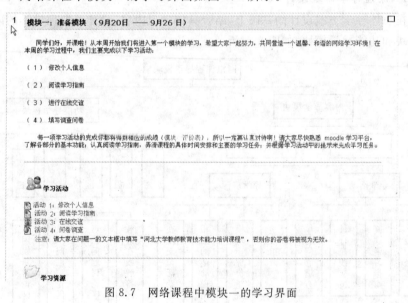

图 8.7　网络课程中模块一的学习界面

8.4.4　导学策略的实施

1. 影响因素分析

导学策略的实施效果受很多因素的影响,如导学教师的专业素质、责任意识;学习中心或网络教育机构对导学教师的培训和支持;在线学生的来源和特征;学习中心的支持和配合等,其中导学教师是影响导学效果的主要因素。导学教师的素质和能力、责任心和工作态度、专业知识背景、网络导学技能技巧等都会对导学策略的实施产生直接影响。丁兴富教授在"远程教育质量保证及质量评估与认证国际比较研究"课题的研究成果中指出,"依据国际比较研究的结果,远程教师的专业发展与培训是网络远程教育质量保证体系的基本要素之一"[94]。因此,为保证导学效果,实施导学前应对导学教师进行培训,并建立相应的导学监控机制。

2. 质量监控模型

为保证导学策略的有效实施,有必要建立一个导学策略实施及质量监控体系,以保证导学教师及其实施导学的质量,确保其能准确理解和把握导学策略,并能将这些策略有效地运用于导学活动之中。根据实践需要设计模型如图 8.8 所示。

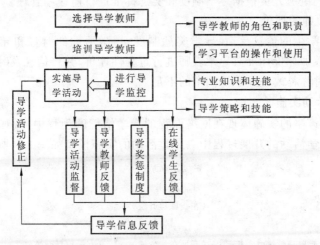

图 8.8　导学策略实施及质量监控模型

为了保证导学教师能实施有效的导学,前期的选择和培训,以及导学活动开展后的监控和评价非常重要。

1) 选择导学教师

首先应根据在线学习的课程内容,选择具有相关知识技能和在线辅导经验的人来担任导学教师。其次要根据在线学生的特征和人数来确定需要多少导学教师。一般导学教师和在线学生的人数要保持一定的比例,英国开放大学的经验是一般师生比不大于 1∶20,即一名导学教师最多指导 20 名学生。

2) 培训导学教师

无论是在对学生的支持和管理上,还是在对技术与学习活动的整合上,网络环境下教师所需要具备的技能和传统面对面条件下的有很大不同。与传统导学相比在线导学的方法、手段都发生了很大变化,导学教师的角色也有所不同,一名传统课堂条件下的优秀教师未必是一名合格的在线导学教师,所以对导学教师进行岗前培训很重要。

对导学教师的培训内容可以根据导学教师应具备的资格能力进行设计。根据实践经验导学教师的培训一般应包括 4 个方面的内容：①明确导学教师的角色和职责；②学习平台的操作和使用；③专业知识和技能的培训；④导学策略和方法的培训。

3）实施导学活动

培训完成后达标的导学教师才可以上岗辅导，设计导学活动并引导在线学生进行学习。其中，导学活动设计和实施取决于导学教师所采取的导学策略。

4）进行导学监控

为了保证导学教师的导学质量，"必须为指导教师设计质量监控系统"[95]，对此可以聘请专人负责管理、监察，也可以推行教师同仁监察制度，如建立导学教师小组、推荐相关组织人员根据导学制度和奖惩标准进行监督和管理。

5）导学教师的评价

根据在线学生的信息反馈、导学奖惩制度、导学活动的监督和导学教师的反馈，依据导学教师评价标准对导学教师进行过程性评价，并将信息及时反馈给导学教师，使其及时弥补改进导学活动中的不足。

3. 导学活动实施

宏观导学策略的实施体现在网络课程的导学情境的创建中；微观导学策略的实施体现于导学活动的开展过程中。导学活动的实施模型如图 8.9 所示。

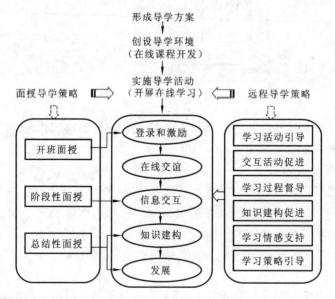

图 8.9　导学活动的实施模型

在该模型中，对在线学生的引导过程可大致分为 5 个连续的阶段，逐步将学生的学习引向深入。其中，远程导学的各个环节作为一个整体自始至终都对学生的学习起支持作用;面授导学作为远程导学的辅助方式在不同的阶段以不同的方式支持在线学习活动的开展。

8.4.5 导学策略效果检验

1. 评价指标体系

对在线学习导学策略设计有效性的评价,可以根据在线导学的目的,从两个方面出发来衡量:①看在线学习效果如何;②看学生在线学习能力是否有所提高。对学习效果的评价可以参照相应的课程知识评价指标,通过学生的作业、考试等获得评价数据,也可以通过观察法分析学生学习任务的完成质量和学生的辍学率;对学生在线学习能力的评价主要通过考查学生的网络学习行为进行非量化评价及参考学生态度问卷调查来实现。

结合"在线导学环节"的分析及大量相关研究,笔者在尝试从导学环境的创设和具体导学活动的实施角度制订有效导学的评价指标体系,以供实践参考。在实践过程中,根据评价指标体系中的每一项基础指标来设计相应的问卷或访谈栏目,然后通过问卷调查、访谈以及观察记录获得各项指标相关的原始数据,见表 8.3。

表 8.3 有效导学测评指标体系[87,89]

一级指标	二级指标	三级指标
导学环境的创设	学习目标	① 目标清晰、明确,能引起学生注意和理解; ② 与学生的实践高度相关; ③ 难度适宜,80%学生能尽力完成
	学习指南	① 使用帮助明确、完整、友好; ② 有详细的课程介绍和教学进度安排; ③ 有适合学生特征的学习建议
	学习导航	① 导航清晰、直观,能自如访问; ② 能让学生明确当前位置; ③ 链接明了、清楚、有效
	学习评价	① 学生可以方便地获知评价结果; ② 有单元或综合测试; ③ 提前告知学生自评工具(如量规、提示等)
	学习内容	① 提供相关经验,以引起学生有关知识; ② 经常为学习活动提供案例、支架并有相应的引导说明; ③ 作业安排合理,有提交方式和时间说明; ④ 信息表征有利于学生对知识的建构和迁移

一级指标	二级指标	三级指标
导学环境的创设	资源设计	① 有删除与添加管理资源的功能； ② 有精华版的整理； ③ 资源具有开放性，如提供相关外部链接
	导学情境	① 有情感交流空间； ② 有专门的答疑区； ③ 有教师的联系途径； ④ 有班级学习氛围和归属感
导学活动的实施	导学教师	① 具备相应的专业知识和技能； ② 具有进行在线导学的技巧和方法； ③ 服务态度良好，积极、热情、耐心
	信息管理	① 信息分类整理及时； ② 教学信息发布及时、准确
	学习辅导	① 学习资源提供充足并具有开放性和更新性； ② 积极引导学生参与网上讨论、协作，及时解决学习困难，为学生提供个别化学习辅导等； ③ 学习组织。组建网络学习小组、虚拟班级、虚拟学习共同体等，加强师生和生生间的实时交互和协作学习
	学习策略	① 指导学生制定个人学习计划，提供一定的自学建议或指导； ② 耐心为个别学生提出和实施有针对性的个别化教学方法、建议等
	情感交互	① 情感环境创设。善于使用幽默风趣的语言激发学习讨论兴趣；给学生的反馈具有鼓励性和启发性；积极利用实时聊天系统和虚拟现实技术等新的交互技术等； ② 人文关怀。经常关心学生网络学习的适应情况；公开课程辅导、技术服务和抱怨响应电话电子邮件地址等，并在 48 小时内回复；创设民主和谐的心理环境，耐心做好学生焦虑、消极等心理调整的指导工作
	过程督导	① 个别督导。及时提醒长时间没有访问论坛的学生；耐心询问个别学生的学习情况并提出建议等； ② 作业批改。提供课程网上作业和练习，通过网络对学生作业进行批改、分析并反馈改进意见等； ③ 教学评价。及时提供与学习进度同步的网上测试题(含答案)；及时总结学生利用网络与教师和同学之间互动交流的表现情况；及时公布学生阶段性的学习成绩和老师的评价意见等； ④ 信息反馈及时

2. 导学效果分析

1) 问卷调查设计

课程结束后,根据"有效导学测评指标体系",抽取部分内容生成问卷,并通过在线学习平台进行了在线问卷调查,调查的主要目的在于测定学生对导学情境和教师引导活动的满意程度,检验课程设计效果,并发现课程中存在的问题和不足。问卷调查内容涉及有关在线学生态度的 4 类问题:

(1) 用于了解学生对本次培训及导学教师基本技能和服务态度的满意度;

(2) 用于了解学生对导学情境和导学资源有效性的认同度,即对宏观导学策略设计的检验;

(3) 用于了解学生对导学活动实施效果的态度,即微观导学策略的检验;

(4) 用于了解学生对自我学习结果的认同度,即对导学效果的综合检验。

由于学生的态度是一个心理指数,因此在前三类问题的设计上使用了 5 级里克特量表,将 5 级分值(5,4,3,2,1)分别对应满意程度(非常满意、满意、一般、不满意、很不满意)和认同程度(非常同意、同意、不一定、不同意、非常不同意),在第四类问题上,对学生学习结果的认同则只以"是"或"否"两个选项进行了学生倾向性调查,以便进行数据分析。

2) 问卷结果分析

共发放问卷 53 份,收回有效问卷 52 份,主要的数据处理及分析结果见表8.4。

表 8.4　问卷统计结果

问题类型	问题序号	选择各个选项的学生人数					选择 A,B 两项的比例/%
		A 非常满意	B 满意	C 一般	D 不满意	E 非常不满意	
I 类问题	1	26	23	3	0	0	94.23
	2	30	19	2	1	1	94.23
	3	34	14	4	0	0	92.31
	4	21	26	5	0	0	90.38
		A 非常同意	B 同意	C 不一定	D 不同意	E 非常不同意	
II 类问题	5	26	23	3	0	0	94.23
	6	19	22	1	6	0	78.85
	7	18	27	4	3	0	86.54
	8	24	21	5	2	0	86.54
	9	20	26	4	2	0	88.46

问题类型	问题序号	选择各个选项的学生人数					选择 A,B 两项的比例/%
		A 非常满意	B 满意	C 一般	D 不满意	E 非常不满意	
III 类问题	10	33	15	4	0	0	92.31
	11	26	20	6	0	0	88.46
	12	19	20	10	2	1	75.00
	13	18	16	12	2	4	65.38
	14	28	17	6	1	0	86.54
	15	28	16	7	1	0	84.62
IV 类问题		A 是	B 否				选 A 项的比例/%
	16	49	3				94.23
	17	45	7				86.54
	18	48	4				92.31
	29	47	5				90.38
	20	45	7				86.54
	21	5	47				9.62
	22	4	48				7.69

从问卷调查的数据结果得出以下结论：

（1）I 类问题分析表明，学生对本次培训的满意度及对导学教师的专业知识和服务态度的满意度均达到 90％以上，这一方面说明导学教师本身素质过硬，另一方面也说明导学教师的"前期培训"和"质量监控模型"有助于增强导学教师的责任感，提高导学教师的导学水平。

（2）II 类问题分析表明，学生对导学环境的创设整体上是比较满意的，可见"公告栏"的设计、活动导航、范例导学、框架导学等策略的设计比较成功，宏观导学策略的设计和实现状况良好。

（3）III 类问题分析表明，学生对导学教师在学习过程中能发挥其良好的指导、辅导、疏导、督导和评价功能的认同度比较高，达到 90％以上，学生认为混合式导学对自己的帮助比较大，导学教师的反馈和指导及时并有助于学生增强自信、明确不足。但学生对小组成员间的指导作用的认同度比较低，平均认同度不足80％，这说明小组成员间的互评互导也非常需要教师的支持和指导，单凭学生自发组织很难取得理想效果。

（4）IV 类问题分析表明，绝大多数学生对自我学习结果的认同度较高，认为经过这段时间的学习自主学习能力得到了提高，掌握了一定的网络学习方法，比较有成就感。并有效解决了以往在线学习中容易出现的一些情绪问题，出现学习情绪的同学总数不到 8%。这说明,经过这段时间的学习大多数学生在获得学习成功的同时,也学到了进行网络学习的方法和策略,在线导学"培养学生自主学习能力"的目标基本实现。

　　总之,通过问卷调查的数据统计结果,可以看出学生的满意度较之前期问卷调查中学生对以往培训的满意度有了大幅提高。学生对导学教师的基本技能和服务态度普遍感到非常满意,对宏观及微观导学策略的设计普遍持肯定态度,86% 以上的学生认为通过本次学习自己的在线学习能力得到了提高。

第9章 教师主导下的引领式在线学习活动设计

在教育技术领域,普遍认为在线学习是一种以学习者为中心的自主式学习模式,即学习者拥有充分的自由,通过网络学习平台上丰富的资源,如课件、教学视频、网络资源等,根据自己的时间自由选择学习内容和进度,进行自主学习。然而,由于过度强调以学习者为中心、过度强调学习过程的自主性,导致教师在学生学习过程中的"引领者"、"指导者"、"咨询者"、"协商者"等角色不能充分体现,教师在网络学习群体中的"生态位"偏离,其"引领"功能没有得到发挥。其中,教师的引领作用集中体现在维持学生在线学习活动的方向、秩序、活力、持久性等方面,是保证在线学习系统生态化的重要因素。

9.1 引领式在线学习概述

9.1.1 引领式在线学习

引领式在线学习是指学生在教师引导和带领下,在特定时间内,有目标、按计划地学习指定的课程内容的在线学习活动。

引领式在线学习强调在线教师的引领和指导,强调学习者在教师的带领和指导下按部就班地进行学习活动,有一定的时间、内容和目标限制,强调对学生自由性的相对约束,教师要参与学习者的学习过程,对学习者进行实时的引导和帮助,注重师生、生生间的交互,力求体现学生主体、教师主导的理念。

9.1.2 引领式在线学习活动系统的构成要素

引领式在线学习活动是一个系统,该系统包含在线学习者、教师、活动目标与策略、学习资源与环境4个基本组成要素,这4个因素相互联系、相互制约,构成一个相辅相成的统一整体。

1. 在线学习者

在线学习者是活动的参与者,是教师引领的对象,是知识学习的意义建构者,设计在线学习中的引领活动的最终目的就是促进学生的学习,提高学生的在线学习效果,所以必须把在线学习者放在引领活动的中心位置,通过提供丰富的学习资源、设计多元化而又富有个性的学习方式,引导在线学习者按照自己的方式实现知识的意义建构。

在线学习者通常以小组形式开展学习活动,小组是由教师和学生组成的学习群体。由于网络学习的时空分离特性,在线学习者很容易产生孤独感,这就需要教师采取一定的措施来消除孤独感,除了教师的积极反馈、与学生保持紧密联系等教师方面的举措外,建立学习小组无疑是一个很好的方法,通过小组同伴之间的交流互动,促进学生积极参与活动。

2. 在线教师

教师不只是知识的提供者,还是在线学习中的引领活动的组织者、引领者、领导者;教师不仅要设计在线学习中的引领活动,还要参与到活动当中,对在线学习者进行引领,而且引领涉及活动的各个方面,如活动的计划、实施、组织方式、在线学习者的学习或情感问题、活动评价等,与他们展开平等对话,共同完成预定的教学目标。教师在整个引领活动中发挥着非常重要的作用,教师适时、有效地引领能够克服在线学习者盲目的、无意义的学习行为,保障在线学习者的活动质量。

3. 学习活动目标与策略

活动目标是进行在线学习中的引领活动设计的出发点和落脚点。在进行活动设计时,教师要根据前期的学习者分析和学习内容分析,来确定引领活动的目标,并将活动目标具体化为活动任务。

为了保证在线学习者能够顺利完成任务,在学习活动过程中,教师需要提供各种学习方法的引领,同时还要设计不同的规则,如奖惩规则、活动参与规则、评价规则、交流规则等,来约束学生的行为,引领学生朝着既定方向努力。

4. 网络学习资源与环境

网络学习环境是指由网络学习资源和各种活动工具组成,为在线学习者建立的一个良好的在线引领学习环境,用以支持学习者的在线活动,属于物理环境。由于学习者的需求多样,因此,资源和环境应该多样化、个性化,以满足不同的学习需要。

9.1.3　引领式在线学习活动的特点

1. 学习者:有序的自由

在线教育资讯的总经理秦宇点出引领式学习模式的本质:"交互性的强弱、教师参与数量的多少并非是引领式学习模式的核心所在,真正的区别在于对学习者自由性的约束。只要承诺学生拥有任何时间、任何地点、学习任何内容的权利,就不是真正的引领式学习。"[96]

与网络学习普遍倡导的"给学生以充分的自由"不同,引领式在线学习对学习者学习的自由度是有限制的,且这种限制根据项目的不同而不同,为学习者设定统一的进度和计划,学习者不能超前或拖后,注重群体学习。比较常见是周期式的引领教学模式,即采用大同步小异步的方法。大同步就是以周为单位,学习者在每周学习同样的课程内容。小异步就是学习者在接受每周的学习任务后,在一周的时间内自由选择时间学习这一周的课程内容。

2. 教师:全程性参与

在引领式在线学习中,教师必须进行全程参与,既要注重学习前期的教学设计,也要重视在学习过程当中的参与。教师参与的目的在于引领,其作用为提示告知和答疑解惑。引领式在线学习过程注重教师和学习者之间的持续交互及对学习者的过程性监控与指导。教师作为在线学习过程中的重要影响因子,时刻关注和参与学生的学习活动,保持在线学习活动流畅、有序地进行。监控、调节、建议、评价等活动是参与式在线学习过程中教师经常的行为。

3. 课程:预设性设置

引领式在线学习主要以"预设"的网络课程为主要形式,学生通过教师预先设计的网络课程开展自主性的学习。预设课程通常是学习的主要内容和活动的框架,在此框架下,学生开展自主性的学习活动。但是,这种预设性课程不是机械呆板的"死"课程,而是在框架下能够灵活调整的"活"课程,是一种有序的"生成性"课程。电子化学习系统应该是灵活和个性化的课程系统[97],是一个不断变化和演化的系统,其中包括灵活的活动设置、个性化的课程提供和不断更新的活动与内容。

9.1.4　引领式在线学习的意义

网络学习环境中师生的时空分离性及学习内容、资源、服务的无序性等特点,对在线学习者的学习过程进行引领是有效提高在线学习效率的有效方法。在学习过程中,教师及时予以指导帮助,激发学习兴趣,增强学生的学习信心,教师和学生之间的交互性学习活动是在线课程的主体,也是学生获取知识的主要途径[96]。

由于在线学习活动是网络课程最重要的组成部分,是在线学习环境创设的必要环节,是教学设计的中心内容,是学习者身心发展的源泉,决定着学习者的学习效果,所以将这种引领的理念贯穿到学习活动中,设计在线学习中的引领活动,发挥在线教师的作用,引导和促进学习者的学习进程,提高网络课程的教学质量。

对我国网络课程中的学习活动进行设计,添加"引领的成分",设计在线学习中的引领活动,通过在线教师的引导,促进师生、生生之间的交流互动,为提高我国网络课程的教学效果提供参考,最终达到提高在线学习者的学习质量,发展学习者的网络学习能力。

9.2　引领式在线学习活动设计原则

设计在线学习中的引领活动的目的就是通过教师的引领,优化在线学习过程,使在线学习者能够更好地进行在线学习,参与在线学习活动,建构自己的知识体系,提高在线学习的效果和质量。为了达到这个目的,在进行在线学习中的引领活动设计时需要遵循一定的原则。概括来讲,在线学习中的引领活动设计主要遵循生成性原则、主体性原则、主导性原则、目标性原则和参与性原则 5 大基本原则。

9.2.1　生成性原则

生态主义课程理论认为,课程具有生成性。生成性课程强调过程的随机性、衍生性和不确定性。生成性课程是在师生互动过程中,通过教育者对儿童的需要和感兴趣的事物的价值判断,不断调整活动,以促进儿童更加有效地学习课程的过程,是一个师生共同学习、共同建构对世界、对他人、对自己的态度和认识的动态过程[11]。因此,引领活动应该根据在线活动的进展情况,不断更新、调整,以便保持学习活动的活力,挖掘学习的潜在资源,促进在线活动的生态化开展。

9.2.2　主体性原则

学生是学习的主体,是任何教育教学过程的出发点和归宿点,教学中的各种因素如教师、教学环境、教学资源等都是为学生服务的,都以学生为其存在的前提。在教学过程中,教师要充分关心学生,尊重学生的主体性地位和作用,尊重学生的独立人格和尊严,张扬学生的个性,将学习的主动权交给学生,创造和利用各种条件激发他们的学习积极性,调动其自身的全部心智力量,挖掘最大潜能,使每个学生在现有基础上得到充分发展。

当今信息时代网络学习已经成为一种非常重要的学习方式,与传统的学校学习相比,网络具有时空分离和海量信息的特点,任何人可以在任何时间和地点获得想要的知识,这就改变了传统教学中的学生的地位,学生不再只是被动地接受知识,而是需要主动地、积极地进行探索、发现,建构自己的知识体系。所以作为环境中主导因子的教师,在进行在线学习中的引领活动设计时,要充分考虑学生的主体性。虽然这种引领学习对学生的自由度有一定的限制,但它采用大同步小异步的方法。大同步就是以周为单位,学习者在每周学习同样的课程内容;小异步就是学习者在接受每周的学习任务后,在一周的时间内自由选择时间学习这一周的课程内容。教师要努力为学生创造各种条件,如提供丰富的资源、创设各种学习情境等,使得学生能够在这一周的时间里对自己学习的时间、内容、进度进行自由的安排,即在有限的范围内发挥其主体性。

9.2.3　主导性原则

在教学过程中,教师是教学的组织者、设计者和实施者,是课程的开发者和管理者,教师掌握着教学内容的选择权和组织权,决定着教学活动的形式和评价方式,处于教学过程中的主导地位。教师的主导作用不能因为加强学生的主体地位而被削弱或取消,学生的主体性和教师的主导性是相辅相成、辩证统一的,学生的主体性地位要借助一定的教学内容和教学手段才能实现,且有赖于教师的主导作用才能充分发挥;而脱离了学生的主体作用,教师的主导作用就会落空,教学内容、教学手段、教师的认识以及实践活动等就会失去存在的价值。所以,教学要在尊重学生主体性地位的前提下,促进教师主导性作用的发挥。

与传统课堂教学一样,网络教学同样强调教师的主导性作用。网络是一个巨大的信息海洋,由于自身信息素养的缺乏,学生在进行网络学习时很容易"迷航",浪费大量的时间和精力,这就需要教师对学生进行适时的引领,使其花费最短的时间和精力,取得最好的成果。在进行在线学习中的引领活动设计时,要充分发挥教师的主导作用,在充分调动在线学习者的主动性和积极性的基础上,对其进行引领,提高在线学习的效果。设计在线引领活动的关键在于教师的引领作用的发挥,教师不仅要参与学习前期的教学设计,还要参与学习过程,通过设计好的学习任务,引领学生循序渐进地参与学习活动,完成学习任务,达到学习目标。因此,在线学习中的引领活动更重视教师的主导性作用,重视教师对在线学习者的引领。

9.2.4　目标性原则

所谓的目标性原则是指教学活动要有明确的目标要求。目标性原则是教学的首要原则,任何教学活动都要围绕目标来开展。具体来说,目标性原则包括两层含义:①在线学习活动设计要围绕活动目标来进行;②教师要向在线学习者展示明确的活动目标和主题。

(1)从学习活动设计者的角度来说,在线学习活动设计要围绕活动目标来进行。网络具有时空不限性,学生和教师处于不同的空间,教师无法对在线学习者进行实时的督导、监控,学习者就会"放任自流",很容易偏离活动的主题,无法掌握相应的教学内容,失去了活动的意义,这就要求教师对在线学习者进行适时的引导,使之朝活动目标的方向努力。所以在进行在线学习活动设计时,教师要时刻牢记活动的目标,在设计活动的每一步时都要考虑其与目标的关系,要认真组织、调控活动的全过程,引领每个在线学习者参与活动,并要认真对待和处理活动中出现的意外教学事件,使教学回归到原定的活动目标上,保证教学的顺利完成。

(2)从学习活动的参与者来说,教师要向在线学习者展示明确的活动目标,即让在线学习者明白活动是围绕什么展开的,活动最终要达到什么结果。在线学习者只有明白了活动的目标,才有了前进的方向,才能自觉地、有目的地进行学习;否则,就像是失去方向的小船,漫无目的、四处游荡。所以,在活动开始之初,教师就要明确告诉学生本次在线学习活动的目标,促使学生在参与活动的过程中不断加深对知识的理解和掌握。

　　设计在线学习中的引领活动最重要的一个目的就是防止在线学习者偏离活动目标。在线学习中的引领活动设计突出强调教师的引领作用，教师帮助在线学习者确定活动的目标，并让学习者明白活动的目标、计划和最终结果等；教师也要参与到学习活动当中，对在线学习者进行适时的引领，保证学习者完成活动目标，提高在线学习的效果。

9.2.5　参与性原则

　　所谓参与性原则是指活动主题的设计既要符合学习者的认知水平，使他们能够参与进来，同时又要具备一定的难度，促使他们能够在原有认知水平的基础上得到发展。也就是说，教师在进行活动主题的设计时要考虑到在线学习者的"最近发展区"，即"儿童的实际发展水平与潜在发展水平之间的差距"，使所有的学习者参与到活动当中，促进他们的发展。在进行学习活动设计时，教师要了解学生的实际发展水平以及他们所面临的问题，只有这样教师才能引导学生向其潜在发展水平靠近；而且，教师要创造各种条件帮助学生达到其最高发展水平。

　　要设计在线学习中的引领活动必须以"最近发展区"理论为指导，具体来说，有以下两方面内容。

　　(1) 教师要根据在线学习者的"最近发展区"合理设计学习活动主题的难易程度，把任务的难度控制在一定的范围内，即学习者在原有的知识基础上通过合作学习和独立思考能够完成。就是说，教学要走在发展的前面，在线学习者以现有的知识水平无法顺利完成学习活动，必须通过后期的学习和教师的帮助才能完成。

　　(2) 教师要努力创造各种条件来促使在线学习者向未来发展，即在进行在线学习中的引领活动设计时，教师要为学习者提供各种帮助，如提供活动工具、学习方法和网络资源等，为他们营造和谐、自由的活动氛围和真实、有趣的活动情境，使之体会到在线学习活动的愉悦，使所有的在线学习者能够参与到活动当中，并在教师的引领下在原有基础上得到最大的发展。

9.3　引领式在线学习活动类型与设计

　　依据学习者参与在线学习活动外显行为可以将在线学习活动分为信息获取、信息发布、信息交互、信息生成和信息评价 5 种基本活动类型。

9.3.1　信息获取引领设计

　　信息获取就是在线学习者在网络学习平台上获得各种信息，如学习资源、学习任务等。对于这一在线学习活动的引领，主要是从学习平台、学习资源和学习目标与任务这三个方面进行设计的。在线学习者要想从学习平台上顺利地获得想要的信息,这就需要教师设计一个美观、好用、导航清晰的学习平台;学习资源是学习者进行在线学习的基础,教师需要对学习资源的内容和呈现方式进行设计,引领学生方便、快捷地获取学习资源;参与在线学习活动首要的一步就是接受活动任务,只有明白活动任务,后续的活动才有前进的方向和持续的动力,这同样需要教师对活动任务进行精心设计。

1. 学习平台的引领设计

学习平台是支持学生在线活动的物理环境,良好的学习平台本身对于学习者的学习来讲就是一种引领,不同学习模块能够带领学习者步入相应的学习环境,获取相应的学习信息。例如,学习内容模块为学习者提供所学内容的引领,限定学习内容的大致范围,使学习者能够在组织者的逐步引领下循序渐进地学习课程内容;学习过程模块为学习者提供学习进度、学习方法的引领;论坛模块为学习者提供一定时间段内的讨论题目、讨论方式、完成时间等信息;作业提交模块为学生获取习作的内容、方法、时间等信息提供引领。为了满足教师和学生对环境的需求,适应教师和学生的特点与行为习惯,达到环境与学习活动的相互匹配,在设计学习平台时应该做到以下两点。

1) 平台设计既美观又好用

所谓的美观是指平台界面友好、风格统一,在色彩搭配、构图和文字设置等方面要符合学生的感知觉特点,使在线学习者在学习知识的同时受到审美教育;所谓的好用是指能保证功能实现、易于操作等方面,就是说所设计的平台要具有学习资源、活动工具、在线活动、评价等一些基本功能,使在线学习者能够完成学习任务,并且平台要便于操作,让学生把精力放在学习活动上,而不是弄清如何操作一个系统。

2) 导航清晰

由于在网络学习环境中,学习者很容易发生信息负荷超载和迷航,这就要求在设计平台时设计清晰明确、符合学生认知心理的导航。导航的主要形式有:①平台导航,如 Moodle 学习平台简单易懂、直观,系统自带导航栏,并且在平台上设置了平台使用说明、师生名录等栏目,通过导航栏目,在线学习者可以清楚地了解网络学习平台,顺利进行在线学习活动;②活动设置导航,是指教师在进行学习活动设计时,设置清晰的学习目录,如导语、学习目标、活动时间安排、活动说明、评价规则等学习支持导引设计,让在线学习者清楚了解相关活动信息,引导他们围绕活动目标进行有效的学习。

2. 学习资源的引领设计

学习资源设计主要包含学习资源内容设计和学习资源呈现方式设计两个方面。

1) 学习资源内容设计

学习资源内容设计即通过分析学习目标和学习者特征,选择合适的学习资源,并对学习资源进行分类整理,如按学习资源的类型(案例、媒体素材、网页资源、文献资料、相关课件、题库等)进行设计、按知识层面的不同(陈述性知识、程序性知识等)进行设计,以满足不同学习阶段、学习过程和不同学习方式的需求,方便在线学习者的获取。

2) 学习资源呈现方式设计

在进行学习资源设计时不仅要进行内容设计,还要对资源的呈现方式进行设计,只有学习资源的呈现方式符合在线学习者的认知和信息加工规律,才能帮助他们有效地进行注意力和时间的分配。科学、有序、多样的学习资源可以帮助在线学习者清晰地把握资源的脉络和掌握资源的内容。

对接受传统教育多年的学习者来说,在线学习还是一个新生事物,他们还不太适应这种学习方式,所以教师在提供这些精心准备的学习资源后,还要指导学生如何将这些资源应用到活动当中,如提供搜索引擎建议、提供资源结构图、提供资源范围、提供范例等,为在线学习者利用资源、参与活动导航。

3. 学习活动任务的引领设计

学习活动任务是指为达到既定的学习目标,对学习者要完成的具体学习活动的目标、内容、形式、操作流程和结果的综合描述[98]。它是学生进行在线学习之初首先需要获取的信息,只有领取并且明确了学习任务,才能进行深入的在线学习。

在线学习活动任务的引领,首先表现为促使学生对活动任务的认知、认可和兴趣,活动任务是学习目标的具体化,是在线学习活动的核心要素。当学生面对学习目标时,往往不知道如何去完成,需要教师适时予以帮助,引导学生将教学目标分解成具体的学习任务,以便学生能够逐一完成,以达到最终的学习目标。所以,教师要精心设计或者引导学生自主确立具体的学习任务。

为了促进学生参与在线活动的积极性,活动任务设计需遵循一定的原则,主要包括以下几点。

(1) 活动任务的趣味性。活动任务的趣味性是指活动任务要使学生感兴趣,能够吸引学生积极参与。这就要求教师充分了解学生,结合学生的兴趣点,设计出既能引起学生兴趣又能为教学目标服务的活动任务。

(2) 活动任务的挑战性。根据维果斯基的"最近发展区"理论,活动任务要具有一定的难度,但又是学生经过努力能够完成的。也就是说,活动任务要能够引起学生的认知冲突,同时又可以让学生利用已有的经验,通过积极思考、主动探索完成。

(3) 活动任务的多重教育功能。具有趣味性和挑战性的活动任务不少,但学习时间有限,这就要求教师选择最能满足三维学习目标(知识与技能、过程和方法、情感、态度和价值观)的任务,同时又能够体现和发展学生的主体价值[98]。

活动任务除了要遵循上述原则外,还要具有这样几个特征:①活动任务的目标明确,结果易生成和提交;②活动任务的完成依赖于网络资源和同伴之间的互助合作;③活动任务应能引发学生的高级思维活动[99]。

任务的提出要结合学生的已有知识经验,创设与学生实际生活相联系的、真实性的任务情境,将引领到学习的情境之中,激发学生的学习兴趣,使学生迅速投入到学习活动中。

4. 息发布引领设计

信息发布就是在线学习者在经过自己的思考后,将自己搜集到的有价值的学习资料、对问题的认识、对问题解决的方法等发表在平台上,同伴相互分享学习成果。如何发布信息,需要教师的引领,主要涉及各种活动工具的设计。

活动理论强调工具在人类活动中的中介作用,主体通过使用工具来促进客体的转化。活动工具是指"在活动过程中帮助学习者收集、查找、处理、存储、发布信息和思考的工具"[100]。学习者的学习活动需要借助工具来完成,且不同的学习活动需要不同的活动工具,活动工具是在线学习中的引领活动得以开展和持续的技术支撑,是支持活动过程的必要手段,它能够促进在线学习者更好地参与在线学习活动,能促进在线学习者有效的认知发展和知识体系的意义建构。常用的在线活动工具有信息查询与搜索工具、同步交流工具、异步交流工具、信息发布工具、分组工具、著作工具、事务提醒工具和评价工具等。

通过对各种网络学习平台和学习活动进行分析,可以为在线学习者设计和提供 4 种活动工具:①思维可视化工具,即帮助学生理清研究思路,找出存在问题的工具,如概念图、思维导图(Mindmapper、Inspiration)等;②交流工具,支持师生、生生之间进行同步和异步交流的工具,有论坛、聊吧、QQ、E-mail 等,利用这些交流工具不仅可以参与学习活动,还能促进相互之间的了解,增进感情;③事务提醒工具,可以采用大同步小异步的方式进行,虽然引领活动对在线学习者有一定的限制,但学生还是有很大的自由度,这就需要教师适时地提醒学生即将来临的活动,可以用公告栏、日历等工具对学生进行适时提醒;④评价工具,用于对在线学习者的学习行为进行评价,判断是否达到活动目标,Moodle 平台中的评价工具主要有互动评价和网络日志两种工具,互动评价是平台上专为评价而设计的活动模块,允许教师和学生共同参与评价;网络日志是学生写学习心得、学习感受的地方,教师可以根据网络日志对学生进行评价,学生也可以根据自己的网络日志进行自我评价。另外,平台还有一些工具包含的功能可以追踪记录学生个人和小组的学习行为,对学生进行评价,如论坛发帖/回帖数量、学习资源的提供、登录平台的次数等。

9.3.2　信息交互引领设计

通过对目前存在的网络课程分析发现,在参与在线学习活动时,学生与教师、同学的交流互动更多地体现在参与论坛讨论,即论坛的发帖/回帖上,所以这里主要研究如何让大家更好地参与论坛讨论。教师对这一学习活动的引领主要表现在讨论话题的设计和学习情感的疏导两个方面。

　　1) 讨论的引领

　　心理学家罗杰斯曾说过，以学习者为中心就是要求教师不应把学习者看成是知识的被动接受者，而应把他们看成是知识的主动探求者。如何引导学生主动建构知识，这就需要教师选择学生感兴趣、有意义的话题进行讨论。为了保证在线讨论的效果，在在线讨论之前，教师还要制定周密的讨论计划：①明确论坛开放和关闭的时间，让学生对自己参与在线活动做一定的时间安排；②将论坛主题所涉及的学习内容划分成若干学习阶段，为每个阶段设计具体的讨论目标；③制定论坛讨论的评价指标，如在线小组讨论时的发帖/回帖评价量规，规范、引导和激励学生参与论坛讨论；④明确活动小组长的职责，发挥组织、领导作用。有关讨论话题的设计与实施将在第 10 章中详细说明，这里不再赘述。

　　2) 学习情感的疏导

　　由于网络教育中师生处于时空分离状态、缺乏交互以及反馈的不及时性，很容易使学生在参与在线学习活动时产生孤独感，造成学生的情感缺失，主要表现在论坛发帖/回帖不积极或帖子的内容具有消极因素等，而且"相关研究也表明为学生提供情感支持能有效降低辍学率"[101]。这就需要教师对在线学习者进行学习情感方面的疏导，加强师生、生生之间的交互，努力培养他们的积极情感，疏导不良情绪。

　　教师对在线引领活动中学生学习情感的疏导可以通过以下方式进行：①进行自我介绍，在参与在线活动之前，让每个在线学习者写一段自我介绍并上传照片，创设一种充满人情味的班级学习氛围，使在线学习者产生归属感；②设计情感交流模块，如情感咖啡屋论坛，教师对在线学习者发信息表示欢迎，还要引导在线学习者之间相互问候，激发他们对在线活动的认同感；③对在线学习者的帖子做出及时的反馈，并多使用激励性话语，提高在线学习者参与论坛讨论的积极性；④定时给每个在线学习者发送个人信息，与在线学习者保持联系，关注他们的个人信息，以便给他们提供个性化的指导；⑤明确求助的途径，在线学习者的沮丧感和挫折感有时来自一些小问题的积累，利用活动工具为他们提供求助途径，如设置"你问我答"论坛、公布教师的邮箱等。

9.3.3　学习活动过程引领

　　在线学习主要是个别化学习和小组学习的方式，对每种学习方式的学习活动过程提供建议、帮助也就是对学生在线学习活动的引领活动。无论是个别化学习还是小组学习，在参与在线学习活动的过程中，学生必须明确活动过程的程序、学习方式、学习方法，否则在学习过程中会感到迷茫，达不到预期的学习效果。因此在进行在线学习活动中的引领活动设计时，要将活动过程、解决问题的策略与方法、活动工具的使用等通过"建议"的方式传递给学生。

小组合作学习是学生参与在线学习活动的基本组织方式。因为在网络学习的过程中学生易产生孤独感,通过建立学习小组可以加强学生之间的联系,使学生产生归属感。小组学习方式还涉及小组的建立、小组学习氛围的培养等的引领。学习小组建立得是否合理直接影响学习活动的质量和效果,所以在分组的过程中,教师要给予一定的指导。学习小组应根据在线学习者的特点,如学习能力和知识水平、学习风格、兴趣等的建立,尽量做到组内异质、组间同质,从而在充分发挥组内成员之间优势互补的同时保证组间整体水平大致相当。

在划分学习小组时应注意以下问题:①按照自愿、推荐或教师指派的方式设立小组长,并赋予小组长相应的权利和义务,以保障本小组活动的顺利进行;②指导小组成员对活动任务进行合理分工,建立小组成员间的依赖关系,形成稳定的小组结构;③设置小组活动规则,如奖惩规则、协作交流规则、对学习者的评价规则、期望或禁止的行为与态度、成员冲突的协调办法、学习小组的最高决策机制等,通过活动规则及时规范在线学习者的学习行为。对于引领活动监管规则的制定,教师要有意识地让在线学习者参与进来,这样有助于培养他们的自我管理、自我约束的意识和能力。

9.3.4　信息生成引领设计

为了促进更好地理解和掌握学习内容,在网络学习结束之时,学生需要提交活动成果,就是所谓的信息生成,也是在线学习者参与网络学习的收获和效果检验的一种方式。在这一活动中,教师最主要的是让学生明白活动成果的提交格式和要求,如成果名称、最终上传的资料等。

在线活动之初,教师要将活动的最终形式告知学生,这样学生就会对活动任务产生初步的构想,有了努力的方向。活动的最终成果主要有两种形式:①小组成果,根据小组活动任务的不同,有不同的成果形式,如调查报告、教学网站设计、计划、方案等;②个人成果,如个人心得报告、作业等,能够反映个人参与活动的收获。

9.3.5　信息评价引领设计

学习评价是学习过程中不可或缺的环节,是学习质量的保证,对提高学习效果具有重要意义。通过评价,可以不断总结成功的经验,发现存在的问题,以便及时修正,从而不断提高在线学习活动的效果。这里的信息评价主要包括学生自我评价、对组内成员的评价和对小组成果的评价三个方面。

1) 学生自我评价

学生是学习活动的主体,教师对学习活动的引领其最终目的也是为了实现学生的自主学习,因此学生个人应该对自己在整个在线活动中的表现进行自我评价和自我反思。只有真正地参与、思考,了解自己的优势与不足,才能发挥优势、改进不足,从根本上提高自己的学习能力。具体来说,教师可以通过以下方法引领学生进行自我评价:

(1) 写心得报告。教师在网络平台上设置心得报告模块,要求学生将学习中的感受、收获或不足等持续记录下来,学生通过查看心得报告及教师的反馈,进行反思和自我评价。

(2) 应用概念图进行自我评价[102]。概念图是组织和表征知识的工具,学生可以利用概念图工具评估自己原有的知识、检查学习掌握程度及是否存在错误理解,同时对自己的学习过程进行反思。

(3) 制定自我评价规则。在活动之初,制定自我评价规则,并将评分细则告知学生,定期要求他们进行自评,通过持续的自评来养成学生对自己学习负责的态度。

2) 对学习同伴的评价

对于网络学习过程中的评价应注重评价主体的多元化,除教师评价和学生自评外,还要进行学习者之间的互评。"他人评价一般较为严格,也较为客观,可信度高"[103]。需要注意的是,这种评价必须建立在同学之间充分信任、互相学习和共同进步的基础上,提供真心的帮助。对学习同伴的评价方法如下:

(1) 观察与感受。同处于一个网络学习环境中,每位同学在学习活动中的表现如学习活动的参与度、贡献度大小等,大家都有一定的了解,学生根据自己的观察和感受对同伴做出评价。

(2) 制定小组合作学习评价量规。对学习同伴的评价,大多是对同一小组内成员的评价,教师和学生共同制定小组评价量规,学生可以根据这个量规对小组成员进行相应的评价。

(3) 参考小组活动记录。每个小组都一个记录员,对小组的每次活动进行记录,学生可以根据小组活动记录对小组成员进行评价。

3) 对活动成果的评价

对活动成果的评价也就是所谓的终结性评价、结果评价,是以预先设定的活动目标为基准,对在线学生达到目标的程度,即最终取得的成就或成绩进行评价。活动成果的形式主要有小组活动成果和个人活动成果两种。可以采用两种方式对活动成果进行评价:①制定活动成果评价量规,教师提供样例,引导学生应用量规对活动成果进行评价;②根据成果汇报情况,在活动结束之时,小组或个人会对最终成果进行汇报,可以通过汇报人的表现、成果的质量、小组的合作情况等进行相互评价。

第 10 章　在线讨论话题的设计与实施

论坛是虚拟学习环境的重要组成部分,讨论是在线学习的一种重要方式,是师生之间、生生之间重要的交互途径。论坛作为整体虚拟学习环境的一个组成部分,其自身也可以被看成是一个虚拟学习环境。为了构建生态化的虚拟课堂,应该重视在线讨论话题的设计和讨论过程的组织与管理。本章以教育技术专业"信息技术课程与教学"为例进行阐述。

10.1　在线讨论话题概述

10.1.1　在线讨论话题

随着在线学习的广泛开展,网络课程中的学习论坛模块已经成为学生学习思考与交流不可或缺的空间。其中一项主要功能是支持话题讨论活动,通过话题讨论的形式,促进师生、生生交互,发挥学生的主体地位,促进学生思维能力交流能力的发展。在此,讨论话题的质量是保障在线讨论有效开展的一个必要条件,也是促进整个网络学习的生态化发展的保障。

"讨论话题"是指讨论活动所围绕的主题,这个主题可以是某一问题或系列问题,如案例、事件、为了考察学习者知识掌握程度而设置的思考题、对有争议的教学内容而发起的话题等,通过讨论的形式明确思路和方法,使问题获得解决,从案例和事件中获得某些启发与借鉴等。

在线话题讨论可以是小组的形式,也可以是集体的形式。优质的在线话题讨论能够激发学生的学习热情,相互启发,唤醒已有的知识和经验,促使学生积极思考,拓展知识领域,提高交往能力。

10.1.2　设计在线讨论话题的意义

在线话题必须经过教师和学生的认真思考与精心设计,否则会出现所提出的话题空泛、远离学生实际的现象,造成论坛的沉寂。对讨论话题进行科学合理的设计,有以下两个重要意义。

1) 有利于学生学习积极性的激发

学习论坛主要是为网络课程中学习者的自主学习提供思考和交流的空间,通过话题讨论,促使学习者对学习内容的思考和探索。那些缺乏设计的话题往往是一些主题不明的空泛话题,不能激发学生参与的积极性,而教师针对学生的特点与需求,针对教学内容的特点,进行有效设计,贴近学生的实际,学生就乐于参与、积极参与,就能够充分发挥论坛的效能。

2) 有利于学习论坛乃至整个网络课程的生态化发展

讨论话题质量的高低直接影响着讨论活动的开展,参与度的高低是判断网络课程在线讨论成败的一个最直观的指标,如果缺乏设计,随便发起个话题,很可能是远离学生最近发展区的问题,也可能是学生已经熟知答案、没什么异议的不值得讨论的问题,也可能是远远超出学生能力范围的难度太大的问题,或者是所提话题语言结构复杂、表述不清,或者是问题抽象而导致学生无从下手,这些情况都不能激发学生的讨论欲望,造成话题回帖率低甚至零回帖,或者讨论过程中偏离话题,回帖质量不高等,这将直接影响着网络课程的教学效果。如果论坛中人迹罕至、萧条冷落,论坛将成为摆设,将造成资源的极大浪费,久而久之,将影响论坛乃至整个网络课程的生态化发展。一个成功的在线讨论活动一定是学习者广泛参与的,其中首要的决定因素是要设计高质量的、科学合理的讨论话题,设计既符合教学目标的要求又适合学生的特点与需求的话题,表述上清晰合理、有趣味的话题,学生才有参与的热情。

10.2　在线讨论话题的设计

在线话题的设计过程是一个系统工程,需要遵循一定的设计原则,整合多方面的因素,如学习目标、学习内容、学生特点、学习条件等,在此基础上确定话题内容,合理表述话题。

10.2.1　设计在线话题的基本原则

1. 预设话题与生成话题相结合的原则

预设话题是根据教学目标、教学内容、学生特点预先设计好讨论话题。这样的话题具有明确的目标性,在线学习活动中根据这些话题进行讨论,要促使学生掌握什么知识、形成什么能力、解决什么问题都是有所预见的。生成性话题是指在线讨论过程中,根据学生讨论的具体情况,由师生共同生成的新话题,是在讨论活动过程中发现与预设话题相关的问题,是对预设话题的扩展、延伸或修正。

在话题设计时,应该处理好预设与生成的关系。一般情况下,在线讨论应该预先设置一个有着明确目标的话题,然后在此基础上,给话题的讨论留有一定的修正与扩展的空间。如果片面强调话题的生成性,在话题设计之初没有明确目标,那么很可能在在线讨论开展之初就偏离了教学,对教学内容的理解和深化无法起到很好的辅助作用。如果过分强调话题的目标性,就会造成讨论过程的机械性,不能生成新的话题,使讨论过程没有生态性。

2. 针对性原则

针对性原则是指讨论话题要有针对性,要紧紧围绕教学目标,针对教学的重难点和学生的实际需求,设计相应的讨论话题。

要真正体现在线讨论学习的优势,使其获得成效,并不是随便拿出任何问题进行讨论都能够奏效的。那些缺乏针对性的问题可能是伪问题,不具备探究性,不适合学生认知能力水平,学生会感到索然无味,失去参与的兴趣,致使论坛沉寂。所以,在设计讨论话题时,教师要充分了解与分析教学目标、教学内容的特点、学生的学习水平,针对学生存在或可能出现的疑惑、难点之处,设计出学生愿意深入思考、探究和积极参与的话题。

3. 难度适中原则

难度适中原则是指所设计的讨论话题在难度上要恰到好处,是学生经过个人的认真思考,通过与同伴的交流、争论、反思等活动,能够获得一定的讨论成果,能力获得一定提高的问题,实现"挑一挑摘到桃子"的效果。

苏联教育家维果茨基提出"最近发展区"理论,认为教育对儿童的发展能起到主导和促进作用,但需要确定儿童发展的两种水平:①已经达到的发展水平;②儿童可能达到的发展水平,表现为"儿童还不能独立地完成任务,但在成人的帮助下,在集体活动中,通过模仿,却能够完成这些任务",这两种水平之间的距离就是"最近发展区"。维果茨基起初是就智力因素提出"最近发展区"的概念,其实在学生心理发展的各个方面都存在着"最近发展区"[104]。在线学习中,教师围绕"最近发展区"设计出具有一定难度但经过努力又能获得成就感的话题,能够激发学生的参与愿望,调动已有的知识建构新的知识结构,促进学习迁移能力的提高。

4. 趣味性原则

趣味性原则是指要针对学生的年龄特点,在话题的内容和表现形式上要能够引起学生参与的兴趣。兴趣是最好的老师,如果学生对话题不感兴趣,其参与的热情与质量将大打折扣。教师要选择能够满足学生兴趣并与教学相关的讨论内容,同时在话题的表述上也要注意语言的生动性与幽默性,从标题到内容能够引发学习者看下去和参与进去的兴趣。

在线学习主要是自主学习,师生处于相对时空分离的状态,学习主要依靠课程提供的各种资源,而无法像现实课堂那样从教师的声音、表情、举止上获得更为丰富的信息。因此,在设计在线讨论话题时要遵循趣味性原则,尽量使话题表述上活泼生动,形式上多种多样,调动学生学习的主动性和积极性,引发学生参与讨论的热情,使学习充满生机。

10.2.2　在线讨论话题设计的基本过程

在线讨论话题设计一般应以专题、章节为单位进行总体分析筹划,这样就使话题的设计具有系统性连贯性。其具体设计过程可以概括为前期分析阶段和话题设计与表述阶段两个阶段。前期分析阶段主要是分析教学目标、教学内容、学生的特点等，确定是否需要设计讨论话题、是否适合进行学习讨论、学习者的知识水平是否允许开展在线讨论学习活动；话题设计与表述阶段包括设计讨论话题的内容、确定讨论话题的类型和功能、设计在线讨论话题的表述方式等。在前期分析的过程中，如果发现本专题的教学内容不需要或者不适于开展在线讨论学习活动，那么就转入下一专题的话题设计，如果本专题内容适合并且需要开展在线讨论学习，那么就进入话题设计阶段，如图 10.1 所示。

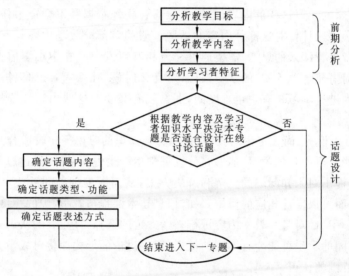

图 10.1　话题设计流程图

1. 前期分析

前期分析主要是对教学目标、教学内容和学生进行分析，以此来确定话题设计的必要性和可行性。前期分析是话题设计的准备工作，必须认真对待。

1) 分析教学目标

在线讨论的作用就是促进教学目标的达成，因此设计在线讨论话题的内容时必然要考虑教学目标的规定，以免偏离目标。所以，首先要分析课程、单元或专题的教学目标，以便了解学习者对知识应掌握的程度、所需发展的能力与情感道德价值观的内容。

一般而言，理解和掌握层次的知识更需要在线讨论辅助学习者的学习，通过学习者之间、学习者与教师之间的讨论交流，可以促进学习者对知识的理解，通过设计话题的内容和形式，增加联系实际的话题内容，可以促进学习者对知识的掌握和运用。那些培养学生思维能力、交往能力、评价能力和情感态度方面的教学目标，更适合采取讨论的形式,学生在自主探究、分析与思考的基础上,通过讨论的形式,发表自己的看法,通过与同伴的交流、辩论,倾听与欣赏同伴,相互启发,思维能力得到历练,交往能力、评价能力获得相应提高。

2) 分析教学内容

通过以课程、章节或专题等为单位进行内容梳理,确定教学内容是否适合开展讨论式学习活动,讨论学习活动是否有利于教学目标的实现,哪些内容可以设计讨论话题。适合采用在线讨论方式的教学内容可以概括为如下几方面。

(1) 有一定难度,凭借个人的学习能力无法解决的问题。话题设计者对教学内容的难易程度进行分析,如果该部分教学内容比较简单,如"教学方法、教学组织形式"等概念的学习这样的内容,学习者能够轻松地掌握并不会产生任何疑问,那么就没有必要设计针对这部分内容的话题。假如该部分教学内容具有一定难度,需要学习者进行深入的思考,需要通过交流相互启发,如"在中小学信息技术课程教学中如何搭建学习支架"的学习内容,对什么时候、什么内容、如何搭建支架,凭借个人能力进行学习是有一定难度的,那么就有必要对这些内容设置相应的话题进行讨论。

(2) 有争议的、尚无定论的教学内容、劣构知识的习得等比较适合采取讨论的形式。这些学习内容的学习,能够充分发挥学生的主观能动性,经过思考、争辩、聆听的过程,提出对未知问题的见解和解决方案,从而激发创新的欲望,培养学生创新能力,因而可以设计相应的讨论。如《信息技术课程与教学》中的"对中小学信息技术课教学中'针对某一教学内容进行教学方法的选择与应用'的认识",对于这样的问题,不同的学生可能会有不同的认识,通过讨论的形式深化对教学方法的理解以及适宜范围的认识。

(3) 与实践紧密结合的教学内容。与具体实践结合紧密的教学内容作为在线讨论话题更容易引起学习者的关注,学习者更愿意参与进来,这样的教学内容可以让学生通过课下的观察和实践获得亲身的体验,通过进行在线学习讨论,交流彼此的经验。例如《信息技术课程与教》中有关"教学组织形式及教学方法"、"教学过程的设计"、"教学媒体的选择和教学方案的形成"等专题教学内容,不乏相关的教学实践素材可供学习者评论探讨,又如"课堂教学活动的基本知识与技能"这一专题,主要是培养学习者以《信息技术课程与教学》作为理论指导教授信息技术课程的基本能力,也具有很强的实践性,这些专题的教学内容都可以设计出相应的在线讨论话题。

3) 分析学习者特征

学习者分析的目的是为了了解学习者的学习准备情况及其学习风格,为学习内容的选择和组织、学习目标的阐明、教学活动的设计、教学方法与媒体的选用等教学外因条件适合学习者的内因条件提供依据,从而使教学真正促进学习者智力和能力的发展[105]。对学习者进行分析,分析他们的学习准备情况,即分析他们的知识基础、学习能力、学习需求、学习风格,分析他们应用网络技术进行讨论活动的能力与兴趣,从而得出学习者是否能够、是否愿意从事讨论学习活动的结论。从而为话题设计阶段提供依据,尽量使话题的设计与学习者的特征相匹配,从而实现更好的教学效果。

(1)要对学习者的学习准备进行分析。学习准备是指学习者在开展新的学习时,已经具备的知识水平、学习能力、心理准备等,学习者原有的学习准备状态是新的教学历程的出发点。分析学生是否对在线讨论学习活动做好知识与能力准备和心理准备是在线讨论话题设计的必要基础,教师可以依此来确定在线讨论话题的起点水平、话题的内容。首先要了解学习者是否已经具备参与在线讨论所必须掌握的知识与技能以及学习能力,这是从事新学习的基础。二是对目标技能的分析,即了解学生在参与在线讨论之前是否已经掌握或部分掌握了教学目标中要求学会的知识与技能。如果学习者已经掌握了部分教学目标要求的知识技能,说明这部分内容可以通过设计相应的话题深化学习者对知识的理解,而没有掌握的那些知识技能则可以通过设计适宜的在线讨论话题对学习者进行引导和启示,促使其对这部分内容的自主学习。三是对学生对开展在线讨论的态度、心理准备进行分析,了解学习者是否存在偏爱或误解等。

(2)要对学习者的学习风格进行分析。所谓学习风格即人们进行思维、信息处理和学习的独特方式。每个人都有自己的学习风格[106],作为个体稳定的学习方式和学习倾向的学习风格,源于学习者的个性,是学生的个性在学习活动中的定型化、习惯化。学生一旦形成某种学习风格,就有相对的稳定性。因此,从某种程度上说,学习风格是学生个别差异的集中表现。在话题的设计中,要尽量尊重学生学习风格差异,选取适合开展在线讨论的教学内容、选择话题的类型和表述方式,使在线讨论话题的内容和形式能够最大限度地适应学生的学习风格,从而提高学习者的参与度。

所罗门(A. Soloman)从信息加工、感知、输入、理解 4 个方面将学习风格分为活跃型与沉思型、感悟型与直觉型、视觉型与言语型、序列型与综合型 4 个组对 8 种类型,并设计了具有很强操作性的学习风格量表。所罗门关于学习风格的研究发现,活跃型学习者倾向于通过积极地做一些事来掌握信息,如示范性的应用、解释或与他人讨论,而沉思型学习者则偏好首先对问题进行安静的思考;感悟型学习者喜欢学习事实,直觉型学习者则倾向于发现事物的某种可能性和事物间的关系;视觉型学习者很擅长记住他们所看到的东西,言语型学习者更擅长从文字的和口头的解释中获取信息;序列型学习者习惯按线性步骤理解问题,每一步都合乎逻辑地紧跟前一步,综合型学习者习惯大步学习,吸收没有任何联系的随意的材料,然后突然获得它[106]。因此,偏向活跃型和直觉型的学习者更容易融入课堂学习中的讨论活动,那么针对网络课程中的讨论活动而言,沉思型学习者和感悟型学习者对讨论活动的态度是可以通过设计不同风格的讨论话题进行扭转的。沉思型学习者偏好于首先对问题进行深入思考,而在线讨论的时间空间异步性恰好可以满足其思考问题的时间需求,直觉型的学习者善于发现事物之间的联系或可能性,那么可以通过设计一些对知识内容进行关联和灵活运用方面的话题来吸引这部分学习者的参与。视觉型与言语型、序列型与综合型学习者对待讨论话题的态度则主要受话题表述形式、话题的内容、话题所提供的背景资料等影响。通过对学习者风格进行分析,在设计话题的过程中可以根据学习者风格的不同来设计,尽量满足学习者整体风格倾向的话题。

2. 在线讨论话题设计

话题设计的过程主要是从教学内容和教学目标入手,确定在线讨论话题的内容、类型和所要实现的功能,以及话题的表述方式等。

1) 确定讨论话题的内容

前期分析中的教学内容分析旨在确定该教学内容是否适合、是否需要设计讨论话题,而具体到话题设计的环节,是针对对本专题的具体内容和教学目标,最终筛选出需要设计话题的教学内容,并转化成在线讨论话题,即到底要讨论什么。

在确定话题内容时主要注意两个方面:①话题宜小不宜大,即话题的内容涉及的范围不宜过大,在涉及内容比较多的专题可以分设若干个小话题,每个话题都针对一个内容,在讨论的过程中可以由此及彼,实现知识上的联系,话题过大容易使学习者产生排斥的心理;②话题难度要适宜,在线讨论不同于课堂提问,缺乏深度的话题或是已经有了明确结论的话题是无法吸引绝大部分学习者参与讨论的,使在线讨论具有意义的话题应当能够引发学习者的共鸣,促使他们思考和探索。

2) 确定话题类型及功能

从不同的角度来看,话题可以有很多类型,从话题设计目的角度,可以将在线讨论话题划分为发散型话题、总结型话题和评析型话题这三种类型。

(1) 发散型话题。发散型话题是指所设计的话题内容具有发散性,没有定论,需要参与者调动自己和集体的智慧,获得创新性结论的话题。其目的在于启发学习者进行思考,培养学生善于求异、乐于求异的精神;实现一题多解,养成从不同角度思考问题的习惯;加强知识之间的联系,从而深化对知识的理解,促进知识的迁移。

发散型思维是对给出的材料、信息从不同角度去分析思考,运用不同的方法和途径去解决问题的思维方式。其特征是思维的广域性、求异性。发散型话题的主旨在于激发参与者的参与意识,达到广开思路、集思广益的效果。要实现这种目标,在讨论话题的设计与实施中需要组织者对参与者的积极启发与诱导。

孔子曾经说过"不愤不启,不悱不发",意思是,学生如果不经过思考并有所体会,想说却说不出来时,就不去开导他;如果不是经过冥思苦想而又想不通时,就不去启发他[107]。秉承这样的教育思想,在设计发散型话题时要充分把握话题的时机,适量适度,相机而行,适可而止,弛张有度,既不能为求新奇而偏离教学内容和教学目标,也不能过于浅显地进行毫无讨论意义。所谓把握时机,就是在学生求思而为得其解、欲言而未达其辞的时候,充分发挥在线讨论话题的引导作用,去"启"去"发"。这里突出强调的是学习者的学习行为在前,即学习者完成了网络课程中相关教学内容的自主学习,并有了自己的认识和思考,在这个基础上,再通过参与在线话题讨论得到启发。这就要求设计者充分重视学习者的主动性和参与性,因为没有学习者积极主动的参与,就不会有最佳的话题时机,学习者也就没有最佳的内省反思,发散型话题的启发效果也就难以得到实现。只有学习主体的主动性得到了充分利用,发挥调动,才会实现理想的启发效果。

　　例如,在《信息技术课程与教学》的"我国中小学信息技术课程发展"专题,教学内容主要是介绍我国信息技术教育的发展历程和课程体系的建立,在课程名称上"信息技术"的得名经历了一系列的变化,因此可以设计"从计算机到信息技术——由课程名称变化想到的"这样的话题,引发学生对课程名称变化的表象进行深入的思考。学习者在参与这样的话题时,首先要对话题的背景知识,如名称改变的来龙去脉、我国信息技术课程的发展经历了哪些阶段等有所了解,当学习者有了这部分内容的知识准备之后,参与讨论这样一个话题,在讨论过程中自己萌生想法或受到他人的启示,借此促进教学目标的达成。参与讨论的过程,也可以促进学习者对知识的理解。

　　适宜设计这种类型话题的教学内容一般都比较开放,这一类型的话题具备灵活性、答案不唯一性等特点,通过设计这样的话题,能够深化学生对教学内容的认识,启发学生思维,促使他们去关注那些有争议或者前沿的问题,进行深入的思考。

　　(2) 总结型话题。总结型话题是指根据话题内容的规定,需要话题参与者对某些问题或某些知识进行归纳和总结,旨在锻炼参与者总结归纳知识的能力的话题。

　　布鲁纳认为知识是人们赋予经验中的规律性以意义的结构而构造起来的模式,他主张以"结构"的框架去处理大量的信息。根据结构主义理论,任何学科都存在着基本的知识结构。而结构就是事物之间的关系,就是基本原理、基本观念。掌握学科的基本结构,就是掌握事物之间的相互关系,掌握学科的基本原理、基本观念。把握好知识点之间的结构关系有助于对知识内容的理解与掌握,因此,在学习者参与网络课程的自主学习过程中,面对各种各样的学习资源和知识内容,对知识结构进行梳理和总结就显得尤为必要。设计总结型话题开展在线讨论能够帮助和引导学习者发现知识内容之间的联系与区别,帮助其建构自己的知识框架,深化对知识内容的理解。

　　例如,在"信息技术的教学方法"这一专题中,教学内容主要是介绍信息技术教学中可供采纳的各种教学方法,如何选择教学方法等,教学方法可以有很多种,课程中所提到的仅仅是一部分,为了使学生能够对各种教学方法的特点及适用范围有比较清晰的认识,可以设计"教学方法面面观——信息技术课程适用的教学方法汇集"这样的总结型话题,通过大家的参与,把各种适合信息技术教学的教学方法做一个汇总和总结。学习者在参与这样的话题时首先也需要了解常见的教学方法有哪些,信息技术教学的特点是什么,通过查阅资料,总结出适用于信息技术教学的教学方法,这样的过程也加深了学习者对本专题内容的理解。

　　这一类型的话题具有归纳总结性的特点,发散性强、知识点分散的教学内容比较适合于采用这种类型的话题进行在线讨论。设计这种类型的在线讨论话题能够帮助学习者对灵散的知识点进行梳理,形成完整的知识体系,对庞杂的知识点有清晰的把握。

　　(3)评析型话题。评析型话题是指需要参与者通过对话题内容中的实际问题、现象、作品、实例等进行评价、分析与思考,提出相应的解决方案的在线讨论话题。

　　根据问题的结构组织,斯滕伯格把问题分为结构良好问题和结构不良问题[108]。结构良好问题是指有明确解决方法的问题。评析型话题所模拟的实际问题一般多为结构不良的问题,即已知条件与要达到的目标都比较含糊,或是问题情境不明确,或是各种影响因素不确定,或是不易找出解答线索的问题。在对这样的问题进行讨论时,是参与者在给定的话题情境中,根据自己已有的知识和经验对话题中所给出的实例即问题做出自己的判断,进行评价,并给出自己的建议或解决方案的过程,同时阅读同伴的观点,经过认真分析思考调整或者修正自己的观点。这种类型的话题讨论有助于参与者评判性思维能力、综合分析问题能力的提高与发展。

　　例如,对某一节课的课堂实录进行评析,学习者可能没有亲身体验的经验,但是通过对该教师与学生的课堂教学活动分析,获得一些间接的经验,并根据教育教学理论对其进行分析评价,从中获得知识经验的积累和分析解决问题能力的提高。

　　这种类型的话题具有实践性强的特点,主要针对那些与实践结合紧密的教学内容,设计这种类型的话题主要是为了加强学习者解决问题的能力,通过在线讨论设置一些问题情境,通过交流讨论最终提出对问题的解决方案,从而获取间接的实践经验和完善自己的知识结构。锻炼灵活运用所学理论知识解决实际问题的能力这种类型的话题更适合于对程序性知识的学习,尤其是针对对内调控的策略性知识的学习。在设计评析性话题的时候,所选的实例一定要具有代表性、新颖性,能够体现学习者的需要和切实符合话题内容;可以先列举出要讨论的问题,然后再附上相关的实例,而不是直接堆砌材料再提问。这样设计的话题既可以使学习者带着问题去阅读实例、提高效率，也能提高学习者的学习兴趣。

在确定话题类型时，需要对具体的教学内容和教学目标进行分析，根据教学内容的特点和教学目标的规定来选择适当的话题类型。理论性的内容和了解、理解层次的内容一般适用发散型话题类型，实践性的内容和掌握、运用层次的内容一般适用操作型话题，总结型话题则适用于那些内容琐碎，或者章节间内容关联性强的教学内容。

3）确定讨论话题的表述方式

讨论话题的表述方式在整个在线讨论中扮演着非常重要的角色，针对不同的教学内容和学生特点选择不同的话题表述方式，能够使话题内容得以更好的表现，更大地调动学习者的参与度。

话题的表述方式从表现形式上可以分为说理式和案例式：说理式的表述方式主要是用文字描述来表达话题内容，更能明确体现话题设计的目的性，符合目标性原则的设计要求，这种方式一般适用于理论性较强的话题讨论；案例式表述方式通过采用文字、图表、音频、视频等多种形式的素材对话题内容进行描述和支持，这种方式适用于实践性较强的话题，符合理论与实践相结合的话题设计原则。

从语言风格上可以分为朴实型和诙谐型。朴实型的话题表述方式一般较为直接地将话题内容表现出来，比较直观，便于理解，适用于参与者关注度较高的热点话题内容的表述；而诙谐型的话题表述方式语言幽默风趣，可以在枯燥的学习过程中起到调节作用，容易引起学习者的关注，符合话题设计的趣味性原则，适用于因理论性较强而难以引起参与者关注的话题内容的表述。

从话题结构上可以分为单一话题和复式话题。单一话题即针对一个问题展开讨论，在线讨论自始至终都围绕这个固定的话题展开；复式话题则是由一个话题开始，在讨论过程中话题的组织者不断引入相关的新话题，初始话题仅作为引发后续关注所用，致使在线讨论按照树形结构向前推进，旨在使参与者在讨论过程中关注到更多与话题相关的知识内容，在讨论过程中不断受到分支话题的启示和指引，符合话题设计启发性原则和支架性原则的要求。

在话题表述方式的选择上，可以针对不同的教学内容和学习者群体特征来选择不同的话题表述方式，比如枯燥的学习内容和沉思型为主的学习者就需要语言诙谐、步步深入的话题形式来调动学习者参与的热情。

10.3　在线话题讨论过程的组织与管理

话题讨论最根本的目的是促进学生的学习与发展，所以，在进行在线话题讨论的过程中，要使话题讨论成为学生积极运用知识、表达情感、获得成就的一个有效平台。要达到这样的目的，除了设计好话题、师生认真准备之外，需要对在线讨论过程进行科学的组织与管理。

10.3.1　在线讨论话题及讨论规则与组织形式的发布

1. 在线讨论话题的发布

在线讨论话题的发布是指在线讨论之前,将话题发布到网络课程之中的行为,包括话题放置的时间与位置的选择。

对于设计好的在线讨论话题并不是无选择地随便放置、随便引发的,需要预见教学进程,对学生的可能遇到的情况进行分析,是否按照课程还是按照专题放置话题,是按照每一具体学习内容放置话题,什么时间发布这些话题,都需要教师认真考虑。例如,《信息技术课程与教学》网络课程的在线话题讨论,其话题的放置是按照专题划分的,每个根据专题内容设计出的话题都从属于该专题的课程框架,分设出各自的讨论区。

2. 在线话题讨论规则的发布

在线话题讨论规则的发布是对参与者讨论行为的规范、回帖的格式、对该话题的讨论期限等进行规定,确保在线讨论的规范性和有序性。无规矩无以成方圆,尤其是在线学习中师生相对分离,没有一定的规则容易造成活动的混乱,可能会使学生感到无从下手,感到学不学都一样,使讨论流于形式,进而影响整个网络课程的生态发展。

3. 在线话题讨论形式的发布

在线话题讨论形式的设计是指对在线讨论的组织形式进行设计,在线讨论的组织形式主要有两种:①以个人为单位开展的集体性的讨论;②以小组为单位开展的小组内部与小组之间的讨论。教师在讨论活动之前应明确具体的组织形式,如果是以小组为单位的讨论形式,要明确小组的划分形式及小组成员之间的角色分配。

4. 相关学习资源的发布

在线话题的发布需要根据不同类型话题的需求与特点,提供相应的学习资源。以便学生能够针对讨论话题获得有用的资源,也培养高质量地利用学习资源的能力。例如,操作型话题具有实践性强的特点,在发布话题时,应该尽可能地提供给参与者所需的话题材料,如图片、录音、视频片段等,以供参与者对话题内容进行分析。

10.3.2　在线话题讨论的实施管理

1. 在线话题讨论的组织者及其职责与权利

在线话题讨论的组织者是指对讨论话题进行设计、发布,对讨论过程进行监督、引导的组织者与领导者,可以是教师,也可以是学生。

1）在线话题讨论组织者的职责

主体性教育理论认为教育者应当创设和谐、宽松、民主的教育环境，有目的、有计划地组织、规范各种教育活动，注重启发、引导受教育者内在的教育需求，促进其健康发展。对于网络课程的在线讨论而言，话题讨论的组织者就应当担负起启发、引导学习者内在的参与在线讨论的需求，创设和谐、宽松、民主的在线讨论环境，有目的、有计划地组织、规范在线讨论活动，并为参与者提供及时的帮助，使每个参与者都能够兴趣盎然地投入学习活动中，都能够获得成功的体验和应有的发展。所以，话题讨论组织者的主要职责在于组织、引导、启发、帮助参与者进行讨论活动，对讨论过程进行监督、引导与评价。

（1）组织讨论。组织讨论包括对整个讨论过程的组织，也包括对讨论形式的组织。无论是以集体还是小组为单位的讨论活动，都需要组织者对整个讨论过程进行全程的组织，无论是讨论的方向还是讨论的氛围，都需要组织者随时关注，及时引导。如果是以小组为单位的形式组织讨论，需要组织者建立小组并组织整个讨论活动，其步骤与做法如下。

① 建立小组。小组的建立可以是通过提前告知可供参与的几组话题，可以由参与者自由结组，也可以由组织者指定。两种方式各自具有一定的优势与不足，自由结组的优点在于参与者志趣相投，所以亲密度高，能够积极投入到在线讨论活动中，积极地与同伴交流探讨，对相关的知识内容进行学习，这样容易进行交流合作，但也容易造成组间的不平衡；指定讨论小组在分组规模上整齐划一、水平一致，但难以顾及参与者个人的兴趣等因素。因此在组建讨论小组时，可以针对具体讨论问题和学生的特点，实行自由结组和组织者指定相结合的结组方式，即组织者调控下的自由结组，首先由学习者自由建组，在人数规模差距较大、学习者水平悬殊较大的情况下，组织者衡量学习者个人的情况适度地对分组进行调整。例如，在"国内外信息技术课程体系对比"这一专题，教学内容涉及中、美、英、法、德、日等多个国家的信息技术课程体系的介绍内容，针对每个国家的课程体系介绍话题，组织者都可以设计相应的话题，按照国别的不同分设出不同的讨论区，根据参与者的兴趣，组织者为每个讨论区划分一个讨论小组，小组成员可以针对自己感兴趣的内容进行讨论。

② 确定小组的规模。在小组讨论中，小组的人数规模也是非常重要的因素。在线讨论中的小组讨论也是建立在小组合作学习基础之上的，小组成员在合作学习过程中发现的问题和感想都可以成为小组讨论的内容。单纯依靠兴趣结成的小组容易造成各小组在人数规模上出现差距，人数过多容易使小组在自我管理中产生推诿责任、管理混乱的现象，人数过少则容易让小组成员担负过重的任务和压力，适当的小组规模有助于小组成员间的分工合作。为了避免单纯由话题内容和参与者兴趣匹配划分出的小组规模不均等，还需要组织者对小组的划分进行适当

的调整。《信息技术课程与教学》网络课程所面向的本科学生人数为 40 人,还是以"国内外信息技术课程体系对比"这一专题的在线讨论为例,这个专题在线讨论按国别分出了六个讨论区,那么在尽量满足小组成员兴趣的前提下,每个小组的人数规模在 6～8 人之间就比较合适。

③ 对小组活动进行管理。小组讨论的管理可以由话题组织者和小组负责人共同承担。在小组讨论形式下,为了使小组讨论更好地开展,每个小组讨论区可以产生一个讨论区版主,即小组的负责人。版主的职责主要是对本讨论区的讨论进行组织和管理,对小组成员的讨论行为进行监督。版主的产生可以由教师指定,也可以由小组内部成员自荐或推举,无论以哪种途径产生,版主都需要具备一定的组织力和号召力,能够担负起小组讨论的组织管理职责,对于分担话题组织者负担、锻炼小组负责人的领导组织能力都不无益处。在"国内外信息技术课程体系对比"的 6 个讨论小组中,话题组织者通过向面授课程教师了解学习者日常的学习情况和参与者自身的意愿,为每个小组指定了一个负责人。这 6 名版主在讨论过程中不仅积极地参与话题的讨论,还对其他成员的在线讨论行为进行监督。

(2) 监督讨论过程。监督讨论过程是指话题组织者要对参与者回帖的情况和回帖的内容进行及时的监督和审查,确保没有偏离主题或恶意回帖等情况发生,维护在线讨论的正常秩序,确保每个学生都能够参与到讨论过程之中。如果没有对在线讨论的有效监督,对所发布的话题讨论情况不闻不问,没有进行监督职责,那么一旦个别违反在线讨论秩序的行为出现就得不到及时控制,很可能导致在线讨论陷入一片混乱,使话题讨论达不到预期的目的。

(3) 积极引导。积极引导是指话题组织者在整个讨论中应及时关注参与者的发帖,发现存在问题及时解决。例如,当学习者对话题讨论出现卡壳的时候,组织者要给予帮助,或引导思路,或提供学习资源,起到引领作用。例如,当有些学生不愿意跟帖时,组织者要及时了解原因,针对学生的困惑、学习态度提供相应的引导与帮助。

(4) 适时评价。适时评价是指话题组织者在关注参与者回帖的过程中及时地对参与者的参与热情进行肯定,结合参与者的发帖质量做出相应的评价,以便参与者能够获得关注,并了解到话题组织者对其观点的看法,给予肯定或否定,给予鼓励或批评,并且在讨论结束后对整个讨论活动进行及时的总结。调查表明,大部分话题参与者能够接受话题组织者在他们发帖 24 小时之内回复,超过 72 小时这些参与者就会显得缺乏耐心,如果组织者在一周之内没有回复参与者的帖子,则参与者很可能失去参与讨论的兴趣,这足以说明大部分学习者更期望即时的交互,如果条件不能满足即时交互,那么就尽量缩短交互的时间差。

2) 在线话题讨论组织者的权利

作为在线讨论的发起人,其权利在于概括提出、补充、变更、取消话题的权力,并对参与者的回复具有监督权,有权删除违反在线学习秩序和道德规范的帖子,以保证话题讨论的顺利进行,当然组织者并不是无原则地滥用自己的权利,主要还是要对讨论活动进行引导、监控。

2. 在线话题讨论的参与者及其职责

在线话题讨论的参与者即在线讨论过程中的主体,是围绕着话题进行自主思考、发布观点、评价他人观点的讨论活动的参与者。参与者可以个人为单位,也可以小组为单位。

1) 在线话题讨论参与者的职责

参与者的主要职责就是围绕主题首先进行自主学习,经过认真思考,得出自己对问题的看法,得出对问题解决的思路,积极发表观点,认真学习与评价同伴的观点,相互学习,共同提高。并能遵守相应的规则,自觉维护论坛的和谐氛围。

2) 在线话题讨论参与者的权利

参与者在在线讨论活动中具有对讨论话题进行回帖的权利,具有对他人观点进行发帖评价的权利,具有发起与讨论主题相关的新话题的权利。

3. 在线讨论过程管理策略

在上述各种组织过程的基础上,在话题讨论的过程中需要管理的介入,否则,当讨论过程遇到一些问题时很可能会使话题讨论陷入僵局。在线话题讨论过程的理想发展状态是话题的参与者能够自觉遵循讨论规则,具有较高的积极性,话题的组织者能够尽职尽责,能够及时对讨论过程进行有效的引导与组织,维护话题讨论的有序进行。为了保障话题讨论的顺利进行,针对可能出现的问题,需要设计相应的应对策略。

在话题讨论过程中会呈现各种各样的问题,例如,提出问题后出现沉默、僵局;学生回帖知识性、观点性错误,回帖偏离主题,回帖不文明现象;积极性不高、话题参与度低;不能很好地合作等。因而,需要对讨论过程进行启发疏导、调节引领和过滤干预。

1) 启发疏导,明确方向

在讨论活动开始之前到讨论结束的整个过程中,组织者都要随时关注学生的反映,给予及时的启发引导。在话题讨论开始之前,首先要扫清思想、知识基础方面的障碍,因为在讨论活动开始之前学生可能会有一些顾虑或者对讨论不感兴趣,或者缺乏讨论的技巧与方法,所以需要组织者通过文字描述或者范例等形式,引导学生明确话题讨论的意义、目的与方法,激励参与者发帖、读帖与评帖的积极性,这是话题讨论能否成功的一个关键环节。

2) 利用知识的迁移,打破僵局

讨论话题提出后,有时会呈现僵局,没有回应。这可能有很多方面的原因,可能是问题提得不够合理或者太简单,学生觉得不值得去讨论,或者是太难了,没办法参与。所以,话题的设计要针对学生的最近发展来进行。假设所设计的话题合理,那么出现僵局可能的原因是学生要对该问题进行分析的先在知识经验没有被调动起来,新旧知识没有联系起来,而感到无从着手。这时,需要话题讨论的组织者进行启发引导,利用知识的"迁移",追问一些相关问题,以引起学生对先在知识的注意与调动,从而将已有经验与当前的问题结合起来,打开思维的闸门,打破讨论的僵局。

3)调控引领,提高参与度

启发性诱导是指在讨论活动中充分承认和尊重学习者的主体地位,重视对学生思维的启迪,调动学习者参与的主动性与积极性,使他们进行更为深入的思考和探索,积极主动地参与到讨论过程之中,从而实现思维的碰撞,产生出创新性的观点。

现在网络课程中的论坛沉寂现象比较普遍,学生的参与度不高,原因很多,有技术设备条件方面的原因,有话题自身的原因,也有学生自身的原因。撇开其他原因,教师在其中是否很好地起到引导的作用,是否真正实施了启发性的点播与引导是很关键的因素。很多时候,学生有着参与的愿望,只是有时候不知道该如何去做,或者在讨论的过程中出现意见的分歧,出现了混乱状态,教师没有及时予以引领,使得一些学生放弃了参与。因此,在话题讨论的过程中,教师要密切关注学生的动向与需求,及时给予帮助。当某些学生不积极主动时,教师可以先通过私聊的方式了解他的情况,找到原因,给予指导,是心理上的原因就要予以疏导,是知识方面的原因就要给予补充,从而促使每个学生都参与进来。

4)过滤干预,保障主题方向

在讨论的过程中,有时会出现学生回帖的知识性、观点性错误,偏离主题与不文明等现象,这就更需要组织者的及时干预。对于知识性和观点性的错误,组织者及时予以纠正并耐心地与之探讨、讲解,使其步入正确的轨道;对于偏离主题的回帖,组织者可采用提示、示范回帖等手段,及时"拉回",将其引导到对主题的讨论上来;对于那些不文明现象,要及时予以提醒、批评、警示、删除内容不堪的帖子。在讨论结束时,教师要针对活动过程进行总结,对各种观点进行去粗取精、去伪存真的综合点评,使正确的观点、创新的观点得到弘扬,从而使学生加深对知识的理解,掌握科学的知识和方法。

4. 在线话题讨论评价

对在线讨论进行评价是在线讨论话题生命体的终结环节,标志着话题在线讨论的结束,也能够体现话题讨论在整个网络课程中的教学价值,通过对在线讨论进行评价,话题的组织者可以清晰地判断话题的参与者通过参与在线讨论是否达到了设计话题时的预期目标,参与者通过参与在线讨论是否对学习内容有了更深的理解和掌握,总结讨论话题还存在哪些不足并在以后的话题设计中加以改进,最终给话题参与者量化后的评定。

　　一般情况下,可以采取过程性评价与总结性评价相结合的方式对整个话题讨论的过程与结果进行评价。过程性评价注重对在线讨论进行中话题讨论参与者的积极性进行评价;总结性评价注重对在线讨论的全体参与者的发帖进行总结和评定,更侧重评价的综合性。评价的主体包括组织者与参与者,在具体评价中采用话题组织者评价、话题参与者互评两种方式结合的方法。

　　1) 过程性评价

　　在话题讨论实施的过程中,采取过程性的评价方法。这期间话题的组织者要及时对参与者的回帖情况进行跟踪观察,针对参与者的参与积极性和发帖的数量与质量进行评价,过程性的评价不需要量化为分数的形式呈现,而是由话题讨论的组织者通过回帖的方式以鼓励、赞扬性的话语进行评价,话题讨论参与者之间也通过互相回帖进行互评,对对方的观点、语言表达等方面进行评价,这样便于话题组织者掌控在线讨论的进行情况,了解参与者是否明确了在线讨论的目标和任务,引导话题讨论遵循教学目标和设计目标的方向发展。

　　2) 总结性评价

　　当话题在线讨论告一段落之后,话题的组织对整个在线讨论做出总结性评价,这部分评价需要话题组织者给出量化后的具体分数,话题组织者根据在线讨论参与者回帖评价量表的评价标准及权重分配,从话题参与者的参与度、回帖受关注程度、回帖质量三个方面对参与者进行评价,最终给出每个参与者的发帖评分,见表10.1。评价话题参与者的参与度主要是考察话题参与者参与在线讨论的积极性,从一个侧面也能反映其参与整个网络课程的情况,回帖受关注程度和回帖质量能够反映出话题参与者的回帖影响力,受关注程度越高,回帖越规范,影响力也越大,回帖内容也越有价值。在评价的具体操作上需要话题组织者对整个话题在线讨论情况进行全程的观察以及对每位参与者的回帖进行质量分析。

表 10.1　在线讨论参与者回帖评价量表

权重分配	评价项目	评价标准	分数
参与度 (20%)	对话题进行回复的及时性	话题启动后 1~3 天内进行回复	10
		话题启动后 5~7 天内进行回复	6~9
		话题启动后比 7 天更久进行回复	1~5
	对他人观点进行评论的积极性	对全体参与者的观点进行评论	10
		对一半以上参与者的观点进行评论	6~9
		对极少参与者的观点进行评论	1~5
受关注度 (20%)	发帖受到他人关注的程度	有 5 人以上跟帖	20
		有 2~5 人跟帖	12~19
		少于 2 人跟帖	0~11

续表

权重分配	评价项目	评价标准	分数
回帖质量 （60%）	回帖格式	完全按照讨论区规则要求的格式发帖	15
		基本按照讨论区规则要求的格式发帖	9~14
		几乎不按讨论区规则要求发帖	0~8
	语言表达	语言流畅、表达清晰、无错别字	15
		语言较流畅、表达较清晰、基本无错别字	9~14
		语言不通、表达不清晰、多处错别字	0~8
	观点	观点正确且新颖，具有创新性	14~15
		观点正确，经过个人的加工	12~13
		观点存在程度不同的错误	0~11
	可行性	非常具有可行性	12~15
		基本具有可行性	1~11
		C. 不具备可行性	0

10.4 "信息技术课程与教学"在线讨论话题设计与实施案例[①]

10.4.1 发散型话题设计与实施案例

1. 前期分析

该在线讨论话题是针对"我国中小学信息技术课程发展历程"专题的教学内容进行设计的，从教学内容和教学目标上看，该专题主要是向学习者介绍我国信息技术教育发展历程和信息技术课程体系的概况，旨在通过对我国中小学信息技术教育发展历程的介绍，启发学生思路，使其对我国的信息技术教育树立总体性的认识，了解我国中小学信息技术课程的发展历程，能够简单描述和概括我国中小学信息技术课程发展的历史，能够理解信息—信息技术—信息技术课程的发展轨迹。本专题属于对本门课程的概述性和引入性的内容，对我国信息技术课程的产生、发展进行了概括性的介绍，具有一定得启发性。

就学习者的起点水平而言，作为初次接触"信息技术课程与教学"课程的学习者，对这门课程还没有深入了解，概述性的教学内容有助于他们尽快了解我国信息技术课程与教学的实际情况，树立对本门课程的认识。

---

① 本课题组以教育技术系本科的"信息技术课程与教学"为例进行了实践研究。

因此,通过对本专题的教学内容和教学目标进行分析,可以确定这部分内容适合开展在线讨论,以在线讨论的形式辅助专题的学习,有助于初学者在学习过程中彼此协助,加强交流,共同进步,通过设计出恰当的在线讨论话题,使学习者在学习本专题内容时能够互相交流思想,对我国中小学信息技术教育的发展历程进行总结和反思,从而能够促进教学目标的达成。

2. 话题设计

(1) 确定话题内容。通过对教学内容和教学目标的分析,可以确定本专题的重点在于使学习者在对我国信息技术教育发展历程的了解过程中获得对我国信息技术教育的总体认识并进行总结反思,掌握我国中小学信息技术课程发展历程三种典型的划分方法。教学的难点集中在对我国信息技术教育的发展历程进行划分时每一种分类方法的划分依据和标准的不同。因此本着目标性的设计原则,在线讨论话题的内容也主要围绕对我国信息技术教育发展历程的回顾、总结和思考上。通过分析教学内容可见我国信息技术教育起步之初课程名称为"计算机课程",之后逐渐演变为"信息技术课程",作为我国信息技术教育发展历程中的一个特定的历史现象,其中蕴含着我国信息技术教育发展的规律性,因此对在线讨论话题内容的设计上,把话题内容确定在对课程名称变革的关注上。

(2) 确定话题类型及功能。根据所针对的专题教学内容的特点和教学目标的要求,以及支架性原则和启发性原则的要求,结合之前确定的话题内容,本话题适宜采用的话题类型为发散型话题。这里话题的发散性体现在要求参与者从外显的历史现象获得启发,挖掘内隐的教育规律,总结性体现在对信息技术教育发展现象和规律进行分析和总结。设计这种类型的话题的作用在于帮助学习者了解我国信息技术教育的发展过程,通过参与者参与这方面内容的讨论,进一步熟知我国信息技术教育的现状,为后续内容的学习奠定知识基础。

(3) 确定话题表述方式。因为本专题的教学内容都是介绍性的,只需要学习者从中获得一些启示,并没有操作性的内容,设计出的话题也是要求学习者对客观现象进行思考和分析,因此话题采用的表现形式为说理型话题,旨在陈述话题内容布置讨论,语言风格上倾向于朴实型,利于话题内容得到完整的展现,直观易于理解,话题结构上属于单一话题。

(4) 形成话题。经过以上分析,最终确定本在线讨论话题表述如下:

话题题目 从计算机到信息技术——由课程名称变化想到的……

解释说明 在我国信息技术课程的发展过程中,名称从计算机课程发展到范围很大的信息技术课程,对于这样的变化你有哪些认识呢?

3. 在线讨论实施

设计出的在线讨论话题需要放置到相应的专题学习讨论区来实现其教学价值,进入话题的实施阶段。本话题的在线讨论实施主要经过以下几步。

（1）话题的发布。在线讨论话题需要在该专题的网络课程开放之前放置到相应的学习讨论区中，"我国中小学信息技术课程发展历程"专题设置了"我国信息技术教育反思"学习讨论区用于放置本话题和其他本专题的在线讨论话题，面向全体学习者开放，开展以个人为单位参与的在线讨论。在在线讨论的讨论规则方面，主要是针对以个人为单位的在线讨论进行了规范性的限定，本规则是对全体学习者设定的，分别从行为道德、回帖内容和回帖格式三个方面对参与者参与在线讨论的行为进行了规范和约束，见表10.2。

表 10.2 针对全体参与者的在线讨论行为规范

规定范畴	具体规则
行为道德	禁止发帖中有粗言滥语； 禁止发表侮辱、中伤、恐吓他人的言论
回帖内容	本讨论区为学习讨论区，禁止发布与本专题学习内容无关的内容 观点鲜明，有论证
回帖格式	直接回复话题的回帖标题由系统默认为"回复＋话题"格式，为了大家读帖方便，请不要自行更改； 评论、回复他人的观点时，请在系统默认的回帖标题前再加一个"回复"字样，区分对话题直接回复的帖子

（2）在线讨论实施管理。在本专题在线讨论实施期间，话题组织者负责对在线讨论实施进行及时的观察、引导和控制，对在线讨论的过程进行全程的管理，对参与者的在线讨论行为和回帖质量进行监管。

4. 效果评价

在本专题在线讨论实施中，主要通过观察和分析回帖质量对参与者参与在线讨论的效果进行评价。

1）观察话题参与情况

本专题的讨论安排在学期初进行，学习者接触本门课程时间还不长，对网络课程这种形式的学习和在线讨论都呈现出了浓厚的兴趣。

从参与话题的情况看，样本班级共有 28 名学生，参与过在线讨论的人数为 26 人，同一话题发帖数超过 2 篇（除评价帖外）的人数为 17 人，大部分学习者能够积极地对话题进行回复，阐明自己的观点。Moodle 教学平台提供的不同的读帖视图能够帮助话题组织者从宏观上把握话题参与情况，图 10.2 是截取了本专题话题回帖树状图的一部分。

从参与者个体参与的情况来看，通过查看参与者的活动报告，可以直接观察到参与者在本话题中表现如何，即发帖的数量多少。如图 10.3 所示为某一学习者的活动报告。

图 10.2　话题"从计算机到信息技术——由课程名称变化想到的"参与情况部分截图

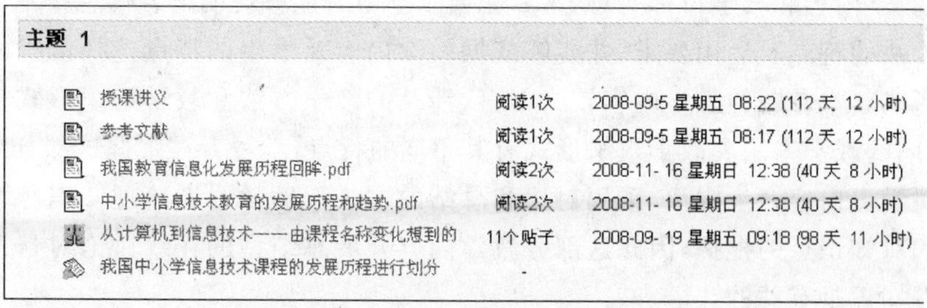

图 10.3　参与者活动报告截图

通过观察,话题组织者能够及时了解在线讨论实施的情况,并对在线讨论实施过程进行监控,根据参与者在在线讨论实施过程中的表现,话题组织者在话题进行的过程中可以对参与者的态度、观点、表达等方面进行评价和引导。

2) 分析参与者发帖的质量

在在线讨论实施过程中和话题在线讨论结束后,话题的组织者依据预先制定好的评价量表对每个参与者的发帖呈送评分。

例如,某参与者在本话题中回复了如下内容的帖子:"信息社会需要的是具有较高信息素养的人,信息素养包括了信息意识与情感、信息伦理道德、信息常识以及信息能力多个方面。信息技术课程的目标是培养学习者对信息处理和利用的能力,其中不仅包含了相关媒体和工具(如计算机网络、各种移动学习设备乃至公共传媒等)的应用技能,同时强调学习者的信息理念和信息意识。而计算机教育所包含的范畴较信息技术就要小得多,且侧重点也是不同的。计算机教育目标更集中在使学生学会计算机的日常使用及简单维护,侧重的是技能方面的训练。因此,课程名称从计算机教育到信息技术课程的改变,可以更加准确地描述本课程的教学目标,即培养和提高学生的信息素养。"①该参与者从信息素养培养的角度谈了对课程名称变化的理解,而不是单纯地对"计算机"和"信息技术"两者字面含义进行分析,可以说该参与者的观点比较新颖,并且参与者的回复及时,语言流畅,无错别字,得到了其他参与者的广泛关注,综合各评价项目,最终话题组织者给出了93分的评分。

通过对"国内外信息技术课程体系概述"专题的在线讨论实施进行总体的观察、分析和评价,发现广大参与者能够在在线讨论的过程中体现在自己对这部分学习内容的理解,并与他人进行交流,提高了自主学习与合作交流的能力。

10.4.2　总结型话题设计与实施案例

1. 前期分析

该在线讨论话题是针对"教学方法与教学组织形式"专题的教学内容进行设计的,从教学内容和教学目标上看,本专题要求学习者能够说明适合信息技术教学的教学方法的特点及运用要求,并能够依据教学内容及学生的特点选择恰当的教学组织形式。本专题的教学内容较为丰富,涉及的教学方法和教学组织形式多种多样,不同的教学方法和教学组织形式有其不同的特点,学习者在掌握这部分内容时容易对学习内容产生混淆,采用对比和总结的方式帮助学习者梳理知识脉络有助于他们对知识点的把握,因此这部分教学内容开展总结型的在线讨论对帮助学习者掌握知识是有益的。

就学习者的起点水平而言,他们已经接触过教育学基础课程中关于教学方法和教学组织形式等内容的学习,本专题的内容与其大同小异,学习者多年的学习经历也使其体验过不同的教学方法和教学组织形式,因此学习者参与这部分内容的在线讨论话题从知识水平和个人经验上都具备了良好的基础。

因此,通过对本专题的教学内容及学习者特点进行分析,可以确定这部分内容适合开展在线讨论,以在线讨论的形式辅助专题的学习,有助于学习者加深对教学方法和教学组织形式内容的理解,特别是对信息技术课程教学实践中教学方法和教学组织形式的运用加强了解,通过设计出恰当的在线讨论话题,使学习者在学习本专题内容时能够互相交流思想,从而能够促进教学目标的达成。

2. 话题设计

(1) 确定话题内容。通过分析本专题的教学内容和教学目标得知,本专题的教学重点在于使学习者了解国内外主导地位的教学方法和教学组织形式,并能

---

① 引自 http://modle.hbu.cn/mod/forum/discuss.php? d=4240&mode=1。

够结合信息技术课程内容选择教学方法和教学组织形式。教学难点在于使学习者能够根据信息技术课程内容选择适合的教学方法和教学组织形式。而目前我国信息技术课程教学实践中普遍采用的教学组织形式是班级授课形式，作为最普遍应用的教学组织形式，其是否适合信息技术课程教学，存在什么样的问题等尤为值得引起关注。因此，在线讨论话题的内容围绕教学组织形式方面进行设计。

（2）确定话题类型及功能。根据所针对的专题教学内容的特点和教学目标的要求，以及支架性原则和理论与实践相结合原则的要求，结合之前确定的话题内容，本话题适宜采用的话题类型为总结型话题。这里话题的总结性体现在要求参与者对信息技术教学实践中的教学组织形式进行归纳总结，分析出信息技术教学中班级授课形式的优缺点和影响因素。设计这种类型的话题的作用在于帮助学习者了解我国信息技术教学中班级授课形式的运用现状及存在问题，通过参与者参与这方面内容的讨论，进一步熟知各种教学组织形式的特点，从而掌握选择教学组织形式的方法。

（3）确定话题表述方式。因为本专题的教学内容比较多，并且与实际教学工作结合紧密，设计出的话题也是要求学习者对客观现象进行思考和分析之后进行总结和归纳，因此话题采用的表现形式皆有说理型和案例型的特点，先陈述话题讨论内容，再布设相关案例视频，语言风格上倾向于诙谐型，向学习者活泼发问，引起参与讨论的兴趣，话题结构上属于复式话题。

（4）形成话题。经过以上分析，最终确定本在线讨论话题表述如下：

话题题目　班级授课死气沉沉？

解释说明　从小学到大学，班级授课已经成为广泛传统的教学组织形式，附件中给出了一段信息技术课堂教学实录的视频，请大家谈谈班级授课有哪些优缺点，哪些因素影响着班级授课的效果？你在接受了若干年班级授课之后有没有想过什么样的班级授课更受学生欢迎呢？

3. 在线讨论实施

1）话题的发布

在线讨论话题需要在该专题的网络课程开放之前放置到相应的学习讨论区中，"教学方法与教学组织形式"专题设置了相应的学习讨论区用于放置本话题和其他本专题的在线讨论话题，面向全体学习者开放，由于本话题设问较多，属于复式话题，在讨论过程中话题容易得到延伸，为了讨论能够深入开展，因此本话题的在线讨论以小组为单位进行。通过设置可视小组能够在讨论区中选择要参与的讨论分组，教师在讨论区开放之前将学生账号根据学生自愿结组和调整后的情况进行分配，划分出 4 个讨论小组，每组人数为 7 人，并指定了各组的讨论负责人。图10.4 为讨论区查看分组的界面。

规定范畴	具体规则
行为道德	1.禁止发贴中有粗言滥语； 2.禁止发表侮辱、中伤、恐吓他人的言论； 3.“版主”，即小组负责人承担话题的管理工作；

图 10.4　可视化小组讨论区

关于在线讨论的讨论规则方面，主要是针对以小组为单位的在线讨论进行了规范性的限定，见表10.3。本规则既针对全体学习者又针对讨论小组设定，分别从行为道德、回帖内容和回帖格式三个方面对参与者参与在线讨论的行为进行了规范和约束。

表 10.3　针对小组讨论参与者的在线讨论行为规范

规定范畴	具体规则
行为道德	禁止发帖中有粗言滥语； 禁止发表侮辱、中伤、恐吓他人的言论； 版主，即小组负责人承担话题的管理工作
回帖内容	本讨论区为学习讨论区，禁止发布与本专题学习内容无关的内容； 观点鲜明，有论证
回帖格式	直接回复话题的回帖标题由系统默认为“回复＋话题”格式，为了大家读帖方便，请不要自行更改； 评论、回复他人的观点时，请在系统默认的回帖标题前再加一个“回复”字样，区分对话体直接回复的帖子
发布新话题	话题题目与本专题内容相关； 话题标题醒目，具体话题内容可以在说明部分对标题进行详细的说明解释

2）在线讨论实施管理

在本专题在线讨论实施期间，根据在线讨论的组织形式不同，话题的组织者和话题的参与者共同对在线讨论实施进行过程中的管理。除了话题组织者对在线讨论实施进行及时的观察、引导和控制外，在分组讨论形式下，小组讨论的负责人也参与对在线讨论实施的管理工作，负责本小组在线讨论的过程管理，对小组成员的在线讨论行为和回帖质量进行监管。

4. 效果评价

在本专题在线讨论实施中，主要通过观察和分析回帖质量对参与者参与在线讨论的效果进行评价。

1）观察话题参与情况

本专题的讨论安排在学期中期进行，学习者已经对本门课程的相关理论进行了学习，也熟悉了网络课程这种形式的学习，并能够熟练运用 Moodle 网络教学平台的讨论区进行交流。

从参与话题的情况看，样本班级共有 28 名学生，参与过在线讨论的人数为 27人，在各小组内部，同一话题发帖数超过 2 篇（除评价帖外）的人数均超过 4 人，大部分学习者能够对话题积极地进行回复，阐明自己的观点，讨论小组内部秩序良好，如图 10.5、图 10.6 所示。

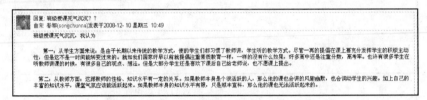

图 10.5　小组成员回帖图

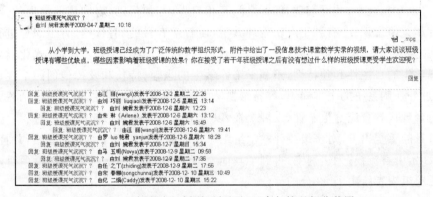

图 10.6　话题"班级授课死气沉沉？"参与情况部分截图

通过观察，话题组织者能够及时了解在线讨论实施的情况，并对在线讨论实施过程进行监控，各小组的负责人也能够协助话题组织者根据小组成员在在线讨论实施过程中的表现，对参与者的态度、观点、表达等方面进行评价和引导，如图10.7所示为组织者与参与者就本问题交互情况的截图。

2）分析参与者发帖的质量

在在线讨论实施过程中和话题在线讨论结束后，话题的组织者依据预先制定好的评价量表对每个参与者的发帖呈送评分。

例如，某参与者本话题中从班级授课的优缺点角度回复了如下内容的帖子：
"我在多年的学习经历中感受到，班级授课这种组织形式优势主要有：①有利于发挥教师的主导作用，经济、有效、大面积地培养人才；②有利于发挥集体的教育作

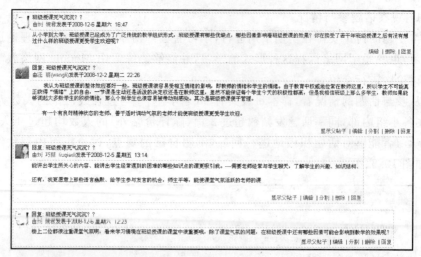

图 10.7　话题组织者及时进行回复和评价

用,把个别教学变为集体教学,学生生活于集体之中,有着共同的目的和共同的活动,可以互相观摩,共同切磋,彼此之间互相启发,互相帮助,有利培养学生的合作精神和竞争意识;③有利于严格管理教学,使教学有目的、有计划、有组织地进行。除此之外也有一些不足,如过分强调整齐划一,过于标准化、同步化、模式化,容易忽视学生的自主性和独特性,不利于培养学生的志趣、特长和发挥他们的个性、才能;过分强调系统的书本知识,容易忽视学生的自主活动和交往,教学与生活脱节。不适合现代教育应尊重个性、发展个性、以学生为中心的学习趋势等。"[①]该参与者从自身的感受出发,对班级授课教学组织形式的优缺点进行了系统的总结,并且回复及时,语言流畅,无错别字,得到了其他参与者的广泛关注,综合各评价项目,最终话题组织者给出了 92 分的评分。

通过对"班级授课死气沉沉?"这一话题的在线讨论实施进行总体的观察、分析和评价,发现广大参与者能够在在线讨论的过程中体现在自己对这部分学习内容的理解,对庞杂的知识内容进行梳理和总结,提高了归纳总结和语言表达的能力,并与他人进行交流,提高了自主学习与合作交流的能力。

10.4.3　操作型话题设计与实施案例

1. 前期分析

该在线讨论话题是针对"教学设计方案"专题的教学内容进行设计的,从教学内容和教学目标上看,该专题主要是向学习者讲解教学设计方案的写作规格和方

法,使其了解教学设计方案的构成要素,能够分析某一课内容的教学方案,并能够编写某一课内容的教学设计方案。本专题的教学内容实践性较强,与信息技术课程实际的教学工作紧密相关,对学生日后参与信息技术教学方面的工作具有指导作用,在实习条件有限的情况下,对教学实践中的一些现象和问题展开在线讨论,也可以在一定程度上锻炼学习者分析与解决问题的能力,因此,本专题的一些内容也较适合开展在线讨论。

就学习者的起点水平而言,将近一个学期的"信息技术课程与教学"学习使学习者对信息技术课程教学的相关理论有了清晰的认识,有理论知识的学习作为基础,接触实践性的教学内容就容易上手一些,通过课程进行过程中对学习者进行访谈,也了解到学习者认为实践性的教学内容能够直接对日后的工作起到指导作用,具有学习实践性内容的动机。

因此,通过对本专题的教学内容和学习者进行初步分析,可以确定这部分内容适合开展在线讨论,以在线讨论的形式辅助专题的学习,有助于初学者在学习过程交换观点和看法,共同解决实践中可能遇到的问题,通过设计出恰当的在线讨论话题,使学习者在学习本专题内容时能够互相交流思想,正确认识教学设计方案的作用和意义以及如何编写教学设计方案。

2. 话题设计

(1)确定话题内容。通过对教学内容和教学目标的分析,可以确定本专题的教学重点在于使学习者了解教学设计方案的构成要素,掌握教学目标设计、学生分析以及教学过程设计的方法,教学难点在于向学习者教授教学方案的设计、编写方法。由于本网络课程是作为课堂面授教学的补充形式开展的,因此在书写教案上学习者已经通过面授课程得到了锻炼,因此在线讨论着重一些与实际教学工作相关的客观现象,使学习者能够了解到实际教学中可能存在的情况并思考应当如何处理。因此对在线讨论话题内容的设计上,把话题内容确定在对抄写教案问题的关注上。

(2)确定话题类型及功能。根据所针对的专题教学内容的特点和教学目标的要求,以及理论与实践相结合原则的要求,结合之前确定的话题内容,本话题适宜采用的话题类型为操作话题。这里话题的操作性体现在要求参与者从目前客观存在的教育现象出发,对问题的根源进行挖掘和分析,提出自己的看法和建议,锻炼其分析与解决问题的能力。

(3)确定话题表述方式。因为本专题主要是培养学习者进行教学方案设计的能力,与实际的教学工作紧密相关,设计出的话题也是要求学习者对客观现象进行思考和分析,解决实际的教学问题,因此话题采用的表现形式为案例型话题,通过列举一些带有抄袭痕迹的教案加深学习者的认识,语言风格上倾向于朴实型,直观易于理解,话题结构上属于单一话题。

（4）形成话题。经过以上分析，最终确定本在线讨论话题表述如下：

话题题目　抄教案的做法可取吗？

解释说明　在某论坛的留言区，一位教师这样写道："年年上同一门课，年年要写教案，教材不改，教案就要年年抄，这样还有必要写教案吗？"在中小学教学中确实存在这种情况，很多教师认为写教案是应付事，于是任课的第一年还认真编写，以后就照抄，在附件中给出了几个教案的例子，其中有的教案带有明显的抄袭痕迹，大家来说说这种做法可取吗？

3. 在线讨论实施

本话题的在线讨论实施过程如下。

（1）话题的发布。在线讨论话题在本专题教学内容开放之前放置到"教学设计方案"专题学习讨论区，面向全体学习者开放，开展以个人为单位参与的在线讨论。在在线讨论的讨论规则方面，仍旧是针对以个人为单位的在线讨论进行了规范性的限定，分别从行为道德、回帖内容和回帖格式三个方面对参与者参与在线讨论的行为进行了规范和约束，参见案例一中的针对全体参与者的在线讨论行为规范。

（2）在线讨论实施管理。在本专题在线讨论实施期间，话题组织者负责对在线讨论实施进行及时的观察、引导和控制，对在线讨论的过程进行全程的管理，对参与者的在线讨论行为和回帖质量进行监管。

4. 效果评价

在本专题在线讨论实施中，主要通过观察和分析回帖质量对参与者参与在线讨论的效果进行评价。

1）观察话题参与情况

本专题的讨论安排在学期末进行，随着教学的深入进行，话题参与者由最初对这门课程的理论学习已经逐渐开始转向对具体教学实践的关注，因此关于具体教学实践的话题很容易引起参与者的兴趣。

从参与话题的情况看，样本班级总人数 28 人，参与讨论人数 26 人，除去话题组织者的发帖，话题开放后共收到回帖 79 篇，大部分学习者能够对话题积极地进行回复，阐明自己的观点。由于参与者对本话题提及的现象褒贬不一，讨论也比较激烈，图 10.8 所示为三个参与者陈述个人观点的帖子。

通过观察，话题组织者能够及时了解在线讨论实施的情况，并对在线讨论实施过程进行监控，根据参与者在在线讨论实施过程中的表现，话题组织者在话题进行的过程中适时地对参与者的态度、观点、表达等方面进行了评价和引导。

2）分析参与者发帖的质量

在在线讨论实施过程中和话题在线讨论结束后，话题的组织者依据预先制定好的评价量表对每个参与者的发帖呈送评分。

例如，某参与者在本话题中回复了如下内容的帖子："我觉得笼统地说可取不

图 10.8　话题"抄教案的做法可取吗?"参与者讨论过程截图

可取,肯定是不可取。但现实中这种现象确实大量存在,原因可能有如下几点:

(1) 教材的确更新速度慢,教师们通常带至少 2 个班,每个教学内容至少得重复 2 遍,有的更多;教师们带一届学生结束后,课本的内容已经很熟悉了,所以现在大多数教师都是带第一届学生的时候备课,后来就不再备了,等检查教案的时候抄别人的或是自己以前的来应付。

(2) 教案的地位没有提高,学校考量教师工作的尺度通常是所带学生的成绩,而非教案。个人觉得尽管不可取,但抄教案也能够使有心的教师得到一些收获,因为创新也是需要知识和经验的积累,你抄别人的教案或别人抄你的教案,都是可以抱着一个学习的态度,说不定可以从别人的教案中获得灵感,来对自己的教案进行创新和改进。"①

该参与者首先说明了自己的态度和观点,并且进一步探索了抄教案现象的原因,有理有据,参与话题也很积极,回复及时,语言流畅,无错别字,得到了其他参与者的广泛关注,综合各评价项目,最终话题组织者给出了 91 分的评分。

通过对"抄教案的做法可取吗?"这一话题的在线讨论实施进行总体的观察、分析和评价,发现广大参与者能够在在线讨论的过程中明确观点和立场,讨论激烈,一些参与者还提出了改进书写教学指导方案的建议,在思辨中明确教学设计方案的作用和意义。参与者通过本话题的在线讨论,锻炼了分析与解决问题的能力及与他人交流沟通的能力。

----

① 引自 http://modle.hbu.cn/mod/forum/discuss.php?d=4926。

第 11 章　在线合作学习项目的设计与实施

当今世界,人与人之间、国与国之间、地区与地区之间的关系虽然是竞争与合作共存的关系,但是合作是社会发展的主流趋势。合作是人类社会中最基本的社会交往方式,是当今社会中人类生态文明的具体表现。合作是一个生态系统中生命个体间相互作用的基本形式,是个体发展的基本途径。依据生态学的基本原理,合理地设计在线学习的项目并有效地对其组织与管理,不仅可以培养学生的合作意识和能力,而且还可以促进虚拟学习环境的生态化。本章以中小学"信息技术"课程和大学"教学论"课程为例进行阐述。

11.1　在线合作学习及在线合作学习项目概述

11.1.1　在线合作学习

合作学习是指"以异质学习小组为基本形式,系统利用教学动态因素之间的互动,促进学生的学习,以团体成绩为评价标准,共同达成教学目标的教学活动"[109]。

社会学习理论认为,人的学习过程是人与人之间相互作用的过程,是同伴之间相互影响的过程。学生的知识建构依赖于合作、交往、对话等相互作用过程。因而,合作学习"以研究与利用课堂教学中的人际关系为基点,以目标设计为先导,以师生、生生、师师合作为基本动力,以小组活动为基本教学形式,以团体成绩为评价标准,以标准参照评价为基本手段,以大面积提高学生的学业成绩、改善班级内的社会心理气氛、形成学生良好的心理品质和社会技能为根本目标"[110],已经成为学生知识建构的基本途径,成为学习的一种基本形式。

1. 在线合作学习的涵义

随着近年来数字技术的迅速发展,网络在线学习成为学生学习的一条重要途径,计算机网络为学生提供了广泛的学习资源,打破了现实课堂时间、空间的局限,在线课堂延伸拓展并超越了现实课堂教学。同时,网络为学生的合作学习提供了平台。

在线合作学习是指学习者在网络课程中以集体的或者小组的形式针对某一问题的解决而开展的合作学习活动。与现实课堂一样,其组织形式以小组为基本单位,形成师生、生生之间的相互学习相互提高的氛围,目的是大面积提高学生的学业成绩。

在线与现实课堂教学中的合作学习相比有其独到之处,在时间上,所进行的学习活动可以是同伴同时在线的同步学习,也可以是延时的异步学习;在学习空间上,不必一定组织到一起来进行;在学习资源上,其学习资源较现实课堂丰富多彩,并且能够实现资源的充分共享;在对问题的思考上,学生能够有充分的时间和参考充分资料,为深入的思考提供保障;在参与度上,每个学生只要愿意就都有机会展示自己的才华。

2. 在线合作学习的生态学意义

1) 在线合作学习是网络课程中学习的基本形式

网络课程是应用学习管理系统构建起来的集学习资源与内容、学习项目与活动于一体的虚拟学习生态系统。在线合作学习是网络课程中学生与学生、学生与教师之间相互作用的基本形式。通过有效的在线合作学习活动,可以协调“生—生”关系、“师—生”关系,可以有效地发挥每个学生的功能,体现各自的“生态位”。

2) 在线合作学习是建立学习生态文明的基本途径

根据社会建构学习理论的观点,在学习过程中,学生个体之间的关系以合作为主要的社会关系,合作有利于个体间相互作用、相互影响、相互学习,进而促进知识的建构;从生态学角度看,合作是个体之间互惠互利、相互依赖和共同发展的基本途径,是实现生态系统稳定、和谐关系的基本途径。

3) 在线合作学习是减轻在线学习孤独感促进知识共享的良药

在线学习过程中由于师生、生生之间处于相对的分离状态,往往会造成孤独感的产生,渐渐失去学习的兴趣与动力,也不利于知识共享的实现。从群体动力的角度来看,合作学习理论的核心可以用简单的话来表述:“当所有的人聚在一起为了一个共同目标而工作的时候,靠的是相互团结的力量。相互依靠为个人提供了动力,使他们互勉、互助、互爱,而合作最能增加组员之间的接触。”[111] 因此,通过在线合作学习,实现同伴间的相互启发、相互欣赏、相互督促,产生思维的碰撞,共同完成学习任务,共同得以提高。

11.1.2　设计合作学习项目的必要性

合作学习的实施是一个完整的系统过程,在这个系统中,包括项目的设计、项目的实施、项目的评价等环节,其中项目的设计处于一个核心地位,它的合理与否直接关系到其他环节的有效进行。

1. 合作学习过程

合作学习大都以项目形式开展,因此又被称为基于项目的合作学习。一般来说,基于项目的学习包括以下 4 个阶段[112],如图 11.1 所示。

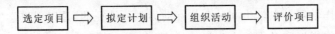

图 11.1　基于项目学习的流程图

（1）选定项目阶段。在这个阶段,学生根据自己的兴趣爱好,从教师提供的项目主题中选择要研究的项目。项目的选定可以由教师提供,也可以由学生自己确定。通常提倡后者,教师指导学生进行选择,帮助学生评价项目是否有研究的价值,避免强加给学生,造成学生不感兴趣或者不适合学生的发展水平和需求。在此过程中,教师根据项目的选择情况对学生进行分组,以便开展下一阶段的活动。

（2）拟定计划阶段。在这个阶段,有时候由于选定的项目过大,小组需要将项目细化,确定研究的项目点。同时,还需要制定达到目的的行动计划,包括时间安排、实施步骤和评价量规等。此过程可以由教师拟定,也可以由师生共同拟定。

（3）组织活动阶段。这个阶段是整个学习的核心,学生大部分的知识和技能都是在此阶段完成的。学生在这个阶段中按照计划安排,根据已提供的资料,围绕所选项目进行一系列学习活动,包括调查、观察、研究、表达新学知识、作品制作、成果交流、展示和分享成果等。

（4）评价项目阶段。在这个阶段,可以采用多种方式进行评价;从评价方式来说,可以采用过程性评价与总结性评价相结合的方式;从评价主体来说,可以是教师评价、学生评价与同伴评价相结合。评价的方法和工具主要包括调查表、访谈表、活动记录表、观察法、学习体会以及各种原始数据等,而评价量规一般在计划制定阶段已由教师或师生共同制定完成。

2. 合作学习项目是合作学习活动开展的核心

由上述分析可以发现,合作学习是由合作学习项目的确定、完成项目的过程、项目成果的评价等环节构成的,每个环节都是围绕着项目来进行的,因而合作学习的开展是以活动项目的设计为发端的。项目确立得是否科学合理,直接影响着整个合作学习活动的开展,如果项目的设计出现不适合学生的发展需求,项目过难或者过于容易,项目所涉及的准备知识不足,项目表述上晦涩难懂等问题,将会直接影响学生的学习兴趣,影响合作学习的有效性。因此,如何科学有效地设计合作学习项目(以下简称项目)便成为理论研究者和实践工作者必须面对的研究课题[113]。

11.2　在线合作学习项目的设计

11.2.1　项目设计的原则[113]

由于合作学习是以学生间的合作互动为主要特征的,是以促进学生的学习、培养学生的合作意识和合作能力为目的的,那么项目的设计应具有合作的必要、应适合学生的需要,应有利于学生的发展,在设计时应遵循如下几个原则：

1．适切性

设计的项目一定要适合进行合作学习。合作学习确实有它的优势所在,但并不是任何学习内容都适合采用这种方式,例如,简单的文字输入、插入表格等内容的学习就无需设计合作学习的项目,所提出的项目应该是一般学生通过自主学习无法完成,有一定综合性或难度的,是组内成员都比较感兴趣的,适合教学内容的特点,适合学生的需要。

2．可行性

设计的项目要切实可行,保证在有限的时间内能够完成,是小组成员力所能及的。项目要适合学生的年龄特点、适合学生的学力水平。依照维果茨基的最近发展区理论,项目的难度要处于最近发展区内,不能低于学生已有的知识技能基础,也不能超越学生当前的认识能力,是需要经过合作学习小组的努力,而且最终能够完成的。这样才会激发出学生合作的意愿,才能激发学生学习的热情,才会发挥学习共同体的创造性,也才能实现真正意义上的合作学习。

3．趣味性

项目的设计要有一定的趣味性,而且尽量是组内同学都感兴趣的任务。如果项目缺乏趣味性,学生对合作学习的项目不感兴趣,容易导致学生在活动的过程中,积极性不高,可能会表现出冷漠的态度,浪费宝贵的学习时间。

4．整合性

项目的设计要与其他课程和现实生活相联系,使学生在项目的完成中感受到所学的信息技术知识技能能够辅助其他课程的学习、能够解决现实生活中的问题,从而感受到学有所用,进而激发学习的热情。

5．挑战性

项目的设计要有一定的难度,需要付出一定的努力才能够完成。当要完成的任务不能独自解决或独自解决有一定困难时,学生会产生强烈的合作欲望,通过合作学习感受到集体的智慧和力量,感受到相互学习、相互帮助的重要性。但同时,难度也要适度,是学生通过集体的努力,能够"跳一跳摘到挑子",如果项目太大或太难了,学生往往会感到迷茫,不知所措,挫伤学生学习的热情。

6．开放性

开放性是指项目的解决途径、方法、结果不是唯一的,这类项目的解决需要调动学生多方的知识储备、挖掘学生的潜能,需要调动集体的智慧,合力完成,这样既可以使学生运用所学知识解决新问题,也能够激发学生合作的意识,培养合作的能力。

总之,合作学习项目的设计应以适切性和可行性为主线,以促使获得相应的信息技术知识技能、培养学生的学习兴趣、形成合作学习的意识与能力、提高学生分析问题与解决问题的能力为目的,为合作学习活动的开展奠定坚实的基础。

11.2.2　项目设计的过程[113]

进行合作学习的先决条件是有合作学习的必要性,所以,在项目设计的初期,首先要分析是否适合采用合作学习方式,根据教学目标、教学内容特点,分析学生的知识基础与学习能力水平,得出该学习单元确实适合采用合作学习方式之后,针对学习内容、学生特点、课程目标的分析来确定项目的规模、难易程度、特点、目标和类型。

1. 分析学习内容,确定项目的切入点

并不是任何学习内容都适合采用合作学习方式,如一些简单的基本知识和基本技能(如信息技术教学中的"用键盘输入信息"、"打印我的小作文"、"数据的计算"等内容)的学习就无需合作。对教学内容进行分析应该包括分析课程标准中针对该部分内容的相关要求,确定该内容的知识点,分析哪些或哪个知识点需要通过合作学习来完成。

(1)分析学习内容的难度。如果该学习内容的学习确有一定的难度,具有一定的挑战性,大部分学生不能独立完成,但综合以前学习过的知识和技能,通过师生、生生的相互配合、相互鼓励、共享资源的学习活动,能够更好地完成学习任务,并培养团结协作的精神,这正是进行合作学习的大好时机,可以确定相应的项目来引导学生合作学习。例如,九年级信息技术课程"网页制作"一课,分析其知识点包括"认识网页与网站"、"新建站点或网页"、"图片在网页中的运用"、"超链接的设置"、"网站的发布"等,第一个知识点可以自主探索学习,后面几个知识点对于初步了解网页的学生有一定的难度和挑战性。可以设计一个综合性的合作学习项目,来引导学生通过分工合作、相互学习、相互鼓励,共同提高。如发挥小组集体的力量,设计制作一个你们组同学感兴趣的网页,要求插入相应的图片,并建立文字和图片的超链接,然后发布到指定的位置。又例如,教学论课程中关于"教学理论流派"的学习,按照教学大纲的要求,学生需要对 7 种教学流派的思想进行了解,由于每一种流派的教学思想博大精深,而学习时间有限,不可能在课堂教学中给学生一一介绍。如果在课外由学生进行自主学习,其中的内容又具有一定的难度,学习可能达不到预期的效果。这样就可以将此内容设计成一个"教学理论流派"项目,在其中设置几个和目前教育教学改革密切相关的理论流派作为子项目,然后由学生根据自己的兴趣爱好选择进行基于项目的合作研究。在研究过程中,学生既进行子项目小组内的合作,又进行子项目小组间的合作,在项目学习结束时学生就可以对这几种教学论流派的思想有了初步的了解。

(2)分析在该知识点的学习中,是否有解决问题的不同途径。在解决某一问题时,可能会有很多种方法和意见,可能会认为自己的这种方法和意见是最好的。

这时运用合作学习可以相互启迪和激励、拓展思路。据此,教师设计相应的合作学习项目,激发学生产生合作学习的愿望,让每个学生能够展示自己解决问题的方法和意见。例如,信息技术课程中的"网上邮局"一课的学习中,要引导学生安全使用网络,在如何对待"朋友寄来的带有病毒的电子贺卡"问题上[114],学生们会有不同的看法,有的可能认为要以牙还牙,有的认为无所谓,有的认为要委婉告知等。这时教师就可以设计"面对朋友寄来的带有病毒的电子贺卡我们该怎么对待"为学习项目,引导学生通过小组合作学习的形式,进行思维的碰撞,吸纳别人的观点,辨明是非。再例如,对"教学论"的"备课与书写教案"部分学习的设计,可以把"教学目标的表述"作为一个子项目进行研究。学生针对某一个教学内容,会有不同的教学目标表述,那么就可以开展基于项目的合作学习,使学生以小组为单位相互比较和启迪、拓展思路,最终形成符合课程标准和表述规范的教学目标。

(3) 分析该知识点学习完之后是否需要进行扩展,同学之间相互学习有利于知识的拓展和延伸,运用合作学习的形式恰恰能够实现这一点。如学习了有关"网络病毒及其危害"内容后,可以引导学生就"我们应该如何使用网络"为合作学习的项目,组成合作学习小组,通过小组中及组间的交流进一步认识网络病毒的危害,习得防范网络病毒的措施,提高网络安全意识,并立志做一个遵纪守法的网民,这样,无论是知识还是情感方面都获得相应的提高[115]。再例如,"教学论"课程的学习中,当学生学习完有关小组合作学习的内容后,可以设计一个"课堂实录评价"的项目。以小组为单位,运用所学的相关知识,评价一节课堂实录中合作学习使用得是否恰当,还有哪些不足,需如何改进。这样通过小组内及组间的合作交流可以进一步拓展、加深对小组合作学习这部分内容的理解。

2. 分析学习者起始能力[105],确定项目的难易程度

合作学习项目的难易程度是关乎合作学习成败的重要因素。如果过难,经过共同努力不能完成,会影响学生学习积极性,如果过易,没有合作学习的必要,将影响学生学习的兴趣,都会成为失败的项目。

要想使设计的项目难易适度,首先要了解和分析学习者的起始能力。学习者的起始能力是指对该学习内容的学习已经具备的有关知识与技能的基础,以及对有关学习内容的认识和态度。在进行项目设计时,教师要了解学生是否具备了相应的知识和技能,是否存在着困难,以此来确定项目的难易程度。如信息技术课程中的基于"网上搜索"学习内容的"'华北明珠——白洋淀'旅游方案设计"合作学习项目,是在对学生的起始能力进行了分析的基础上确定的,学生已经掌握了文字的编辑、幻灯片的制作、初步认识了 IE 浏览器等基础知识和基本技能,为项目的完成奠定了必备的知识和技能方面的基础,但是,如何对整体方案的设计、如何整合搜索到的信息等工作的完成,对于大部分学生还确有一定的困难。这样的项目需要学生的分工与合作,需要相互的帮助与激励。再例如,"教学论"中"教学理论流派"

项目就是在对学生的起点水平进行分析的基础上确定的。学生经过前几次课的学习对教学论产生与发展的过程、对国内外教学论的思想有了一定程度的了解,具备了进行该项目的知识基础。但是,此内容的学习对于学生来说又有一定的困难。一方面,由于教学理论流派众多,学生在自主学习的过程中不能兼顾到所有的流派思想;另一方面,每个流派的思想又是博大精深的,在研究过程中学生会有困惑的地方。因此,可以设计"教学理论流派"这个项目,学生可以通过以小组的形式分工合作共同完成此项目的学习。

起始能力的了解和分析可以是在合作学习活动开始之前,通过分析学生以前学习过的内容、查阅考试成绩、谈话等方式,获得学生掌握预备技能和目标技能情况。

3. 分析学生的学习兴趣和态度,确定项目的活动内容

合作学习的目标之一是激发学生学习的兴趣,所设计的项目应该与学生的学习兴趣和态度相适应。学生是否对学习项目感兴趣,取决于学习项目的的内容和形式,学生一般不喜欢那些内容枯燥、形式单一的学习项目,更喜欢既需要动手操作,又需要动脑筋思考,同时需要相互切磋的合作学习项目。学生对所学内容的态度指是否愿意学习、是否对该内容感兴趣、喜欢采用什么方式进行学习等。所以,设计项目时要了解学习者对所学内容的兴趣和态度,以免造成教师积极性很高,但学生没有兴趣的现象。还以"'华北明珠——白洋淀'旅游方案设计"合作学习项目为例,这一项目设计的学习内容非常广泛,要想完成这一项目,需要综合以往学过的知识和技能解决新问题,更能够通过探索学习新的知识和技能,而且对项目的内容(通过搜索相关资料设计旅游方案)感兴趣,通过动手、动脑合作完成,项目的表述也别具一格,能够吸引学生。再例如,"教学论"中"备课与书写教案"这个学习项目的设计,就是依据教学大纲的要求,分析学生学习兴趣选择确定的。由十大部分教育学专业的学生未来去学校应聘的第一关就是走上讲台进行试讲,因此他们对于如何准备一节课、如何设计一节课的教案十分感兴趣,这样就依据学生的兴趣设计了"备课与书写教案"这个学习项目。进行学习兴趣和学习态度分析时可以采用谈话和观察等方法,需要教师平时做有心人。

4. 分析教学目标,确定"项目"的目标

合作学习的开展是为课程目标的实现服务的,所以设计的项目目标要与教学目标有相关性。在设计项目时,依照该学习内容的教学目标,确定项目的具体目标,即学生在知识技能的掌握方面、在能力的获得方面、在情感方面将有哪些变化。

以"'华北明珠——白洋淀'旅游方案设计"合作学习项目的设计为例,该学习内容的教学目标是"能够进行网络资源的搜集,能够对搜集的资源进行合理的加工和应用,做一个遵纪守法的网民等,以此为依据,确定该项目目标为能够利用网络搜集相关资料,并进行筛选;能够综合运用文字处理技术、IE 信息浏览和检索技

术、收发 E-mail 等技术、图像处理技术对搜集到的资料进行加工、处理和发布,提高运用信息技术解决实际问题的兴趣、意识和综合解决问题的能力;在合作学习的过程中增加成员之间的友谊,互相学习、鼓励,锻炼他们克服困难的毅力。再例如,以"备课与书写教案"项目的设计为例,通过分析该学习内容的教学目标,可以确定该项目目标为能够了解备课的相关环节;能够掌握教案设计的方法,并完成一份符合当前课程改革理念的教案;能够圆满地完成一节课的教学工作;在合作学习过程中能够提高个人的合作意识和能力。

5. 综合分析,确定项目类型[115]

在上述分析和研究的基础上,确定项目的类型并以适当的语言表述出来,在表述时应根据学生的年龄特点,做到具体明确、新颖别致。

1) 综合性学习项目

综合性学习项目往往是将所要学习的新知识融合在一个项目中,需要整合已经学过的知识和技能完成新知识技能的学习,并达到提升学生综合应用信息技术能力的目的。这样的学习项目是开放的、有价值的、学生感兴趣的,涉及的内容较广泛,耗时较长,需要多方面的知识和技能,学生通过自主学习无法完成或无法较好地完成,而合作学习小组能够发挥不同学生的特长,通过相互配合、相互帮助、相互讨论、相互交流能够完成或更好地完成,而且对学生的发展能够产生多方面的良好影响。

如"'华北明珠——白洋淀'旅游方案设计"即为一项综合性合作学习项目,仅凭个人在短时间内不容易完成,该项目综合了方案的设计、IE 信息浏览和检索、资料的加工、图像的处理、语言文字组织和处理技术、利用 PowerPoint 等工具软件进行信息的集成和发布技术等动,期望通过学生的系列合作学习活动,增加成员之间的友谊,互相学习、鼓励,锻炼他们克服困难的毅力,提高运用信息技术解决实际问题的兴趣和意识。再比如,"备课与书写教案"就是一项综合性学习项目。该项目要求学生综合运用已经学习过的教学目标、教学内容、教学方法、教学策略、教学评价等相关知识,设计一节课的教案,要求符合当前课程改革的理念。学生通过自主的学习无法较好地完成这一项目,而以小组合作的形式进行学习,通过小组内和小组间相互交流、相互学习则可以很好地完成此项目的学习。

2) 挑战性学习项目

具有挑战性的项目往往有一定的难度,必须付出更大的努力才能完成。有时可以由个人独立完成,但通过小组合作探究效果会更好,通过对困难问题的共同探讨与解决,增进成员之间的友谊,培养合作的意识。

例如,高中"网络技术应用"模块中的"网页的制作"内容的学习,可以通过某一主题网站的制作项目,应用 FrontPage 等工具软件来完成。学生通过前期的学习已经能够上网和浏览网页,基本掌握了从网上获取信息的方法,对网页有了初步的认识,但自己制作网页还需要探索很多相应的新知识和新技能,包括网页应如何规划和设计、在制作过程中哪个工具软件比较适合、如何发布和管理,这些问题的解决可以是个人自主探究完成,但对于大多数的学生来说是有一定的难度的,而且对于小组合作学习也具有一定的挑战性。再例如,"教学理论流派"就是一项挑战性学习项目,该项目要求学生了解当代几个有影响的教学论流派思想。如果学生通过自主学习,可能需要很长的时间才能了解这些思想,而且效果也不一定好;而采用小组合作的方式进行学习,依靠大家的力量分工合作探究学习,这样取得的效果反而会更好。

3）拓展性学习项目

通过学习,在获得知识、技能和情感态度后往往需要进一步扩展,运用合作学习的形式能够使成员之间互相学习、共同提高,如学习了有关"网络病毒及其危害"内容后,可以引导学生就"做一个遵纪守法的网民"作为合作学习的项目,通过小组中及组间的交流进一步认识网络病毒的危害,获得防范网络病毒的措施,提高网络安全意识,并立志做一个"遵纪守法的网民"。这样,无论是知识还是情感方面都将获得相应的提高。再例如,当学生学习完有关小组合作学习的内容后,可以设计一个"课堂实录评价"的项目。以小组为单位,运用所学的相关知识,评价几段课堂实录。对其中合作学习使用得是否恰当,还有哪些不足,需要如何改进等方面提出自己的观点,然后进行小组内和小组间的交流。这样经过思想的相互碰撞,可以进一步加深对小组合作学习这部分内容的理解。

4）趣味性学习项目

兴趣是最好的老师,合作学习方式的运用也同样需要激发学生的兴趣,首先所设计的项目要有一定的趣味性。如学习"用 FrontPage 软件制作图片"内容时,学习了基本知识之后,设计"以北京奥运为主题设计一幅宣传画"的合作学习项目,包括搜集或采集相关的图片,用 FrontPage 软件进行处理,合成需要的图片,实现主题创意,然后打印输出,这样的任务关注全国人民都在为之努力地活动,能够激发学生学习的兴趣。

5）评价性学习项目

人性中最本质的需求就是渴望得到尊重与欣赏,同样,每个孩子都希望得到他人的赏识与信任,在完成某一作品后,都希望将自己的作品展示给大家,获得老师和同学的认同。但是,每个同学都在班上展示并讲解说明自己的作品并获得师生的评价,在时间上是不允许的。这时可以引导学生进行小组合作学习,合作项目是"鉴赏评价其他同学的作品,小组同学共同讨论,选出班级最佳作品",学生们会积极地投入评比活动中。这样,每一个人都作为作者、评阅者、合作者,获得多重的心理满足,增强学习的兴趣、自信心,培养相互欣赏、互相学习、取他人之长、团结协作的精神。

总之,合作学习项目不是教师信手拈来、随心所欲提出的,而是经过对学习内容、学生、教学目标等因素的综合分析,确定合作学习项目类型,明确合作项目的学习目标基础上提出的。当然,并不是所有的合作学习项目都是课前设计好的,还应该根据教学过程中的具体情况,随时把握和创设时机,提出合作学习的项目,引导学生进行合作学习。

11.3　在线合作学习项目的实施

在线合作学习项目设计是在线合作学习活动开展的第一环节,它只是成功地实施学习活动的第一步,要达到预期的学习目标,对项目学习的组织实施是实现教学目标的必要途径。在实施的过程中所包括的因素有人(教师、学生)、物(硬件设备)、学习资源、学习的组织策略等因素。每种因素各自发挥着自身的功能,为项目合作学习的顺利实施与完成提供着支持,其中哪一种因素出现问题都将影响到整个合作学习项目的实施与完成。所以,无论人的因素还是物的因素,都要经过精心准备,对项目实施策略进行有效的设计。

11.3.1　教师(指导者)和学生的作用与任务

教师在整个在线项目合作学习过程中是教学的设计者、管理者、指导者、促进者、合作者、评价者。学生是基于项目合作学习活动的主体,是学习的主人,他们是否积极思考、积极合作、相互帮助、相互欣赏是学习活动成败的关键。在合作学习中很多工作是师生共同完成的,教师与学生需要做好以下几项工作。

1. 确定合作学习项目及进行整体规划

首先,教师要分析具体学习内容、学习目标,了解学生的具体情况,划定项目的基本范畴,确定项目学习的目标,它是项目学习的出发点也是归宿点;在此基础上,由教师直接设计并提出具体合作学习项目,或由教师启发引导学生对相应的学习内容进行合作学习项目的设计;然后师生共同对项目学习过程进行整体规划,包括如何分组、如何组织小组合作学习的活动、如何对学习的效果进行评价等。

当然,教师在进行学习整体设计的同时,也要对学生所做的准备做出设计,如使学生明白开展项目学习的意义,引导学生准备学习材料,提前思考相关的问题等。教师的设计是整个学习活动顺利开展的基本保证。

2. 组建合作学习小组

基于项目学习离不开小组之间的相互合作,简单地将学生安排在小组中并让他们一起学习,并不能提高学生的学习成绩和产生较大的效力[116]。科学合理地分组是有效进行合作学习的重要条件。教师需要根据已确定的项目及其目标来确定小组的规模和分组方式。

其中,小组规模的设计很重要,小组内人数的多少直接关系到小组成员的参与程度。一个小组人数过多,一方面会使小组每个成员所分配的任务有限,不能达到小组合作学习的效果;另一方面,规模过大的小组会给部分懒惰的学生提供逃避责任的机会,不利于个体的发展。反之,如果小组内人数过少,由于每个学生的知识、能力有限,小组的"合力"也就有限,从而使小组的学习效率受到影响[117]。从国内外学者的研究来看,合作学习小组的人数以 4～6 人为佳,这样既可以保证小组完成任务所需的基本人数,也可以避免小组内因为人数过多而出现的"搭车现象"。

1) 分组方式

在进行合作小组构建的过程中,分组方式一般有三种,分别为学生自由结组、教师指派结组以及随机结组[118]。

(1) 学生自由结组。在项目确定之后,列出项目(子项目)的主题,以及拟建立的项目小组,由学生根据自己的兴趣爱好选择感兴趣的项目主题或项目小组。

学生自由结组的优点在于尊重学生的选择自由,学生对所选择项目感兴趣,必然会在学习活动中更加有活力。同时这种结组方式也有一定的缺点,需要教师给予重视。有时学生的选择可能并不是出于对某个项目主题的考虑,而是因为自己好友的选择才进入同一个项目小组。又或是对自己的自信不足想在项目学习中"搭车",看到优秀的学生选择某一主题于是自己也选择。这样的方式也会引起选择"扎堆"的现象。

因此,学生自由结组的方式并不是教师放手不管,而是在给予学生充分自主选择权的同时,进行必要的引导。以教学论中的"教学理论流派"项目为例,我们采用了学生自由结组的方式进行分组。但是在实际操作中,注意到了两点:①在选择的准备阶段教师要使学生明白分组重要性;②在学生根据兴趣爱好选择项目主题时,需要提交主次两个选择。教师依据对学生的了解、课堂的观察以及选择的情况,在尊重学生选择的情况下对分组做出必要的调整,以保证项目学习的顺利进行。在这里教师要特别注意及时与学生进行沟通;所做出的调整须是微调,涉及的学生不能太多。

(2) 教师指派结组。教师在分析了项目(子项目)的任务及其对每个小组成员的要求后,结合对每个学生兴趣、特长、性格和能力等情况的了解,将学生指派到相应的小组中去。

教师指派结组的优点在于顾及了每个学生在项目学习中可能表现出来的特点,小组的组织比较均衡,可预见的冲突也比较容易解决。而缺点是学生没有选择合作伙伴的权利,只能在已建立的小组中学会与别人合作。这种方式与学生自由结组相比,尽管学生在合作过程中遇到的问题要少了很多,解决起来也相对容易一些,但是对于培养学生全面的合作能力还是有所欠缺的。

(3) 随机结组。通过一些辅助的手段随机建立项目小组,学生在哪个项目小组既不是由学生决定,也不是由教师决定,而完全是随机产生的。

　　随机结组的优点在于学生被随机分配到各个小组,必须在短时间内相互熟悉和适应,并且相互配合开展学习活动,这对于学生来说既是一种挑战,也是一种机会。可以在与不熟悉的人共同完成项目的过程中,打破思维定式,可能会收到更好的学习效果。例如,学生中的“强者”与“强者”若在一组,思想强烈碰撞则更会提高他们的学习效果;而学生中的“弱者”与“弱者”若在一组,由于没有强者的参与,他们在学习上没有了依托,反而会激起他们的求知欲望,这样也会提高他们的学习效果。而缺点是学生被随机分配到小组中,其兴趣、特长、性格和能力等的搭配也是随机的,可能会影响到项目学习的顺利进行。

　　这三种结组方式各有其优缺点,教师进行设计的时候,要根据项目的内容和教学的实际需要来确定分组形式,必要时可以综合运用上述分组方式进行合作小组的创建。

　　2) 小组成员的组织

　　在项目学习中,分组的结束并不意味着合作小组就真正形成了。在以小组的形式开展项目学习时,为了使小组成员合理分工、紧密合作、按时按要求地完成项目学习,我们可以采用“角色扮演”的方法,根据学生的不同特点让他们扮演不同的角色,使其在小组中发挥不同的作用。一般来说,在线合作学习小组内的角色和相应的责任见表 11.1。

表 11.1　在线合作学习小组成员角色及责任

角　　色	责　　任
组织者(领导者)	分配任务,督促组员完成任务; 协调小组成员间关系; 组织对本组及成员进行总结和评价
记录者	记录面对面讨论的过程、学习成果
总结者	总结项目小组在整个项目学习中的成绩与不足; 对课程的设计提出意见和建议
汇报者(发言者)	汇报项目小组的学习成果
评价者	制定小组成员的行为准则、评价标准; 对小组成员的表现、小组的成果做出评价

　　其中,组织者是小组内一个十分重要的角色。他是小组的领导者、组织者和协调者[117]。在一定程度上说,一个组织者选择的优劣直接关系到小组合作学习的成败。组织者的选择方式一般有以下三种:

　　(1) 教师直接指定。教师指定小组内组织能力较强、工作有热情、在同学中威望较高的学生来担任组织者。

　　(2) 小组内自己选定。组织者由小组成员自己选出,教师再根据实际情况做适当的调整,如教学论中的"教学理论流派"项目就是采用这种方式确定组织者的。

(3) 运用鼓励策略。教师适当运用鼓励策略,有意让平时成绩较差或者很少受到教师和同学关注,又或者性格比较内向的学生担任组织者。这样可以锻炼他们的领导能力,让同学发现他们的潜力,让他们树立信心,找到自我成就感,如"教学论"中的"备课与书写教案"项目就是采用这种方式确定组织者的[117]。

由于学生都是第一次在线项目合作学习,因此无论采用哪种方式确定组织者,组织者一旦确定,教师就需要对其进行一定的培训。培训的内容包括如何处理小组内的冲突、如何凝聚小组的力量、如何分配任务与组织评价等。

当然,在实际的小组合作学习过程中,以上几种角色并非都适合每次的学习,例如,在"备课与书写教案"项目中小组内就只有组织者、评价者和总结者,而其他成员都是任务实施者。在实际分组和安排角色的时候,要根据实际情况合理分配角色,如果需要可以让一个人担任几个角色,也可以一个角色由几个人担任,还可以根据合作的需要在学习中做相应的改变。

3. 合作气氛的构建

由于在线合作学习所具有的时间和空间上的特殊性,使得合作气氛的构建变得更为重要[119]。一个浓厚的合作气氛,可以激发学习者的学习热情、促使学习者积极主动地学习,而且当学习遇到困难时可以坚定学习者解决困难的信心。

形成合作气氛的因素包括学生是否有合作的意愿、在合作学习中是否有良好的活动组织、成员遇到问题时其他成员是否能够给予及时的帮助、教师是否能够给予必要的指导和监控。因此,在合作学习中,可以通过以下几种方式适时、适当地构建一个浓厚的合作学习气氛。

(1) 创设问题情境,激发学习者合作学习的意愿。可以提供典型的合作学习的示范案例,激励学生达到范例甚至超越范例所展示的水平,可以采取设置富有争议性的问题,促使学生利用自己原有的知识技能分析组织自己的观点与方法,引发他们进行多方面的学习和探讨,引发他们合作的欲望,有利于激发学习者合作学习的意愿;可以设置开放性的研究问题,而对于开放性的问题,由于解决问题的方法不是唯一的,而且单凭一个人有时也是很难完成的,因此学习者需要与他人进行合作交流,这样也有利于激发学习者合作学习的意愿。

(2) 培养和谐、上进的学习小组。选择一个强有力的组织者作为小组的核心,领导、协调小组的各项活动,使小组内形成团结、奋进的氛围。

(3) 教师及时引导、激励。在整个合作学习过程中,教师的角色是引导者、管理者,而学习的主体应该是各小组的成员。当小组由于出现"冲突"而自身无法解决面临解体的时候,当小组出现"学习疲劳"的时候,教师就要给予必要的指导。教师可以通过加强组织协调、减轻阶段性学习任务、加强诸如"鼓励"、"评价"等强化物、树立"榜样小组"等方法,帮助学生渡过难关,保证合作学习的顺利进行。

4. 教师对项目学习过程进行监控与指导

尽管之前教师对项目学习做出了整体设计，但是这还远远不够。因为设计在具体的实施过程中难免会遇到一些问题，如活动组织上的、学生知识上的、学习方法上的、活动中人际关系处理上的等，教师需要对学生提供必要的帮助和指导，同时也要仔细监控项目学习的过程，及时发现、指导和改正学习中存在的问题，推动学习的顺利进行。例如，当学生是第一次进行基于项目的在线合作学习时，对于这种学习方式还比较生疏，没有养成良好的学习习惯，在项目学习的过程中会出现一种"兴奋—疲劳"的过程。即当学生深入一个项目的学习中时，开始的兴奋将会消失，取而代之的是对困难和任务的抵触，出现一个疲劳的阶段。此时需要教师给予学生一定的指导和帮助。教师可以通过减轻阶段性学习任务、加强诸如"鼓励"、"评价"等强化物、树立"榜样小组"等方法，帮助学生度过这个艰难的阶段。再例如，在合作的过程中，有些学生不知道如何与本组同伴进行合作交流，教师要及时给予指导，使每个学生的积极性、潜能都能发掘出来。同时，教师可以深入小组中，作为小组一员，与学生分享资源，共同探究，分享成功的喜悦，成为学生学习的伙伴，并能及时发现学生存在的困惑，以便及时得到解决。

5. 师生对学习过程与结果进行评价

在项目学习结束后，教师需要对整个项目的学习进行评价，并且需要给予学生总结与反馈。在项目评价结束之后，教师一方面需要对课程设计中的不足做出总结，以在下一个项目的设计中做出改进。另一方面，要在课程相关区域中对学生在学习活动中的成绩与不足做出反馈。特别是对于学生的评价，要做到在指出问题的同时辅以鼓励和褒奖，这样学生才会更加努力地参加下一个项目的学习。

11.3.2　学习资源的设计

在基于项目的在线学习中，需要依据学习者的特征、项目学习的特点、项目的目标和内容对学习资源进行科学合理的设计。

在线合作学习的开展，可以利用网络的优势，按照在线学习的需要，为学习者提供文本、图片、多媒体课件以及视频学习资源，辅助学生开展项目学习。参照目前已有的对学习资源分类的方法，可以将在线课程中的学习材料分为预设学习资源、相关学习资源和泛在学习资源三类[120]。

(1) 预设学习资源。预设学习资源即根据项目学习的要求，由教师预先制作的学习材料，包括文本、图片、视频和多媒体课件等资料。例如，在线学习指南、项目学习指南、典型案例、可供下载的期刊文章以及视频资料。这些资源能够起到为项目的开展创设特定的问题情境、引导方向的作用，通过预设资源的学习，学生能够迅速进入项目的研究之中。

(2) 相关学习资源。相关学习资源即围绕研究专题或项目，有确定搜索范围的相关材料。包括相关资源网站(如中国中小学教育教学网 http://www.
k12.com.cn)、书籍、报刊、杂志中的相关内容。这种资源可以由教师推荐,也可以
由师生、生生之间在网络课程中的"小组文件交换区"相互提供。相关学习资源可
以起到导航的作用,能够帮助学生在所给定的搜索范围内尽快找到相关信息,为项
目的完成提供帮助。

(3)泛在学习资源。泛在学习资源即广泛存在的各种学习材料,如互联网上
的信息资源,自然界和人类社会中所有的信息资源,凡是可以作为学习和研究对象
的都可以包括在内。在上述两种资源学习的基础上,学生通过泛在学习资源的利
用,获得更为丰富的信息,从而为学习项目的完成提供更为广阔的思路。这种资源
可以是教师提供,也可以是学生经过自主探究寻求的相关资源,上传到"资源共享
区",实现资源的共建与共享。

建构主义的基本观点认为,学习者所获取的知识不是由外部直接给予的,而是
通过学习者自主建构而形成的。这就要求小组成员在学习过程中首先根据预设资
源和相关资源进行搜索学习,然后扩展到泛在资源的学习,即努力从广泛的互联网
资源中筛选和构建对学习有帮助的资源,通过对各种学习资源的综合处理和吸收
完成项目学习的任务。

11.3.3　基于项目的在线合作学习活动的组织与实施

基于项目的在线合作学习的实施过程是按照"确定项目—制订计划—组织活
动—评价项目"流程进行组织的。在不同项目的学习中,流程各个阶段的活动组织
也是不一样的。

1. 确定项目与建立小组阶段

教师和学生是确定项目的主体,既可以是由教师提供,也可以是由学生自行确
定。无论是哪种方式,都需要教师首先提供一个大的项目主题,以确定学习的大致
范围,然后由教师事先设定子主题,各个学习小组选择确定本组的具体研究项目;
或者由小组成员围绕着项目主题自主设计子主题。例如,"教学理论流派"项目,教
师可以将需要研究的 7 个子项目主题列出来给学生见如表 11.2,这 7 个子项目是
与现今教育教学改革密切相关的教学理论流派。

表 11.2　7 个子项目主题

序号	子项目主题	序号	子项目主题
1	布卢姆的教学论体系	5	杜威实用主义教育思想体系中的教学理论
2	布鲁纳的认知结构教学理论	6	后现代主义教学理论
3	罗杰斯和马斯洛的人本主义教学理论	7	建构主义教学理论
4	德国瓦根舍因的范例教学理论		

小组的建立可以是学习活动开始之前组建好，也可以是根据对学习项目中的子项目的兴趣自由结组。有关项目小组的组织在本节第一个问题中已经进行了详细的说明，这里不再赘述。组成项目小组后，根据项目的内容、特点，进行角色分配（包括组织者、记录者、总结者、汇报者和评价者）。分配的形式有教师直接指定、小组内自己选定和运用鼓励策略三种。最后教师在项目模块中将各小组角色分配的情况予以公布，这样对小组成员在活动中的表现可以起到无形的督导作用。

2. 制订计划阶段

在这个阶段，有时由于选定的项目过大，小组需要将项目细化，确定项目研究的内容和结构。同时，还需要制订达到目的的行动计划，包括时间安排、实施步骤和评价量规等。项目计划可以由教师制订，也可以由师生共同制订。但是不论项目计划由谁来制订，项目的细化过程都是在教师的指导下由小组成员共同完成的，所制订的计划须在项目模块中予以公布。

1）项目的细化

教师所列出的项目或若干子项目只是接下来要研究的项目主题，而主题中包含哪些内容、小组要选择哪个项目内容进行研究，这就需要在教师的指导下由参与该项目或子项目的成员共同决定，这个共同决定的过程就是项目细化的过程。

在小组进行项目细化的过程中，教师可以通过引导学生使用头脑风暴、讨论等方法将自己的想法表达出来。在交流中，任何想法都应该受到欢迎，想法无所谓对与错、重要与不重要之分。教师不要急于对学生想法的可行性做出判断，而应该引导学生在小组讨论中论证想法的可行性，并最终确定项目研究的内容和结构。在这个过程中，学生既可以获得知识，同时也可以学会思考问题的方法。

2）行动计划的制订

行动计划的制订包括时间安排、实施步骤和评价量规等。项目计划可以由教师制订，也可以由师生共同制订。

（1）教师制订计划。通常，如果之前学生没有过项目学习的经历，那么可以由教师来制订项目学习的计划。这样制订出来的项目计划具有较强的可行性，符合教学的计划，项目学习的进行也会相对顺利，同时有助于学生在项目学习中学会制订项目计划的方法。以"教学理论流派"项目为例，包括时间安排、实施步骤和评价量规都是由教师制订的。在项目学习活动开展之前，教师向学生介绍整个计划方案，之后学生按照计划进行项目学习。

（2）师生共同制订。这种方式是由教师提出项目目标、项目的开始和结束时间，以及教师评价的量规，然后各小组通过讨论，在综合小组成员意见和建议的基础上，制订本小组的项目计划，包括小组内学习交流活动的时间规划、活动的组织实施安排以及小组的评价量规。各小组需将制订的项目计划上传至网络课程的相应区域，比如"项目计划上传区"。小组成员是否能够按照自己制订的计划进行学习,是最终对项目学习进行评价的一个重要依据。

当学生对于项目学习有了一定的了解时,尽量鼓励学生采取这种方式制订项目计划。它的优点是学生拥有了更多的学习自主权,小组内可以通过讨论确定小组的项目计划。同时,这样的计划是综合小组成员意见制订的,在项目实施中必然能够得到小组成员的支持和遵守,因而有利于学生积极性的调动,有利于学习活动的顺利开展。

3. 开展合作学习活动阶段

在项目计划制订之后,每个项目小组和各小组的成员就要开始着手完成各自所承担的学习任务。一般来说,在项目组织活动阶段的具体目标就是将制订的计划落实为行动,制作项目作品,并将项目的作品作为一项成果展示出来[118]。它是项目学习的主体部分,学生大部分知识内容的获得和技能的掌握都是在此过程中完成的。此阶段的学习活动由活动探究、问题的解决与作品制作、成果汇报三个部分构成。

1) 活动探究

小组及其成员按照制订好的计划围绕学习项目展开“自主—合作—探究”的学习。在此过程中,小组成员不论是按照小组分工围绕自己的学习任务进行自主学习,还是进行小组学习任务整合的合作交流,都遵循一定的科学研究方法与原则:在进行研究之前,应在对将要研究的主题具有初步认识的基础上提出假设;在研究的过程中,在对研究内容有了进一步的看法后,应该提出解决问题的假设,然后借助一定的研究方法和技术工具来收集信息;最后,对收集的信息进行加工和处理,对开始提出的假设进行验证,最终得出问题解决的方案或结果[121]。

在收集信息的过程中,合作探究是必不可少的。小组成员为了实现共同的项目目标,在进行项目学习时,一方面需要对教师已提供的预设学习材料、相关学习材料进行处理、加工,另一方面还需要通过探究从泛在学习材料中提取相关学习材料进行处理、加工,而这一过程通常是由小组成员共同完成的。

2) 问题的解决与作品制作

问题的解决或作品制作的过程通常是与活动探究、作品交流交融在一起的。在作品制作过程中,小组及其成员根据活动探究中整合的资料,运用在学习中所获得的知识和技能来解决问题、完成作品的制作。在这一学习过程中,小组成员在学习了相关材料后,根据项目计划要求在讨论区提出自己的疑问、意见和建议,而小组成员须对其他同学的问题给予及时的回复,进行小组间的讨论。小组先通过组内的合作交流形成最初的观点与方法,上传至“最初成果上传区”,组内同学和组间同学进行进一步的交流,吸收组内外的观点修改完善最终形成项目的成果。成果的形式根据项目不同的特点,可以是研究报告、Powerpoint 幻灯片、视频片段等。

3）成果汇报

成果汇报是项目学习中一个不可缺少的环节。作品完成后，教师要组织、指导项目小组进行成果汇报。成果汇报的作用如下。

（1）激发学习兴趣。对项目研究者来说，他们的作品都是经历了较长的时间潜心计划和制作的，如果在一个更大的范围内进行作品的汇报展示，意味着是对他们所做努力的肯定，使他们获得成功的体验，这必然可以激发他们以后继续研究的兴趣。

（2）实现相互学习、知识与智慧的共享。各项目小组通过向班级成员汇报他们的作品，可以表达他们在项目学习中所获得的知识与技能，交流项目活动过程中的体验与感悟，能够使相同研究项目小组之间相互学习，取长补短，也能够使不同研究项目的小组之间实现知识与智慧的共享。

（3）促进研究成果的进一步完善。成果汇报的过程除了要对成果进行介绍外，往往还伴随着同学与教师的反馈，这些反馈不仅包括师生的赞许与认可，还会有一些批评、质疑和修改的意见，这些都有助于小组进一步对成果进行完善。

4. 评价项目阶段

对项目学习进行评价就是要检查项目学习活动是否达到预期的目标，项目学习者获得了哪些知识和技能，总结项目学习中还存在着哪些不足以待改进。同时，根据需要对项目学习者进行成绩评定。

由于各个活动步骤的评价量规与评价方法和工具在计划制订阶段都已制订完成，因此在此阶段可根据已制订的评价量规，应用相关的评价方法和工具对项目学习进行评价。评价的方法和工具主要包括调查表、访谈、活动记录表、观察法、学习体会以及各种原始数据等。一般来说，项目评价工作是由师生共同完成的。在评价过程中，要注重过程性评价与总结性评价相结合；教师评价、自我评价与同伴评价相结合。

1）过程性评价与总结性评价相结合

在评价中，一方面是对项目成果的评价，即对所完成的项目作品进行评价；另一方面是对项目学习过程的评价，即对整个项目学习的过程进行综合评价。在总结性评价中，要强调学生知识和技能的掌握程度；而在过程性评价中，要强调学生在过程方法、情感态度价值观方面的变化。教师不仅要对学生在每个活动步骤中的表现和所取得的成绩进行评价，同时还要对项目学习者的发展状况进行评价。它包括以下 4 个方面的能力[118]。

（1）专业能力。专业知识的增长、项目活动经验的积累、独创性和创造性的发展。

（2）方法能力。工作和学习技能的提高（分析、计划、设计、展示、评价的技能）、收集和处理信息能力的增强、使用学习材料和工具能力的提升。

（3）社交能力。合作行为与合作方式、交流能力、理解力的增强、批评与自我批评能力。

（4）个性能力。对项目活动的个人观点、个体在项目成果中发挥的作用、动机和责任心。

2）教师评价、自我评价和同伴评价相结合

传统学习中学生的学习是由教师来评价的，这种单一的评价模式忽视了评价主体的多源性，容易导致评价结论的主观和片面。为了改变这一状况，在项目学习中我们使学生、合作小组参与到评价过程中来，注重发挥学生的主体作用，增强他们的主动性和能动性。因此，我们在项目学习中采用教师评价、自我评价和同伴评价相结合的评价方式。

（1）教师评价

教师主要根据两个方面对学生的学习进行评价：①依据学生自我评价、小组自评、组间互评等方式收集的信息进行判断而做出适当的评价；②可以通过观察、电子追踪工具、与学生进行交流等方式收集相关信息做出适当的评价。

（2）自我评价

自我评价包括学生的自我评价和小组的自我评价，是指学生或者小组对自我在学习活动中的表现所进行的评价。通过批判性地评价自己的表现和成果，有助于学生或小组对自己的行为进行反思，有助于加深对知识的掌握，有助于积累学习经验。自我评价可以采用依据量规自我评价与撰写学习总结相结合的方法。在进行自我评价时，学生或小组可以对一个阶段的学习进行总结与分析，总结取得的成绩，分析学习中的不足，找到造成不足的原因。

（3）同伴评价

同伴评价包括小组内互评和小组间互评。小组内互评是指合作小组内部不同成员间对于他人的成果、贡献、小组参与度进行的相互评价。由于都是小组合作学习活动的参与者，因此这种评价往往是真实客观的。小组间互评是指各个小组依据项目目标和评价量规对其他小组的成果、学习活动进行的评价。本小组通过其他小组的评价可以使自己从较宽的视野重新看待自己的成果和学习。

专题四

生态化虚拟学习环境中
学习支持与评价系统的设计

　　自主学习是虚拟学习环境中学习的主要形式,是学生与虚拟学习环境相互作用的重要形式,也是学生自我发展的主要途径。因此,通过有效的自主学习支持系统,可以激发学生学习的动力与活力,维持学习的顺畅性与持久性,实现学生的自我发展。其中,学习支架和学习评价是自主学习支持系统中的重要因素,在促进虚拟学习环境生态化方面具有重要的作用。

第 12 章　虚拟学习环境中的
自主学习支持系统设计

自主学习活动是虚拟学习环境生态系统中主体与环境相互作用的主要形式，也是学生为了适应虚拟学习环境所必须具备的一种学习行为。一方面，学生的自主学习活动是保持虚拟学习环境繁荣、演化的动力；另一方面，虚拟学习环境为学生的自主学习活动的开展提供了内部和外部的支持。通过设计有效的虚拟学习环境，可以实现学生与环境的和谐作用。

12.1　虚拟学习环境中自主学习的条件

加涅的"学习的条件"理论认为学习的发生有其内部及外部条件。内部条件是有助于学习的一组因素，是个体在从事任何新的特殊学习之前已经存在的性能。"先前习得的性能构成了学习必要的内部条件，这些内部条件通过一组转化过程而发挥作用，即学习者自身的条件。外部条件即学习的情境条件，学习在很大程度上依赖于个体和与之发生相互作用的环境事件。学习不只是自然出现的事件，也是在某种可以观察的条件下出现的事件，而且人可以改变和控制这些条件。"[122]同样，在虚拟学习环境下的自主学习中，也有内部条件和外部条件制约着网络自主学习的发生。

12.1.1　自主学习是虚拟学习环境生态系统运行的基础

信息化社会是学习化社会，学会学习是现代人最基本的素质，是维持个体生态发展的基本途径。因此，教育被赋予新的使命，教师要给学生创设一种自主学习的环境，培养他们自主学习、自主解决问题的能力，以迎接信息化社会的挑战。"自主学习"可以概括为以下几个方面的特征：①学习者参与并确定对自己有意义的学习目标，自己制订学习进度，参与设计评价指标；学习者积极发展各种思考策略和学习策略，在解决问题中学习；②学习者在学习过程中有情感的投入，学习过程有内在动力的支持，能从学习中获得积极的情感体验；③学习者在学习过程中对认知活动能够进行自我监控，并做出相应的调适。因此，可以把自主学习定义为学生个体在学习过程中一种主动而积极自觉的学习行为，是学生个体非智力因素作用于智力活动的一种状态显示。它表现为学生在学习活动过程中强烈的求知欲、主动参与的精神与积极思考的行为。其重要特征是已具备了将学习的需要内化为自动的行为或倾向,并具备了与之相应的一定能力。

　　从生态角度看,自主学习是个体和种群的一种活动,是主体间(师生、生生)、主体(教师和学生)与环境间交互的基本形式。与教师主导的学习活动相比,自主学习过程中,由于学生有较高的热情和较强的动力,教师与学生、学生与学生之间的交互更为频繁和深入。它既是个体和种群成长的方式,也是环境生态平衡、友好、和谐、有序运行的机制。因此,自主学习是虚拟学习环境生态系统的基础。

12.1.2　自主学习活动与学生

　　自主学习活动是学生与环境交互的重要活动。为了保证自主学习活动有序、有效地开展,学生必须主动适应环境,具备在虚拟环境中开展自主学习的条件和能力。这些条件和能力包括以下几个方面。

1. 先决知识的掌握

　　人与环境和谐共处,不仅需要环境的改变,也需要人对环境的适应。学生作为环境的主体,其学习活动的开展一方面需要环境的支持,另一方面也需要学生适应环境。自主学习活动不仅需要外部环境的支持,还需要学生具备一定的条件而满足环境的要求。这些条件和要求就是自主学习的内部条件。加涅的"学习的条件"理论认为有助于学习的一组因素是个体在从事任何新的特殊学习之前已经存在的性能。先前习得的性能便构成了学习必要的内部条件,这些内部条件通过一组转化过程而发挥作用。具有一定的先决知识和技能是获得自主学习能力以及进一步学习知识的先决条件,即自主学习者的学习准备。

　　在虚拟学习环境中,学习资源十分丰富,所有的学习资源都是对学习者自由开放的,学习者完全处于自主探索学习知识的状态。在虚拟学习环境下的自主学习过程中,不能像在传统教学中一样,教师提前将要学习知识的上位知识或下位知识传授给学生,学生要实现在网络中探索学习新知识,必须首先掌握所要学习知识的先决知识。先决知识与技能的掌握是形成同化、实现学习的前提条件。奥苏伯尔的"有意义学习"理论指出,有意义学习过程的实质,就是符号所代表的新知识与学习者认知结构中已有的适当概念建立非人为的和实质性的联系。"有意义学习"理论强调在新知识的学习中,认知结构中的原有适当观念起决定作用,这种原有的适当观念对新知识起固定作用。

　　同时,学生创新能力的培养指向于学生问题解决能力。问题解决的过程就是运用已有的知识经验等对新的问题情境作具体分析,找出问题的起始状态与最终结果之间联系的过程。问题解决过程当中的关键就在于对问题生成合理的表征,这种问题的合理表征必须要求学习者将已有的知识经验具体运用到当前的问题表征当中,使得已有的知识经验与问题发生联系,这种学习者原有的知识经验在问题解决过程当中的具体化过程也就是同化与迁移的过程,学生解决问题的能力与已有知识经验之间的积极迁移是密切相关的。例如,学生通过网络进行自主学习中国地理知识"中国的气候"这一部分内容时,首先应该掌握中国的地理位置这一重要的先决知识,了解中国的一些地区处于亚热带和温带,熟悉亚热带和温带地区的气候特征,才能够在自主学习中理解其气候属于亚热带季风气候和温带大陆气候。因此,在虚拟学习环境下的自主学习支持系统设计中,实现对先决知识的掌握是实现虚拟学习环境中的自主学习的必要内部条件。

2. 具有元认知能力

1) 元认知概述

元认知(metacognition)是美国心理学家弗拉威尔于 20 世纪 70 年代中期提出的一个心理学概念,其核心是对认知的认知。元认知包括元认知知识和元认知监控两部分。元认知知识是关于个人的认知活动以及影响这种认知活动的各种因素的知识,主要包括以下三方面的内容:①有关认知主体方面的知识(关于个体内差异的认识、关于个体间差异的认识、关于主体认知水平和影响认知活动的各种主体因素的认识);②有关认知材料、认知任务方面的知识;③有关认知策略方面的知识。元认知知识可以引导学生根据认知任务、认知目标和认知策略彼此间的关系,以及它们与学生自身的能力、对所学内容的兴趣的关系,来对其选择、评价、修正或放弃。元认知策略则可以处理认知过程中如何对学习进行控制、组织和思考的问题。元认知监控是指主体在进行认知活动中,将自己正在进行的认知活动作为意识对象,不断地对其进行积极而自觉的监视、控制和调节的过程。目前,心理学界和教育理论界对元认知发展和培养研究的主要结论如下[123]。

(1) 学生掌握元认知知识的深度与广度与其元认知监控能力之间存在显著的正相关。

(2) 元认知能力在学生的学习、记忆、理解、问题解决等方面起着重要的作用,其中与阅读能力、思维品质的相关性更为明显。

(3) 元认知水平可以通过训练得到提高,其提高的幅度视训练的策略与手段正确与否而定。

因此,培养学生的元认知将对于提高学生的学习能力,使其在后继的学习过程中充分发挥潜能具有重要的意义。

2) 元认知能力是网络自主学习的必要内部条件

虚拟学习环境下的自主学习,是指学生利用虚拟学习环境提供的学习支持服务系统主动地、有主见地、探索性地学习。其实质是在教与学的过程中,充分发挥学生的主观能动性和创造性,并在主体认知生成过程中融入学生自己的创造性见解。自主学习,必须有支持学生自主学习条件的良好外部环境。此外,学生没有良好的内部条件也无法完成自主学习。只有在内、外部条件的共同支持下,学生才能够保持良好的学习状态和进度,并随时监测自己的学习效果,实现自主学习。

　　网络以其资源的丰富性、交互的实时性和广域性、学习方式的灵活性等特征为自主学习提供了一个良好的支持条件。丰富可靠的资源、良好的管理、及时的交互是虚拟学习环境自主学习发生的必要外部条件,而自我导向、自我监控、自我管理等元认知能力是实现自主学习的内部条件。网络教学环境最突出的特点之一就是学生享有空前的自主权。网络课程本身并没有强制学生贯彻某学习日程或学习方式,这就为发展学生的自主探索和创新能力提供了潜在的便利条件。由于在网络课程的教学环境中,教师没有直接组织教学,也不能事先就确定好教学活动在线性方式下发生,所以需要学生经常考虑如何调整和完善自己的认知过程,只有具备监控自己学习的元认知能力,才能驾驭网络课程的学习材料。如果学生不能经常有意识地调整自己的学习进度,取舍学习材料,调整学习方法和确定学习路径,就可能经常陷入事倍功半的困境,学习兴趣也会受到学习效率和效果的影响。例如,学生通过网络自主学习"中国的地形"这一部分内容时,很容易被各种地形地貌所吸引,学习到"喀斯特地貌",学生自然会联想到"桂林山水甲天下",如果没有良好的元认知监控能力,在网络自主学习环境下,学习支持系统不能及时给予提示和监控,学生的思路很有可能就会徜徉在美丽的山水之间,注意力难以回到原有知识点,难以对自己的学习进度和内容进行控制,从而不注重各种地形地貌的比较,不容易形成系统全面的知识体系。

　　国外有关元认知在学习过程中作用的研究表明[124],学习中的元认知可以提高学生对学习目标的认识,是学生学习策略的核心,是学生学习策略迁移的关键。因此,在全面倡导素质教育的今天,通过网络自主学习培养学生的元认知能力具有非常重要的现实意义。

3. 基于元认知视角的网络自主学习过程

　　自主学习是学生主动探索知识、解决问题并形成个体观点的过程。元认知作为人对认知活动的自我意识和自我调控,是在学习中实现主体性、独立性和超前性的保障。学会自主学习的过程,实际上也是掌握元认知知识并学会监控学习过程的过程。因此,网络自主学习过程,既是在元认知知识和元认知监控的调控下制订学习计划、进行认知活动的过程,又是将自己正在进行的认知作为意识对象,不断地对其进行积极、自觉的监控,学习元认知知识的过程。同时,在整个网络自主学习过程中,学生的自主学习也会受到教师以及社会人文等因素的影响,如图 12.1所示。

1) 制订学习计划阶段

　　虚拟学习环境下自主学习计划的制订过程需要元认知知识的指导,同时计划的制订过程也是元认知知识的学习过程。

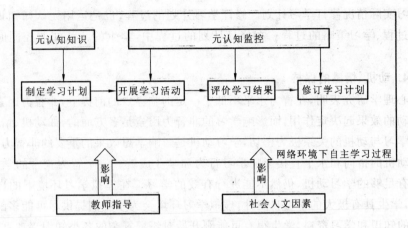

图 12.1　基于元认知的自主学习过程

　　（1）在网络服务及教师的指导下,学生可以分析自己的学习特长、整体学习能力,以及可能影响学习活动的各种因素。

　　（2）通过网络课程的内容介绍,学生可以确定所要学习知识的难度、学习目标、学习时间,从而掌握认知材料、认知任务方面的知识

　　（3）在网络课程以及教师的指导下掌握不同学习材料相应的学习方法,即元认知中认知策略方面的知识。

　　通过这一阶段的分析,学生就可以制订出个性化的学习计划,在实际操作中,运用学到的元认知知识,根据个体差异、认知材料特点、认知目标和认知策略彼此间的关系,来进行学习计划的选择、修正和评价。

　　2）确定、开展学习活动阶段

　　在确定、开展学习活动的过程中,元认知监控伴随着整个学习过程。虚拟学习环境下的学习资源丰富、时间灵活,教师对学生的控制相对较少。因此,学生主要通过自己的元认知策略来促进知识的迁移,并对自己的学习活动进行自我监控。同时,在学习任务、教师指导以及网络管理的提示下,学生逐渐增强自我控制能力,增强学习动机,进行认知调控,从而在自主学习的过程中掌握并强化了自我监控能力。

　　3）评价学习结果阶段

　　学习结果评价主要由学习中评价和学习末评价两部分构成,学生主要参与学习中评价。通过在学习过程中的自我监控,学生可以随时对自己进行学习中评价,反思学习过程中的进度安排,学习方法是否适用等。通过教师的学习末评价以及指导意见,学生可以进一步了解自己的学习效果。根据教师的学习末评价学生还可以反思自己的评价方式,从而加强自我评价能力。

　　4）修订学习计划阶段

　　学生可以根据上述学习中评价以及学习末评价的结果,及时调整学习过程,根

据学习实际情况修订学习计划。修订学习计划的过程,也是运用元认知知识反思学习过程、学习策略的过程。在修订计划的过程中,学生的元认知监控同时得以强化。

4. 动机、情感的保持

心理学研究表明,在智力水平不低于一定的临界点的前提下,非智力因素对学习活动的效果起决定作用,而影响学习的非智力因素是多方面的,如动机、情感等。

学习与动机的关系极为密切,学习动机是影响学习效果的重要的非智力因素,学习动机的指向和水平直接影响学习行为和学业成就。一个智力正常的学生,如果没有足够的学习动机,仍然不能进行有效的学习。在虚拟学习环境下的自主学习中,学生具有极大的学习自主性,虚拟学习环境会为学生们提供尽可能多的并且适合的知识和学习资料,学生很有可能刚开始对纷繁复杂的各类知识兴趣百倍,但是经过一段时间就失去了学习的兴趣和动机。例如,在通过网络学习"地球上的大气"这一部分内容时,同学们很可能在开始学习的时候,对所学习内容十分感兴趣,对地球上的大气构成充满了好奇,但是如果学习动机不够明确,学生很快就会对学习过程中需要掌握的关于大气的枯燥数字失去兴趣。因此,培养和激发学生的学习动机,尤其是在虚拟学习环境下的自主学习环境中动机和兴趣的保持就成为一项重要任务,也是实现校园虚拟学习环境下自主学习必要的内部条件。

学习动机的激发是在一定的教学情境中,利用一定的诱因,使已形成的学习需要由潜在状态变为活跃状态,形成积极性,激励学生努力学习。学习动机在自主学习中的功能有以下几个方面。

1)启动功能

自主学习是以学生为中心,它是一种主动而非被动的学习,学习效果如何主要取决于学生的学习自觉性和积极性,而学习动机是引发学生学习行为的内驱力,它可以激发学生产生强烈的求知欲,高涨的学习热情,巨大的学习主动性,驱使学生积极采取一系列学习行为去接受信息,并对知识进行有意义的建构。

2)导向功能

自主学习是一种相对独立的学习,要求学生对学习的各种资源、媒体和手段做出自主选择,相对独立地开展学习活动。面对丰富的教育教学信息,学生容易迷茫和困惑,而学习动机犹如指南针,能将学生的学习行为引向一定的学习目标,从纷繁复杂的信息中选择有意义的信息,避免无关信息,采取有意义的学习行为,直到实现学习目标。

3)维持和监督功能

建构主义理论认为,自主学习实际上是元认知监控的学习,是学生根据自己的学习能力与学习任务积极主动地调整学习策略的过程,因此对学生的自我监督、自我调节、自我控制的意识和能力要求比较高。若学生的学习动机强度小,则极易半途而废,而强烈的学习动机可以驱使学生严格自律,积极调控学习行为,服从社会发展和自我发展的需要,自觉制订学习自标、拟定学习计划、选择学习方法、战胜学习困难,最终完成学习任务。

情感也是促进学习发生的必要条件,情感往往是学生首先选择学习内容的重要影响因素之一,并且影响整个自主学习过程。例如,学生通过网络进行自主学习地理知识的时候,往往首先选择自己喜欢的学习内容,在选择各国的矿产资源时,大部分同学都会首先选择中国而非其他国家的矿产资源作为首先学习的内容,这是情感在影响着学习的发生的一个侧面反映。如果学生对某些学习内容表现出较为持久的情感倾向,往往他在学习这一内容时,也会较为持久稳定。在虚拟学习环境下的自主学习环境中,培养学生对所学习内容一贯的兴趣和情感,是维持学生自主学习动机,启动学习者认知加工的重要手段。情感因素在虚拟学习环境下的自主学习环境中的地位和作用主要通过以下三个方面表现出来。

(1)通过促进智力的实现与发挥来影响学习。情感对认知活动(学习)具有驱动作用。情感与内驱力和学习动机有密切的关系,情感可以使内驱力放大,学习动机增强,从而推动认识活动的进行。情绪或情感甚至可以在内驱力缺乏时,也有足够的力量来驱策行动,如兴趣、爱好等。

(2)通过控制某些不良的主观因素来影响学习。在教学过程中,除智力外,还有一些不良的主观因素,如情绪、不良兴趣、薄弱意志、不良习惯等都会妨碍学习的有效进行。如果情感因素能够得到锻炼与提高,就能对那些不良的主观因素加以控制与调节,从而促使学习的顺利进行,获得较好的学习效果。

(3)通过克服种种客观条件的消极限制来影响学习。在基于虚拟学习环境的自主学习过程中,除了某些不良的主观因素妨碍学习外,还会有许多不利的客观因素条件,如外界环境不符合标准、学习方法不得当等,这些都必然要降低学习效果、影响教学质量。如果能够帮助自主学习的学生自觉地培养自己的学习情绪和情感,就能很大程度上消除不利的客观条件对学习的消极限制和影响。

12.1.3 自主学习活动与环境

自主学习活动既需要学生的内部条件,也需要一定的外部环境的支持。因此,通过设计有效的虚拟学习环境可以支持学生的自主学习活动,实现环境与人的和谐互动。

1. 交互支持

西方教学互动理论认为,学习是交流与合作的过程,教育者与被教育者的互动是教学过程中不可缺少的环节。传统课堂教学中的交互是人与人面对面的直接交流,是社会人际交往的一个方面。传统的教学过程中,教师与学生的口耳相传是最直接的交互方式。学生通过教师的言语信息、表情和肢体语言表达的信息掌握知识和技能;教师通过学生听课时的表情、态度、作业的情况、考试的成绩来了解学生掌握知识的情况,这些都是最基础的交互方式。有别于这种传统交互方式的网络交互,随着网络在各行各业特别是教育领域的广泛应用,正日益受到人们的关注。

在虚拟学习环境下的自主学习环境中,学生成为学习的主体,教师的指导退居"幕"后,然而信息的传递依然不能脱离交互的支持,并且由于网络信息资源的繁杂,学生在虚拟学习环境下学习,更容易出现各种疑惑,如对学习内容的不理解、对学习界面的不熟悉等,都会影响学习的进度和效果。例如,在通过网络自主学习地理知识中地图的相关内容时,关于地图的指示和标识较多,并且比较烦琐,如果没有及时的指引和详细的说明,学生在自主学习过程中往往会遇到许多困难,使得自主学习无法进行下去,此时,最需要教师或者是网络学习内容提供各种方式的交互,及时了解学生在学习地图知识时的困惑,如是否忘记了某一知识点,或者是将两种概念混淆,通过及时解答,才能够帮助他们排除疑惑,顺利地进行学习。因此,虚拟学习环境自主学习支持系统必须提供更有力的交互支持,才能够及时了解学生在自主学习中出现的问题及学习状态,为学生创造更好的学习环境。

网络交互从信息学的角度来说,可以被视为一种传播,这种信息交流传播的方式是传统交流方式的网络版,它借助于网络来实现,因而具有了网络化的因素,如交互的跨时空性,交互对象、交互方式、交互符号的多样性,交互的主动性、迟滞性及隐蔽性等,可以说网络交互实际上是借助于网络这一特定媒介进行的人机交流。

根据构成交互主客体的不同,交互有学习者与内容的互动、学习者与教学者的互动及学习者与学习者的互动三种主要形式。在网络自主学习环境中,主要是人—机、人—机—人、人—人三种交互模式。

人—机模式的交互是学习者与内容互动的演化。它是学习者通过多媒体电脑、交互电视,利用多媒体教学软件或网上教学与学习内容之间进行交互建构,能适时回答课程中的问题,并得到反馈。这种图文并茂、丰富多彩的人—机交互方式不仅能有效地激发学生的学习兴趣,使学生产生强烈的学习欲望,形成学习动机,还有利于学生认知主体作用的发挥。

人—机—人互动模式是网络教学中学习者之间或与教师之间通过媒体的交互或联机对话进行联系,具体表现为三种互动形式。

(1)教师—机—单一学生之间的互动。这种模式适用于个别化的教学,学生向教师提出相关问题,教师能及时给予回答。以多媒体通信系统为支持,学生与教师实现实时的评议甚至表情、动作的交流。学生不但可以得到教师的及时指导,而且能加强与教师情感上的沟通。

(2)教师—机—群体学生之间的互动。在这种模式中,教师通过交互界面向各个学生提出同一个问题,学生或与教师进行交互,或在教师的允许下通过协商空间分别发表自己的意见与其他学生进行交流并最终取得一致意见。在整个互动过程中,教师作为控制者与指导者始终参与其中。

(3) 学生—机—学生之间的互动。学生通过教师提供的电子白板、公共讨论区或 BBS 系统进行网上的实时在线讨论,也可以通过主页留言或 E-mail 非实时交互。学生具有很大的自主权,互动的内容也不仅仅限于学习内容。

总之,交互支持是实现网络自主学习的必要保证。没有交互支持,就难以控制网络自主学习的过程,难以实现网络自主学习的效果。因此,是否能够实现交互支持是网络自主学习支持系统能否成功的关键。

2. 学习资源支持

AECT1994 定义中,学习资源是指支持学习的资源,具体包括支持系统、教学材料与环境,甚至可以包括能帮助个人有效学习和操作的任何东西。

校园虚拟学习环境中,最大的特点就是学习资源极其丰富,学生可以在任何时间、任何地点,通过网络学习到他们想学习的知识。虚拟学习环境以其资源的丰富性、交互的实时和广域性、学习方式的灵活性等特征为学习提供了一个良好的支持前提。通过网络,文字、图形、影像、声音、视频、动画和其他多媒体教学软件的先进技术都可以有机地融合在一起,可以为学习营造图文并茂、形象生动逼真、知识表征多元化的模拟与仿真情境。学习者不但可以在网页上获取学习内容,还可以在资源库中找到自己感兴趣的知识、图片、视频等相关资料,实现通过网络自主探索和研究学习。

在虚拟学习环境下,学生最主要的学习方式是自主的探索式学习,如果将书本知识照搬到网络上,将学生学习的知识仅仅局限于原来书本知识的翻版,将使得虚拟学习环境中自主学习毫无意义,而丰富的网络资源正是虚拟学习环境中自主学习的优势所在。例如,通过虚拟学习环境进行地理知识的自主学习,学生可以在网络上查到关于某种地理现象的各种各样的图片、音像信息,通过接触大量的学习资源,可以加深学生对于地理知识的理解,扩展学生的知识面,增强学生学习的动机和兴趣,使得他们乐于学习更多知识,探索更广阔的知识空间。因此,最大限度地提供一切可供学习的资源,使得学生可以在网络知识的海洋中遨游是实现虚拟学习环境中的自主学习的必要条件。

虚拟学习环境中学生的学习是一种积极主动的活动,教师给学生提出待学习的问题或待探索的主题,学生借助网络、图书资料和其他多媒体信息资源,进行自主探究学习,从而实现教学目标。在基于网络学习过程中,并不排斥其他学习资源的综合利用。网络向学生提供了非常丰富的学习资源和良好的学习环境,使学生在教师的指导下,通过运用各种信息搜索工具获得相关的信息,然后加以分析、提炼、加工、综合,得出自己的结论,再利用 E-mail、BBS 或面对面的方式与同学们进行讨论,最后通过网上工具将结果加以发布。上述整个过程的进行,建构了学生独立的知识体系,有利于拓展学生个性发展的空间,提高学生的自学能力,其中包括获取与识别信息资源的能力、独立解决问题的能力,从而激发学生的创造思维,达到学会学习的目标。因此,资源支持是实现虚拟学习环境中自主学习的必要外部条件,是实现网络自主学习的基础。

3. 导航支持

导航(navigate)在 1997 年版的《现代汉语词典》中的解释是"利用航行标志、雷达、无线电装置等引导飞机或轮船等航行",这一名词引入多媒体与网络后,其基本含义没有改变。多媒体或网络中承载的信息量非常庞大,学习者进入这一环境,就像在大海中航行一样,常会出现信息"迷航"现象。学习者处于迷航状态,会产生一定的焦虑感和迷惑心理,如果这种心理状态持续时间长,将会造成学习者失去继续操作软件或在网络中浏览的兴趣。因此当学习者迷航时,可以通过提供的各种导航工具达到操作或学习的目标。认知心理学认为,学习的过程是新旧知识产生联系的过程,新知识在学习者的原有知识体系中建立位置,形成新的知识结构和体系,学习才能够真正发生。学生在学习的过程中如果能够及时得到导航,引导新知识在学生原有知识体系中迅速定位,建立联系,从而实现新知识结构的形成,将极大地促进学生学习的发生。尤其是在虚拟学习环境下自主学习的过程中,导航的意义更加重大。具体说来,导航的功能主要有以下两点:

(1) 指引功能。在信息资源极其丰富的虚拟学习环境中,设计友好的自主学习虚拟学习环境才不会让学习者迷航。所以,自主学习网络平台中应该具有设置良好的操作(导航)标志,就如同前进道路上的路标一样,起到指引学习者前进的作用。

(2) 帮助功能。当学习者处于迷航状态时,导航系统会为学习者提供帮助(导航),用于指导学习者走出迷航状态,这种帮助对学习者来说是非常重要的。理想的帮助信息在呈现时应具有智能性,即能判断学习者何时需要导航信息,导航的具体内容应该是什么。

例如,学生通过网络自主学习"中国铁路网"这一部分内容时,很容易深陷复杂的知识内容中,在各个铁路支线中徘徊,极易产生迷航现象,如果虚拟学习环境能够提供帮助式导航和地图式导航,那么学生无论处于哪一个知识点中,只要轻点鼠标,选择导航支持,马上就可以得到所学习内容的上一级知识的信息以及整个知识体系图,了解自己所处位置。因此,导航对于实现虚拟学习环境中的自主学习具有十分重要的意义,是其必要外部条件之一。

4. 管理支持

校园虚拟学习环境下管理支持是指在虚拟学习环境下的自主学习支持系统中,对学习资源的采集、分类、汇总、传递等,对学习过程的监控,对自主学习平台中用户权限、用户操作的管理等。虚拟学习环境中的自主学习环境是一个开放的学习环境,学生和教师可以随时以相应的用户身份登录学习系统,只有通过对自主学习系统的管理,才能够有效掌握学生学习的进度和效果,了解网络教学资源的利用情况,是否需要添加新的学习资源,哪些学习资源的利用率高,哪些是不适合学生的学习内容,这些都是必须通过管理支持来实现的。

虚拟学习环境中的文化对传统教育管理模式产生了巨大的冲击,互联网在人类社会活动之外缔造了一个虚拟的公共空间,使各种信息在最广泛的程度上得到了交流和传播。但是这个虚拟世界并非是一个空中楼阁,它与现实世界发生着真实而复杂的互动关系,并在这种互动中孕育和塑造了全新的人类经济模式、政治模式和文化模式。互联网扩大了学生学习的途径和范围,推进了学生学习的积极性和主动性,从而也带来了教育手段的革新和管理形式的变化。互联网的出现加速了以现代化传播技术为手段的信息资源的扩张,从而拓展了学生获取知识的方式,同时也改变了传统单一的相对封闭的学习方式,学生可以随时随地在网上与人交流,获取各种资料信息,从而大大拓宽了知识源,使知识获取的时间和空间向多元化、开放的方式转变。这种变革也在更深层次上对管理模式产生一定的冲击,这种冲击主要表现在两个方面:①弱化了社会、学校对学生的监控和管理;②强化了学生主体性的同时降低了教师的权威性。网络社会使得学生学习更加方便、快捷,学习范围扩大,知识量增加,从而使学生的学习主动性得到了一定的调动。这种开放式虽然使学生学习主体性得以增强,但同时也在一定程度上削弱了教师的权威性。因此,在虚拟学习环境中,必须加强网络自主学习的管理支持能力,使得虚拟学习环境既能够发挥其应有的资源、时空优势,又能够宏观管理学生的学习状态、学习进度,使其成为网络自主学习的良好支持。因此,管理支持是实现虚拟学习环境中的自主学习支持系统的必要外部条件。

5. 学习内容的内置支持

在网络自主学习环境下,学生与教师之间的沟通相当少,除了技术上可以实现的远程交互以外,学生大部分学习时间基本上是与机器上的学习材料进行"沟通"。当前,许多网络学习内容存在着内容僵化的问题,大部分内容是课本内容的照搬。远程自主学习方式存在许多不容忽视的障碍,其中最突出的是学习支持、指导和交互性方面的相对缺乏。当前,网络教育往往通过提高使用学习媒体的交互技术来提高学习中的交互程度,这无可否认是一种提高交互的方式,但是同时这也大大增加了网络自主学习的成本。Martens 提出可以在印刷教材和电子教材中采用内置的支持设计来解决这些问题。"这些设施由一整套的组合构成,如样例、带反馈的问题、学习指引、导读、练习和旁注"[125]。在学生使用电子教材时,通过学习内容的内置支持就可以实现与学习内容的真正交互。例如,在学习新内容之前,通过学习指引,使学生了解接下来要学习内容的概况,使得学生对新学习内容有概括性认识,有助于学生形成预期,用多少时间学习,用多少精力来学习等。再如,通过带反馈的问题,学生可以在学习材料的引导下,思考关于学习内容的问题,通过思考后问题的反馈,反思自己的思路和学习效果,也就是通过带问题的反馈真正实现与学习内容之间的交互。因此,学习材料必须具有非常有效的支持性,学习内容才能够真正促进学生的自主学习。学习内容的内置支持是实现虚拟学习环境中的自主学习的必要外部条件。

12.2　自主学习的内部条件与支持系统设计

12.2.1　先决知识与支持系统设计

了解学生先决知识并使其拥有将要学习内容的知识基础是顺利开展自主学习的先决条件也是必要内部条件之一。尤其是在虚拟学习环境下,信息资源极其丰富,如何使学生在丰富的知识资源中完成先决知识的掌握,成功判断自主学习学生的先决知识掌握程度,是支持系统设计成功的重要指标之一。

为了让学生把新的学习内容的要素与已有认知结构中特别相关的部分联系起来,实现有意义学习,奥苏伯尔提出了利用适当相关的包摄性较广的、最清晰和最稳定的引导性材料,用以促进学习和防止干扰,这种引导性材料就是先行组织者。

先行组织者最宜于在两种情况下运用:①当学生面对学习任务时,倘若其认知结构中缺乏适当的上位概念来同化新知识,则可以设计一个概括与包容水平高于要学习的新材料的组织者,让学生先学习这一组织者,以便获得一个可以同化新知识的认知框架,这样的组织者称为陈述性组织者;②当学生面对新的学习任务时,倘若其认知结构中已经具有了同化新知识的适当观念,但原有观念不清晰或不巩固,学生难以应用,或者他们对新旧知识之间的关系辨别不清,则可以设计一个指出新旧知识异同的组织者,这种组织者称为比较性组织者。组织者可以是一条定律、一个概念,或一段概括性生命文字。梅耶(Mayer)则提出用具体形象化的模型作为组织者。组织者的形式可以不同,但其运用的目的是从外部影响学生的认知结构,使之易于同化新材料。有意义学习理论对于分析虚拟学习环境与内容对形成学生认知结构的影响具有重要的指导作用。

在网络自主学习支持系统设计时,可以通过导航支持、资源支持等策略实现知识基础的支持。

1. 导航设计支持策略

为了保证学生在利用网络资源的学习时是有意义的,在学生已有的认知结构中应有同化网络学习资源中新知识的适当概念。因此可以设计许多先行组织者,它们有陈述性的也有比较性的,并将它们放于导航模块,学习者可以从导航模块中获得相应帮助。地图导航的设计可以将网络自主学习环境下的导航图设计为知识点结构,并将知识点以及平台各模块的组织结构用结构图表示出来。当学习者进行自主学习时,在导航图上会标出学习者当前所处的知识点,并提示相关的先决知识。如果学习者想学习其相关知识点的内容,则可利用超链接实现知识内容的跳转;历史记录导航的设计可以将自主学习者操作的路径记录下来,根据需要再呈现给学习者。当学习者在学习了某一个知识内容以后,想要重新学习上一个知识点,可以通过历史记录导航来实现。这种方法的好处是非常直观,也可以设计成超级链接的形式,让学习者随机回到任意他已经学习过的地方。

2. 资源设计支持策略

通过建立资源丰富的资源库,使得学生在自主学习任意知识时,都可以随时从资源库中提取出相关的先决知识,实现知识基础的内部支持。其主要策略包括建立学习策略库、积件库和电子图书馆。

12.2.2　元认知发展与支持系统设计

随着网络自主学习的发展,网络自主学习外部支持系统越来越完善,成为顺利实现自主学习的外部支撑,如资源支持、交互支持、导航支持、管理支持以及学习内容内置支持等。通过设计外部支持系统,可以促进自主学习过程中元认知的发展,即以外部支持条件的发展与完善带动网络自主学习内部支持条件的发展,从而最终促进网络自主学习的顺利开展。

1. 增加学习内容的内置支持设计

在网络自主学习中,最普遍的交互形式是学生与学习内容之间的交互,增加学习内容的内置支持设计可以实现这种交互。学习材料的内置支持设计相当于一组正规的、与内容有关的补充、扩展学习材料的详尽讨论,包括预先和事后提问、带反馈的问题、索引、导读、所学内容回顾、学习指引等。

由于在网络自主学习环境下学生与教师之间的交互相对较少,因此,学习内容必须精心设计,才能具有非常有效的支持性。通过对学习内容的内置支持设计,可以加强学生的自我反省意识,促进元认知发展。例如,带反馈的问题设计是一种在学习材料的正文中普遍使用的支持设计,它不断地鼓励学生向自己提出问题,这些问题主要反映了学生对学习内容的理解和掌握情况,通过问题的设计可以促进学生对认知材料和认知任务的元认知。反馈可以促进学生复查和反思其对某一问题的认识和处理,而且还可以帮助学生从不同的角度观察同一学习内容,为学生提供了有关认知策略的知识。学习指引设计可以有效地为学生提供在这一学习阶段应该掌握什么学习内容和如何掌握这些学习内容的相关信息。学生在学习初期的自我监控意识不强,因此,通过学习指引设计,可以使学生在学习过程中有意识地将学习目标、方法和自我行为进行比较,促进自我监控的发生。

2. 利用网络自主学习的管理支持设计

虚拟学习环境下学习管理支持包括作业管理模块和用户管理模块。作业管理模块是基于 www 的协作式作业系统,学生可以通过该模块提交作业、获取作业批改结果,并根据教师建议来修改和编辑作业,经过教师与学生的交互,最后由教师对最终的作业结果做出评价。教师可以通过作业评价,加强对学生的学习指导。教师还可以通过介绍一般性学习方法、学科性学习方法以及影响学习效果的主要因素,来丰富学生的元认知知识。用户管理模块负责管理用户信息,包括用户注册信息、学习记录、学生个人基本信息等。同时,还应将学生使用资源库的情况进行记录,包括学生的学习进度、学习路径等,以对学生的学习情况进行跟踪。学生可以利用网络进行自我记录,查看学习记录,及时反思自己的学习过程。另外,学生还可以通过网络提供的记事本进行学习时间、学习目标的计划制订,利用网络的个性化管理如定时提醒功能来监控自己的学习进程。

3. 利用网络交互支持设计

虚拟学习环境下自主学习最主要的交互包括教师和学生之间通过电子邮件、留言板进行交流。老师可以使用留言板来发布信息、布置任务、补充课程材料,学生们使用留言板和电子邮件开展与学习内容相关的讨论。教师通过学生作业、在线答疑、师生讨论以及基于案例和问题解决型的练习等形式与学生交互,在交互中对学生进行评价、给以反馈,了解学生的学习动向,指导学生比较灵活地调整自己的学习心态、学习方法、解题策略等。

设计基于学生自身的评价、同伴的评价。将学生之间的讨论也作为一种重要的交互方式来设计,使学生能够客观地评价他人的学习方法、学习态度,从而引导学生由评价他人逐步转向评价自己在学习过程中的结论、思路和方法。通过教师与学生、学生与学生之间的交互,加强自我提问训练,使学生提高自我评价能力,教育学生善于接纳他人的评价,并进行阶段性反省。

12.2.3　情感、动机培养与支持系统设计

1. 促进网络教学中的情感互动设计

1）情感互动必须得到网络技术强有力的支撑

网络教学中的情感互动是建立在多媒体网络技术平台之上的。网络技术的发展水平,如网络的实时性、网络的交互性以及网络传输的速度等直接影响情感互动的可能和效果。网络教学应该利用可靠的技术,使学习者和教师的情感因素能及时有效地作用于对方,使小组讨论、协作学习等教学方式能顺利进行,这样才能促进教学中的情感互动。

2）创设积极的情感互动的情境

网络教学中的情感互动除了需要网络技术的支持以外,还需要积极的情境来激发和维持。在网络教学过程中,应该通过教师和学习者的共同努力,营造出一种民主、自由的氛围,向学习者提供尽可能多的展示才华的机会,让学习者的成果能

及时得到教师或学习伙伴的认可。这样,学习者在教学过程中会保持相对积极和稳定的情感状态,乐于和教师或学习伙伴进行交流,并对教学内容保持一定强度的学习动机,从而保证整个网络教学的质量。

3) 促进情感互动的机制

为了使网络教学中情感互动能及时、有效地进行,需要建立和完善促进网络情感互动的机制,保证在教学内容的组织、制作到教学的整个过程中都能有效地贯彻情感互动的思想和理念。在进行网络课程开发时应对情感互动作相对独立的设计,综合考虑教学内容,学习者,交互技术等各个因素,提出情感互动的目标,并且规定互动的主题、类型、方式等,甚至对互动的时间与频率都提出基本的要求,将情感互动真正作为网络教学中的一个要素整合到整个教学过程中。只有这样,网络教学中的情感互动才能够真正产生并持续下去。建立和完善促进情感互动的机制,是保证网络教学中情感互动能积极有效进行的重要策略。

2. 激活学生网络自主学习中学习动机设计

自主学习具有能动性、有效性和相对独立性的特点,要取得良好的学习效果,必须激活学生的学习动机,促使学生由被动的知识接受者转变为知识意义的主动建构者,积极能动地选择、理解知识、取得良好的学习效果。

1) 明确学习目标,变社会需求为学生自己的内在需求

学习目标是学生学习的最终目标,正确、适当的学习目标有利于强化学习动机。网络自主学习环境下的学生往往学习目标明确,从一开始选择学习内容的方向时,就把学习的兴奋点集中在感兴趣的内容上,因此,应该根据学生的兴趣发展方向等特点,帮助他们选择专业和课程,确定学习目标,并且从学生的知识水平和学习能力出发,引导他们把总的学习目标分解为远期、中期和近期目标,确立阶段性的奋斗目标,并在此基础上拟定学习计划,这样既可以使他们不断品尝成功的乐趣,又可以不断激励他们坚持不懈地努力学习,心理上形成一种昂扬进取的态度。同时,在教学中,辅导教师要尽力把理论知识与学生的工作实际紧密联系起来,引导他们运用书本知识去发现,分析和解决工作实际中的问题,确立研究课题,制订研究计划,使他们能学以致用,成为自主学习的主人。

2) 掌握学习策略,变外部动机为内部动机

在转变学生由"要我学"为"我要学"的同时,还要引导学生掌握学习策略,学会"怎样学",使他们在学习过程中获得成功的快乐,激发起对学习活动本身的兴趣,逐步把外部动机转变为内部动机。学习策略是学生在学习活动中有效学习的规则、方法、技巧及其调控,它既是内隐的规则系统,又是外显的程序与步骤,良好的学习策略可以减轻学习负担,提高学习效率和学习质量。网络自主学习环境下的学生在自主学习中,面对众多的教学资源、教学媒体、教学手段和学习形式,不知所措,不知道这些资源、信息对他的特殊需要或问题有何意义,其学习常常事倍功半,

迷惘感和挫折感越来越强。因此,教师在导学过程中不仅要"授人以鱼",更要"授人以渔",根据学习的特点,结合各学科的教学,从以下几方面帮助学生掌握学习策略。

(1) 自我识别。引导学生通过作业、讨论、考试等途径了解自己对知识、技能的掌握情况;通过心理测验了解自己的智力水平、学习风格、个性特征、动机、需求、情感等,帮助他们寻找适合自己的个性化的学习方式。

(2) 自我选择。引导学生从实际出发,选择学习媒体和学习手段,从众多信息源中提取有用的信息,自主决定学习内容,灵活选择学习材料。

(3) 自我计划。计划性是自主学习的保证,因此,要指导学生根据自己的知识基础,智力水平等实际情况,科学地制订学习计划,拟定学习方案,使他们善于统筹规划,合理安排学习时间,科学使用学习资源。

(4) 自我监控。培养学生积极主动地调控整个自主学习过程,引导他们不断总结经验教训,根据学习情况及时调整学习进度、学习方法和学习手段,积极建构适合自己特点的最佳学习模式,另外,要培养学生利用网络技术与教师联系的能力,以便在师生之间形成良好的互动反馈系统,共同探索和营建有效的自主学习方式。

3) 丰富学习资源,变间接动机为直接动机

丰富、生动、形象的学习资源是激发学生学习兴趣、激活学生学习动机的重要保证。目前的远程教育学习资源主要有文字教材、音像教材、网络教材、CAI 课件4 种,虽然这 4 种资源各有所长,可以优势互补,但总体来说,资源的数量和质量仍存在比较突出的问题,如文字教材的交互性差,难以激发学生的求知欲,尤其是网络教材内容单一,多以文本的形式出现,因此,应该关注学生学习的需要和兴趣,精心研究与设计学习资源,注重多种学习资源的优化配置和技术的合理使用,对学习资源注入直观情节和情感色彩,提高学习资源的吸引力,激发学生对学习资源的浓厚兴趣,变间接的学习动机为直接的学习动机。

12.3　自主学习的外部条件与支持系统设计

虚拟学习环境以其资源的丰富性、交互的实时和广域性、学习方式的灵活性等特征为学习提供了一个良好的支持前提。然而,虚拟学习环境下自主学习方式存在许多不容忽视的障碍,其中最为突出的是学习支持、指导和交互性方面的相对缺乏、学习材料的不灵活性等。因此,网络不会自然地成为自主学习的良好支持,必须对其进行精心的设计,才能使虚拟学习环境发挥它最大的功效,成为自主学习真正的支持条件。因此,设计基于虚拟学习环境自主学习的支持系统,通过外部的支持系统和在印刷教材和电子教材中采用内置的支持设计可以在一定程度上解决这

些问题。外部的支持系统包括导航支持、资源支持、管理支持和交互支持。内置的支持系统设计由一整套的组合构成,包括样例、带反馈的问题、学习指引、导读、任务和概念图式。

虚拟学习环境下的自主学习帮助学生建立了学习的脚手架,并为学生提供必要的工具使他们能够在终生学习中达到自己的目标。因此,虚拟学习环境自主学习环境的支持系统应包括资源支持设计、导航支持设计、交互支持设计、管理支持设计与学习内容内置支持设计 5 项内容,如图 12.2 所示。

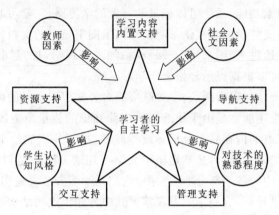

图 12.2 自主学习支持系统功能

12.3.1 资源支持设计

在虚拟学习环境中建立一个丰富而有效的资源库是开展自主学习的前提。它把文字、图形、影像、声音、视频、动画和其他多媒体教学软件的先进技术有机地融合在一起,可以为学习营造图文并茂、形象生动逼真、知识表征多元化的模拟与仿真情境。为此,在设计资源时应该保证资源的适合性、多样性、生成性等生态属性。

1. 适合性

所谓适合性是指资源要符合学习的需要,能够满足学生发展的需要。如果是预设的资源,教师应该在充分了解学生学习需要的基础上,有针对性地提供给学生有效的资源。

2. 多样性

所谓多样性是指资源的内容、种类和呈现形式要多种多样,以便满足学生的多样化需求,使得资源能够满足每个学习者的需要,促进全体学生的发展。

3. 生成性

所谓资源的生成性是指资源的数量、质量随着学习活动的开展而有所变化。在学习过程中,有些预设的资源由于不能满足学生的需要会被修改和淘汰,与此同时,又有一些资源会被添加上来。

12.3.2　导航支持设计

虚拟学习环境能够提供丰富的超媒体资源,为学习者创造出了自主控制的学习环境,然而,如果缺乏导航支持,就会使一些学习者迷航,从而降低学习的效率,久而久之,会使学习者的信心受到影响。良好的导航支持可以帮助学习者了解学习该内容所需要的知识水平、自己的知识层次、学习进度和学习方法;支持学习单元之间的查询、检索功能,系统可以记录学习者的学习路径、学习心得,支持跳跃性(随机通达)学习;支持学习者在学习时使用网上图书馆中的资料,学习者可以一边继续学习进程,一边进入"图书馆"查阅资料;加入课程学习的帮助系统,使缺少网络知识的学生也可以根据提示轻松操作学习系统。

导航设计时要注意以下两点:①导航应面对各知识点之间的内在联系,学生在学习的过程中发生迷航常是由于缺乏同化当前知识的能量所造成的,在设计导航时,可以根据知识点的内在联系分析导致迷航的原因,并据此给出帮助信息;②有利于形成学习者的认知结构,虽然建构主义学习理论关注的是知识之间的内在联系,但是明确联系中的各个部分非常重要,它们是学习者意义建构的基础。以地图或线索等方式提供导航,有利于学习者掌握其中各知识点的结构,并了解它们之间的关系。因此,在设计导航时,应对各知识点进行认真剖析,以便设计出合理的地图或线索。

认知学习理论认为,学习是学习者与外部环境交互作用,通过主体与外部刺激的同化、顺应和平衡形成认知结构的过程,这一过程也是学习者通过与环境交互实现自我发展的过程。认知结构的形成与发展是动态的,当认知能量达到一定程度,就会在原有基础上形成新的认知结构。如果在一定阶段认知能量的积累不足以同化或适应外部知识,从而难以达到同化与顺应的平衡,对学习者而言就形成了过重的认知负荷。恰当的认知负荷有利于认知结构的形成,如果认知负荷过重,则会损害学习者学习的兴趣与积极性。利用认知学习理论指导导航设计,必须认真分析可能组成学习者的认知负荷。在确定学生的学习能力下,应严格控制认知负荷处于一定的范围内,可以有利于形成学习者的认知结构为标准。如果认知负荷过重,就应利用一定的导航策略给予学习者指引、指导与帮助。当然,当呈现导航内容时,也应考虑其对学习者形成认知负荷的程度。

虚拟学习环境下导航支持设计包括网页中的导航器设计和学习材料的内置导航,其中网页中的导航包括地图导航、启发式导航、历史记录导航。

1. 地图导航的设计

将自主学习环境下的导航图设计为知识点结构,并将知识点以及平台各模块的组织结构用结构图表示出来。当学习者需要导航时,在导航图上会标出学习者当前所处的知识点。如果学习者想学习其他知识点的内容,则可利用超链接实现跳转,也可以在需要导航的位置直接呈现导航图,让学习者对知识点的联系产生整体印象。

2. 启发式导航的设计

在自主学习中正确运用启发式策略,将有助于提高学习者学习的主动性与积极性。利用启发式导航策略,可以在呈现导航的具体内容之前,启发学生思考与导航的目的最相近的一些问题,使自主学习者在不用浏览具体导航内容之前就已走出迷航状态。具体实现方法是,当学习者第一次同导航交互时,用变量记录下操作的次数,并呈现与此处导航信息相近的内容,以启发学习者思考;如果学习者仍没有解除迷航,则用变量记下他再次操作的次数。如果该变量满足呈现导航具体信息的条件,就直接呈现导航信息,否则再为学习者提供与此处导航信息更接近的内容。

3. 历史记录导航的设计

历史记录导航是将自主学习者操作的路径记录下来,根据需要再呈现给学习者。这种方法的好处是非常直观,也可以设计成超级链接的形式,让学习者随机回到任何一个他已经学习过的地方。可以使用列表框进行历史记录,也可以使用下拉菜单或者对话框等。在记录学习者学习路径的过程中,同时将它们建立起超级链接关系。

4. 内置导航支持系统

学习内容中的内置导航支持系统包括学习材料中的导读、样例、学习指引等,可以使学习者更为容易地进行自主学习。

12.3.3　交互支持设计

无论是传统教学过程还是基于网络的教学过程,交互都是最重要的环节之一。尤其是在网络自主学习环境下,设计良好的交互支持是顺利完成学习过程的关键。

评价与反馈是教学中不可或缺的环节。目前虚拟学习环境下教学的评价方式仅限于教师对学习者作业和考试的评价,很少考虑学习者自身的评价、同伴的评价,而这两种评价对于学习者获得学习成就感非常有效。因此,虚拟学习环境下的交互支持应该着重设计教师和学生评价与反馈的方式。设计基于案例和问题解决型的练习,在评价时给出适当的分析、评语,使学习者及时得到反馈信息。将学习者之间的讨论也作为一种重要的交互方式来设计。教师与学生之间的交互包括教师的在线答疑、师生讨论等,教师应该注意在交互中教师对讨论活动的组织、指导和对学习者学习活动的关注。

虚拟学习环境卜自主学习支持系统的交互支持包括外部支持和内部支持。外部交互包括教师和学生之间通过电子邮件、留言板进行交互,教师可以使用留言板来发布信息、布置任务、补充课程材料,学生们使用留言板和电子邮件开展与学习内容相关的讨论。学习内容内置的交互支持包括带反馈的问题、任务、概念图式等。这些内嵌的交互都有助于学生自主学习的开展。

12.3.4　管理支持设计

虚拟学习环境下学习管理系统包括学习资源的管理、成绩管理、教学管理以及教师管理等。虚拟学习环境下的自主学习强调学生学习的个性化,因此,每个学生的学习进度、学习路径、学习内容都不尽相同。基于网络的自主学习支持系统只有具有强大的管理支持功能,才能有效地为自主学习服务。

管理支持包括作业管理模块和用户管理模块。作业管理模块是基于 www 的协作式作业系统,学生可以通过该模块提交作业,获取作业批改结果,并根据教师建议来修改和编辑作业,经过教师与学生的交互,最后教师对最终作业结果做出评价;用户管理模块负责管理用户信息,包括用户注册信息、学习记录等。同时,还应该包括学生个人基本信息,将学生的使用资源库的情况进行记录,包括学生的学习进度、学习路径,以对学生的学习情况进行跟踪。

12.3.5　学习内容内置支持设计

在自主学习中,最普遍的交互形式是学习者与学习内容之间的交互。由于在虚拟学习环境下学生与教师之间的交互相对较少,因此,学习内容必须具有非常有效的支持性,并且成为自学材料的必要组成部分。这些内置的支持设计致力于为学习过程搭建一座向上攀登的脚手架。

学习材料内置的支持设计相当于一组正规的、与内容有关的补充、扩展学习材料的详尽讨论,如预先和事后提问、计划安排、说明、目录、索引、任务、摘要、导读、目标、所学内容回顾、学习指引等。学习内容的内置支持也提供了一部分导航支持和交互支持。下面以导读、带反馈的问题、学习指引、样例、任务和概念图式作为说明。

1. 导读设计

导读设计是一种在学习材料中经常使用的支持设计。导读比起学习材料本身更为概括和抽象,这有助于对下面的学习材料进行建构、介绍、背景分析等。导读可以用平述的方式(强调一致性)表达,也可以用对比的方式(强调差异)表达,它起着连接前后章节的作用。

2. 带反馈的问题

问题是一种在学习材料正文中普遍使用的支持设计,它不断地鼓励学生向自己提出对学习内容的理解或掌握情况等方面的问题。反馈可以促进学生复查和反思其对某一问题的认识和处理,还可以帮助学生从不同的角度观察同一学习内容。

3. 学习指引设计

学习指引可以有效地提供给自主学习者在这一学习阶段应该掌握什么学习内容和如何掌握这些学习内容,它们通常起到指南的作用。

4. 样例

样例为课程内容增加了一个基于同一知识点的交互式的表达方式,它是用来帮助具体地显示抽象的课程内容的各个要素或部分的一种"系列分类",包括图片、地图、图表、照片和动画等。

5. 任务

任务是一种基于学生进一步活动的需要而设的支持设计,它主要是从应用的层面上考虑的,并且所涉及的内容超过了学习材料正文所提供的信息。实际中,常将任务分为应用任务、建构任务、行为任务、演练任务等。

6. 概念图式

概念图式是一种用来描绘由各种观点、见解形成的概念之间的有意义的关系的策略。概念图式既是学生认知过程中的"先行组织者"和"认知工具",又是学生思维的导向和信息加工的框架。因此,在网络课程中,利用概念图式可以有效地促进学生的认知,优化信息加工的过程,有效地促进学生的自主学习。

第13章 网络课程的学习支架设计

网络课程是由教师与学生、教与学的活动、学习资源与工具等构成的一个虚拟学习生态系统,其中,学习支架是系统中的一个要素。学习支架是根据学生需要,为学生提供的一种临时性的学习支持工具,目的是帮助学生完成凭自己的能力不能独立完成的任务。当学生能够成功建构自己的知识或独立完成任务时,学习支架就会撤销。随着学生知识不断扩展和学习能力的不断提高,网络课程中的学习支架也会逐渐减少。这一过程实质上是学生与环境之间的相互适应、相互作用、共同发展与演化的生态过程。在网络课程中,学习支架是引导学生改变学习行为、适应环境变化的工具,也是学生实现自我发展的工具。本章以教育技术专业的"信息技术课程与教学"课程为例进行阐述。

13.1　学习支架概述

13.1.1　学习支架

支架的原意是指建筑工人为了帮助施工,架设在建筑物外部的一种暂时性的提供支持的柱子与平台,俗称"脚手架"。随着工程进度的延伸,脚手架一层一层地增高,当整个施工项目结束后,脚手架将被撤离。后来,人们把"支架"这个词引入教育领域,专家学者和教育机构先后对"支架"下了不同的定义:

伍德(Wood)把"支架"描述为"同行、成人或有成就的人在另外一个人的学习过程中所施予的有效支持"。

普利斯里(Pressly)的定义是,根据学生的需要为他们提供帮助,并在他们能力增长时撤去帮助。

伯尼·道奇(D. Bernie)把"支架"定义为"在学习过程的某个特定点建立的一种提供帮助的临时结构,帮助学生完成一个具有挑战性的任务,在没有帮助的情况下他们无法独自完成这种任务。"

根据欧共体"远距离教育与训练项目"(DGxlll)的有关文件,支架式教学被定义为,支架式教学应当为学习者建构对知识的理解提供一种概念框架。这种框架中的概念是为发展学习者对问题的进一步理解所需要的,为此,事先要把复杂的学习任务加以分解,以便于把学习者的理解逐步引向深入[126]。

英特尔未来教育认为,支架就是我们为学生提供的支持机构,用来帮助他们组织和支持调查或探究过程[127]。

可以看出,以上几个对"支架"定义的角度是不同的。伍德强调支架的支持作用;普利斯里注意到了支架的适时性和渐退性;伯尼·道奇注重支架的暂时性;欧共体和英特尔未来教育侧重说明支架的作用。

综合已有研究成果,我们可以将"学习支架"定义为:在教学过程中,教师针对学生学习的需要,有意识地为学生搭建形成梯度的学习平台,通过提供解决问题和建构意义起辅助作用的概念框架、问题情境、学习方法、学习方向、学习工具等,作为一种临时性的支持,为学生提供从较低学习平台上升到高一级学习平台的"抓手",学生则像沿着脚手架那样一步步向上攀升,从而形成对知识的意义建构,促进学生在原有知识基础上内化新知识的能力,使得自己的认知发展从一个水平发展到另一个更高的水平。这些支架是临时性的,随着学生认知能力的提升,教师将逐渐把管理调控学习的任务转移给学生自己,学生逐渐学会为自己寻求和搭建合适的"脚手架",最终成为独立的、能动的学习者。其作用可以概括为两点:

(1)促进学生发展。学习支架的提供是以学生的原有知识为基础的,通过支架的支持,学生完成自身的意义建构,内化为新知识,实现发展;在学习支架的帮助下,学生能够完成不能单独胜任的问题或任务,从原有水平向更高水平发展。

(2)培养学生独立自主的学习能力。随着学生能力的提高,学习支架会逐渐减少,直到学生已经成功建构自己的知识或能够独立完成任务时,学习支架就会撤销。

所以,教师运用学习支架的目的就是让学生发展成为独立的学习者。正如维果斯基所说,"学生发展了数学或语言领域的复杂认知系统后,教师就可以把外部支架撤掉,因为高级知识系统已经成为学生学习新知识的支架或社会支持的一部分。"[127]

13.1.2　网络课程中的学习支架

网络课程中的学习支架是指教师通过网络平台,针对学生的实际情况与学习需求,为学生提供一种临时性的学习支持,即教师在网络课程中将学习目标、学习任务等呈现给学生,并针对学习内容创设学习情境,在学生感到迷茫时及时提供学习方向、指导与帮助等,引导并帮助学生完成知识的建构;学生则通过网络课程平台接收这些信息并进行学习,建构自己的知识结构,实现自身的发展。与现实课堂教学中的学习支架相比,网络课程中的学习支架减少了教师的直接干预,更多的是利用教师提供的学习支架进行自主学习活动,这更有利于学生自主学习能力的培养。

13.1.3　网络课程中搭建学习支架的意义

随着网络学习的日益普及,网络课程以其资源的丰富与共享性、教学交互的开放性、学习(时间、地点、内容、计划、方式等)的自主化等特点被广泛应用。但是,在

实践中网络课程的这些优势却往往不能得以充分发挥,主要表现在以下几个方面:

(1) 网络迷航。网络资源极为丰富,一方面为学生的学习带来了便利,同时也会使学生在信息的海洋中迷失方向,不知所措,其后果是造成学生心理的负担,浪费宝贵的学习时间,学习没有成效,迷失学习的方向,降低学习效果。

(2) 经过初始学习的好奇之后却丧失学习兴趣与学习动力。在网络课程的学习初始阶段,大部分学生都抱有很大的热情与期望,但是,在学习过程中由于缺乏必要的引导与帮助,或者学习方法的不正确,使得一些学生感到学习索然无味,失去学习的兴趣。

(3) 获得了自主选择学习内容和学习方法的自由之时反而不知所措。学生们在长久的传统现实课堂中的学习已经使得他们习惯了老师为他们选择学习内容和学习方法的学习方式,当有了自主学习的自由时反倒无所适从,不知道从何学起,不知道如何学。

(4) 需要协作学习时却不知道如何与他人交互。网络课程中需要同伴的协作,共同完成学习任务,但是,如何在这种学习环境中进行协作,许多学生感到茫然。

(5) 不会评价自己的学习效率与成果。当学习结束之后,许多学生不知道如何去评价自己和他人的学习成果,不会使用相应的工具。

造成这种现状的原因很多,其中一个原因是不容忽视的,即课程设计与实施中忽视对学生学习过程的必要帮助。网络课程是以自主学习为主要方式的,但是由于传统课堂教学模式及我国传统文化的影响,大部分学生所表现出的仍然是相对的自主学习,即使是到了大学阶段仍然习惯于等待老师确定学习目标、选定学习内容、规定学习方法,更习惯于等待他人的评价,所以在网络课程学习中,出现上述问题也在所难免。可见,在现阶段,网络课程中的自主学习仍然需要教师的引导、鼓励和帮助。但是在网络课程的设计与实施中,人们关注较多的是网络课程的结构、内容、网站界面、资源等的设计,恰恰容易忽视对学生进行引导与帮助这个关键点。基于网络学习环境中出现的以上不良情况,在网络学习过程中,为学生提供学习支架不失为一种有效的手段。教师对学生的学习行为进行干预,组织、引领、指导学生进行有意义的学习,让学生在教师精心设计的学习支架的支持下进行自主学习,完成其无法独立完成的学习任务,同时,促进其高级思维能力的发展。

13.2　网络课程学习支架的类型和表现形式

"学习支架有许多种形式,包括任务分解、小单元管理、大声思考(think alouds)、描述思维过程、合作学习、明确的提示、提问、辅导、过程模型以及激活原有知识、提供建议、策略、线索和过程等"[128]。在网络课程中,学习支架的类型与表现形式同样也是多种多样的,依照网络课程自主学习过程的构成因素可以概括为目标性学习支架、任务性学习支架、资源性学习支架、情境性学习支架、交流与协作性学习支架、评价性学习支架等类型,其表现形式包括提问、提供范例、小组合作学习、建议、解释等。

13.2.1　网络课程学习支架的类型

学习是一种过程,在这一过程中,学生通过自身的努力以及教师与同伴的帮助,掌握知识、获得能力,教学理念以及学习方式正在发生着改变。"学习是一种过程"已经普遍被人们认可,教育目标已经从"教会学生知识"转变为"教会学生学习",即从"让学生掌握知识概念"到"让学生掌握获得此知识概念的过程",学生的学习已经由"面向结果"转变为"面向过程"。教学材料已不再是简单地呈现一些简明扼要的学科概念、原理、定理,而是将这些学科概念等产生的过程告诉学生,是前人在具体问题的引导下,在不断探索的过程中得出的[106]。

加涅认为,学习的内部过程可以描述为警觉、期待、恢复工作记忆、选择知觉、语义编码、接受与反应、强化、暗示提取以及概括[129]。学生的内部学习过程与外部教学过程是紧密结合、相互关联的,外部教学过程的目的就是引起导致有效学习的内部过程。为此,加涅总结出促进这九个内部学习过程的九个外部事件,即九大"教学事件":引起注意,激发动机,告知学习目标,回忆先决条件或相关知识,呈现新内容,为学习者提供指导、提供练习、提供反馈,测量行为表现,提供保持与迁移[129]。加涅认为,通过有效地安排这些外部教学事件,能够促进学习的内部过程发生。所以,可以把这些外部事件作为开发课程的一个框架,根据课程的需要和学生的特点选择这些外部事件或某几个外部事件的组合。当然,只是这 9 种外部事件是远远满足不了学习需要的,还要开发一些辅助事件,如学生的学习并不是孤立地完成的,在遇到困难时需要向教师或同伴求助,所以要提供促进交流与协作的辅助事件。

在网络课程的设计与教学过程中,为学习者提供学习支架,可以从 6 个方面寻找支持点,即可以将网络课程学习支架分为情境性学习支架、目标性学习支架、任务性学习支架、资源性学习支架、交流性学习支架和评价性学习支架 6 种类型。

1. 情境性学习支架

网络课程情境性学习支架是为学生有意义学习创设的学习情境,目的是增强学习内容的吸引力,使学生在进行网络课程学习时能够获得真实的感受与体验。它可以是一个场情境、一个故事或一段经历。

建构主义认为,学生的学习必须建立在一定的学习情境之中,使学生在真实的或者近似真实的环境中获得体验。知识是直接或间接地与实际应用联系在一起的,学习目的之一就是培养把知识运用于解决实际问题的能力,所以,通过提出与知识的实际应用相关的问题或者通过模拟现实生活情境,创设与实际生活相联系的情境性支架,能够使学生理解为什么要学习相关的知识,并且知道什么时候应用这些知识[130]。学生在网络学习中处于相对孤立的学习环境,相对于现实课堂的学习显得有些枯燥,因而,为学生提供真实的情境就显得尤为必要。学习情境可以比喻为学习过程的前奏,好的前奏有利于激发学生的学习兴趣和参与的愿望,使学生主动思考问题,积极投入自主探索、合作交流的氛围中,同时好的情境能够使学习重点更加突出,使学习难点更容易得到化解[131]。网络课程情境性学习支架的作用表现在以下两方面。

(1) 激发学习兴趣。在网络课程的学习中,学生处于相对孤立的学习环境,学习也就变得相对枯燥,通过情境创设,使学习内容更具有吸引力,激发学生的学习兴趣和参与愿望,如可以提供一些趣味性较强的 flash 小动画或者小游戏等情境调动学生的学习热情。

(2) 提供真实的感受。建构主义认为,学生的学习必须建立在一定的学习情境之中,让学生在真实的或者近似真实的环境中体验。知识是直接或间接地与实际应用联系在一起的,学习的目的之一就是培养将知识运用于解决实际问题的能力,所以,通过提出与知识的实际应用相关的问题或者通过模拟现实生活情境,创设与实际生活相联系的情境性支架,能够使学生理解为什么要学习相关的知识,并且知道什么时候应用这些知识[130]。

2. 目标性学习支架

网络课程目标性学习支架是指在网络课程学习初始阶段,为学生提供或者引导学生自主确定的经过努力学习所应该达到的学习结果。目的是让学生在进行网络课程学习时,明确地知道学习过程之后自己将有什么变化和收获,以此导引学生的学习方向,避免迷航。

近年来,自主学习在教育理论界与实践界受到了广泛的关注与应用,通常我们认为自主学习是学习者自己能够管理自己的学习,但是这种自我管理按照程度可以分为前摄自主学习与后摄自主学习两种。前摄自主学习是指学习者能够确定自己的学习目标、管理自己的学习过程、选择恰当的学习方法、评价自己的学习进程与效果;后摄自主学习是教师指导性介入前提下的自主学习,在后摄自主学习中学习者通常自己不能确定学习目标,但是一旦学习目标被确定(由教师或教学大纲确定),他们就会朝着这个目标自主地组织学习[132]。

在现实课堂学习中,学生能够在教师的及时指导下保持学习的方向,向既定目标前进。但是,网络课程中的学习基本上是自主学习,学生如果不了解学习目标,在学习过程中就会迷失方向,浪费宝贵的学习时间,影响学习效率与学习质量。基于我国学生前摄自主学习的特点,为其提供必要的学习目标支架是非常必要的。

网络课程目标性支架的作用表现在以下两个方面。

（1）导引方向。因为网络课程的学习中,学生的学习是自主的,如果目标不明确,就会没有努力的方向,甚至迷茫而不知所措。我们的教育传统造成学生不能很好地自行确定学习目标,而网络课程的学习又不能像现实课堂那样,教师可以随时根据学生的具体情况导引学生向着既定目标前进。因此,通过设计目标性支架,使学生知道学习的结果,从而明确前进的方向。

（2）激发学习动机。当学习者学习目标明确,知道自己要学习什么、要达到什么样的程度,这将会激励其努力前行。

网络课程的目标性学习支架可以是全体学生都应完成的目标,也可以是差异性目标;可以是教师直接提供给学生,也可以是导引学生自行确立,并且随着课程的深入以及学生认知水平的提高逐渐撤销教师所提供的支架,最终实现学生独立自主地确立学习目标。

目标性支架的表现形式很多,可以是思维导图的形式,将各级目标用相互隶属与相关的层级图表现出来,使学生对学习目标一目了然;可以是问题的形式,使学生从中感悟到学习的方向;也可以是具体明确的学习目标的陈述形式。

3. 任务性支架

"任务性学习支架主要是帮助学生明确和分解在完成目标的过程中需要做哪些事情,先后顺序怎样"[133]。网络课程任务性学习支架是为学生提供的为了完成学习目标所应从事的具体而明确的学习活动,以便学生在登录网络课程后,知道要想实现学习目标需要做什么。任务支架可以是一个或多个学习活动,可以是个体完成的任务也可以是小组合作完成的任务。网络课程任务性支架的作用表现在以下两个方面。

（1）提供"抓手",培养自主学习能力。在网络自主学习过程中,教师和学生处于时空相对分离的状态,缺少了面对面的指导和监督,由于学生的认知水平和解决问题能力的局限和差异,很大一部分学生不知道该做什么,白白浪费时间和网络资源。通过设计任务性支架,为学生提供前进的"抓手"与台阶,逐级前行,学生在完成不同层次任务的过程中,逐渐认识到任务是实现目标的载体,并且逐渐形成将学习目标转化成具体学习任务的能力。

（2）保持学习动机。在网络课程的自主学习中,面对学习目标,往往会产生无从学起的感觉,或者走马观花地阅读一些资料,或者产生畏难情绪,学习上没有什么大的收获,久而久之将会丧失学习的动力。将目标转化成具体学习任务,学生在想方设法为任务的实现而努力的过程中不断品尝到成功的喜悦,这将会增强学习的信心,激发学习的动机。

网络课程任务性支架的表现形式可以是案例性任务的形式,通过引导学生对案例的分析来加深对知识的理解,体验知识的应用过程;可以是具体操作性任务的形式,通过具体作品的完成来获得亲身体验。

4. 资源性学习支架

资源性学习支架是指为学生进行网络课程学习所提供的各种学习资源,以便学生进行网络课程学习时能够准确及时地获得相关的资源,并起到导航的作用,帮助学生顺利完成学习任务。网络课程资源性学习支架的作用表现在以下三个方面。

(1)提供学习资源并引领学习方向。网络课程的有效开展需要丰富的学习资源,但是学习资源浩如烟海,当学生面对大量信息时,会不知所措,甚至出现信息迷航现象,这不但耗费学生宝贵的时间和精力,还给学生的心理造成很大的负担,导致学习效率降低甚至学习活动停滞。所以教师通过对学习资源进行分析、过滤,提供给学生健康适用的学习资源,减少迷航现象的发生,保证学习方向和学习质量。

(2)提供资源及获取资源的工具。为学生提供资源检索工具、提供搜索关键词等,可以减少学生查找到无关信息的几率,提高学习效率。

(3)促进学生信息加工能力的提高。因为调查发现,目前学生的网络学习活动主要停留在查询资料层面,搜索资源、浏览资源、下载资源的活动较多,面对需要解决的问题时,未经分析便不假思索地向百度、google求助,然后将搜索到的资料据为己有,丢弃了"消化、吸收"的环节,致使惰性越来越强。这样的网络学习方式不但使学习者的认知水平原地踏步,而且信息加工能力也得不到发展。教师为学生提供应用网上资源的方法性支架,引领学生科学应用网络,引导学生消化吸收所收集到的资源,促进学生信息加工能力的提高。

资源性学习支架可以是文本性资料,如教师授课的演示文稿和参考资料,学生可以通过比对自主学习的内容和教师的讲授内容,寻找漏洞和不足,及时弥补;可以是一个思维导图,为学生提供知识的框架、前进的方向;可以是包含相关资料的网址、获得信息资源的搜索工具,以及搜索资料时用到的关键词;可以是视频资料;也可以是资源应用方法介绍等。

5. 交流性支架

网络课程的交流性支架是指为学生提供协作与交流的机会,引导学生抓住交流与协作的时机,指导活动的方法、技巧、过程等,使学生认识与他人交互学习的重要性,知道如何与他人进行网上交互学习。国内学者郭炯指出,网络环境下,学生交流并解决问题要经历构建问题空间、明晰基础概念、观点发散、观点联结和观点收敛几个阶段[134]。这几个阶段往往不是自发产生的,需要教师设计相应的学习支架。网络课程协作与交流支架的作用表现在以下三个方面。

(1)从无疑到有疑。网络自主学习中,由于缺乏教师的随时激疑,对于缺乏问题意识的学生来讲,常常会造成浮光掠影地走过场,使学习不够深入,更不会产生交互学习。通过提供"形成问题"的支架，可以是直接告知问题，也可以通过故事、视频资料等方式促使学生产生问题，从而确定交流与协作的中心话题，产生与他人交流的欲望。

（2）提供交流与协作的工具。为学生进行交互性学习开辟交流的空间，促使学生发表观点、相互质疑与相互学习。交流工具有同步交流工具（如 QQ、MSN 等）和异步交流工具（如 E-mail、BBS 等）之分，同步交流更有利于头脑风暴，异步交流更有利于给学生思考的空间。

（3）提供交流与协作的方法，促进观点的散发与联结。学习是一个交往的过程，需要相互启发，在网络课程中更需要学习者之间的相互启发，但是很多学生习惯了传统的学习方式，参与意识差，甚至不知道如何在网络环境中与他人交流与协作。教师提供交流与协作的方法与帮助，促使学习活动能够顺利进行。例如，问题的讨论和解决要建立在先决知识和经验之上，这时教师提供的学习支架可以是引导学生回顾相应知识，并且告知要在自己独立思考的基础上与他人交流，以此来促进学生思考他人的见解，同时审视自己的观点与方法，形成对同一问题的更丰富的理解，达到求同存异的效果。

交流性支架的表现形式可以是问题的形式，以引发学生产生疑问，并期望与他人讨论与分享；可以是建议的形式，对某些问题的学习，可以建议学生采用交流与协作的学习方法，使学生知道类似的问题需要与他人合作才能完成；可以是提供范例的形式，如通过一个小组合作学习活动的范例，为学生提供进行合作学习的方法。

6. 评价性支架

网络课程的评价性支架是为学生提供自主学习评价的机会与方法，目的是让学生知道要及时进行学习评价，明确各个学习阶段处于哪种状态，离学习目标还有多远，最终目标是否实现，从而调控自己的学习进程，维持学习动机，并且逐渐学会自评互评的方法。网络课程评价性学习支架的作用表现在以下两个方面。

（1）促使学生明确自我评价的重要性。因为学生习惯于接受他人的评价，尤其习惯于等待老师的评价，网络课程与传统课程中的评价相比更趋于自主化，不能随时得到老师的肯定与否定、表扬与批评，所以，网络课程学习中教师要及时为学生提供学习评价的支架。

（2）提供评价的方法。通过提供评价量规、自查表、概念图、评估表、学习契约、成长记录袋等具体的评价方法，使得自我评价具有可操作性，更有利于学生反思学习过程，总结经验，不断地规范和调整自己的学习。

评价工具和组织实施评价本身都属于评价性支架。为学生提供评价性支架不一定在学习过程的最后一步，明确学习目标、获得学习任务后提供相关的评价性工具，学生更加清楚自己该做什么，更容易知道自己该朝着哪个方向努力。

评价性支架的表现形式也很多，可以是思维导图的形式，学生通过在思维导图中所列举的概念节点,检测自己的概念框架是否合理,检测对知识间相互关系的理解情况,了解是否比较全面清晰地理解了相关概念,同时也利于教师对学生学习成果的认识;可以是范例的形式,使学生明白什么样的作业是不合格的,并参照范例朝着合格的方向努力;也可以是表格的形式,从评价目标相关的多个方面规定评级指标,使得评价的操作性强、准确度高。

13.2.2　网络课程学习支架的表现形式

学习支架的类型为设计学习支架提供了理论框架,而为学生提供支架的具体的操作过程,还需要通过选择具体的表现形式来实现。学习支架的表现形式多种多样,它随学习目标、学习任务、学习者的不同需求而有所不同。国内学者闫寒冰将学习支架分为范例、问题、建议、向导、图表等表现形式[135]。通过分析专家学者以往研究的成果,并结合网络课程设计的实践经验,可以把网络课程中使用率高、效果明显的几种支架形式概括为问题的形式、典型范例的形式、建议的形式、解释的形式、思维导图的形式等。

1. 问题的形式

问题是学生学习过程中最为常用的学习支架,教师通过对学生学习过程的预见设计相应的问题或者在学习过程中根据学生的具体情况即时提出相应的问题,实现或激发学生进行资源学习,或为学生引领学习的方向,或引发学生创造交流的欲望等效果,起到激发与引领的作用,促使学生主动围绕问题探究学习,在解决问题的过程中发展思维、拓展知识、体验交流合作。

美国实用主义教育家杜威曾经提出思维的过程,即著名的"思维五步":①情境,即学生要有一个真实的经验的情境;②问题,即确定疑难的所在,作为思维的刺激物,从而提出问题;③假设,即通过观察以及运用所占有的知识资料,提出解决问题的种种假设;④推断,即有条不紊地展开他所想出的解决问题的方法,推断哪一种假设能够解决问题;⑤检验,即通过应用检验他的观念,使这些观念意义明确,发现它们是否有效,并进行修正[136]。针对问题这种学习支架形式,"思维五步"中的前两步是由教师完成的,后三步由教师引导学生完成,经过教师的引导和学生的积极配合,学生的思维会得到进一步发展,主动学习的习惯会逐渐形成。

1) 问题的适用范围

问题能够起到引起注意、提供学习的导向作用,所以,在情境性学习支架、任务学习性支架、资源性学习支架与交流性支架的运用中均比较适合。通过设计恰当的问题,激发学生主动获取相应资源,进行资源性学习;通过问题的提出,引发学生思考,确立通过哪些任务的完成来解决该问题;通过创设问题情境,使学生产生共鸣或者认知上的冲突,激起学生的学习兴趣和热情;通过设计引导性的问题,启发学生思维,激发学生与人交流合作的欲望,体验合作学习。

2）设计问题的注意事项

（1）要与学习目标和学习内容紧密联系。设计好的问题是问题学习支架应用的前提，应该符合学习目标的要求，围绕教学目标的完成来设计相应的问题，同时应与学习内容紧密联系，所提问题有利于促进学生对学习内容的深入理解与思考。

（2）要依据学生的最近发展区，设计适当的问题。好的问题应该适合学生的年龄特点与学习能力，问题的提出应该遵循维果茨基的最近发展区理论，能引起学生原有知识结构与新知识之间的矛盾冲突，使学生感到有一定的认知难度，是学生能够在自己的能力范围或者是在教师与同伴的帮助下完成问题。

（3）要尊重学生，注意激发学生的兴趣。问题应能引起学生参与学习的兴趣和热情，激发其学习动机。

（4）问题的表述应清晰明确，具有层次。首先要避免费解、含混不清的问题表述，以免影响学生对问题的理解与解决。同时，对于比较大、比较复杂的问题，可以将问题进行分解，由浅入深，也要注意从多个角度提出问题，引导学生多方位思考。

2. 典型范例的形式

范例是符合学习目标要求的学习成果（或阶段性成果），典型范例式的学习支架是指为了避免学生失败或走弯路，先为学生提供的一种标准化的、准确的例子，为学生提供参照，进而顺利完成学习任务。

范例往往含纳了特定主题的学习中最重要的探究步骤或最典型的成果形式[135]。范例的应用，可以避免拖沓冗长或含糊不清的解释，帮助学生较为便捷地达到学习目标[137]，那些专家型的解题思路或标准的作业成果，对学生会起到潜移默化的作用，能够为学生以后的自主学习打下基础。

1）典型范例的适用范围

典型范例这种形式常常用于提供任务性学习支架和评价性学习支架。布置学习任务时，为学生提供范例，如解题思路、标准化的作业成果等，使学生有"路"可循，减少了走弯路或失败的几率。另外，当范例用做评价性支架时，学生会自然地明白，什么样的作业是不合格的，什么样的作业才是合格的，并参照范例朝着合格的方向努力。

资源型、交流型、评价型学习支架的设计与实践中均可应用这种典型案例的形式。在资原型学习支架的设计与实践中，可以通过设计典型的资源应用的案例，为学生提供何时需要资源、如何选择资源、如何处理相应的资源的案例，为减少迷航现象提供帮助。交流型现象支架主要是要为学生提供交流的机会、方法等，通过典型的交流案例，使学生了解感受交流的过程与方法，避免学习交流流于形式，少走弯路，顺利完成学习任务。在评价性学习支架的应用中，典型范例的形式更为适合，通过典型的评价过程的参考，明确如何评价自己和他人的学习成果，并参照范例确定努力的方向。

2）设计典型范例的注意事项

注意范例的典型性，为学生提供典型的阶段性成果。范例的内容可以是教师的操作技巧与过程，也可以是专家的解题思路，重要的是对于学生来说具有可模仿性。因此，所选择的案例一定要具有代表性、典型性，使学生能够从个别衍生出一般，从而掌握学习的方法。

3. 建议的形式

建议是指向集体或个人等提出自己的主张。当设问语句改成陈述语句时，提问就变成了建议，与提问的启发性相比，建议的表现方式更为直接[135]。在网络课程的学习中，教师根据学生的具体情况适时提出建议，如学习进程、学习方法、需要应用哪些资源和工具等，以此来促进学生学习的效率，引导学生学习的方向。

1）建议的适用范围

建议这种表现形式可以用于目标性学习支架、任务性学习支架、资源型学习支架、交流型学习支架设计与实践中。在目标支架中，可以通过建议的形式，引导学生自主确立学习目标，真正学会自主学习。在任务支架中，面对比较复杂的任务，教师通过建议的形式，提供学习方法，引导学生将大的复杂的任务逐渐分解，再逐层完成学习任务。在资源支架中，考虑到学生面对众多资源无从下手的问题，可以提供如何筛选、评价和应用资源的建议，提供多种方案供学生选择，充分利用已有资源，减轻学习负担。在交流支架中，考虑到在某些环节可能会遇到困难或者在学习过程中当学生出现个人力所不及的困难时，建议学生采取交流的方式，与人沟通合作，探讨相关问题，解决学习中的问题，共同进步，完成学习任务。

2）设计建议的注意事项

基于建议的表现更直接的特点，教师不宜频繁使用。如果直接告诉学生应该怎样做，就会减少学生思考的机会，久而久之，学生会对教师的建议产生依赖性。当学生遇到困难时，教师应该更多地使用启发性的支架，引导学生思维，发展学生自主学习的能力。

4. 解释的形式

解释通俗的说就是补充说明，对较难理解的问题做进一步的分析，促进学生对问题的理解，明确学习目标与学习任务，为学习过程的顺利进行提供帮助。

1）解释的适用范围

解释一般用于描述性的支架，如目标性支架和任务性支架。目标性支架和任务性支架一般是向学生描述要求达到的目标和需要执行的任务，有时学习目标和学习任务在表述上可能概括性比较强，需要教师给以补充解释说明，使学生明确具体的学习目标和具体的学习任务。

2）设计解释的注意事项

选择解释这种支架形式时，一定要慎重。首先，要确定学生是否确实需要教师给予解释,如果表述的内容在学生的理解范围之内,解释就会显得画蛇添足。其次,解释语言力求要简练,解释的目的是让学生理解得更清楚,如果赘述很多文字,反而会扰乱学生思维。

5. 思维导图的形式

思维导图是一种使思维可视化的工具,运用图文并重的技巧,将各级主题的关系用相互隶属与相关的层级图简单明了地表现出来[137],所呈现的是一个思维过程,为学生的学习提供更为直观、系统的知识网络,帮助学生理清思维的脉络,成为知识结构向学生认知结构转化的学习支架。这种思维导图的支架形式,能够帮助摆脱机械学习的困扰,有利于直觉思维的形成,促进学生对知识的深入理解与掌握,促进知识的迁移,促进学生创造性思维的发挥,从而实现知识的意义建构,并习得科学的学习方法。

思维导图是一种学习工具。由于思维导图层次上的特性,所要学习的内容能够以有系统、有次序地呈现在学习者面前,可以帮助学生对知识有整体的了解,保证学生接收到准确的学习内容。

思维导图是一种思维创造工具。通过绘制思维导图,可以发展学生的高级思维。在收集和整理资料的过程中,使用思维导图将多个零散的知识点集合在一起,使学生将知识融会贯通,在新旧知识之间建立联系,发展对知识体系的理解,把握知识的整体,将所学知识整合。学生在绘制思维导图时,必须搞清楚已有概念与新概念、上位概念与下位概念,以及这些概念之间是什么关系且相关到什么程度等问题,这就要求学生在概念水平上思考问题,因此,思维导图有助于学生高级思维的发展,为学生的高级思维搭建了学习支架。

思维导图是一种反思工具。思维导图能够帮助学生明确自己尚不清楚或遗漏的问题,为学生的学习提供引导和指导,使下一步的学习有目的、有针对性、有序地进行。

思维导图是一种评价工具。思维导图能清楚地呈现学生的概念框架,可以检测出学生的知识结构以及学生对知识间相互关系的理解情况;通过学生在思维导图中所列举的概念节点,可以了解学生对概念理解得是否清晰和全面[139]。

1) 思维导图的适用范围

思维导图的功能很强大,适合于表示概念、要素、实例之间的相互关系。作为一个学习工具,可以为学生提供目标性支架,使学生对学习内容一目了然;作为思维创造工具,可以作为任务性支架,发展学生的高级思维;作为反思和评价工具,思维导图可以作为评价性支架,及时查漏补缺。

2) 设计思维导图的注意事项

(1) 对课程内容进行总体分析,进行适当的分解与整合,确定适合采用思维导图体现知识体系的内容,选择恰当的方式表现出来。

（2）在为学生提供思维导图的同时，在适当的时候要鼓励学生自己绘制思维导图。学生通过自己绘制概念图，会对学习内容有整体的了解；绘图过程中通过分析各个概念之间的联系，学生的高级思维水平得到发展；通过绘制思维导图，学生容易意识到遗漏的知识点，做到查漏补缺。同时，达到逐渐撤去学习支架，实现学生的自主学习。

6. 表格的形式

表格是一种简单的思维可视化的工具，它由一行或多行单元格组成，分别填写数字或文字等书面材料。它虽然不像思维导图那么复杂，但是能够清晰地表达所要表达的内容，所以在教学中被广泛应用。当遇到某些不同、相似或者有联系的概念时，运用表格将它们组织起来，不仅能突出知识的特点、条理清晰、逻辑思维性强，而且能够使学生易于接受。运用表格形式的支架有很多种，如检验学生学习成果的量规、自查表等。

量规是由指标和标准构成的，用于评定等级或分数的评价工具。从表现形式上看，量规往往是个二维表格，它从评价目标相关的多个方面详细规定评级指标。对于过程性评价而言，量规堪称是最为优秀的评价工具。它关注学生的思维过程，为评定学生作品质量设定了各项指标，使其具备操作性强、准确度高的特点。评价标准公开化，学生对评价指标了如指掌，有利于学生主观能动性地发挥；由于量规的操作性强，不但教师可以使用，也可以让学生自评；让学生参与到评价中来，会增强他们对学习任务的责任心。

自查表是以问题或评价条目组织的列表，在不同时段为学生提供自查表产生的作用也不相同。在学生执行学习任务之前提供自查表，能够引导学生思维，增强他们的自主学习能力，提高学习效果；当学生完成学习任务后，为其提供自查表，可以帮助学生查漏补缺，提高学习质量。

1）表格的适用范围

表格的应用范围很广。因为表格具有简洁、明了的特点，如果目的是使所要表达的内容更清楚，那么，图表这种形式在任何支架类型中都可以应用。

2）设计"表格"的注意事项

虽然表格的适用范围很广，但是并不是每种情况下都适用。可以用简单的形式（如建议、解释）达到目的，就没有必要运用表格的形式。另外，当概念之间具有相互联系的时候，表格的作用才能够充分发挥。

除了上述几种学习支架的表现形式外，还有很多其他的表现形式，如为方便学生查找资料，为其提供字典、辞典、google 等检索工具及使用方法；为了促进交流，开辟聊天室、讨论区等模块，设计讨论问题，引导学生交流思想；借助形象、逼真的影像使抽象的学习内容具体化、枯燥的学习内容形象化。

13.3　网络课程的学习支架设计

13.3.1　网络课程学习支架的设计原则[137]

1. 平衡性原则

根据学生的知识水平、知识本身特点来设计,在学生的需求和所提供的支架之间保持一种微妙的平衡。根据维果茨基的最近发展区理论,学习支架的设计要促进学生跨越现有的发展水平,临近他们的"潜在发展水平"。也就是当学生需要超越现有水平时,但仅靠自己的能力和力量不能完成,这时为其提供一定的帮助,提供个"抓手",超越过现有发展水平,达到一个新的高度。这里的支架与学生需求之间要配合默契,不能早于学生的需求,也不要在学生感觉学习没有信心的时候再给予支持。

2. 引导性原则

引导性原则是指教师进行网络课程学习支架设计和应用时及时为学生提供引导,但不是越俎代庖,所提供的帮助是为了促进学生的学习,为学生提供学习方向与学习方法,起到引领的作用,切不可简单地给出学习结果或代替学生学习。例如,在网络课程中,布置学习任务后,可以给学生提供一些完成此任务所要经历的步骤,而不是直接将任务结果公布出来。

3. 适时性原则

适时性原则是指要把握好什么时间提供支架、什么时候撤除支架。当学生需要帮助时,教师就提供支架;当学生需要更多的帮助时,教师就进一步提供支架;当学生需要较少的帮助时,教师就减少支架;当学生不需要帮助时,教师就撤销支架,以便学生能独自完成学习任务。在网络课程中,教师和学生多数处于准分离状态,所以还需要依靠一些辅助的手段。

4. 动态性原则

动态性原则是指在学生的学习过程中,教师需要不断地调整和修改提供给学生的学习支架的内容和形式,以最好地适合学生的发展水平。随着学生自身的不断发展,其"最近发展区"也是动态变化的。教师为了让学生始终保持在"最近发展区"内,要随时了解学生的已有水平,然后根据学生实际需要和能力,不断地调整学习支架的内容和形式。

5. 渐退性原则

渐退性原则是指学习支架是暂时的,随着学生学习能力的提高,教师应将学习的责任逐渐地转移到学生身上,引导学生学会自己搭建学习的"脚手架",自主完成学习任务。教师提供的学习支架,伴随着学生自身的发展、学习能力的提高,数量越来越少。当学生能力得到发展时,学习支架开始减少,直到学生具备独立解决问题的能力时,学习支架完全撤出。

6. 个性化原则

个性化原则指教师要根据学生的能力水平和兴趣特点提供不同的支架。首先,学习支架的搭建以学生原有的知识经验为基础,学习者的水平是有差异的,对同一事物的理解也不尽相同,教师应根据学生的水平而搭建不同的支架。其次,学生的兴趣、爱好不同,教师选择的支架也不同。因此,教师除了了解每个学生的学习能力水平之外,还要了解学生的兴趣特点,提供相应的支架。

13.3.2　网络课程学习支架的设计过程

网络课程学习支架的设计首先要根据学习内容的特点、学生的具体需求与学习能力来确定支架点,即什么时候、什么情况下需要提供支架的帮助,在此基础上,确定支架的类型与表现形式,最终搭建不同类型的学习支架。

1. 选择学习支架的支架点

学习过程中并不是在每一个环节都需要提供学习支架。支架提供多了,不仅仅会引起学生的反感,还会增强学生的依赖性,甚至不利于学生自主探索,所以必须恰当选择提供支架的支架点。

1) 分析学习目标

教师首先要分析学习目标,明确经过学习活动学生将会获得哪些知识,形成什么技能,提高哪些能力,促进什么态度、情感价值观的形成等,确立学习的方向,为分析学生要实现教学目标还有什么障碍提供依据。

2) 分析学习内容

对学习内容进行分解,预测学生在学习这些内容时可能会遇到什么困难,确定在什么地方需要提供帮助。

3) 分析学生特点

(1) 要分析学生的普遍现有发展水平,即学生的起点能力。教师首先分析学生的知识基础、学习能力,对照教学目标,分析学生在完成学习目标过程中可能会遇到的困难,据此设计相应的学习支架。

(2) 分析学生的个别需求。不同的学生的基础、能力水平、学习态度等都存在着差异,学生的需求会有所不同,尤其是网络学习大部分是个别化自主学习,所以,要针对学生的不同需求确定学习支架的点。同一种支架对某个学生来说很恰当、有效,但对另一个最近发展区较其狭窄、发展潜能比较小的学生来说,就可能太少,不足以支持他取得完成学习任务,又或者对另一个最近发展区较其宽阔、发展潜能比较大的儿童来说,则又可能太多,以至妨碍了他独立探索的能力[139]。可见,教师在选择支架点时,必须考虑到学生的的个体差异,随每个学生具体情况的不同而有所调整、变化。

在对学习目标、学习内容、学生特点进行分析的基础上,得出学生在学习新知识时在什么时候需要教师提供帮助,哪些类型的学生需要提供帮助。

2. 确定学习支架的类型

学习支架的类型有很多种,每种类型都有其适用的范围,如何选择恰当的学习支架类型是网络课程设计与应用时的一个难点问题。

1) 依据学习内容的类型与特点

按照学习理论的分类,知识一般分为陈述性知识、程序性知识和策略性知识。陈述性知识一般是概念学习,基于事实的;程序性知识是技巧性的动作,策略性知识回答的是"怎么办"的问题,二者是基于分析和综合的。陈述性知识显然在这三类知识中属于最低水平的认知学习,策略性知识的学习属于最高层析。对于陈述性知识,大多数学生,教师也许只需提供评价性支架,让学生知道是否掌握相关概念就足够了;相对比较复杂的程序性知识和策略性知识需要提供的支架就会多些,例如,理论性、抽象性的内容,为学生及时提供学习资源的资源性学习支架、为创建感性认识的情境性支架、为学生顺利完成学习任务的范例性学习支架都是必不可少的。

2) 以学生的认知水平为依据

针对不同认知水平的学生,选择支架的类型时应该区别对待。对于认知水平稍高的学生,提供一些必要性的支架就可以了,如交流性支架、评价性支架;而对于认知水平相对较低的学生,选择的支架类型就要多一些,视具体情况增加任务性支架、资源性支架等。

3. 确定学习支架的表现形式

为学生提供相应类型的学习支架,最终要靠一定的表现形式来实现。教师在提供支持时,不能盲目地或者随机地选择支架,除了依据每种学习支架的适应范围外,还要考虑学生的特点和需求。

1) 根据学生的认知特点来确定

学生的认知特点是指学生习惯于采取什么方式对外界事物进行认知。例如,有的学生形象性思维能力强,而有的学生抽象性思维能力强,对于形象性思维的学生要倾向于选择形象化的支架形式,如思维导图、表格等;对于抽象性思维的学生,应该为其保留想象的空间,提供一些提问、建议等较简单的支架形式就可以了。

2) 根据学生的认知水平来确定

针对不同认知水平的学生,选择支架的形式时也应该区别对待。对于认知水平稍高的学生,要提供一些简单的支架,如建议、提问,主要就是起引导学生的作用;而对于认知水平相对较低的学生,就要选择一些复杂性的支架,如范例、解释、思维导图等,目的就是让他们模仿,跟着教师的思路走,在潜移默化中逐渐形成自己的思路。

4. 学习支架的搭建

1) 情境性支架的搭建

适合网络课程情境性支架的表现形式很多,可以是通过提供典型范例的形式,激发学习兴趣,获得真实感受,加深对知识的理解;可以是设计引导性问题情境的形式,使学生产生共鸣或者认知上的冲突,激起学生的学习兴趣和热情等。

搭建情境性支架时首先要注意,情境的设计要具有真实性,将所要学习的知识内容与真实的情境联系起来;考虑学生的个别化要求,学生的先前经验、知识背景、学习风格不同,对各种类型的情境理解和接受程度也不尽相同,有些学生喜欢叙事性的故事,有些学生喜欢冲突性的话题,有些学生喜欢生动的动画等。

2) 目标性支架的搭建

目标性支架的表现形式也很多,可以是思维导图的形式,将各级目用相互隶属与相关的层级图表现出来,使学生对学习目标一目了然;可以是问题的形式,使学生从中感悟到学习的方向;也可以是具体明确的学习目标的陈述形式。

由于学生的认知水平不同,教师不可能要求学生达到同一个水平的学习目标。所以,在提供目标性支架的时候要考虑到每个学生的真实能力,设定不同的目标。教师可以采取分级目标的方法,分别设置初级目标、一般目标和高级目标,分别满足需要帮助的学生、一般层面的学生和比较优秀的学生,并根据学生的表现不断调整。这充分体现出支架设计的个别化原则和动态性原则。

3) 任务性支架的搭建

网络课程任务性支架的表现形式可以是案例性任务的形式,通过引导学生对案例的分析来加深对知识的理解,体验知识的应用过程;可以是具体操作性任务的形式,为学生提供具体的学习任务,如通过具体作品的完成来获得亲身体验。

学习任务是为完成学习目标服务的,学生完成学习任务的过程就是朝着学习目标努力的过程,所以设计任务型支架要根据学习目标来设计,使学生知道通过做什么来实现学习目标。

4) 资源性支架的搭建

网络为学习提供了丰富的学习资源的同时,网络课程的有效开展也离不开丰富的学习资源。资源性支架可以是文本性资料,如教师授课的演示文稿和参考资料,学生可以通过比对自主学习的内容和教师的讲授内容,寻找漏洞和不足,及时弥补;可以是一个思维导图,为学生提供知识的框架、前进的方向;可以是包含相关资料的网址、获得信息资源的搜索工具,以及搜索资料时用到的关键词,避免迷航;可以是视频资料;也可以是资源应用方法介绍,避免学生走弯路;也可以是建议,在学生利用搜索引擎查找资源时,可以为学生提供搜索关键词,减少学生查找到无关信息的几率,提高学习效率等。

在对学习资源支架进行设计时,必须要考虑学生完成学习任务时需要哪方面的资源,在利用资源时会出现哪些问题。如果提供的学习资源支架与学习任务无关,不仅浪费学生阅读信息的时间,而且容易分散学生的注意力,导致学习质量和学习效率降低。

5) 交流性支架的搭建

交流型学习支架表现形式可以是问题的形式,以引发学生产生疑问,并期望与他人讨论与分享;可以是建议的形式,对某些问题的学习,可以建议学生采用交流与协作的学习方法,使学生知道类似的问题需要与他人合作才能完成;可以是提供范例的形式,如通过一个小组合作学习活动的范例,为学生提供进行合作学习的方法。

网络环境下,学生交流并解决问题要经历构建问题空间、明晰基础概念、观点发散、观点联结和观点收敛几个阶段[134]。即学生的讨论行为由形成问题、调动相关概念、表达观点、审视观点、达成一致几个阶段构成。教师通过参与到学习论坛和聊天室模块观察学生的交流情况,设法在这几个阶段搭建支架,引导学生深入的探讨。

(1) 形成问题阶段。形成问题阶段是讨论问题的最初阶段,通过这个阶段,确定讨论的中心话题。当教师发现学生所讨论的内容总是局限于一些小细节时,就要适当给予指引,将论题引向更深层次,避免学生的交流停留在低层次的水平上。另外,交流要围绕某个主题的见解、想法而展开的。学生针对同一问题而展开交流,不能偏离方向。

(2) 调动相关概念阶段。问题的讨论和解决要建立在先决知识和经验之上,当教师发现学生对已经学过的知识理解得不是很清楚时,要给予适当的提示。

(3) 表达观点阶段。在表达观点阶段,教师要鼓励学生发表自己的观点,还要保证学生自由地表达自己对问题的看法和对他人见解的评价。

(4) 审视观点阶段。由于想法不同,很容易产生分歧和冲突,这个时候,教师要引导学生思考他人的见解、审视自己的观点,促使讨论逐渐深入。

(5) 达成一致阶段。教师将学生的观点总结成一致的结论,并将成果以文字、图表等形式表现出来。在这个阶段,要让学生在交流中自然地形成对问题解答,形成对某个问题的共同理解,教师在其中可以通过各种形式给予引导。

6) 评价性支架的搭建

评价性支架的表现形式也很多,可以是思维导图的形式,学生通过在思维导图中所列举的概念节点,检测自己的概念框架是否合理,检测对知识间相互关系的理解情况,了解是否比较全面清晰地理解了相关概念,同时也利于教师对学生学习成果的认识;可以是范例的形式,使学生明白什么样的作业是不合格的,并参照范例朝着合格的方向努力;也可以是表格的形式,从评价目标相关的多个方面规定评级指标,使得评价的操作性强、准确度高。

提供评价性支架一般认为提供评价工具,其实组织实施评价本身也是提供评价性支架的一种形式[106]。

　　传统的评价以终结性评价为主,最重要的工具就是试卷。而随着教育理念的更新,人们更强调过程性评价,与之相适应开发的评价工具也多种多样,有量规、概念地图、评估表、学习契约、成长记录袋。教师可以根据具体的学习任务性质,选择适当的评价工具和设计评价标准:在学生完成学习任务后,可以为学生提供自查表,帮助学生查漏补缺;在任务开始之前给学生提供评价量规,使学生明白学习成果要朝着哪个方向努力,并不断地规范和调整自己的学习。在组织实施评价时,教师要采取评价主体多元化,不只是教师参与评价,还可以鼓励学生自评和互评,评价本身就是一种重要的学习经验。自评是指学生依据一定的评价标准对自身的学习效果进行评价。自评有助于加深学生对自己的了解,以便调整学习策略,改进学习方法,增强学习的自觉性。互评是指学习者之间相互的学习评价。互评可以提高学生的学习积极性。互评一般在小组合作时应用较多,所以互评的另一个好处是能够增进小组间的责任感。

5. 学习支架的撤销[139]

　　为学生提供支架的过程,是教师支持与学生独立的辩证统一的过程。教师为学生提供支架是为了学生的独立,而当学生达到独立时,教师的支架又将变得多余,应被撤销;学生成功地完成学习任务是教师与学生共同合作的结果,其中既有学生独立完成的部分,又有学生必须借助教师的支架才能完成的部分。总之,教师提供支架是学生实现独立的条件,而学生的独立又是教师提供支架追求的目标。

　　教师提供的学习支架,伴随着学生自身的发展、学习能力的提高,数量越来越少,数量减少的过程就是支架的淡出过程。最初,学生的能力处于较低水平,不能够独立完成学习任务,教师必须提供较多的支架,来引导和控制学生的学习;随着学生相应能力的发展,学生已经能独立完成部分学习任务,教师提供的支架随之减少;最后,当学生已经获得相应的能力,能够独立完成学习任务时,教师的支架就会撤走。教师支架的撤走标志着学生跨过这一最近发展区,达到了新的发展起点,同时也有了新的最近发展区,当学生面临新的学习任务,教师则又应提供新的支架,以帮助学生跨过这一新的最近发展区。相应地,教师提供的支架类型、数量、强度也会随着学生能力的发展不断变化,但总是一个由多到少,直至撤销的过程。

　　例如,当学生遇到未曾解决过的问题时,教师要提供充分的学习支架;当遇到相似的问题时,教师要在广度和深度上减小提供支架的力度;当第三次遇到此类问题,教师可以不给学生提供支架,让学生自主解决。另外,教师也可以在为学生提供支架的周期上做调整,由开始的每天一次到每三天一次再到每一周一次,直至最后撤销。

　　总之,学生在独立之前必须有教师提供的支架,因此相对于学生的发展来说,教师的支架总是必要的;而在学生独立之后,教师就必须撤走支架,因此相对于学生已达到的独立水平来说,教师的支架又总是暂时的。

13.4 "信息技术课程与教学"网络课程学习支架的设计案例

13.4.1 学习支架的设计

"信息技术课程与教学"是教育技术学专业开设的一门选修课,是针对我国基础教育课程改革后,"信息技术"课程作为中小学必修课导致的信息技术教师师资力量紧缺的现象而开设的,目的是为中小学培养合格的信息技术课教师。"信息技术课程与教学"的内容体系包括信息技术课程的发展、中小学信息技术课程概述、中小学信息技术教学设计、教学实施、教学评价、教学实践 6 个模块。通过该课程的学习,教育技术学专业学生应该掌握教学基本理论与教学系统设计方法,初步具备从事中小学信息技术课程的具体教学工作的能力,能够进行备课、上课、课外作业的布置与批改、学业成绩的评价等活动。

"信息技术课程与教学"是一门理论和实践结合紧密的综合性课程,不仅要掌握相关的理论知识,还要深入实践,总结经验,可以说学习任务很重。然而,由于某些客观方面的原因,该课程只能安排 36 课时,这肯定是满足不了教学需要的。针对这种情况,本课题组开发了基于 Moodle 平台的"信息技术课程与教学"网络课程,作为课堂教学的补充。鉴于 Moodle 平台的功能、特色和"信息技术课程与教学"的内容体系,本网络课程在整体上设计了信息技术课程的发展、中小学信息技术课程概述、中小学信息技术课程实施、中小学信息技术课程教学指导思想、中小学信息技术课程教学设计、中小学信息技术课程教学评价六个专题,在每一个专题中分别从学习情境、学习目标、学习任务、学习资源、学习论坛(交流)和作业上交(评价)6 个方面提供学习支架(当然,并不是每一个方面都必须提供支架,支架的提供视学习内容的特点和学生的认知水平而定)。另外,还在总体上为学生提供了聊天室、搜索工具、"信息技术课程与教学"的相关网站、专家学者博客链接等通用支架。本课题组以"信息技术课程与教学"网络课程中专题四"中小学信息技术教学指导思想"为案例进行学习支架设计的介绍。本专题的学习目标不仅要求学生了解中小学信息技术教学中应遵循哪些指导思想,还要灵活运用于课堂教学,可以说是"信息技术课程与教学"这门门课程的重点和难点,综合考虑学生的原有知识基础和认知水平,教师在本专题中设计了相对较多的学习支架。

1. 情境性支架

支架 1 提供两个对比性很强的信息技术课教学视频案例。

视频一 教师讲解生动,组织活动多样,学生参与积极性高,整体课堂教学效果好。

视频二　教师讲解平淡如水,属于满堂灌的类型,学生的参与性活动组织甚少,课堂气氛呆滞,课堂效果差。

支架应用分析　通过提供真实的、教学效果对比性极强的教学视频支架,引发学生的思考。这两堂信息技术课的教学为什么会产生如此大的反差呢? 造成这种反差的原因是什么呢? 怎样才能达到视频一的教师所能达到的教学效果,从而激发学生探究本专题学习内容的兴趣,同时也把学生引入真实的信息技术课堂的情境中呢?

支架 2　提供启发性的问题:这两个教学视频的效果是不是形成鲜明的对比了呢? 为什么会出现这种结果呢? 将来,作为一名信息技术教师,你希望你的教学属于这两种中的哪种呢?

支架应用分析　进一步引发学生的思考,激发学生的学习动机,把学生置于真实的信息技术课堂的情境中。

2. 目标性支架

支架 1　将学习目标分等级。

在学习目标中,设计了知道、理解和运用三级层层递进的学习目标。学习上吃力的学生只要完成第一级别目标即可,一般学生要达到前两个级别的学习目标,优秀学生在完成前两个学习目标的基础上,可以达到第三层目标的水平。学生可以根据自己的水平选择相应级别的学习目标,当然,随着学生自身能力的发展,也可以自我调整学习目标的级别。这三级学习目标具体如下:

(1) 知道中小学信息技术课程教学中应遵循的指导思想有哪些。

支架应用分析　这是初级目标,是全体同学必须达到的目标,考虑到学习上有一定困难的学生,这里为学生列举了一些中小学信息技术课中应遵循的指导思想,这对于一般水平和成绩比较的好的学生来说是不必要的,他们可以不作为参考。

(2) 充分了解这些指导思想的内涵。单纯知道这些指导思想是不够的,要真正理解它们的内涵,如双基教学的内容、范围、意义等。

支架应用分析　这是一般性的目标,除了学习上有困难的学生外,大部分同学都应该完成的目标。为了激发学生完成一般性目标,提供了建议性的支架,要真正理解这些思想的内涵,更具有启发性。

(3) 在知道和了解这些指导思想的基础上,灵活运用于中小学信息技术课堂教学中怎样做到面向全体,注重学生全面发展,怎样实施差异教学,怎么培养学生的创新能力和实践能力等,都是我们在课堂教学中真正要解决的问题。

支架应用分析　这是高级目标,针对学习上有余力的学生设置的。本来是想以问题的形式提供支架,但考虑到这部分学生的自律性和积极性,采取了建议性的支架。

3. 任务性支架

以小组为单位,分析提供的教学视频中体现的教学思想。

支架 1　组织小组合作学习。

支架应用分析　教学视频中体现的教学思想不仅仅是一两种,如果由单独一个学生分析的话,肯定不会很全面,而且思维也会限制在狭窄的范围内,达不到教学的目的。如果将认知水平、思维方式不同的学生结成小组合作,就会避免这种情况的发生。学生之间通过讨论、协商,达成一致意见,不但思想上能够得到互补,也会增强学生间的情感。

结合中小学信息技术课程中某一教学内容,写出教学思路,至少要体现出一种教学思想。

支架 2　范例:分组设计网页,步骤如下:

(1)教师提出教学任务,以小组为单位运用所学知识设计网页,主题为环境保护。

(2)教师按照"组间同质、组内异质、优势互补"的原则引导学生自由结组。

(3)教师引导小组成员合理分工,小组内的学生有的负责设计图片,有的负责设计文本,有的负责设计版面结构,有的负责搜集环境保护相关资料等。

(4)教师引导小组所有成员团结合作,积极参与设计网页的活动,小组成员各负其责,并相互协商,互相帮助,对每个人负责的项目发表自己的见解,并针对自己负责的项目征求别人的意见。

(5)各小组展示学习成果,开展评价活动,教师组织学生展示各组设计的网页,教师以及学生开展自评和互评。

(6)教师总结本次分组合作设计网页的学习活动,指出本次活动值得发扬的地方和本次活动中存在的不同和需要改进的地方,并给学生以鼓励。

支架应用分析　由于学生在之前没有编写教学思路的经历,没有这方面的经验,所以第一次接触这样的学习任务,肯定有些迷茫。如果让学生自己摸着石头过河,可能学习结果还可以,但是会耗费学生大量的时间和精力;还有一种可能,不但耗费了大量的时间和精力,学习结果也不尽如人意。在这里,提供一个标准的范例,包含优秀教师的教学思路和探究学习任务的重要步骤,使得学生有"理"可依,避免误入歧途。另外,学生通过研究和模仿优秀教师的教学思路和探究学习任务的重要步骤,也会潜移默化的掌握其中的要领。

4. 资源性支架

支架 1

中小学信息技术教学的指导思想知识结构图如图 13.1 所示。

支架应用分析　由于层次上的特性,思维导图能够将学习内容系统的、有层次地呈现出来,学生对所要学习的内容一目了然。通过提供"中小学信息技术教学指

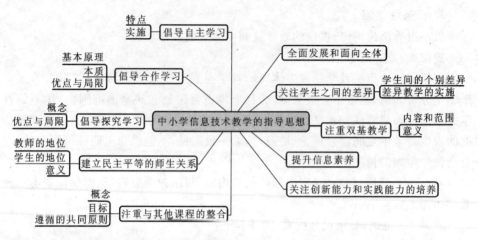

图 13.1　中小学信息技术教学的指导思想

导思想"的知识结构图,学生对学习内容有了整体的了解,便能够有目的、有针对性、有序地进行学习。随着学习的进行,学生参照知识结构图,便能明确自己已经掌握的和还没有掌握的知识内容,制订下一步的学习计划。

支架 2　教师授课的演示文稿和参考文献。

(1)提供了教师课堂授课的演示文稿链接。

支架应用分析　在网络课程中,学生的学习属于自主学习,自主学习往往存在弊端,如学习内容不全面等。提供教师的课堂授课演示文稿,学生可以作为检验自主学习成果的一个参照,通过比对自主学习的内容和教师的讲授内容,寻找漏洞和不足,及时弥补。

(2)提供参考文献列表,包括参考书目、期刊文献和网站资源。

支架应用分析　虽然网络课程的 Internet 资源非常丰富,但是不能将网络课程作为资源的堆积平台。这里只提供相关资源的目录,让学生自行查找、搜索,不但培养学生信息搜集能力,还养成了学生良好的学习习惯。

支架 3　相关文献下载和资料搜索提示。

支架应用分析　如果学生在所提供的资源中找不到自己想要的内容,还可以通过资料搜索提示支架自行查找想要的资源。这也是针对基础较差的学生设计的,一般的学生和水平较高的学生只是作为一种选择性的支架,可以直接用,也可以自行设计。

5. 交流性支架

在"中小学信息技术教学指导思想"这一专题中,学习论坛所设计的讨论主题是"信息技术课程中怎样才能做到面向全体、照顾差异"。

支架 1　提出问题。现阶段,人们都在提差异教学,分层教学,但都是基于理论层面,实践中成功案例的介绍很少,那么,你认为信息技术课教学中,我们怎样才能做到照顾差异呢? 期待你的想法!

学生讨论 1

> 回复:信息技术教学中怎样才能做到面向全体、照顾差异?
> 由　　　　　　　发表于2008-12-5 星期五　12:53
> 有一个想法:在多媒体网络教室中,借助计算机网络实施差异教学

支架 2　针对刘巧丽同学的观点,及时给予反馈,并给出建议性的支架:你的观点不明确,请详细介绍一下怎样在多媒体网络教室种,借助计算机网络实施差异教学,或者举个例子说明。

学生讨论 2　学生在教师的建议下作出反馈(在教师的建议性支架下,学生经过认真的思考,设计出了自己的差异教学蓝图)。

> 回复:信息技术教学中怎样才能做到面向全体、照顾差异?
> 由　　　　　　　　发表于2009-04-3 星期五　11:58
> 只是突然冒出的一个火花:设计网络课程,让学生在网络教室,通过网络课程学习。
>
> 经过前测,决定学生分层,如补救组、基础组、拓展组等;
>
> 学生在自己的层次范围内,可自由选择适合自己认知风格的多种表现形式的内
>
> 容,如:视频教程、图文教程;
>
> 针对同一目标,设计多种教学策略,如专题讲授、任务驱动、小组探究……
>
> ,学生喜欢哪个就选择那个,学完都能达到教学目标的要求。
>
> 能力太差的首先进入补救模块,掌握了学习新知识的必备知识和能力后再进入基
>
> 础组。
>
> 学有余力的学生可以进入拓展模块,根据自己的兴趣去学习。教师在教室里提供
>
> 帮助和指导。

学生讨论 3

> 回复:信息技术教学中怎样才能做到面向全体、照顾差异?
> 由　　　　　发表于2009-04-3 Friday 11:07
> 各个学科都存在学生的差异性问题,信息技术课程存在,其它课程也一样,我们
>
> 一直在纸上谈兵,寻求解决的途径,可是看几篇有关如何对待学习者的个别差异
>
> 的优秀论文或者案例,真的能解决实际教学中存在的问题吗? 为什么理论的研究
>
> 很多了,实际中差异的现象还是困扰着许许多多教师们呢?

支架 3　根据学生的疑问,帮助分析原因,使学生朝着引导的方向思考。可能

是这些理论研究的结果并没有深入实践中去,或者应该是从一线教师的观念入手。

学生讨论 4　学生根据教师的引导,谈到了教学实践和体验一线教师讲课的亲身经历,使讨论更加深入。

回复:信息技术教学中怎样才能做到面向全体、照顾差异?
由　　　　　发表于2009-04-3 星期五　12:04

亲身去体验过一节高中信息技术的上机课,也发现了其中的差异问题。

教师给班里一个表现优异的男生开了"小灶",(如果是我,估计也会这么做吧!对于这样的学生需要的是在维持他的兴趣的基础上,挖掘他的潜能)也许是因为我们的介入吧!老师没有对班里表现差的学生给予足够的指导。如果是我,在上机操作课上,更多的会去发现孩子们遇到的问题,给予那些"差生"及时的辅导。

6. 评价性支架

在本专题的作业上交模块中,针对学习任务环节设计的两项学习任务,制订了相关的评价标准。

(1) 以小组为单位,分析提供的教学视频中体现的教学思想。

支架 1　在这项学习任务中,针对小组合作学习的方式,提供了表 13.1 所示的评价量规,以作为学生小组合作学习过程和结果的评价标准,使学生自觉调整学习行为,朝着这个标准努力。这个评价量规中包括两方面的评价内容,一是在小组合作过程中的表现,二是是否完成了学习任务。

表 13.1　小组合作评价量规

	4	3	2	1	得分
任务的分配	每个成员都承担自己的一份工作	任务被小组绝大部分成员分担	组内 1/2 成员分担任务	一人包揽了任务	
小组成员的参与度	所有同学都积极参与小组活动	至少有 3/4 的同学积极参与小组活动	至少有一半的同学参与小组活动	仅有一两个同学参与小组活动	
交流的质量	全体小组成员积极交流,互相帮助,共享他人成果	小组成员可以相互交流,互相帮助,并共享他人成果	部分小组成员可以互相交流,互相帮助,可以共享他人成果	小组成员很少交流,部分成员对于交流不感兴趣	
作业完成情况	分析出全部教学思想,分析透彻	分析出 3/4 的教学思想,分析清楚	分析出 1/2 的教学思想,分析较清楚	分析出部分教学思想,分析模糊	

（2）结合中小学信息技术课程中某一教学内容，写出教学思路，至少要体现出一种教学思想。

支架 2　在这学习任务中提供了范例支架，范例本身就是一个标准的模板，学生心目中自然就有了一个评价的标准，所以在这部分没有提供评价量规。

13.4.2　学习支架的应用效果分析

为了检验网络课程学习支架的设计是否有效，是否达到了改善网络课程现状和培养学生自主学习能力的目的，设计了三项检验方法：①学生的作业分析；②发放调查问卷调查；③对学生进行访谈。希望通过多样的检验方法，弥补单向检验的不足，以便得到更多、更详细的资料，对网络课程学习支架设计的改进提供宝贵的经验。

1. 学生作业分析

虽然对学生作业的评价属于终结性评价，但是通过对学生的作业进行分析，可以看出学生是否完成了学习任务；通过分析学生作业的质量，可以了解学生是否掌握了本专题学习的学习内容。学生是否完成了学习任务和学生是否掌握了学习内容，能够反映出学生是否达到了学习目标，也就间接地反映出设计的网络学习支架是否有效。所以，分析学生作业是检验网络课程学习支架有效性的一种方法。

例如，在"信息技术教学设计"这一专题中，其中一项作业是，任选中小学信息技术课程中的一个教学内容，编写一份说课稿。考虑到学生没有编写说课稿的经验，便提供了两种支架：①为学生提供了介绍说课稿的 Word 文档，使学生对说课稿包括的内容和编写说课稿的注意事项等都有所了解；②提供了一份优秀的说课稿范例，使学生更加清楚地了解一份合格的说课稿是什么样子的，怎样才能编写出优秀的说课稿。为了分析学生的作业，特制订评价标准，见表13.2。

表 13.2　说课稿质量评价标准

评价项目	评价标准	权值	得分
说教材	1. 教学内容是否与教学大纲相符； 2. 教学目标的制订是否明确、具体和全面； 3. 教学的重点、难点定的是否准确恰当； 4. 知识要点是否符合所教年龄段学生的认知规律； 5. 学生的起点（基础）能力是否分析的具体、实际	20	

续表

评价项目	评价标准	权值	得分
说教法	1. 教法的选择、运用是否合理、实用； 2. 选用的教具是否合理； 3. 教学组织的是否恰当，是否注意了学生的互动作用； 4. 选用的教法是否理论依据清楚、明确	20	
说学法	1. 教学设计中是否有学法内容； 2. 是否明确培养学生能力与习惯的要求； 3. 学法与教法是否能相互配合、明确； 4. 选用的学法是否理论依据清楚、明确	20	
说教学过程	1. 是否创设了良好的学习情境； 2. 学习难度安排的是否适当、重点是否突出； 3. 讲课和练习时间安排是否合理； 4. 教学过程中的各个环节是否明显； 5. 教学思路是否清楚、层次是否分明、结构是否严谨	20	
说媒体应用	媒体运用得当、有序、互补性、简捷性好，有助于解决教学的重、难点	10	
说课板书	板书设计合理、层次清楚、重点突出	10	

依据说课稿的评价标准分析学生作业，得出的结论是，70％的学生作业合格，25％的学生作业很优秀。这可以说明，在教师提供的学习支架的帮助下，学生完成了编写说课稿的学习任务，并掌握了说课稿的编写方法，达到了学习目标的要求；更进一步说明，这一环节中设计的学习支架达到了目的，是有效的。

2. 调查问卷分析

为了了解"信息技术课程与教学"网络课程学习支架设计的有效性，学期末，对该课程的学习者进行了问卷调查。问卷调查的内容包括《信息技术课程与教学》网络课程中所涉及的所有环节（包括学习情景、学习目标、学习任务、学习资源、学习论坛和学习评价）中支架的设计情况和支架的整体应用效果。调查问卷具体包括以下内容：

1. 学习情景方面

网络课程中的情境导入是否吸引你？

2. 学习目标方面

网络课程中的学习目标是否明确、详细？

3. 学习任务方面

（1）网络课程中的学习任务设计是否合理？

（2）网络课程中，针对学习任务提供的指导是否有助于你完成任务？

（3）合作小组成员间是否能够合理分工？

（4）合作小组成员间是否共同积极思考？

（5）合作小组成员间的关系是否融洽？

（6）各个小组间是否相互交流，共同分享学习结果？

4. 学习资源方面

（1）网络课程中的学习资源是否丰富？

（2）学习资源的链接是否明确、清晰？

（3）网络课程中的学习资源是否有助于你的学习？

5. 学习论坛方面

（1）网络课程中，学习论坛的讨论是否有助于你思考？

（2）同学们发言积极，能否针对某一问题进行深入交流？

（3）交流方便，能否及时得到教师的反馈？

（4）教师的反馈是否具有鼓励性和引导性？

6. 学习评价方面

（1）网络课程中的评价功能是否能促进你的学习？

（2）提供的范例或者评价量规是否有利于你完成作业？

（3）提交作业后，能否及时得到教师的反馈？

7. 整体效果

（1）你认为在该网络课程的开展过程中，提供的支持是否及时？

（2）你认为网络课程对以下哪个教学环节的支持最有效？

A. 情景导入　B. 学习目标的陈述　C. 学习任务的布置　D. 学习资源的提供

E. 交流与合作　F. 评价

（3）你认为网络课程的哪个环节的支持最需要提高？

A. 情景导入　B. 学习目标的陈述　C. 学习任务的布置　D. 学习资源的提供

E. 交流与合作　F. 评价

（4）你使用网络课程进行学习，最大的收获是什么？

A. 掌握了本学科的知识　B. 提高了自学能力　C. 锻炼了网络应用能力

通过对回收的调查问卷进行分析，得出以下结果：

（1）一半以上的学生认为情景导入的效果不是很理想，可能是情境导入模块中支架的运用形式过于单调，除了某个专题提供了两个视频之外，其余都是启发性的问题。所以，支架形式的多样化是吸引学生进入情境的必要条件之一。

（2）85％以上的学生认为学习目标阐述明确、详细。在设计学习目标时，遵循了学习支架的个性化原则，针对不同认知水平的学生设计不同级别的学习目标。另外，针对较高级别的学习目标，增加了解释性的语言，使得学生更易理解。这可能是学习目标模块中学习支架设计成功的两个原因。

（3）90%左右的学生认为学习任务设计合理，指导明确。在为学生布置学生任务时，针对不同类型、不同难度的任务提供不同形式的学习支架，效果甚佳。不过，学生对小组合作的效果不是很认同，原因可能是多方面的，如小组成员组成、小组合作过程控制、小组合作结果评价等方面都可能存在问题。

（4）学生们普遍认为网络课程中的学习资源有助于学习，但不是很丰富，故应该吸取教训，增加学习资源的形式和内容的丰富性。

（5）学生对学习论坛模块的反应很好，这可能与反馈及时，在问题讨论的不同阶段提供适时适当的鼓励和引导有必然的联系。

（6）90%左右的学生认为作业上传模块提供的范例和评价量规对他们完成作业有很大的帮助。

（7）通过统计和分析，学生对学习目标的陈述、学习任务的布置和学习评价方面的支持给予肯定，其中学习任务的支持最有效，学习资源的提供最需要提高。33%的学生认为使用网络课程进行学习最大的收获是掌握了本学科的知识，59%的学生认为最大的收获是提高了自学能力，只有8%的学生认为锻炼了网络应用能力。

3. 访谈

"信息技术课程与教学"的学期中，对学习者进行访谈，及时了解学生对基于学习支架的网络课程的应用感受和应用效果，并根据学生的反馈情况做及时的改进和完善，做到边研究、边实践。通过对一些学生进行访谈，发现任务性支架、评价性支架和交流性支架的效果很好，其他几种类型的支架还有待改善。

访谈一

问：通过一段时间的学习，你觉得"信息技术课程与教学"的网络课程与以往你参与的网络课程最大的区别是什么？

答：整体来看，这门课的网络课程设计的很清晰，通过划分大的模块提供学习内容，给人一目了然的感觉，而且每个模块中提供的内容也很丰富。

问：那么，你觉得哪个模块提供的内容最丰富？

答：学习任务和作业上交吧。可能是这两个模块互相联系的原因，一般上交的作业都是布置的学习任务嘛。因为"信息技术课程与教学"中实践方面的内容占得比重很多，但是我们之前没有接触过这方面的问题，不知道如何下手，有了范例，我们就有参照的对象了。另外，通过评价量规，我们就知道作业照着哪个标准来做，不会茫然。

问：说说你对我们这门课的建议吧？

答：小组合作的效果不是很好，感觉应该指定小组，要不然会有把任务全都让一个人包揽的事情发生。

访谈二

问：我们这门课的网络课程，经过一段时间的应用，采纳了有些同学的意见和建议,做了一些调整,你觉得效果怎么样?

答:效果肯定是比原来好多了。

问:详细说说,哪方面比原来好了?

答:比如说论坛吧,原来学生参与的积极性不高,自从制订了讨论规范后,同学们的积极性变高了。而且,有了师姐们的鼓励和引导,讨论的深度也提高了。

问:呵呵,谢谢对我们工作的肯定啊。那你觉得我们哪方面还有待提高?

答:总感觉资源提供的少,再多一些就更好了。

问:你觉得通过这门课程的学习,对你的自主学习能力的提高有帮助吗?

答:我觉得帮助很大。在学习这门课程的过程中,觉得受到的引导很多,我觉得这种引导作用影响到了我的思维方式,以后碰到同类型的问题就知道应该怎么解决了。

第 14 章　虚拟学习环境中的过程性学习评价设计

虚拟学习环境中的学习又称在线学习。在线学习是指学习者通过登录特定的网络课程学习平台,开展有目的、有计划、有组织的正式学习活动。在线学习是学习者与在线课程相互作用而构成的一个学习生态系统。任何一个生态系统都具有自我管理与调控的功能。维持在线学习生态系统自我组织和自我管理、保持系统稳定协调运行的重要机制是系统中的评价与反馈。

14.1　在线学习过程性学习评价

14.1.1　过程性学习评价与在线过程性学习评价

现代教育评价经过一个多世纪的发展,已经日趋成熟和完善。从最初只关注学习效果和学习目标的达成程度,到更加关注学习过程的评价。过程性评价"是一种在课程实施的过程中对学生的学习进行评价的方式。过程性评价采取目标与过程并重的价值取向,对学习的动机效果、过程以及与学习密切相关的非智力因素进行全面的评价。"[140]

过程性评价(progress assessment)并不是对应于某一种具体的评价方法或手段,而是代表了一种"让学生经历评价的过程,促进评价过程和学习过程相融合的"评价理念:①"过程性"强调了评价是在学习过程中开展,见之于学习的各个环节,具有动态的连续性;②"评价"的功能不仅仅是对学习结果的价值判断,更主要的是促进学习;③"过程性评价"与学习过程相互交融,是学习过程的组成部分。结合这一理解,可以认为,过程性评价是以促进学习者的学习为目的,并促使评价过程和学习过程相融合的评价理念,这种理念下的学习评价能够激励和引导学习者,促进在线学习的良性发展。

在线学习评价是对在线学习者的学习进展和变化进行评价。由于在线学习的动态性、持续性特点更为突出,仅仅评价其学习的结果不能很好地反映其学习的过程,尤其是智能的发展和心理品质,如学习态度、创新精神、价值观等方面。所以,在线学习评价应该倡导过程性评价,以便动态地、持续不断地呈现学习者的学习过程与学习结果。

14.1.2　在线学习过程性学习评价的功能

1. 能够动态描述学生的发展，及时反馈调节

在线学习过程性学习评价能够使教师随时掌握学生的学习情况，如学生的学习态度、出现的问题、学习的方法等，以便及时给予适当的引导，也便于及时调整整个教学计划、教学进程、教学方法等，同时也能够为学生提供及时的学习反馈，使学生了解自己的学习进程、学习方式、学习结果，了解自己的进步与缺陷，从而有目的地调整自己的学习进程，从而体现出师生各自应有的生态位，促进学习环境的和谐有序发展。

2. 评价主体的多元化，实现多角度全面性的评价

评价的目的是为了给予学习者有效的反馈，因而评价信息的准确性和科学性十分重要。评价主体的多元化有助于为在线学习者提供多角度、全面性的评价信息，从而使评价更能反映学习者真实的学习情况，仅凭辅导教师或是相关负责机构单方面的评价是难以达到此目的的。在线学习评价能够实现辅导教师或是相关负责机构对学习结果的评价、学习者自评和学习同伴间的互评。通过多元主体评价，帮助学习者及时发现问题，找出差距，并作出相应的改进和调整，从而有效地控制在线学习的进程，促进学习者的学习。

3. 由侧重甄别转向注重诊断与激励，促进学生的发展

过程性学习评价的功能在不断扩展，从最初只关注学习效果和学习目标的达成程度，到后来逐渐重视评价对于学习的反馈和促进作用。

美国学者(T. D. Erwin)认为，"评价是使学生的学习和发展产生联系的系统基础。具体来说，评价是定义、选择、设计、收集、分析、理解和使用信息来促进学生学习和发展的过程"[141]，这一理解同样也适用于过程性评价。美国著名教育评价专家 D. L. Stufflebeam 说："评价最重要的意图不是为了证明(prove)而是为了改进(improve)"[142]，教育评价的功能应由侧重甄别转向注重诊断、激励和发展。也就是说，评价的功能不仅仅是筛选与淘汰，其本身就是一种学习的过程。过程性学习评价不是用刻板的标准去衡量学生的学习，通过在学习过程中的表现和结果两个方面来评价学生的学习质量，这也体现出多元智能理论的思想，有利于学生的发展和自信心的培养。

14.2　在线学习过程性评价构成要素与结构模型

14.2.1　在线学习过程性评价构成要素

"一些传统学习环境中的评价原理也同样适用于在线学习环境中，发生变化的仅仅是这些原理被施行或运用的方式。"[143] 在构建在线学习过程性评价模型的过程中，可以根据需要参考借鉴这些原理。王孝玲等人将教育评价过程划定为准备、

实施和总结三个阶段[144]。本研究所关注的评价设计,对应于其中的评价准备阶段。根据评价准备阶段的主要任务,可以相应得出在线学习过程性评价的构成要素,如图 14.1 所示。

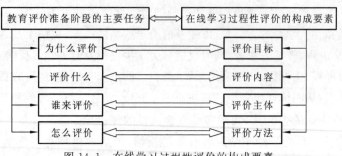

图 14.1　在线学习过程性评价的构成要素

14.2.2　在线学习过程性评价结构模型

在线学习过程性评价的要素包含评价目标、内容、主体和方法 4 部分。下面,将依次分析各个要素的作用、内容及其相互关系,探讨因素间是如何相互作用构成了在线学习过程性评价的整体,并以此为依据构建在线学习过程性评价的结构模型。

1. 评价目标

1) 评价目标的地位

评价目标对评价方案的整体设计具有定向的作用,在过程性评价的构成要素中处于核心地位。也就是说,评价目标是确定评价内容、主体和方法的依据,它直接影响到评价内容的设定、评价主体的确立和评价方法的选择。因而,在进行在线学习过程性评价方案设计之前,首先要明确评价目标,要用"文字加以规范,作简要的说明。使方案的设计者在思想上更加明确,同时也为评价的操作者提供明确的方向性准绳。"[145]

2) 在线学习过程性评价的目标

根据教育评价理论,"评价目标都是依据教育目标特别是总体教育目标制订的"。[145] 在线学习过程中,学习者的"学"处于核心地位,教师的"教"只是起辅助作用,因而,上述观点可以理解为在线学习过程性评价的目标是依据总体学习目标而确定的。由于此处所关注的仅仅是在线学习过程性评价的一般模型,因而没有具体的学习目标可作参考。但是学习目标无非是对"学生的知识、能力、思想品德以及其他非智力因素的发展和变化所作出的规定性要求"[145],即促进学习的发生,据此,可以将在线学习过程性评价的目标界定为促进学习者的学习。"促进学习者的学习"这一评价目标中,关键在于对"促进"二字的理解。"促进"包含导向、监督、调节、激励 4 方面含义。

（1）导向。导向是指通过评价，来指导学习者沿着正确的学习方向前进。确定评价目标所依据的学习目标，以及根据评价目标制订的评价内容，对学习者来说，都具有"指挥棒"的作用，可以使学习者明确学习的重点和难点。

（2）监督。监督是指通过评价，检查和督促学习者的学习。通过将学习者的学习状况同学习目标相比照，可以检查学习者达到目标的程度；发现差距之后，通过提示、约束、建议等手段，帮助学习者明确不足，督促其努力做出改进。

（3）调节。调节是指通过评价，及时地提供反馈信息，帮助学习者调整自己的学习节奏、策略、方法等，从而不断改善学习行为。

（4）激励。激励是指通过评价，强化学习者表现好的方面，促使其更加努力；消退其表现差的方面，促使其做出改进。

图 14.2　在线学习过程性评价的目标

导向、监督、调节和激励是相互渗透和连续的统一整体，它们的共同作用保证了在线学习过程性评价目标的实现，如图 14.2 所示。

2. 评价内容

评价目标是评价开展的依据，但是"当依一定目标进行评价时，会感到这些目标在一定程度上带有原则性、抽象性和概括性"[144]。正如上文中所确定的在线学习过程性评价目标——"促进学习者的学习"，若仅据此展开评价，未免太空洞和笼统，评价者很有可能会找着了"方向"却迷了"路"。因此，有必要将这一总体目标进行分解，使之成为"具体化、行为化和具有可操作性"的评价内容。[144]因此，评价内容是依据评价目标，对"评价什么"所做的具体规定，也就是说，评价内容是评价目标的具体化表征。

确定在线学习过程性评价内容包含两部分工作：①明确"评价什么"；②确定通过何种方式将评价内容清晰明了地呈现出来。本研究将首先从评价目标出发，确立在线学习过程性评价的内容维度，然后通过构建在线学习过程性评价指标体系，将内容维度具体化，以指标体系的方式来呈现具体的评价内容。

1）在线学习过程性评价的内容维度

关于在线学习的评价内容，已有一些研究者进行过探索。例如，余胜泉认为可以从交互程度、答疑情况、资源利用情况、作业和考试若干方面进行评价[146]；曹卫真认为对在线学习过程的评价，可以从交互、疑难问题解决、利用资源三方面开展[147]；张京彬等人认为评价可以包含学习态度、相互作用与交流、资源利用三方面内容等[148]。这些研究多是从学习者实际参与的学习活动类型出发，总结了对学习者学习影响较大的活动类型因素，如交互程度多与在线交流活动如论坛和聊天室活动等相关，资源利用多与阅读、下载、上传等学习活动相关等。从这些评价内容中，难以看出其与"促进学习"间的直接关联,因而,在线学习过程性评价的内容维度,不应该仅仅从活动类型层次入手,而应该着眼于"促进学习者的学习"这一大的评价目标背景。

结合在线学习的特点,"促进学习者的学习"这一评价目标有三层涵义:①促进学习者积极参与到学习过程中来;②促进学习者提升学习质量;③促进学习者之间的学习交流和共享。与此三层涵义相对应,在线学习过程性评价也包含有三个内容维度,分别是学习参与度、学习表现度和学习贡献度。如图 14.3 所示。

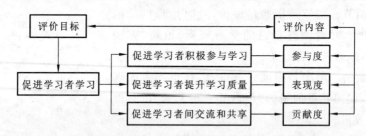

图 14.3　从在线学习过程性评价目标出发得出的评价内容

(1) 参与度。参与度指学习者对各种在线学习活动,如在线讨论发言、阅读学习材料等的参与程度。具体表现为学习者登陆在线学习平台的时间、各种学习材料点击率、论坛发帖条数等量化数据。我国一些台湾学者通过研究发现,学习者对课程的参与程度与学习效果之间存在正相关性[149]。对学习者的参与度进行评价,可以刺激学习者更积极主动地参与到学习中来。

(2) 表现度。表现度指学习者在各种在线学习活动中的表现优异程度,直接对应于学习者的学习质量,如发言是否言之有据、切中要害,在线测试成绩如何,作业是否符合要求等。通过评价学习者的表现度,可以及时肯定学习者的努力、发现存在的问题,激励学习者认真对待学习过程。

(3) 贡献度。在线学习过程中,学习者并不是一个孤立的个体,而是需要与其他学习者进行沟通交流,开展协作学习。因此,需要鼓励学习者开展在线交互,使其在交互过程中互相学习、互通有无。这就要求每名学习者都能贡献自己的所知、所想或所获,以使周围的其他学习者能有所收获。因而,贡献度指的是学习者对其学习同伴的帮助程度,表现为论坛发言具有启发性、上传有价值学习资源、在合作学习过程中发挥作用等。

2) 在线学习过程性评价指标体系

评价指标体系是"反映评价目标的各个要素之间关系及其重要程度而建立的量化系统"。它由指标、标准和权重三部分组成。其中,指标指的是"目标在某一方面的规定"[144],它与具体的评价内容相对应;标准指的是对指标进行评价的准则或尺度;权重反映了指标间相对重要的程度。构建在线学习过程性评价指标体系,同样要从这三部分展开。

（1）在线学习过程性评价的指标设计。此处的评价指标是针对一般的在线学习过程性评价模型而设计，因此在设计原则上要体现普遍适用性。由于没有具体的目标、内容、学习者等环境因素可作参考，因而会对指标体系的层次深度有所限制。基于此考虑，此处设计的在线学习过程性评价指标体系将只包含两级指标。

评价指标要具有与目标的一致性、相容性和相对独立性。在线学习过程性评价的三个内容维度是依据评价目标得出的，与目标具有一致性；三个内容维度的出发点都是为了促进在线学习者的学习，彼此之间是相容的；三个内容维度又分别从不同的角度来评价学习，每一个维度都具有相对的独立性。因此，参与度、表现度和贡献度这三个内容维度可以作为在线学习过程性评价指标体系中的一级指标。

二级指标由一级指标进行分解得到，所谓分解，就是找出能反映本级指标"本质属性的要素"，那么这些要素就是次级指标[144]。依据这一方法，本研究根据三个一级指标，分别分析得出 5、3、3 共 11 个二级指标，具体如下：①参与度，即协作学习活动的参与、自我评价和同伴互评的参与、论坛等异步交流的发言数量、聊天室等同步交流活动的发言数量、在线学习材料的阅读次数；②表现度，即在线测试的表现、在线讨论中的发言质量、在线作业的质量；③贡献度，即上传学习资源的次数和质量、论坛发言的启发性、对协作学习活动的贡献。

随后，针对二级指标，从与目标的一致性、相容性、独立性、表述的明确性、对一般在线学习的适用性等方面，征求了 6 位专业人员意见，对上述指标重新进行了归类、修改、剔除等工作，整理得出了在线学习过程性评价的二层次指标体系，如图 14.4 所示。

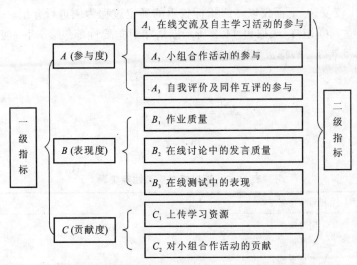

图 14.4　在线学习过程性评价的二层次指标结构

（2）在线学习过程性评价的指标标准设计。尽管在线学习过程性评价的二级指标已经是对评价目标进行二次分解的结果，但因为要满足对在线学习具有一般普适性的要求,依然具有一定的抽象性,所以指标标准也无法结合特定的学习活动进行具体化的表述。但是,针对于每一条指标,却可以规定一个评价的大致方向和尺度,即指标评价的一般性标准,见表 14.1。

表 14.1　在线学习过程性评价的指标标准

评价指标		评价标准
一级指标	二级指标	
A(参与度)	A_1 在线交流及自主学习活动的参与	能按要求完成在线交流和学习任务
	A_2 小组合作活动的参与	能按要求参与小组合作活动
	A_3 自我评价及同伴互评的参与	能按要求完成自我评价和同伴互评
B(表现度)	B_1 作业质量	能到达相应评价量规的要求
	B_2 在线讨论中的发言质量	能到达相应评价量规的要求
	B_3 在线测试表现	能通过在线测试
C(贡献度)	C_1 上传学习资源	能上传有价值的学习资源
	C_2 对小组合作活动的贡献	能完成小组分配的学习任务

（3）在线学习过程性评价的指标权重设计。设计好在线学习过程性评价的指标及评价标准之后,还需要根据不同指标的重要性程度为其分配相应的权重。本研究将采取美国运筹学专家、匹兹堡大学教授 T. L. Saaty 于 20 世纪 70 年代提出的层次分析法,评定各指标的优先次序和确定权重。由于运用层次分析法确定权重的过程比较复杂,下面仅以一级指标权重的确定过程为例进行介绍。

① 建立判断矩阵:采取表 14.2 所示斯塔相对重要性等级表,对一级指标进行两两比较,见表 14.3,形成判断矩阵

$$A = \begin{bmatrix} 1 & \dfrac{1}{3} & 1 \\ 3 & 1 & 3 \\ 1 & \dfrac{1}{3} & 1 \end{bmatrix}$$

表 14.2　斯塔相对重要性等级表

相对重要程度	等级
同等重要	1
稍微重要	3
明显重要	5
强烈重要	7
极端重要	9
两个相邻程度中间值	2,4,6,8

表 14.3　一级指标相对重要性比较表

	A(参与度)	B(表现度)	C(贡献度)
A(参与度)	1	$\frac{1}{3}$	1
B(表现度)	3	1	3
C(贡献度)	1	$\frac{1}{3}$	1

②　计算各指标的权重值:依据判断矩阵,通过方根法可以计算出各指标的权重值,用 W 表示,见表 14.4。

表 14.4　在线学习过程性评价一级指标权重表

指标	权重 W
A(参与度)	$0.199 \approx 0.2$
B(表现度)	$0.601 \approx 0.6$
C(贡献度)	$0.199 \approx 0.2$

③　对判断矩阵进行一致性检验:由于人们认识上有差异,上述判断矩阵可能存在不一致性,因而需要对其偏差程度进行一致性检验,可以利用随机一致性比值 CR 来检验,即

$$\lambda_{\max} = \frac{1}{3}\left(\frac{0.598}{0.199} + \frac{1.794}{0.601} + \frac{0.598}{0.199}\right) = 3.0000167$$

$$CI = \frac{\lambda_{\max} - n}{n-1} = \frac{3.0000167 - 3}{3-1} = 0.00000835$$

$$CR = \frac{CI}{RI} = \frac{0.00000835}{0.58} = 0.00001439 < 0.10$$

其中,RI 为随机一致性指数。因此,判断矩阵具有令人满意的一致性,权重设置基本合理。采用同样的方法,可以计算出在线学习过程性评价二级指标的权重,计算结果见表 14.5。

将一级指标和二级指标的权重表合并,可以得到在线学习过程性评价的指标权重,见表 14.6 所示。

表 14.5　在线学习过程性评价二级指标权重表

二级指标	权重
A_1 在线交流及自主学习活动的参与	0.08
A_2 小组合作活动的参与	0.08
A_3 自我评价及同伴互评的参与	0.04
B_1 作业质量	0.24
B_2 在线讨论中的发言质量	0.24

二级指标	权重
B_3 在线测试表现	0.12
C_1 上传学习资源	0.1
C_2 对小组合作活动的贡献	0.1

表 14.6　在线学习过程性评价指标权重表

评价指标		权重
一级指标	二级指标	
A(参与度, 0.2)	A_1 在线交流及自主学习活动的参与	0.08
	A_2 小组合作活动的参与	0.08
	A_3 自我评价及同伴互评的参与	0.04
B(表现度, 0.6)	B_1 作业质量	0.24
	B_2 在线讨论中的发言质量	0.24
	B_3 在线测试表现	0.12
C(贡献度, 0.2)	C_1 上传学习资源	0.1
	C_2 对小组合作活动的贡献	0.1

（4）在线学习过程性评价指标体系。综合以上对在线学习过程性评价的指标、标准和权重进行设计的结果，就可以得到在线学习过程性评价的指标体系，见表 14.7。

表 14.7　在线学习过程性评价指标体系

评价指标		权重	标准
一级指标	二级指标		
A(参与度, 0.2)	A_1 在线交流及自主学习活动的参与	0.08	能按要求完成在线交流和学习任务
	A_2 小组合作活动的参与	0.08	能按要求参与小组合作活动
	A_3 自我评价及同伴互评的参与	0.04	能按要求完成自我评价和同伴互评
B(表现度, 0.6)	B_1 作业质量	0.24	能到达相应评价量规的要求
	B_2 在线讨论中的发言质量	0.24	能到达相应评价量规的要求
	B_3 在线测试表现	0.12	能通过在线测试
C(贡献度, 0.2)	C_1 上传学习资源	0.1	能上传有价值的学习资源
	C_2 对小组合作活动的贡献	0.1	完成小组分配的学习任务

需要注意的是，此在线学习过程性评价指标体系虽具有一般性，但也只是为具体的在线学习评价指标体系的构建提供了参考，它不是一成不变的。在实际应用

中,可以根据情况对相应的指标、权重和标准进行适应性的调整。

3. 评价主体

根据在线学习及学习者的特点对过程性评价的需求,以及全面收集评价信息的需要,在线学习过程性评价的评价主体应该秉持多元化原则。同时,为了发挥在线学习环境的优势,也应当突出网络服务器作为评价主体的功能。因此,在线学习过程性评价可以包含 4 类评价主体,分别是教师、学习者、学习同伴和网络服务器。

1) 教师

在传统学习评价中,教师一直是绝对权威的评价主体。在线学习中,学习者处于中心地位,但由于自我评价会在一定程度上加重其认知负荷,因而在过程性评价中,教师的评价主体地位依旧是不可动摇的。教师的评价工作包含两方面任务:①通过对在线学习者的学习提供科学合理的评价,使其获得不断进步的机会;②指导学习者开展自我评价和同伴互评,提高其评价能力。

2) 学习者

学习者可以根据自己的学习表现,结合评价标准,对自己的学习开展自我评价。自我评价的过程也是学习者开展学习反思的过程。英国利用评价提高成绩和改进委员会(Association for Achievement and Improvement through Assessment,AAIA)研究发现,通过开展自我评价,"学习者:①对自己的学习负责;②能认识到下一步做什么;③能感觉到自己并不总是正确的;④能提高自尊心从而变得更为积极;⑤能积极地参与到学习过程之中;⑥自主性和学习动机更为强烈。"[150]但需要注意的是,自我评价也会加重学习者的认知负荷,因此在评价主体中应居于辅助地位。

3) 学习同伴

英国学者 D. J. Nicol 和 D. M. Dick 研究发现,正在一同参与学习的同伴往往比教师更能以一种容易接受的语言和方式来解释学习;可以为学习者展现更多的学习视角和策略;可以帮助学习者提高学习积极性和认清评价标准[151]。此外,同伴互评使得在线学习的过程性评价成为了一个共享性的活动,而不再是一个孤立的事件,因而能促进真正的思想交流[152]。然而,P. Nigel 通过实践研究发现,同伴互评可以激发学习动机,促进学习,但也会给学习者带来学习负担[153]。因此,学习同伴虽"功不可没",但在评价主体中也应处于辅助地位。

4) 网络服务器

借助于网络服务器强大的数据库系统,可以及时而准确地记录学习者的登录时间、登陆次数、论坛发帖数量、阅读学习材料次数等数据。因此,可以通过网络服务器开展一些定量评价,以提高在线学习过程性评价的效率。

5) 评价主体间的关系

根据以上对各个评价主体的分析和介绍,它们之间的关系为教师为主,学习者和学习同伴为辅,网络服务器为补充。

4. 评价方法

评价方法是在线学习过程性评价开展的途径和方式。前面所提出的评价目标和内容,都需要评价主体借助于具体的评价方法才能顺利实施,因而评价方法具有联结评价主体和评价目标、内容的桥梁性作用。为保证评价目标、内容的实现和评价主体作用的发挥,在线学习过程性评价方法应体现以下要求:

1) 定量与定性相结合

所谓定量,指的是从量的方面来对学习过程进行解释说明;所谓定性,指的是从质的方面对学习过程进行描述和分析。二者各有优点,量化方法使得评价过程客观准确,评价结果简明清晰;质性方法则使得评价过程关注细节,评价结果全面具体。但是二者也各有缺点,首先学习活动十分复杂,具有模糊性,其中有很多难以量化的因素;其次,质性评价实施起来也较耗费时间。在线学习环境既具有自动统计、运算速度快等适合于量化方法的特点,又具有智能化反馈、自动化记录等功能可满足质性评价方法的要求,因此,在选择评价方法时,应注意应用在线学习环境的优势将量化方法和质性方法相结合。

2) 能够全过程地跟踪、记录学习者的学习过程

过程性评价融合于在线学习过程之中,具有连续性特点。在学习者开展在线学习的过程中,需要不断地对其学习活动进行评价。这就需要全过程地跟踪和记录学习者的学习过程,以为评价主体开展评价提供"证据",这是过程性评价对评价方法提出的基础性要求。

电子学档(E-portfolios)是利用数字技术,通过多种媒体形式(音频、视频、图像、文字等),收集能够反映学习者在各个方面的努力、进步和收获等信息的评价方法[154]。它能够满足对在线学习过程中的各种信息进行搜集的要求,因而可以考虑将其作为在线学习过程性评价中的基础性评价方法,它不需要和具体的学习活动相对应,其作用发挥贯穿了在线学习的始终。

3) 体现情境相关性

在线学习过程性评价中,除了需要电子学档来跟踪记录学习过程之外,还需要能够满足具体评价目标和内容的要求,适合特定学习活动环境的其他评价方法。随着现代教育评价理论和实践的发展,范例展示、量规、学习契约、概念图、在线测试等评价方法正在发展成熟并应用于在线学习领域。但这些评价方法均有各自特点和适用的条件,实际应用时应妥善选择,体现其与具体应用情境的相关性。以下列举出一些常用的评价方法,并对其适用情境进行了简单介绍。

(1) 概念图。概念图是一种知识表征工具,它以图形的形式简单明了地表现复杂的知识结构,可视化地呈现和说明概念之间的关系。作为一种评价方法,它适用于考察学习者对于知识结构的把握。如果在线学习内容较多,导致课程

网站结构复杂,链接较多时,就可以利用概念图来帮助学习者从整体上把握知识。

（2）范例展示。范例展示（example presentation）,就是在布置学习任务之前,向学生展示符合学习要求的学习成果范例,以便为学生提供清晰的学习预期目标[34]。处于在线学习环境中,学习者通常无法和教师随时沟通,获得即时的指导,范例展示可以避免拖沓冗长和含糊不清的解释,适用于在线学习活动比较复杂,对学习者来说难度较大的情况。提供范例的作用有：①在学习任务开始之前,使学习者将之与学习目标相比较,以清楚地认识到为了达到学习目标具体要做哪些工作;②在学习任务开展过程中,以范例为指导,修改和完善自己的工作;③在完成学习任务之后,以将范例为标准,将自己的工作同范例相比较,以发现自己的工作完成得如何,在哪些地方可以做得更好,以及在哪些地方需要做出改进[150]。

（3）在线测试。在线测试是目前在线学习中应用最为广泛的评价方法之一,具有准确度高、反馈迅速、测试的时间地点不受限制等特点。在线测试除可用于了解学习者的能力和知识水平之外,也可以用于开展态度调查,尤其是当学习者人数众多时,可大大提高评价效率。

从上述分析可以看出,在线学习过程性评价方法实际上包含了处于基础地位的电子学档和在此基础之上的各种具体的情境相关性评价方法两个层次。电子学档为情境相关性评价方法的实施提供评价依据,同时也记录这些评价方法的评价过程并将其"收入囊中"。尽管层次不同,但二者都要秉持量化评价和质性评价相结合的原则,如图 14.5 所示。

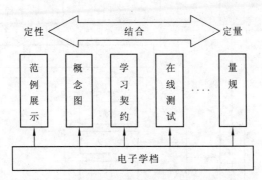

图 14.5　在线学习过程性评价方法结构关系图

5. 评价结构模型

根据对在线学习过程性评价构成要素评价目标、评价内容、评价主体和评价方法的分析,可以总结得出在线学习过程性评价的结构模型,如图 14.6 所示。

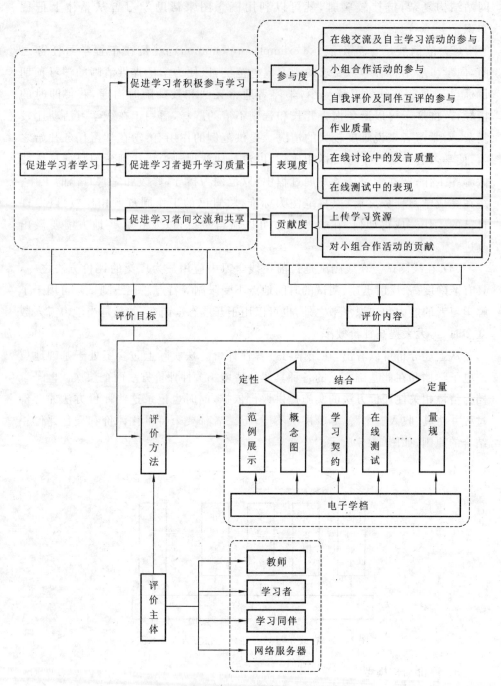

图 14.6　在线学习过程性评价结构模型

14.3 在线学习过程性评价功能与层次模型

从在线学习过程性评价的结构模型中,很难看出过程性评价是如何生成并发挥功能的。下面,将首先从整体出发,构建在线学习过程性评价的宏观功能模型。然后依据此宏观功能模型,分析对在线学习过程中某一具体学习活动开展过程性评价的过程,构建在线学习过程性评价的微观功能模型。

14.3.1 评价宏观功能模型

在线学习过程性评价实施的过程,即是其功能发挥的过程,此过程包含 4 个阶段。

1. 将过程性评价结构模型具体化为过程性评价方案

本章所构建的在线学习过程性评价结构模型,并没有和具体的在线学习内容与环境相结合,只是对在线学习过程性评价的开展进行了方向和结构性的规划设计,是一个具有指导价值的在线学习过程性评价框架,不能直接付诸使用。在应用时,应根据所面临的具体学习要求、内容和环境,如是否需要开展在线讨论,网络平台功能如何等实际情况,利用在线学习过程性评价模型,设计出与实际情况相适应的在线学习过程性评价方案。

2. 广泛征求各方面意见,修改在线学习过程性评价方案

在线学习过程性评价方案设计好之后,为保证其实施的有效性,应将其公布出来,通过调查、座谈等方式广泛征求各方面意见,如专家、学习者、教师等。然后根据征求意见的结果,修改在线学习过程性评价方案,使其适应性更强。

3. 依据方案开展在线学习过程性评价

一切就绪之后,在线学习和过程性评价将同步展开,并融合为一体。在此过程中,如果发现过程性评价方案有何不妥之处,可以随时对其进行修改。

4. 检验评价效果,修改完善方案

在线学习结束之后,过程性评价也随之完成。此时,应该根据过程性评价实施过程中收集的各种数据及对学习者、助学教师的调查,来检验过程性评价是否达到了预期的评价目标,并结合各种数据和检验结果修改在线学习的过程性评价方案。

由此可以得到在线学习过程性评价的宏观功能模型,如图 14.7 所示。

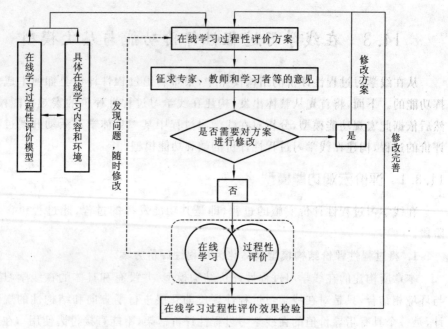

图 14.7　在线学习过程性评价的宏观功能模型

14.3.2　评价微观功能模型

1. 在线学习过程性评价的微观功能模型

在线学习过程是由一系列在线学习活动组成的，如阅读、在线讨论、在线作业、在线测试等等。与此对应，过程性评价也是由对这些学习活动的评价活动所组成的连续体。在对每一个学习活动进行评价时，在线学习过程性评价同样也包含 4 个阶段：

1）发布活动评价方案

在学习活动开展之前，需要依据在线学习过程性评价方案和该学习活动的具体要求，制订针对该学习活动的活动评价方案。活动评价方案无需严格按照在线学习过程性评价方案的格式来制订，但应交待清楚该学习活动的评价目标、评价标准和评价主体。发布活动评价方案时，可以将其融入该活动的说明文字之中，使过程性评价与学习活动无缝结合。

2）学习者开展活动

将活动评价方案公布给学习者之后，学习者对活动评价方案本身有一个理解消化的过程。之后会以活动评价方案的要求为指导，开展活动，形成并上交活动成果。

3）评价主体开展评价

在学习者开展活动的过程中，一方面，学习者会自我对照活动评价方案，开展自我评价；另一方面，教师和学习同伴也可以根据学习者的学习进度及学习者提交的学习成果，适时地提供反馈指导，督促学习者达到评价目标。如果此活动可以通过网络服务器进行评价，那么在学习者提交学习成果之后，也会自动接收到来自网络服务器的反馈信息。

4）学习者依照评价做出改进

学习活动开展过程中，学习者根据评价主体所提供的反馈信息，有针对性地调整活动进程、学习策略和方法，修改和完善学习成果。

由此，可以得出在线学习过程性评价的微观功能模型，如图 14.8 所示。

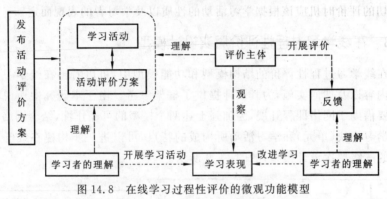

图 14.8　在线学习过程性评价的微观功能模型

注：评价主体的活动：————————　　　学习者的活动：----------

2. 关于反馈的一些问题

在线学习过程性评价的微观功能模型中，反馈十分重要。有研究者曾指出，"过程性评价主要是用于形成反馈，以便于改进和促进学习"；"如果学习者可以经常性地、有规律地接收到反馈，他们自我监控和调节的过程就会更加有效。"[151] 因此，在此着重分析一下反馈的内涵以及如何为学习者提供反馈。

1）反馈的内涵

关于反馈，有很多不同看法，如反馈"是提供给学习者关于行为表现方面的任何信息"，"是关于现有水平同要求水平间差距的信息"，"是对学生建构的知识进行理解，旨在支持学生达到学习过程目标的信息"等[155]。综合以上观点，可以认为反馈就是由评价主体提供给学习者，旨在促进其改进学习的各种信息。

2）如何提供反馈

（1）反馈的内容结构。

赛德勒（Sadler）认为，要想让学习者从反馈中受益，那么必须让学习者清楚三点：①什么样的表现称得上优秀；②学习者目前的表现同优秀表现之间的差距；③如何缩短同优秀表现之间的差距[151]。其实，关于第一点，通过向学习者详细描述评价目标和评价标准就可以做到，反馈真正需要做到的，是第二点和第三点。英国开放大学曾提出了著名的"反馈三明治",认为反馈应包含三部分,首先由评价学习者的优点入手,进而是学习者的弱点,最后是以鼓励性的话语结尾[156]。

综合以上二者对于反馈内容的论述,可以归纳出有效反馈所应具备的内容结构:①学习者表现好的方面;②学习者的不足;③学习者今后努力的方向,即如何缩短现有水平同目标水平之间的差距。

(2)提供反馈的时机。在提供反馈时,要掌握好提供反馈的时机,不能太早,否则学习者会认为评价主体没有细心地关注他们的学习行为,或是没有认真地阅读和检查他们的作业;但也不能太晚,否则学习者无法及时地根据反馈信息做出修改。确切的评价时机应该根据学习活动的性质以及学习者的表现而定。

14.3.3　在线学习过程性评价层次设计模型

从在线学习过程性评价的结构模型和功能模型中,可以看出在线学习过程性评价的内容以及如何实施,为其设计提供了框架参考。由于本研究中所说的在线学习主要借助于网络课程开展,为加强上述两个模型的可操作性,结合网络课程的一般由学习模块(单元)和学习活动所构成的特点,可以进一步构建在线学习过程性评价的三级层次设计模型,如图 14.9 所示。

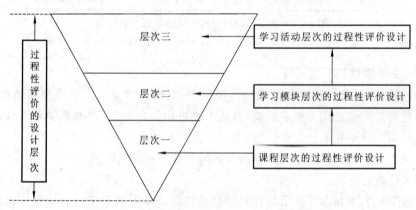

图 14.9　在线学习过程性评价中的层次设计模型

课程层次的在线学习过程性评价设计,是指从整体上对网络课程的过程性评价进行规划。主要设计内容包括课程学习总体评价目标、评价内容、评价主体和评价方法;学习模块层次的在线学习过程性评价设计,是指以课程层次的总体设计规划为依据,结合各模块所涉及到的学习活动和评价指标,设计符合各个模块评价需要的过程性评价方案,以指导各模块过程性评价的开展;学习活动层次的在线学习过程性评价设计,是指针对某项在线学习活动所设计的微型过程性评价方案。

三个层次的关系是,下一层次的过程性评价设计是上一层次的基础和依据,从下到上,过程性评价的设计越来越具体,操作性也越来越强。

14.4　在线学习过程性评价设计案例

本章以河北省"教师教育技术能力"网络培训课程为例,中小学教师将主要通过参与网络课程的在线学习接受培训。本节将依据在线学习过程性评价模型,结合河北省教师教育技术能力培训要求及培训网络环境,设计针对参训学员的在线学习过程性评价,其中包括课程、学习模块和学习活动三个层次的评价。

14.4.1　课程层次的过程性评价设计

1. 评价目标

依据在线学习过程性评价模型中对评价目标的界定,可以将"河北省教师教育技术能力"网络培训的评价目标描述为,促进学习者在教育技术的意识与态度、知识与技能、应用与创新、社会责任 4 个方面的学习。

2. 评价内容

1)"河北省教师教育技术能力"网络培训的过程性评价指标体系

在线学习过程性评价模型中所确定的评价指标体系,需要结合"河北省教师教育技术能力"网络培训中的实际要求进行适当地调整。就评价指标和标准而言,其基本适合于此次培训需要,只需结合培训活动稍作扩充即可。仅对各级评价指标的权重设置,通过问卷调查,征求了部分参训学员的意见。截止到调查结束为止,回收问卷 28 份,其中有效问卷 26 份,问卷内容及结果见表 14.8。

表 14.8　针对指标权重的前期问卷结果

问　题	结　果
1. 过程性评价内容可以包含以下几项:①学习参与度:参与各项学习活动的积极性;②学习表现度:完成各项学习活动的质量,如作业、在线测验;③学习贡献度:个人活动对他人学习的贡献,如上传学习资源。请按照其对学习的帮助程度由高到低排序	

问　题	结　果
2. 学习参与度的评价内容可以包含如下几项：① 在线交流参与度；② 小组合作活动参与度；③ 自我评价及同伴互评参与度。请结合自身学习需要，将其按照重要性程度由高到低排序	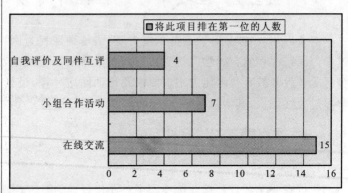
3. 学习表现度的评价内容可以包含如下几项：① 作业质量；② 在线测试表现；③ 在线交流中的发言质量。请结合自身学习需要，将其按照重要性程度由高到低排序	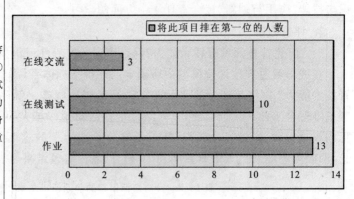
4. 学习贡献度的评价内容包含如下两项：① 对小组合作活动的贡献；② 上传学习资源。您认为对哪一项的评价更为重要	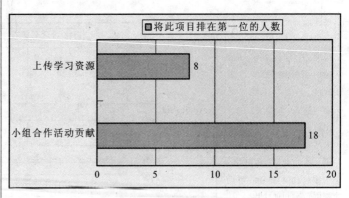

经过征求专业人员意见，决定适当采纳学习者的意见，根据问卷结果重新修改各级指标权重，最终确定的评价指标体系见表 14.9。

表 14.9　"河北省教师教育技术能力"网络培训过程性评价指标体系

评价指标		权重	标准
一级	二级		
A(参与度，0.27)	A_1 在线交流及自主学习活动的参与	0.10	能按要求完成在线交流任务或学习任务
	A_2 小组合作活动的参与	0.08	能按要求参与小组合作活动
	A_3 自我评价及同伴互评的参与	0.04	能按要求完成自我评价和同伴互评
	A_4 在线学习时间和点击率	0.05	在线学习时间不少于规定时间，点击阅读或参与所有课内活动
B(表现度，0.55)	B_1 作业质量	0.23	能到达相应评价量规的要求
	B_2 在线讨论中的发言质量	0.22	能到达相应评价量规的要求
	B_3 在线测试表现	0.10	能通过在线测试
C(贡献度，0.18)	C_1 上传学习资源、提出有价值的问题、解答问题	0.10	每一模块至少做到其中一点：①上传一次有价值的资源；②在论坛中提出一个有价值的问题；③在论坛中合理解答一个尚未解决的问题
	C_2 对小组合作活动的贡献	0.08	完成小组分配的学习任务

2) 各学习模块权重及评价指标分配

各学习模块权重指的是，对知识内容而言各个学习模块所占的比重，反映的是各学习模块的重要程度。此外，由于各模块学习内容及学习活动开展方式的不同，并不是每个模块都能涉及到所有评价指标。各个学习模块所占权重及其对应的评价指标见表 14.10。

表 14.10　"河北省教师教育技术能力"网络培训各学习模块权重及评价指标分配

学习模块	权重	指标项(A,B,C 指该模块包含该项的所有指标)
1. 学习准备模块	0.10	$A_1, B_2,$
2. 基础理论模块	0.15	A, B_2, B_3, C
3. 技术学习模块	0.15	A_1, B_1, C_1
4. 教学设计基础知识模块	0.10	A_1, A_3, B, C_1
5. 多媒体教室环境中的教学设计模块	0.25	A, B, C
6. 多媒体网络教室环境中的教学设计模块	0.25	A_1, A_3, B, C_1

3. 评价主体

本网络培训中的评价主体同在线学习过程性评价模型中评价主体的设计基本

一致,为教师、学习者、学习同伴和网络服务器相结合的多元化评价主体。考虑到由于参训学员多数没有在线学习经验,面对新的学习环境,往往会承担较高的认知负荷,为减轻其学习负担,决定适当减少学习者及其学习同伴作为评价主体的工作,教师、学习者和学习同伴的评价权重之比为 3：1：1,并以网络服务器的评价作为补充。

4. 评价方法

总体而言,本网络培训中的在线学习过程性评价将采取量化评价与质性评价相结合的方式。其中,质性评价主要指评价主体所提供的文字反馈信息;量化评价指的是按照评价内容赋予每个学习活动一定的分数,6 个学习模块的满分均为 100 分,课程结束时,将按照各个模块所占权重换算成总分。质性评价方法如图 14.10 所示,量化评价方法如图 14.11 所示。

将采取电子学档全程记录学员的学习过程,记录内容包含学习者的注册信息、参与学习活动信息、获得的评价与反馈信息等等。电子学档所记录的信息既可供评价主体作为评价依据,也可供学习者开展学习反思,进行自我评价,如图 14.12 所示。

小组讨论区 -> 音乐网络课教学设计方案 -> 回复 音乐网络课教学设计方案
由李 虹梅(助教)发表于2007-11-14 星期三 18.10

张老师的设计方案中,对教学过程的描述十分细致,其间穿插了音乐欣赏、合作探究、学唱歌曲等活动,感觉整体设计风格生动活泼,能上这堂课的学生,应该是十分幸福的,呵呵

亮点："好一朵茉莉花"这一题目拟得很好,听起来清新自然,也可以调动学生的好奇心。

"通过欣赏一组江苏民歌,了解江苏的风俗习惯,风土人情,感受江苏民歌的风格特点,从而增加对民族文化的了解,增强民族自豪感,激发和培养学生热爱生活、热爱大自然、热爱家乡的情感。"这一目标表述非常好,既包含了达到目标的手段,对情感目标的描述又十分具体。

不足:

"通过学唱歌曲《好一朵茉莉花》,感受它那细腻、优美、委婉流畅的音乐形象。"

这一目标应该是"情感态度价值观"类型的,因为从你对目标的表述中,可以看出"学唱歌曲"仅仅是一种手段,"感受它那细腻、优美、委婉流畅的音乐形象"才是目的。

图 14.10　质性评价方法

学生以姓氏排序以名字排序	module1 统计 (10.00%)		module2 统计 (15.00%)		module3 统计 (15.00%)		module4 统计 (10.00%)		module5 统计 (25.00%)		module6 统计 (25.00%)		总分 统计		
	分数(100)	加权%份额	分数(100)	加权%份额	分数(100)	加权%份额	分数(100)	加权%份额	分数(100)	加权%份额	分数(100)	加权%份额	分数(600)	加权%(100)	分数段
世欣,王	98.67	9.87%	1	0.15%	27	4.05%	0	0%	47	11.75%	62.7	15.68%	236.37	41.5%	等待评分中
世超,杨	97	9.7%	90	13.5%	81	12.15%	87.17	8.72%	90.67	22.67%	65	16.25%	510.84	82.99%	真棒!继续努力哦
丹,张	93	9.3%	70	10.5%	86	12.9%	76.67	7.67%	91.67	22.92%	69	17.25%	486.34	80.54%	真棒!继续努力哦
丹青,王	10	1%	54	8.1%	34	5.1%	82.17	8.22%	83.42	20.86%	90	22.5%	353.59	65.78%	还需努力哦,加油
丽,李	90	9%	80	12%	62	9.3%	75.08	7.51%	89.75	22.44%	96.4	24.1%	493.23	84.35%	真棒!继续努力哦

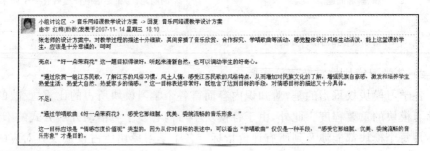

图 14.11　量化评价方法

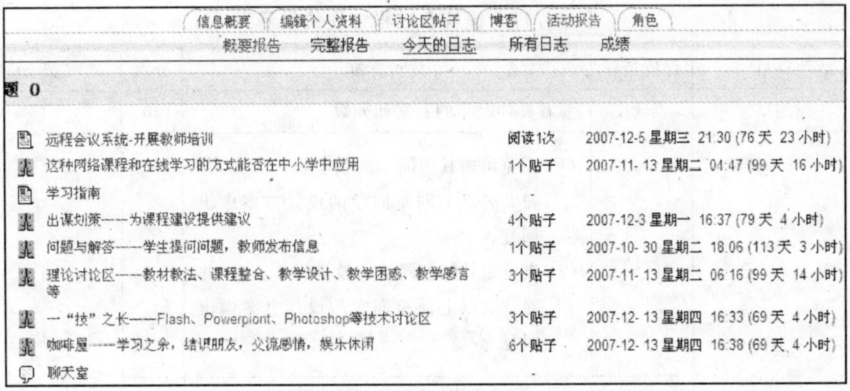

图 14.12　利用电子学档记录的学员学习信息

此外,在学习活动开展过程中,还会运用到其他评价方法,如量规、在线测试等。

14.4.2　学习模块层次的过程性评价设计

学习模块层次的在线学习过程性评价设计主要包含两部分:①针对各学习模块的过程性评价量表,包含该模块中所有活动项目,与各活动相对应的评价指标、评价标准,以及根据指标权重换算得来的各活动量化分数;②针对各学习模块的阶段性反馈意见。在过程性评价中,虽然反馈伴随了学习过程的始终,但这些反馈大多是零散的,针对某项具体学习活动的片段性信息。为学习者提供阶段性反馈,可以帮助学习者把零散的反馈信息前后联系起来,从整体上把握评价主体的评价倾向,从而更加清晰地认识自己的学习状况。阶段性反馈意见包含两种类型。一类是针对于所有学员的公共反馈,其主要作用是总结该模块学习中的共性问题;一类是针对每名学员的个人反馈,主要作用是在公共反馈的基础之上,总结该学员在各个模块中的个体学习情况,为其提供具有针对性的改进意见。

下面,将以该网络培训的第 5 个学习模块——多媒体教室环境下的教学设计为例,具体说明如何设计学习模块层次的在线学习过程性评价。

1. 过程性评价量表的设计

模块 5 过程性评价量表的设计目的是让学习者一目了然地获知该模块的主要活动项目及评价标准,从而有针对性地开展学习活动,提高学习效率。因此,该评价量表在设计过程中,是以学习活动为单位的。另外,由于评价量表中将包含根据指标权重换算而来的分数,所以可以略去各学习活动所对应的指标权重。模块 5的过程性评价量表见表 14.11。

表 14.11 模块 5 过程性评价量表

活动项目	评价指标	评价标准	分数	满分
在线测试	表现度	参看具体题目的答案和分数	10	10
小组讨论区	参与度	(1) 浏览组内其他同学的教学设计方案,并对 2 名以上同组同学的设计方案做出回复; (2) 浏览组外其他同学的教学设计方案,并对 2 名以上他组同学的设计方案做出回复	10	40
	表现度	发表话题:参看"发表话题量规"	11	
		回复话题:参看"回复话题量规"	11	
	贡献度	有学习同伴回复你的话题;学习同伴对你的回复表示认可或接受你的建议	8	
作业上传区	参与度	在规定时间上传作业	7	30
	表现度	参见"教学设计方案评价量规"	23	
报告共享区	表现度	参见"报告共享评价量规"	5	10
	贡献度		5	
课外论坛(如"出谋划策"、"问题与解答"、"咖啡屋"等)	参与度	至少发表一个话题、回复或在"一技之长"讨论区中上传一个资源(如 PPT 课件)	5	15
	贡献度	有学习同伴回复你的话题;你的对话题的回复正确、合理;有学习同伴对你所上传的资源表示认可	10	
在线时间与点击率	参与度	在线学习时间不少于 3 小时,点击阅读或参与所有课内必修活动	5	5
组长加分区	表现度	能有效组织小组成员参与讨论,督促参与报告共享活动者按时发帖	5	10
	贡献度	所有小组成员按时完成学习活动	5	

合计 120 分,其中 20 分作为额外奖励分,提供给以报告人身份参与报告共享活动的同学和表现突出的小组组长

2. 阶段性反馈意见的设计

1) 公共阶段性反馈意见的设计

公共性阶段性反馈意见的主要目的在于,总结学习者在各模块学习中表现中的共性问题并提供有建设性的建议。尽管是以发现问题为主,但也要肯定成绩,而且在反馈时,语言要具有亲和力和鼓励性,不能单纯地列举问题,那样会打击学习

者的学习积极性。模块五的公共阶段性反馈意见如图 14.13 所示。

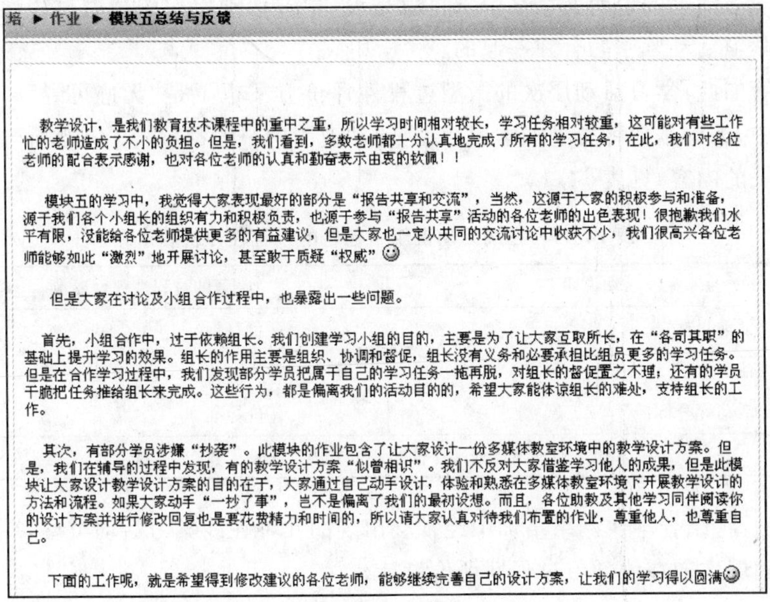

> **培 ▶ 作业 ▶ 模块五总结与反馈**
>
> 　　教学设计，是我们教育技术课程中的重中之重，所以学习时间相对较长，学习任务相对较重，这可能对有些工作忙的老师造成了不小的负担。但是，我们看到，多数老师都十分认真地完成了所有的学习任务，在此，我们对各位老师的配合表示感谢，也对各位老师的认真和勤奋表示由衷的钦佩！！
>
> 　　模块五的学习中，我觉得大家表现最好的部分是"报告共享和交流"，当然，这源于大家的积极参与和准备，源于我们各个小组长的组织有力和积极负责，也源于参与"报告共享"活动的各位老师的出色表现！很抱歉我们水平有限，没能给各位老师提供更多的有益建议，但是大家也一定从共同的交流讨论中收获不少，我们很高兴各位老师能够如此"激烈"地开展讨论，甚至敢于质疑"权威" ☺
>
> 　　但是大家在讨论及小组合作过程中，也暴露出一些问题。
>
> 　　首先，小组合作，过于依赖组长。我们创建学习小组的目的，主要是为了让大家互取所长，在"各司其职"的基础上提升学习的效果。组长的作用主要是组织、协调和督促，组长没有义务和必要承担比组员更多的学习任务。但是在合作学习过程中，我们发现部分学员把属于自己的学习任务一拖再拖，对组长的督促置之不理；还有的学员干脆把任务推给组长来完成。这些行为，都是偏离我们的活动目的的，希望大家能体谅组长的难处，支持组长的工作。
>
> 　　其次，有部分学员涉嫌"抄袭"。此模块的作业包含了让大家设计一份多媒体教室环境中的教学设计方案。但是，我们在辅导的过程中发现，有的教学设计方案"似曾相识"。我们不反对大家借鉴学习他人的成果，但是此模块让大家设计教学设计方案的目的在于，大家通过自己动手设计，体验和熟悉在多媒体教室环境下开展教学阅读中的方法和流程。如果大家动手"一抄了事"，岂不是偏离了我们的最初设想。而且，各位助教及其他学习同伴阅读你的设计方案并进行修改回复也是要花费精力和时间的，所以请大家认真对待我们布置的作业，尊重他人，也更尊重自己。
>
> 　　下面的工作呢，就是希望得到修改建议的各位老师，能够继续完善自己的设计方案，让我们的学习得以圆满 ☺

图 14.13　模块五的公共阶段性反馈意见

2) 个体阶段性反馈意见的设计

　　个体阶段性反馈意见可以参照在线学习过程性评价微观功能模型中提出的反馈内容结构来进行。例如，模块五中提供给一位学员的个体阶段性反馈意见如下：

　　"××老师，你好！首先感谢你作为组长的积极配合！

　　在模块五的学习中，你的表现同样可圈可点，不但态度认真，而且能按时完成作业。今天报告活动中，表现很抢眼，语言洪亮有力，抑扬顿挫，引人入胜啊！希望在模块六的学习中继续保持这种好状态！加油！

　　你的美中不足之处在于，教学设计方案没能及时地吸纳各方面意见按要求修改，这就造成你在报告活动中受到不少的质疑和提问，呵呵，这下子可对自己设计方案的不足印象深刻了吧？

　　希望你在今后的学习中，能够重视和经常性地关注他人给你的意见和建议，并结合这些意见和建议对自己的学习做出有针对性的调整。那样，你就会进步更快，也会避免今天遭受"围攻"的局面，呵呵！"

14.4.3　学习活动层次的过程性评价设计

　　与课程层次和学习模块层次的过程性评价设计所不同的是，学习活动层次的过程性评价设计无法表示成单独的评价指标体系或者是评价量表,因为它一般都融合于学习活动的说明文字之中。也就是说,学习活动层次的微型过程性评价方案是和学习活动紧密融合在一起的。

尽管如此,学习活动层次的微型过程性评价方案也不是"无迹可寻"。在本网络培训中,无论是何种类型的学习活动,活动说明中一般都包含了几部分与过程性评价相关的内容,见表 14.12。

表 14.12　在线活动说明中包含的过程性评价要求

在线活动说明	隐藏的过程性评价要求
活动目标	评价目标
活动要求	评价内容
活动评分标准	评价标准
实现该过程性评价的评价方法及评价主体	

下面,将结合本次网络培训中经常会出现的几种在线学习活动类型,举例说明学习活动层次的在线学习过程性评价设计。

1. 在线讨论类活动的过程性评价设计

在线讨论类活动,尤其是异步讨论活动,是在线学习中最为常见和重要的一种活动类型。

(1)评价目标。在线讨论类活动的过程性评价目标就是促进该活动目标的实现。例如,模块一中"在线交谊"讨论活动的活动目标是"介绍自己并了解您的学习同伴",那么相对应的过程性评价目标为"促进学习者介绍自己并了解自己的学习同伴"。

(2)评价内容。一般来说,与在线讨论类活动相对性的评价内容包含以下几项:与参与度相关的发帖数量;与表现度相关的发言质量;与贡献度相关的回复的启发性、指导性等。

(3)评价标准。一般可在活动说明中明确列出评价标准,以便于学习者参照标准来开展讨论活动。在线讨论活动的评价标准可以通过量规的方式来提供给学习者。如"在线交谊"活动中,就包含有分别针对发表话题和回复话题的评价量规,如图 14.14 和图 14.15 所示。

(4)评价方法。在线讨论中运用的具体评价方法要根据具体讨论内容和要求进行选择。常用到的评价方法有量规和范例展示。如"在线交谊"活动中除用到量规来展示评价标准之外,还用到了范例展示来帮助学习者理解标准,如图 14.16 所示。

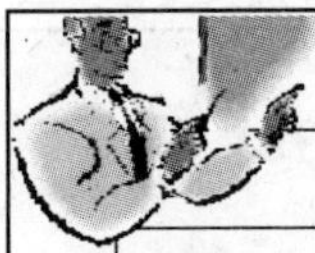

发表新话题量规

评价项	标准			
	不好	一般	好	很好
内容(30 分)	(0 分)没有发表话题或内容过于简单，敷衍了事	(10 分)基本上按要求发表话题，但话题内容不完整	(20 分)话题内容完整	(30 分)话题内容完整，且包含引发进一步讨论交流的有益内容
文字(7.5 分)	(0 分)字数未达要求，且包含 4 处以上文字或语法错误	(3 分)字数达到要求，但有 1-3 处文字或语法错误	(5 分)字数达到要求，没有明显的文字和语法错误	(7.5 分)字数达到要求，无文字语法错误，语言流利，表述得当
满分：37.5 分				

图 14.14　“在线交谊”在线讨论活动中的发表话题评价量规

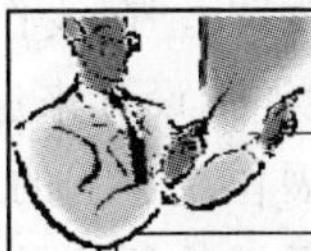

回复话题量规

评价项	标准			
	不好	一般	好	很好
内容 (30)	(0 分)回复内容过于简单，敷衍了事	(10 分)基本上按要求进行回复，但回复内容不完整	(20 分)回复内容完整	(30 分)回复内容结构良好，且有有恰当的证据和案例支持
文字(7.5 分)	(0 分)字数未达要求，且包含 4 处以上文字或语法错误	(3 分)字数达到要求，但有 1-3 处文字或语法错误	(5 分)字数达到要求，没有明显的文字和语法错误	(7.5 分)字数达到要求，无文字语法错误，语言流利，表述得当
满分：37.5 分				

图 14.15　“在线交谊”在线讨论活动中的回复话题评价量规

发表话题示例：

大家好！我叫李梅。很高兴能有机会和大家共同学习。我是一名普通的中学教师，执教于邯郸一中，教授高三英语。在教学之余，我喜欢写作和打乒乓球，前者让我反思自己，陶冶身心；后者则让我放松自己，精神倍增。爱打乒乓球的老师可以来找我切磋球技哦！呵呵！在教学方面，我比较擅长课件制作，并熟悉 Powerpoint、Flash、Authorware等课件制作工具的操作。我对信息技术与英语课程整合方面的话题比较感兴趣，希望能和各位老师在此方面多多交流学习。

图 14.16　“在线交谊”在线讨论活动中的发表话题范例展示

(5) 评价主体。一般来说，在线讨论活动设计会涉及到多个评价主体，比如教师提供的反馈意见，体现同伴互评的来自学习同伴的建议及改进意见，体现自我评价的学习者对照评价标准及外部反馈所作的自我修正等。如果在线讨论活动所涉及的学习内容比较重要，可以考虑在活动说明中明确同伴互评和自我评价要求，以期促进讨论的深度开展。如模块二的小组讨论活动中，对同伴互评的要求如下图 14.17 所示。

2. 对小组成员进行反馈评价　（9月30日晚12：00前完成）

对2名以上小组成员的话题给予反馈和评价；要求回复的内容包括下列五个方面：

反馈与评价表

（1）肯定合理方面。如，“我觉得你说的……很有道理”或“我认为你提出的……（问题或观点）很有讨论价值”。

（2）指出不足或有异议之处。如，“不知道你有没有考虑过这样一个问题……”

（3）切磋商讨模糊不清之处。如，“我想知道你所说的……是什么意思？”

（4）推荐相关学习资源。如，“根据你所探讨的……问题，我想这些资料可能对你有所帮助……”（要求至少提供一种学习资料，可以是网页，也可以是文本，或论文、书目等）

（5）提供自己所见到的成功案例。如“我见过有些老师在这方面是这样做的……”

图 14.17　小组在线讨论活动中的同伴互评要求

2. 在线作业类活动的过程性评价设计

在线作业类活动的过程性评价设计比较简单，因为教师在此活动过程中看不到学习者实际完成作业的过程，只能够看到学习者的作业成果。在线作业类活动的过程性评价设计基本上可以参照在线讨论类活动过程性评价设计来进行。但与在线讨论类活动所不同的是，由于教师缺少了对学习者开展作业过程的反馈指导，该活动的评价标准应该更为具体，最好能包含具有活动指导性的评价量规。如，模块五的“教学设计作业”就包含了非常详细的评价量规，见表 14.13 所示。

表 14.13　“教学设计方案”在线作业中的评价量规

评价项	评价标准	评价等级			
		优	良	中	差
学习目标(5)	1. 教学目标明确、具体，符合课程标准的要求，切合学生实际； 2. 各知识点的学习目标层次合理，分类准确，描述语句具有可测量性； 3. 密切结合学科特点，注意情感目标的建立	5	4	2	0
学习内容(4)	1. 教学内容的选择符合课程标准的要求； 2. 按照科学的分类，对教学内容正确分析。重点、难点的确定符合学生的当前水平，解决措施有力、切实可行； 3. 根据学科的知识能力结构确定知识点；各知识点布局合理，衔接自然； 4. 根据学科特点，注意到情感、态度与价值观的内容	4	3	2	0
教学媒体(5)	1. 教学媒体的选择符合程序，具有较高的功效价格比；注意到多媒体组合应用； 2. 所选媒体适合表现各自知识点的教学内容，对教学能起到深化作用； 3. 教学媒体的使用目标(在教学中的作用)明确，使用方式有助于学生的学习	5	4	2	0

续表

评 价 项	评价标准	评价等级			
		优	良	中	差
教学活动设计(5)	1. 根据学科特点、教学内容和学生特征设计合适的教学活动； 2. 遵照认知规律选择教学方法，注意到多种教学活动的优化组合； 3. 整节课的教学过程自然流畅、组织合理	5	4	2	0
学习评价方案（4）	1. 评价试题覆盖了本节课各知识点的所有学习目标层次； 2. 评价试题简洁、精练，表达准确、便于检测	4	3	2	0

满分：23

3. 在线测试类活动的过程性评价设计

在线测试类活动具有一定的特殊性，因为它既是一类在线学习活动，又可被视作一种评价方法。在线测试活动开始之前，应向学习者详细交代测试的内容范围、测试持续时间、测试开放时间、测试的计分方式和允许学习者参与测试的次数等信息。如模块二中在线测试的说明信息如下图 14.18 所示。

　　该测验的目的是为了检验学习材料的阅读效果，包含7道选择题，测验时间为 15分钟，满分为 15分。请您务必在10月7日前参加测试。

　　请注意：你只有一次正式的答题机会，所以请务必仔细阅读学习材料之后再作答。

图 14.18　在线测试的说明信息示例

在线测试中的题型设置可以根据学习重点灵活选择，既可以是客观题，又可以是主观题。但是需要注意的是，由于在线测试的评价主体一般都是网络服务器，所以应在设计过程中加入详细的反馈信息，以便在测试完成之后提供给学习者。如模块二中在线测试的反馈信息如图 14.19 所示：

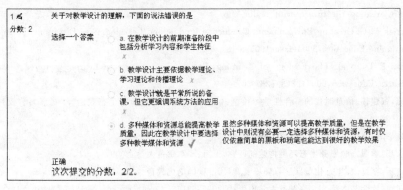

图 14.19　在线测试的反馈信息示例

参 考 文 献

[1] 林文雄. 生态学. 北京：科学出版社,2007：16；152；177.

[2] 李振基,等. 生态学. 北京：科学出版社,2009：66-67；126-128.

[3] 戈峰. 现代生态学. 北京：科学出版社,2008：217；352-356.

[4] 范国睿,王加强. 当代西方教育生态问题研究新进展. 全球教育展望,2007(9)：39-45.

[5] 王加强. 学校变革的生态分析. 上海：华东师范大学,2008.

[6] Waters S K. Social and Ecological Structures Supporting Adolescent Connectedness to School：A Theoretical Model. Journal of School Health, 2009, 79(Issue 11)：516-524.

[7] Becker F D. Ecological Theory of teaching, 1978. http://www. eric. ed. gov/

[8] 王牧华. 课程研究的生态主义向度. 重庆：西南师范大学,2004.

[9] 余嘉云. 生态化教学的理论与实践研究. 南京：南京师范大学,2006.

[10] 朱志平. 课堂动态生成资源论. 南京：南京师范大学,2007.

[11] 罗祖兵. 从"预成"到"生成"：境遇性教学导论. 南京：南京师范大学,2007：29-33.

[12] 郑葳,王大为. 生态学习观及其教育实践启示. 教育研究与实验,2006(1)：53-57.

[13] Siemens G. Learning Ecology, Communities, and Networks：Extending the Classroom. http://www. elearnspace. org/Articles/learning_communities. htm [2003-10-17].

[14] Stamps D. Learning Ecologies, Training,1998：32-35.

[15] Barron B. Interest and Self-Sustained Learning as Catalysts of Development：A Learning Ecology Perspective. Human Development,2006,49：193-224.

[16] Matthew A. School as Community：The Ecology of Childhood-A View from Summer Hill School,1992. http://www. eric. ed. gov/PDFS/ED361411. pdf.

[17] Richardson A. An Ecology of Learning and the Role of E-Learning in the Learning Environment,2002. http://unpan1. un. org/intradoc/groups/public/documents/apcity/unpan 007791. pdf.

[18] 张豪锋,卜彩丽. 略论学习生态系统. 中国远程教育,2007(4 上)：23-26.

[19] Taylor A. The Ecology of the Learning Environment,2010. http://education. jhu. edu/newhorizons/future/creating_the_future/crfut_taylor. cfm.

[20] Derrick M G. Creating Environments Conductive for Lifelong Learning. New Directions for Adult and Continuing Education,2003(Issue100)：5-18.

[21] Crick R D, et al. The Ecology of Learning：Factors Contributing to Learner-Centered Classroom Cultures. Education,2007,22(3)：267-307.

[22] 陈琦,张建伟. 信息时代的整合性学习模型：信息技术整合于教学的生态观诠释. 北京大学教育评论,2003(3)：91-96.

[23] 宿晓华. 网络学习生态视角研究. 济南：山东师范大学,2006.

[24] 吴永和. 学习资源服务生态环境构建的研究. 上海：华东师范大学,2009.

[25] 张立新,李世改. 生态化虚拟学习环境及其设计. 中国电化教育,2008(6)：5-8.

[26] 胡守钧. 社会共生论. 上海：复旦大学出版社,2006：63；68.

[27] Dakus R. Cognitive Ecology. Chicago：The University of Chicago Press,1998：135.

[28] Looi C K. Enhancing Learning Ecology on the Internet. Journal of Computer Assisted Learning,2001,17:13-20.

[29] 张立新. 教育技术的理论与实践. 北京:科学出版社,2009:114-115.

[30] 张真继,张润彤. 网络社会生态学. 北京:电子工业出版,2008:36.

[31] Mossberger K. McNeal R S. Digital Citizenship:The Internet,Society and Participant. Cambridge:MIT Press,2007:1-2.

[32] 冯鹏志. 从混沌走向共生:关于虚拟世界的本质及其与现实世界之关系的思考. 自然辩证法研究,2002(7):44-48.

[33] 何忠国. 虚拟与现实的冲突与融合. 河南社会科学,2005(2):41-44.

[34] 张立新. 两种世界两个课堂:信息社会中的教育. 中国电化教育,2009(6):7-9.

[35] 徐爽. 美国高校网络课程发展迅速. 比较教育研究,2006(3):96.

[36] U. S. Department of Education,National Center for Education Statistics,Fast Response Survey System (FRSS). Internet Access in U. S. Public Schools and classrooms:1994-2005,2006. http://nces. ed. gov/pubs2007/2007020. pdf.

[37] 张敬涛. 我国基础教育信息化的现状与未来发展策略. 电化教育研究,2009(1):2-5.

[38] 张昱. 论虚拟条件下主体的生存方式. 吉林大学学报:社会科学版,2001(5):80-86.

[39] 张丽霞,张立新. 虚拟课堂的教学活动类型与功能解析:基于现实课堂的模拟-开展-创新. 电化教育研究,2010(6):66-69.

[40] Wikipedia. Virtual Education. http://en. wikipedia. org/wiki/Virtual_education [2011-2-9].

[41] 余赞. 多媒体视频会议现代远程教学系统及其教学模式研究. 中国教育技术装备,2009(27):104-107.

[42] 张剑平,李慧桂. 论网络课程在教学中的不同应用层次. 中国远程教育,2005(3):40-42.

[43] Harrison Hao Yang,Steve Chi-Yin Yuen. Collective Intelligence and E-Learning 2. 0:Implications of Web-Based Communities and Networking. Hershey:Information Science Publishing,2009:xvii.

[44] 陈琦,刘儒德. 当代教育心理学. 北京:北京师范大学出版社,2001:86-92.

[45] 刘儒德. 论认知灵活理论. 北京师范大学学报:社会科学版,1999(5):61-66.

[46] 罗建利. 中国行为科学导论. 北京:电子工业出版社,1988:30;50.

[47] 牛翠娟,等. 基础生态学. 北京:高等教育出版社,2002:80;160.

[48] 王陆. 虚拟学习社区中的师生行为分析. 电化教育研究,2004(4):32-37.

[49] 高丹. 大学生网络学习行为调查与研究. 武汉:华中师范大学,2008.

[50] 高欣峰. 网络学习社区中的潜水者行为分析. 青年文学家,2010(12):276.

[51] 彭文辉,杨宗凯,黄克斌. 网络学习行为分析及其模型研究. 中国电化教育,2006(10):31-35.

[52] 黄鲁成. 基于生态学的技术创新行为研究. 科学出版社,2007:46;54.

[53] 范国睿. 教育生态学. 北京:人民教育出版社,2000:294.

[54] 李博. 生态学. 北京:高等教育出版社,2000:113;206.

[55] 钟志贤,杨蕾. 论在线学习. 现代远距离教育,2002(4):13.

[56] 陆海云. 网络学习思维与策略. 杭州:浙江人民出版社,2007:140.

[57] 吴鼎福,诸文蔚. 教育生态学. 南京:江苏教育出版社,1990:135;142.

[58] 李志厚. 从生态学角度研究教学问题. 教育理论与实践,2006(6):59.

[59] 吴林富. 教育生态管理. 天津:天津教育出版社,2006:19;189.

[60] tastelife. 学习共同体. http://baike. baidu. com/view/987006. htm? fr=ala0_1 [2010-6-4].

[61] Barab S A,Roth W M. Curriculum-Based Ecosystems:Supporting Knowing from an Ecological

Perspective. Educational Researcher,2006,35(Issue 5):3-13.

[62] 殷瑶,等.浅述生物多样性的价值及其保护.生物学通报,2009(5):8-10.

[63] 吴康宁.教育社会学.北京:人民教育出版社,2008:283-284.

[64] 曹良亮,陈丽.远程学习者异步交互的行为方式和特点.中国远程教育,2006(1):15-19.

[65] 赵君香.现代远程教育中网络教师指导活动研究.广州:华南师范大学,2004.

[66] 孙儒泳,李庆芬,等.基础生态学.北京:高等教育出版社,2002:8.

[67] 沙莲香.社会心理学.北京:中国人民大学出版社,2006:158.

[68] 黄荣怀.计算机支持的协作学习:理论与方法.北京:人民教育出版社,2003:29-30.

[69] 刘涌泉.利用 Internet 网络组织学生学习.广州广播电视大学学报,2002(3):22-25.

[70] 刘欣.基于 BBS 的异步交互策略研究.保定:河北大学,2007:23-27.

[71] 周衍安.网络学习的生态观透视.现代远距离教育,2005(6):41-43.

[72] 马德芳."在交互中共享学习生态"的自主学习模式.湖北广播电视大学学报,2006(7):19-21.

[73] 傅桦,吴雁华,曲利娟.,生态学原理与应用.,北京:中国环境科学出版社,2008:44.

[74] 赵振宇,田立延.激励论:发掘人力资源的奥秘.北京:华夏出版社,1994:13-104.

[75] 刘新萍,赵铁成.论网络导学的独特性.现代远距离教育,2007(2):28-30.

[76] 常志英.网络课程中导学策略设计.保定:河北大学,2006:28-30.

[77] 泰特.开放和远程教育中学生学习支持之理念与模式化.中国远程教育,2003(15):15-23.

[78] 艾利.开放和远程教育中的员工培训与发展.中国远程教育,2004(3):29-36.

[79] Berge Z L. Facilitating Computer Conferencing: Recommendations from the Field. Educational Technology,1995,35(1):22-30.

[80] Gilly S. The 5 Stage Model. http://www. atimod. com/e-moderating/5stage. shtml [2007-5-5].

[81] 邹景平.英国开放大学的在线带领经验. http://www. netbig. com/eduol/ch2/04/07/0501. htm [2007-12-10].

[82] 丁兴富,吴庚生.网络远程教育研究.北京:清华大学出版社,2005:107-110.

[83] 武法提.基于 Web 的学习环境设计.电化教育研究,2000(4):33-38.

[84] Dempster J. Teaching,Supporting,Managing and Assessing Students Online,http://www2. warwick. ac. uk/ETS/Publications/Guides/Skills/etutoring. [2007-10-3].

[85] Dempster J. CAP E-Learning Guides. http://www2. warwick. ac. uk/ETS/Publications/Guides/Skills/etutoring. [2007-12-4]

[86] 曹梅.网络学习的学习监控和学习评价的理论与技术框架.南京:南京师范大学,2002.

[87] 因特尔未来教育.助学技能. http://www. tjnu. edu. cn/jshjyc/xxjs/jxyx/zxjn. ppt [2008-3-4].

[88] Lowe C. An Examination of Facts Imapacting Use and Valuing of Learner-learner Interaction. Paperon CD-ROM of the 21st ICDE World Conference on Open Learning & Distance Education,2004.

[89] 洪延姬.网络课程设计原理与方法.北京:中国宇航出版社,2004:16:43.

[90] Dolan D,et al. European E-tutors:Inductive Models for On-line Lecturing in Synchronous Collaborative Environments. http://www. formatex. org/micte2005/240. pdf [2007-12-5].

[91] 梦里雪落.教学策略层级与案例学习的分类学. http://etyt. bokee. com/viewdiary. 13754369. html [2008-3-5].

[92] 纪河,徐永珍,耿晓君.成人的网络学习策略研究.中国远程教育,2006(8):34-38.

[93] 张秀娟.构建"导学"自主学习教学模式.辽宁教育研究,2006(3):69-70.

[94] 丁兴富.远程教育质量保证国际比较研究及其结论.远程教育,2004(3):36.

[95] 泰特. 开放和远程教育中学生学习支持之理念与模式. 中国远程教育,2003(15):15-22.

[96] 秦宇. 引领式在线学习模式. 教育信息化,2005(16):37-39.

[97] Chang V,Guetl C. E-Learning Ecosystem (ELES):A Holistic Approach for the Development of more Effective Learning Environment for Small-to-Medium Sized Enterprises. IEEE International Conference on Digital Ecosystems and Technologies,2007,21(2).

[98] 孙平. 基于 LAMS 的网络研究性学习活动设计:以高中信息技术课程为例. 上海:上海师范大学,2008.

[99] 吴鹏泽. 课堂学习活动的设计:基于《FTP 文件传送与应用》的案例分析. 教育探索,2006(10):85.

[100] 李东. 初中信息技术课程学习活动设计案例研究. 武汉:华中师范大学,2008.

[101] 刘婉君. 在线讨论话题的设计与实施:"信息技术课程与教学"网络课程的在线讨论设计研究. 保定:河北大学,2009.

[102] 李莹,徐恩芹,张琳. 让学生成为主动地自我评价者. 中小学信息技术教育,2008(11):26.

[103] 宋飞. 网络学习形成性评价探究. 现代远程教育研究,2008(6):38.

[104] 林崇德. 发展心理学. 北京:人民教育出版社,1995:48-49.

[105] 乌美娜. 教学设计. 北京:高等教育出版社,1994:35;56-58.

[106] 闫寒冰. 学习过程设计:信息技术与课程整合的视角. 北京:教育科学出版社,2005:13;106;150.

[107] 朱熹. 论语章句集注. 上海:世界书局,1936:28.

[108] Sternberg R J,Williams W M. 教育心理学. 北京:中国轻工业出版社,2003:288.

[109] 王坦. 合作学习简论. 中国教育学刊,2002(2):32-35.

[110] 王坦. 论合作学习的基本理念. 教育研究,2002(2):69-72.

[111] 张蕴. 基于项目的大学英语在线合作学习研究. 中国冶金教育,2006(3):40-43.

[112] 钟志贤. 信息化教学模式:理论建构与实践例说. 北京:教育科学出版社,2005:84.

[113] 张丽霞. 中小学信息技术"合作学习项目"的设计. 信息技术教育的研究进展,2007:135-137.

[114] 李艺. 信息技术教学方法:继承与创新. 北京:高等教育出版社,2003:79.

[115] 张丽霞. 信息技术教学中的合作学习时机探析. 电化教育研究. 2007(3):75-77

[116] 郑金洲. 合作学习. 福州:福建教育出版社,2005:78.

[117] 靳玉乐. 合作学习. 成都:四川教育出版社,2005:213;220.

[118] 普法伊费尔. 项目教学的理论与实践. 傅小芳,译. 南京:江苏教育出版社,2007:88;121;151.

[119] 李芒. 信息化学习方式. 北京:北京师范大学出版社,2006:86.

[120] 叶平. 研究性学习的资源建设. 教育理论与实践,2002(9):35-39.

[121] 郭莉,李兴德,邵国平. 基于项目的学习模式在研究生课堂教学中的应用研究. 教育技术导刊,2007(2):9-11.

[122] 加涅. 学习的条件与教学论. 上海:华东师范大学出版社,1999:24.

[123] 朱永祥. 小学生元认知技能培养试验研究报告. 教育研究,2000(6):74-77.

[124] Billington D D. Seven Characteristics of Highly Effective Adult Learning Programs. http://www. colohigh. nsw. edu. au/community/adult. shtml[2011-03-05].

[125] 艾碧. 网络教育:教学与认知发展新视角. 丁兴富,译. 北京:中国轻工业出版社,2003:36.

[126] 吕爱杰. 学习支架在教学中的应用研究:以高师现代教育技术公共课为例. 南京:南京师范大学,2007.

[127] 英特尔未来教育项目组. 英特尔未来教育项目学科教师培训教学指导手册. http://blog. cersp. com/stu/zt/2006/7/25/yde. doc [2006-7-25].

[128] Lipscomb L,Swanson J,West A. What is Scaffolding?. http://projects. coe. uga. edu/epltt/index. php? title=Scaffolding [2009-10-10].

[129] 加涅,等.教学设计原理.王小明,等译.上海:华东师范大学出版社,2007:10-11;28.

[130] 丁念金.问题教学.福州:福建教育出版社,2005:84-87.

[131] 胡小勇.问题化教学设计.上海:华东师范大学,2005.

[132] 郑秀梅,刘韶芳.后摄自主学习与英语课程设计.中国矿业大学学报:社会科学版,2008(1):80-83.

[133] 陈成忠.为学生自主学习提供支架.生物学教学,2005(9):16-17.

[134] 郭炯,张程程,等.协作学习在研究生教学中应用的调查研究.中国电化教育,2008(5):77-81.

[135] 闫寒冰.信息化教学的学习支架研究.中国电化教育,2003(11):18-21.

[136] 杜威.民主主义与教育.王承绪,译.北京:人民教育出版社,2001:179.

[137] 任锐.基于概念图的学习支架设计研究.曲阜:曲阜师范大学,2007.

[138] 孙爱萍,盛群力.浅谈概念图示在知识习得过程中的应用.浙江教育学院学报,2003(3):59-64.

[139] 赵南.幼儿教师应如何理解和实施支架教学.学前教育研究,2003(12):8-10.

[140] 高凌飙.关于过程性评价的思考.课程·教材·教法,2004(10):15-17.

[141] Swan K, Shen Jia, Hiltz S R. Assessment and Collaboration in Online Learning. Journal of Asynchronous Learning Networks,2004,10(2):60.

[142] 瞿葆奎,陈玉琨,赵永年.教育学文集·教育评价.北京:人民教育出版社,1989:298.

[143] Rovai A P. Online and Traditional Assessments:What is the Difference?. Internet and Higher Education,2002(3):150.

[144] 王孝玲.教育评价的理论与技术.上海:上海教育出版社,1991:36;59;64.

[145] 候光文.教育评价概论.石家庄:河北教育出版社,1999:74;119.

[146] 余胜泉.基于互联网的远程教学评价模型.开放教育研究,2003(1):33-37.

[147] 曹卫真.网络化学习评价的理论思考.中国电化教育,2002(9):56-58.

[148] 张京彬,余胜泉,何克抗.网络教学的非量化评价.中国远程教育,2002(10):48-50.

[149] 张生,何克抗,等.网络环境下基于学习活动的形成性评价:中小学教师教育技术能力培训个案研究.现代教育技术,2007(10):82-87.

[150] Durham G,et al. Self-Assessment. http://www.aaia.org.uk/pdf/AAIAformat4.pdf [2008-1-3]:6;12;m

[151] Nicol D J. Debra Macfarlane-Dick. Formative Assessment and Self-Regulated Learning:A Model and Seven Principles of Good Feedback Practice. Studies in Higher Education,2006(4):199;209;211.

[152] Sluijsmans D. Student Involvement in Assessment:The Training of Peer Assessment Skills. Netherlands:Open University of the Netherlands,2002:40.

[153] Nigel P. An Examination of the Use of Peer Rating for Formative Assessment in the Context of the Theory of Consumption Values. Assessment & Evaluation in Higher Education,2001,26(3):235.

[154] Graham A P. E-Portfolios:The DNA of the Personal Learning Environment. http://www.knownet.com/writing/weblogs/Graham_Attwell/entries/7709663746/7896831716/attach/eportjournal [2006-12-22].

[155] Rushton A. Formative Assessment:A Key to Deep Learning. Medical Teacher,2005(6):53.

[156] Yorke M. Formative Assessment and Its Relevance to Retention. Higher Education Research & Development,2001(2):9.